D0784696

Jennifer Egan

LA PARADE
DES ANGES

ROMAN

Traduit de l'anglais (États-Unis)
par Hugues Leroy

Points

TEXTE INTÉGRAL

TITRE ORIGINAL
The Invisible Circus
ÉDITEUR ORIGINAL
Nan A. Talese/ Doubleday, New York
© Jennifer Egan, 1995

ISBN 978-2-7578-3499-2

© Belfond, 1995, pour la traduction française

© Points, 2014, pour l'édition en langue française au format poche

Pour ma mère, Kay Kimpton
et mon frère, Graham Kimpton

Et sans doute notre temps... préfère l'image à la chose, la copie à l'original, la représentation à la réalité, l'apparence à l'être... Ce qui est sacré pour lui, c'est l'illusion, *mais ce qui est profane, c'est la* vérité... *si bien que* le comble de l'illusion *est aussi pour* lui le comble du sacré.

Ludwig FEUERBACH

*Exultation est l'aller
D'une âme de terre à la mer,
Passé maisons et promontoires,
Jusqu'en l'Éternité profonde...*

Emily DICKINSON

Première partie

1

Le silence ; le silence lui apprit qu'elle l'avait manqué. À traverser le parc foisonnant dans les brumes, Phoebe ne percevait rien d'autre qu'un ruissellement de rosée le long des feuilles de palmier et des fougères. Le grand vide du terre-plein, lorsqu'elle l'atteignit, ne la surprit guère.

L'herbe, d'un vert intense et presque irritant, se jonchait de débris : des pailles, des cigarettes écrasées, quelques couvertures trempées qu'on avait laissées à la boue.

Phoebe enfouit ses mains dans ses poches. Elle traversa le gazon, enjambant de grandes plaques de boue à découvert. Un cercle d'arbres entourait le terre-plein, des arbres côtiers, penchés par le vent, noueux et pourtant symétriques, comme des silhouettes qui s'efforceraient d'équilibrer de lourds plateaux.

Tout au bout du terre-plein, quelques personnes en battle-dress s'activaient à démonter un plateau de scène. Ils emportaient les tronçons derrière les arbres, jusqu'à une route où Phoebe devinait la forme obscure d'un camion.

Elle s'approcha d'un homme et d'une femme ; à leurs bras pendaient de grandes spires de câble électrique orange. Phoebe attendit par politesse qu'ils achèvent leur discussion, mais ils ne semblaient pas lui prêter attention. Elle se tourna timidement vers un autre homme, qui transportait une planche entre ses bras.

« S'il te plaît, lui dit-elle. J'arrive trop tard ?

– Ah, oui. C'était hier, de midi à minuit. » Il la dévisageait les yeux mi-clos, comme si le soleil avait paru. Il lui rappelait vaguement quelqu'un. Phoebe se demanda s'il avait connu sa sœur. Elle se le demandait toujours.

« Je croyais que c'était aujourd'hui, fit-elle inutilement.

– Ouais, ils se sont trompés de date sur la moitié des affiches. » Il lui décocha un grand sourire. Il avait les yeux d'un bleu vif et chimique, le bleu des boules de sorbet.

On était le 18 juin, un samedi. Ce même endroit était censé avoir accueilli un « Festival des Lunes » dix ans plus tôt, en 1968. « *Revival* des Lunes », promettaient les affiches, alors Phoebe, jonglant avec ses heures, s'était précipitée pour vivre ce que, une fois déjà, elle avait manqué de vivre.

« Alors, c'était comment ? demanda-t-elle.

– Pas grand monde, forcément. » Il eut un petit rire sardonique.

« Ça me console de ne pas être la seule. »

Le type posa sa planche et se passa la main dans les cheveux. De grosses mèches, blondes et raides, retombèrent sur ses épaules. « Mince, fit-il, c'est fou ce que tu ressembles à une fille que j'ai connue. »

Sursautant, Phoebe lui lança un coup d'œil. Il plissait à nouveau les yeux. « C'est fou ce que tu lui ressembles. »

Elle le dévisagea. «Catnip», dit-elle enfin, surprise elle-même.

Il recula d'un petit pas.

Et, d'une voix maintenant précipitée : «Tu étais un ami de Faith O'Connor, c'est ça ? Moi, je suis sa sœur.»

Catnip détourna les yeux, les reporta sur Phoebe. Il secouait la tête. Elle se souvenait de lui maintenant, mais il lui avait paru plus grand autrefois. Et beau aussi, de cette beauté intense et fragile qu'ont parfois les lycéens, jamais les hommes. Aucune fille ne lui résistait, d'où son surnom – *Catnip*, l'herbe à chats.

Il la regardait fixement : «C'est pas possible.»

Tandis qu'il s'excusait tant bien que mal auprès de l'équipe, Phoebe s'efforçait de reprendre haleine. Elle avait rêvé ce moment des années durant : un ami de Faith qui la reconnaîtrait, elle, à présent grandie – C'est fou ce que tu ressembles à ta sœur.

Ils traversèrent ensemble le terre-plein. Phoebe se sentait mal à l'aise. Des traces de barbe blonde couraient sur les joues de Catnip.

«Et qu'est-ce que tu fais maintenant, tu es au lycée ?

– Je viens de finir, répondit-elle. La semaine dernière, en fait.» Elle n'avait pas assisté à la remise des diplômes.

«Bon, moi, c'est Kyle. Ça fait des années qu'on ne m'a pas appelé Catnip, dit-il d'un ton rêveur.

– Tu as quel âge ?

– Vingt-six. Et toi ?

– Dix-huit.

– Dix-huit.» Il se mit à rire. «Merde, quand j'avais ton âge, vingt-six ans, ça semblait déjà l'asile.»

Kyle sortait de sa deuxième année de droit. «Lundi, je commence mon boulot d'été», dit-il. Les doigts en ciseaux, il fit mine de se couper les cheveux.

« Non, c'est vrai ? Ils t'y obligent ? » On aurait dit l'armée.

« Ils n'ont pas besoin. Tu l'as déjà fait tout seul. »

À l'entrée du Golden Gate Park, la rumeur des voitures gagnait en force. Phoebe se retrouvait petite fille en compagnie d'un des amis de Faith. Tâche ardue que de les intéresser. « Tu y repenses, des fois ? lui demanda-t-elle. Tu sais, à ma sœur ? »

Il y eut un silence. « Bien sûr, dit Kyle. Bien sûr, que j'y pense.

– Moi aussi.

– Tu ne peux pas savoir comme elle est présente pour moi.

– Je pense à elle tout le temps », dit Phoebe.

Kyle hochait la tête. « C'était ta sœur. »

Quand ils atteignirent Haight Street, la brume avait commencé de se lacérer, découvrant des brins de ciel bleu. Phoebe voulut lui dire qu'elle bossait à deux rues de là, que s'il n'y avait pas eu ce *Revival* des Lunes elle serait déjà au travail… Mais cela semblait sans importance.

« J'habite dans le coin, dit Kyle. Tu passes prendre un café ? »

Son appartement, dans Cole Street, déçut Phoebe. Elle avait espéré remonter le temps, mais un canapé anthracite trônait dans le living, derrière un grand guéridon de verre. Sur les murs, des lithos abstraites semblaient flotter derrière leurs cadres en Plexiglas. Pourtant, un prisme pendait à une fenêtre ; des coussins à teinture artisanale recouvraient le parquet. Phoebe surprit aussi une odeur de poivre ou de girofle, un écho des années passées.

Dédaignant le canapé, elle s'assit à même le sol. Quand Kyle ôta son battle-dress, Phoebe vit jouer, sous l'étoffe du tee-shirt, toute sa musculature. Il y avait un étui à cigarettes en résine sur le guéridon ; il en sortit un joint, l'alluma, se laissa glisser à terre.

« Tu sais, dit-il d'une voix rauque, gardant la fumée dans ses poumons comme il lui tendait le joint, pas mal de fois, je me suis dit que j'allais passer vous voir, toi et ta mère. Histoire de prendre de vos nouvelles.

– Tu aurais dû. » Phoebe lorgnait le joint avec inquiétude, hésitant à fumer. La drogue la plongeait dans une angoisse profonde ; plus d'une fois, elle s'était retrouvée broyée comme dans un étau par la peur paralysante de tomber raide morte. Mais elle songea à sa sœur, se souvint que Faith n'avait reculé devant rien : Kyle devait attendre d'elle une même détermination. Elle prit une bouffée modérée. Lui s'était courbé sur la chaîne, empilait des disques sur la platine. *Surrealistic Pillow* se fit entendre, la voix riche et spectrale de Grace Slick.

« Elle s'est remariée, ta mère ? demanda-t-il en se rasseyant.

– Oh non, fit Phoebe dans un demi-rire. Non. »

Kyle la regardait derrière un rideau de fumée ; elle se sentit mal à l'aise. « Je crois que c'est une période de sa vie sur laquelle elle a tiré un trait », expliqua-t-elle.

Il secouait la tête. « Dommage.

– Non, ça ne la dérange pas. » Tout en parlant, Phoebe se demandait si elle en était bien sûre. « Tu sais, elle a passé l'âge des grandes passions. »

Kyle reprit le joint, fronçant les sourcils. « Elle a quel âge, au fait ?

– Justement, la semaine prochaine, c'est son anniversaire. Elle aura quarante-sept ans. »

Il éclata de rire, recracha la fumée, s'abandonnant à la toux. «Quarante-sept ans, dit-il en se reprenant. Mais ce n'est pas vieux, Phoebe.»

Déconcertée par son rire, elle tourna vers lui de grands yeux. «Je n'ai pas dit qu'elle était vieille.» Le hasch lui montait au cerveau.

Le regard de Kyle s'attardait sur Phoebe. Des pans de fumée traînaient dans l'air avant de se dissoudre, comme la crème dans le café. «Et toi? demanda-t-il. Comment tu vas?

– Bien, merci», dit-elle avec méfiance.

Quand ils eurent fini le joint, la pièce semblait palpiter tout contre les globes oculaires de Phoebe et son cœur battait de concert. Elle se laissa aller sur le dos; le coussin exhalait une senteur de cannelle.

Kyle s'étira de tout son long, les bras sous la nuque, les jambes croisées aux chevilles. «Je voudrais bien qu'on en parle, mais je ne sais pas comment m'y prendre.

– Moi non plus, dit Phoebe. Je n'en parle jamais.»

Kyle ouvrit un œil: «Pas même avec ta mère? Ton frère?

– Je ne sais pas pourquoi. Avant, on y arrivait.»

Plastic Fantastic Lover déroulait à présent ses volutes hébétées de musique; des éclats de lumière fluorescente fusèrent dans l'esprit de Phoebe.

«Bon, finit par dire Kyle. Tu as compris ce qui s'était passé?

– Tu veux dire, comment elle est morte?

– Ouais. Ce qui s'est passé au juste.»

Comme toujours quand on en venait à parler de Faith, Phoebe se sentit libérée d'un poids. Elle inspira à longues goulées paisibles.

«Eh bien, tout le monde dit qu'elle a sauté.»

Kyle soupira. « En Italie, c'est ça ? »

Elle hochait la tête. Au bout d'un moment, elle lui demanda : « Tu y crois, toi ?

– Je ne sais pas. D'après ce que j'ai entendu dire – tu es plus au courant que moi –, c'était plutôt dur de tomber de là-haut par accident.

– Sauf que personne n'a rien vu. »

Kyle se redressa sur ses coudes et contempla Phoebe. Elle lui retourna son regard, complètement défoncée ; elle s'efforçait de mettre le doigt sur ce qui avait changé en lui depuis les jours anciens.

« Ce que je demande, c'est pourquoi, disait-il. Tu comprends, pourquoi ? »

Qu'il semblait la vouloir, sa réponse – comme s'il avait été le premier à poser la question sous cet angle-là. Phoebe se mit à rire, d'abord doucement, puis sans pouvoir s'arrêter, au point que les larmes lui montèrent aux yeux. « Excuse-moi », dit-elle ; elle s'essuya contre sa manche. Son nez coulait. « Désolée. »

Kyle lui touchait le bras : « Je voudrais comprendre le film, c'est tout.

– Ouais. » Elle renifla. « Moi aussi. » Rire l'avait soulagée, du soulagement que donnent les larmes.

« Tu crois que c'était un accident, dit Kyle.

– Je ne suis pas sûre. »

Il approuva de la tête. Ils semblaient avoir fait le tour de la question ; Phoebe eut le sentiment d'avoir laissé passer une chance. C'était sa faute, songea-t-elle, parce qu'elle avait ri.

Le silence s'installa. La résine poissait les mains de Phoebe, au pouce, à l'annulaire. Kyle ralluma le pétard et, dès qu'il le lui tendit, elle fuma sans hésiter. Puis il ne resta plus que le filtre. Kyle le laissa tomber par terre et s'assit en tailleur, les doigts d'une main appuyés contre l'autre. « Tu lui ressembles. On doit te le dire souvent.

– Non, en fait. » Elle se demanda soudain pourquoi. « Parce que, reprit-elle, et l'idée la fit rire, tu comprends, on ne nous voit jamais ensemble. »

Kyle se frappa le front, tout honteux.

« Mais j'aimerais bien, ajouta Phoebe. Qu'on me le dise. »

Il la quittait, marchait jusqu'à la fenêtre. Phoebe s'étira vers le plafond, les muscles tendus contre les côtes. Elle portait une salopette, des bottes de cow-boy. Elle planait à fond, mais aujourd'hui cela ne lui posait pas problème, elle se sentait même gagner par une sorte de confiance un peu folle. Couchée sur le côté, elle regarda Kyle coller l'œil à son prisme ; un fil de Nylon le rattachait à la fenêtre. Il le fit tourner, des taches d'arc-en-ciel s'éparpillèrent. Un autre morceau sur la chaîne, *Moonchild*, de King Crimson.

« Je viens d'avoir une drôle d'impression, dit Kyle.

– Quoi ?

– Que si là, tout de suite, tu me disais que Faith, c'est toi, je pense que j'y croirais. »

Elle détourna le visage pour cacher son plaisir. Il lui arrivait de passer les habits de Faith, les jeans à franges, les chemisiers de dentelle chinés aux puces, une veste de velours frappé aux boutons en étoiles. Ça ne collait jamais vraiment. Sa sœur avait dû être plus mince, plus grande, ses cheveux noirs plus longs, enfin, quelque chose clochait. Tous les efforts de Phoebe pour combler le fossé qui la séparait de Faith achoppaient sur une différence subtile. Mais un jour, croyait-elle, cette différence s'abolirait, dans une transformation générale que Phoebe guettait sans cesse. Elle avait cru que cela viendrait par étapes.

« Je m'en vais très bientôt pour l'Europe, mentit-elle, prise du désir soudain d'éblouir Kyle. Un grand séjour.

– Ah ouais ? fit-il de la fenêtre. Tu vas où ?

– Je ne sais pas. D'un seul coup, j'ai eu envie de partir, tu vois ? Un truc spontané. » Ce n'était pas tout à fait faux. Phoebe comptait bien un jour se rendre en Europe sur les traces de sa sœur : elle l'avait toujours su. Mais elle s'était inscrite à Berkeley pour le semestre d'automne ; elle avait choisi cinq modules, et même retenu une chambre.

« Je défends complètement ça, la spontanéité », dit Kyle d'un ton envieux.

Leur père aussi la défendait ; il en avait tenu compte dans son testament, qui leur laissait à tous trois – Faith, Phoebe, Barry – une somme de cinq mille dollars à la fin du secondaire, pour découvrir le monde. « Faites-le tout de suite, disait-il, avant d'avoir des attaches. Faites des choses que vous vous raconterez le restant de votre vie. »

« Partir comme ça, tu comprends ? poursuivait-elle, s'enfonçant dans le mensonge. Juste mettre les voiles. »

Kyle vint jusqu'à l'endroit où elle était couchée. Ses pieds nus collaient au plancher verni. Un genou craqua comme il la rejoignait sur les coussins. Phoebe ferma les yeux.

« Tu es belle », dit-il en lui caressant le visage. Phoebe rouvrit les yeux, les referma aussitôt. Elle se sentait prise de vertige, comme si la pièce, à l'instar du prisme de Kyle, s'était mise à tourner sur un fil de Nylon. Il s'allongea, l'embrassa sur la bouche. Phoebe lui rendit son baiser ; une zone aveugle d'elle-même émergeait brusquement. Elle était encore vierge. La bouche de Kyle avait un goût sucré de compote de pommes.

Il disposa les coussins, s'étendit à son côté. Quand ses mains se posèrent sur ses seins, à travers son tee-shirt, Phoebe perçut en lui une confiance qui l'aida à se détendre. Kyle prenait sa tête entre ses mains, paumes fraîches sur ses tempes et, sous ses oreilles assourdies, Phoebe devinait des rumeurs de coquillage. Il se jucha sur elle ; elle s'agrippait aux muscles de son dos, sa chaleur infiltrait ses habits, se diffusait jusqu'à sa peau. Son ventre bougeait lentement quand il respirait, plein d'une force contenue. Son érection pesait contre la cuisse de Phoebe. Elle ouvrit les yeux pour le regarder ; mais Kyle avait fermé les siens, de toutes ses forces, comme quelqu'un qui fait un vœu.

« Attends, attends. » Tant bien que mal, elle s'arrachait à son étreinte.

Il ne céda pas tout de suite, puis sauta sur ses pieds comme si un inconnu était entré. Elle l'entendit haleter. Elle s'assit, lovée comme dans un œuf, le menton sur les genoux. Kyle alla jusqu'au canapé, se blottit contre l'une des extrémités. « Merde », lança-t-il.

Mais Phoebe l'avait déjà perdu. Il fallait qu'elle se rappelle quelque chose. Elle ferma les yeux, le front appuyé contre ses rotules ; alors elle vit Faith et ses amis avaler de petits carrés de papier et, un peu plus tard, se mettre à rire, d'un rire fou et larmoyant qui chez Faith devenait bientôt des sanglots désespérés qu'elle épanchait dans les bras de son copain – « Wolf », comme on l'appelait, pour sa peau mate, ses dents blanches, ses mains brunes sur le front de sa sœur, « Chh », lui caressant les cheveux ainsi qu'on caresse un chat, « Chh ». Le torse nu sous une veste de daim, les muscles bruns de son ventre qui rappelaient à

Phoebe les dessins d'une carapace de tortue. Puis Faith l'embrassait et Phoebe regardait, mal à l'aise. « Allez, viens », disait Faith, elle essayait de se lever, n'y arrivait pas ; elle était malade, elle avait l'œil fiévreux. Et ils s'embrassaient, ils s'embrassaient, mais Wolf apercevait Phoebe accroupie à côté de lui, leurs regards s'arrêtaient l'un dans l'autre.

« Faith, attends, disait-il. Attends, bébé. »

Il finissait pourtant par l'aider, et Phoebe rampait derrière eux dans le couloir qu'ils enfilaient en titubant, jusqu'à la chambre blanche de sa mère dont la porte se refermait en claquant. Il n'y avait plus que le silence. Phoebe attendait dans le couloir que la porte se rouvre, gagnée par la peur à mesure que le temps passait – sa sœur était malade, elle tenait à peine debout ! Quand leur père était tombé malade, on avait gardé cette porte toujours close, l'odeur douceâtre des médicaments dans le couloir. Phoebe se jetait à plat ventre sur le tapis où elle demeurait dans une sorte de transe, la porte blanche brûlait un trou dans sa tête, jusqu'à ce que, au bout de ce qui paraissait des heures, elle se précipitât contre la porte en sanglotant, la fraîcheur lisse de la peinture contre sa joue, mais toujours sans oser tourner la poignée. Elle avait trop peur.

Puis un bruit de pas. Phoebe se reculait brusquement et Faith ouvrait la porte, ses yeux noirs grands ouverts, des gouttes d'eau suspendues à ses cils. Elle serrait Phoebe contre elle, « mon bébé », la berçait tout doucement, « bébé, mon bébé, qu'est-ce qui t'arrive ? ». Des odeurs de savon – est-ce qu'elle n'avait fait que prendre une douche ? Et Wolf, le héros, qui tournait vers Phoebe des yeux emplis d'un tel chagrin qu'on aurait dit qu'il venait de lui faire mal. Mais non, voulait répondre Phoebe, non, non, mais comment parler quand elle ne comprenait rien, quand chacun d'eux lui restait impénétrable ?

Et voilà que Phoebe contemplait Kyle à des kilomètres de là, sur le canapé. Cela se passait toujours ainsi, un souvenir demandait à resurgir, la tirait en arrière comme une mer à son reflux. Une porte blanche qui la contenait au-dehors la renvoyait à l'irréalité de sa vie présente, à son insignifiance : l'important se dérobait aux yeux. Elle s'en voulait parfois de se souvenir, ne souhaitait rien tant que de se jeter tête baissée dans quelque chose qui lui fût propre et de s'y perdre. Mais ce n'était pas possible. La seule issue passait par cette porte.

« Elle te manque ? » demanda-t-elle dans le silence.

Il se leva du canapé en soupirant, vaporisa de l'eau sur ses feuilles de marijuana. Les plants graciles s'inclinaient vers une ampoule à ultraviolets ; de minces fils les attachaient aux tuteurs. « J'ai parfois l'impression qu'elle est encore là-bas, dit-il. Dans ce temps-là. Tu ne peux pas savoir ce que ça me manque.

– À moi aussi, dit Phoebe, le cœur serré. Même si je n'étais pas vraiment là.

– Bien sûr que si.

– Non. Je n'étais qu'une gosse. »

Il y eut un long silence. « Moi non plus, fit Kyle. Moi non plus, je n'y étais pas. Pas complètement.

– Comment ça ?

– Je tournais en rond, je tournais, mais je n'étais jamais vraiment dedans. »

Cet aveu la mit mal à l'aise. « Non, tu étais là, Kyle, l'assura-t-elle. Tu étais là, je te le promets. »

Il sourit, il semblait réconforté. Il fit jouer son vaporisateur dans le vide. Les particules d'eau accrochaient la lumière en retombant. Phoebe entendit le canon ; on le tirait chaque jour à dix-sept heures de la base militaire du Presidio. Elle se redressa péniblement : « Il faut que j'y aille. » L'une de ses jambes s'était engourdie. On était en 1978. Le compagnon de Faith, Wolf, vivait désormais en Europe. La mère de Phoebe n'avait plus de ses nouvelles depuis des années.

Kyle attendait, les mains dans les poches. « Je t'appelle.

– O.K. », dit-elle, sachant qu'il n'appellerait pas.

Elle descendit d'un pas prudent les marches goudronnées qui menaient à la rue, la main crispée sur la rampe. Le soleil scintillait dans les arbres. Un tram bredouilla au loin, dans le silence.

« Hé », entendit-elle au-dessus d'elle. Kyle se penchait à la fenêtre. « J'ai oublié, je voulais te donner un truc au cas où tu passerais à Munich. J'ai un cousin qui vit là-bas. »

Phoebe s'abrita les yeux. Elle avait oublié son histoire d'Europe. C'était une surprise de l'entendre maintenant répétée comme un fait.

« Remonte », disait Kyle.

Elle revint sur ses pas. Kyle lui tendit un joint roulé dans un papier à cigarettes rosé fluo : « Dis-lui que c'est le même truc qu'on a fumé à Noël. » Il ouvrit un carnet, recopia une adresse au dos d'un reçu. « Steven + Ingrid Lake », lut Phoebe. Les coordonnées suivaient ; il semblait manquer des chiffres au numéro de téléphone. Elle enveloppa soigneusement le joint dans l'adresse, glissa le tout à l'intérieur de son sac.

Kyle riait dans l'embrasure. « Dis à Steve d'éviter les fourmilières. Il comprendra. »

En redescendant les marches pour la seconde fois, Phoebe se sentit prise d'une étrange fébrilité. Kyle la croyait en partance pour l'Europe : la semaine prochaine, demain peut-être. L'idée la renversait, lui donnait l'impression exaltante que tout pouvait arriver.

Une fois dans la rue, elle leva les yeux. Il l'observait depuis la fenêtre, caressant le prisme d'un geste machinal. « Tu pars quand ? demanda-t-il.

– Bientôt, dit-elle en riant presque. La semaine prochaine, peut-être. » Elle se détourna pour s'en aller.

« Tu m'envoies une carte », lança-t-il dans son dos.

Phoebe se voyait sourire aux silhouettes osseuses des maisons victoriennes. L'Europe, songea-t-elle. Les oiseaux, la pierre blanche, de grands ponts obscurs. Refaire tout l'itinéraire de Faith, voir les lieux qu'elle avait visités, un à un. Les cartes postales de sa sœur dormaient encore sous son lit, dans un carton à chaussures. Phoebe se rappelait les avoir attendues dans la fièvre, du jour où sa sœur et Wolf s'en étaient allés, un jour d'été qui ressemblait un peu à celui-ci. Ils s'étaient rendus à l'aéroport dans la camionnette de Wolf, en compagnie d'une fille qui venait de racheter le véhicule. Après leur départ, Phoebe était restée longtemps sur le trottoir, à se demander ce qu'ils allaient devenir. Elle se le demandait encore.

Sa sœur était morte le 21 novembre 1970, au pied des falaises de Corniglia, un petit village côtier du nord-ouest de l'Italie. Elle avait dix-sept ans ; Phoebe en avait dix. On avait trouvé des traces de drogue dans le corps de Faith, speed et LSD, pas assez cependant pour qu'on puisse leur imputer le drame. Sans la fracture de la nuque, disait-on, elle aurait pu vivre.

Aurait-elle noué bout à bout toutes ces heures passées à ressasser l'événement que Phoebe eût sans doute dévidé des années. Elle s'abîmait dans ces méditations, dépouillant sa propre vie comme une mue à mesure qu'elle s'enfonçait dans le puits insondable de l'absence de sa sœur. Et chaque fois que Phoebe y revenait, elle se sentait gagner un peu plus par la certitude qu'il demeurait un immense malentendu ; que si Faith avait mis fin à ses jours, c'était sans la moindre trace de ce sentiment d'échec, de ce désespoir qu'on implique par le mot « suicide ». Lorsque Phoebe songeait à la mort de sa sœur, une étrange joie lui empoignait le cœur ; il lui semblait que Faith avait été ravie dans quelque royaume aux couleurs plus intenses, un endroit si reculé qu'elle n'avait pu l'atteindre qu'en abdiquant sa vie. Comme on donne un coup de pied à l'échelle : où donc était l'échec ?

La mère de Phoebe, Gail, avait pris l'avion pour l'Italie ; elle en rapporta les cendres de Faith dans une urne. Phoebe, Barry et elle allèrent les disperser du haut des falaises qui s'élèvent non loin du Golden Gate Bridge, un endroit où la famille avait l'habitude de pique-niquer. Phoebe se rappelait le regard incrédule qu'elle avait posé sur ces fragments soyeux, inégaux, semblables aux débris d'un foyer. Elle avait les mains moites et, comme elle livrait de pleines poignées de cendres au vent, la cendre la plus fine était venue se loger dans les plis de ses paumes. Phoebe avait eu beau secouer de toutes ses forces, la poudre était restée. Plus tard, elle s'était enfermée dans sa chambre et avait considéré longtemps ses mains ouvertes. La maison était silencieuse. Tirant la langue, Phoebe en avait fait courir la pointe le long de sa paume. Elle avait découvert un goût amer, salé. Horrifiée, elle s'enfuît vers la salle de bains, se rinça longuement la bouche et les mains dans le lavabo, regardant au fond du siège des toilettes avec le secret espoir de la nausée. Plus tard, elle s'était demandé si ce qu'elle avait goûté ce jour-là n'était pas sa propre sueur.

Une porte blanche, tout au bout d'un couloir. «Viens», avait dit Faith, la main tendue vers Wolf. Ils avaient refermé derrière eux.

Et Phoebe qui faisait les cent pas au-dehors, les orteils perdus dans l'étoffe moelleuse du tapis, gagnée par la terreur… De quoi ? Que sa sœur ne soit partie. Que la porte ne se rouvre jamais. Que, si jamais elle se rouvrait, Phoebe ne se retrouve toute seule dans une pièce claire et vide.

2

Quand Phoebe prenait place dans la Porsche de son frère, s'engageait un jeu cruel et tacite : conscient d'effrayer Phoebe, Barry écrasait l'accélérateur pour qu'elle le supplie de ralentir, mais elle serait morte plutôt que de s'y résoudre. S'il n'y avait qu'eux deux dans l'auto, un silence morose les enveloppait bientôt tandis que l'aiguille du compteur entrait peu à peu dans le rouge et que Phoebe implorait de Dieu la faveur d'un seul feu rouge. Combien de temps encore, songeait-elle, avant qu'il nous arrive quelque chose ? Pourtant, elle ne cédait pas.

« Du calme, chéri », déclara leur mère. Ils n'avaient pas passé trois rues depuis la maison que Barry s'était déjà mis à faire hurler le moteur. « J'aimerais connaître quelques autres anniversaires après celui-ci. »

La journée s'annonçait tiède et claire, ce qui est rare à San Francisco en juin. Barry éclatait de fierté. Il avait planifié l'anniversaire de leur mère depuis des semaines. Il avait d'abord proposé un week-end prolongé à Hawaii, puis une excursion en montgolfière, pour finir par une croisière d'une journée sur un yacht affrété tout exprès. « Je suis ta mère, pas le P-DG de Sony, l'avait-elle rabroué, avec un rire gentil afin qu'il ne le prenne pas mal. Pourquoi pas un pique-nique ? »

À vingt-trois ans, le frère de Phoebe était millionnaire. À l'origine de sa fortune se trouvaient les cinq
mille dollars de leur père, que Barry avait su faire fruc-
tifier par de judicieux placements pendant sa scolarité à
Berkeley. Son diplôme en poche, il avait investi
l'argent dans la création d'une entreprise de logiciels.
Celle-ci, la dernière fois que Phoebe avait interrogé
Barry à ce sujet, comptait cinquante-sept employés. Il
possédait une maison dans les collines de Los Gatos,
avec quatre chambres ; et, à chaque anniversaire de
Phoebe, il l'inondait de cadeaux à épuiser sa reconnaissance, une raquette de tennis Prince, une montre digi-
tale, un collier de vraies perles qui luisaient d'un faible
éclat rose sous certains éclairages. Barry mentionnait
souvent le nom de telle ou telle personnalité qu'il avait
croisée dans une soirée, ne manquant pas de souligner
que c'était elle qui était venue le trouver, de s'étendre
sur l'extraordinaire moment d'échange qui en avait
découlé. Au dire de Barry, le QI de ses employés cre-
vait tous les plafonds, ses produits étaient phénomé-
naux au point que ses clients manquaient défaillir
devant leurs terminaux. Phoebe en arrivait parfois à le
croire, se rangeant aux vues de Barry selon lesquelles
le centre du monde ne résidait ni à New York ni à Paris
ou Washington, mais au siège d'une entreprise d'infor-
matique de Palo Alto.

La Porsche s'engageait dans le Golden Gate Park.
« Où est-ce qu'on va ? demanda Phoebe depuis le
siège arrière.

– Vous verrez bien », dit Barry. Il s'adressait à sa
mère. Phoebe l'entendait vaguement parler de puces,
d'octets. Elle baissa sa vitre et respira l'odeur du parc,
une odeur mouillée, lourde des parfums de l'eucalyptus. Il y avait exactement une semaine qu'elle avait

rencontré Kyle à cet endroit ; comme la plupart des souvenirs affectés par la drogue, cette rencontre se dessinait dans son esprit sous des contours imprécis, avec la consistance brumeuse des rêves. Mais ce qu'elle avait ressenti à dire qu'elle partait en Europe, à le faire croire à Kyle – cela, Phoebe ne pouvait l'oublier.

Elle tendit la main vers le dossier de sa mère, caressa ses cheveux laqués. Aux yeux de Phoebe, toute la beauté de sa mère ne parvenait pas à éclipser un certain air suranné par lequel cette beauté semblait contenue à l'extérieur, inactive ; voilà ce dont Phoebe raffolait. Elle s'agaçait de contempler de vieux clichés de sa mère, sa jeunesse, sa beauté resplendissante, ses sourires timides sous le bord d'un chapeau. Des instants d'intimité de ses parents lui revenaient en mémoire : son père qui lovait sa tête contre le ventre de sa mère, qui lui donnait par jeu une claque sur le derrière. Elle se rappelait Claude, aussi, le seul amant qu'ait connu sa mère dans un veuvage plein de rencontres sans lendemain ; cette disponibilité hébétée qui s'emparait de sa mère en la présence de Claude, la tension qui s'accumulait entre elles deux comme une charge explosive. Phoebe préférait sa mère telle qu'elle était aujourd'hui, nostalgique, un peu vieux jeu, ce rire toujours teinté de mélancolie, comme si les choses n'avaient été drôles que malgré elles. Aux yeux de Phoebe, sa mère gardait toujours le deuil : cette idée l'emplissait d'un sentiment de sécurité inestimable, le sentiment qu'on éprouve à s'endormir quand on sait qu'il y aura quelqu'un d'autre pour veiller.

Barry se gara non loin d'une clairière, pleine d'arbres fruitiers aux feuilles si neuves qu'elles en semblaient humides. Il déchargea l'auto, déclinant d'un geste leurs offres d'aide. Barry était grand ; il avait les cheveux sombres, les yeux d'un noir intense, comme si les pupilles s'étaient dilatées dans un instant de pure panique pour ne jamais se rétrécir. Ce détail se lisait sur les photographies – « C'est ton frère ? Tu parles d'un canon », disaient les amies de Phoebe depuis des années en contemplant ses clichés –, mais dans la vie quelque chose coupait l'effet. Il avait une démarche d'enfant, nuque en avant, bras collés au corps, toujours sur le point, semblait-il, de courir se cacher.

Barry disposa le repas, un assortiment désespérant de somptuosité : brie et poires rousses, rosbif, bagels, feuilles de vigne farcies. Il y avait du Dorn Pérignon dans une glacière, une petite boîte de caviar beluga. Leur mère fit voler ses espadrilles ; elle étirait ses doigts de pied blancs, sirotait son Champagne : « Je tiendrais bien quelques jours de plus à ce régime. »

Quand ils eurent mangé les parts du gâteau à la carotte de Phoebe, Barry rapporta de l'auto une pleine brassée de cadeaux qu'il empila devant leur mère, dans un foisonnement de feuilles d'or et de rubans verts. « Grands dieux », s'écria-t-elle.

Phoebe gardait son propre cadeau dans la poche de son pantalon de velours : un collier de chez Tiffany, pour les noces d'argent de ses parents ; ce devait être le mardi. « Toi d'abord, Bear », dit-elle, sachant que cela lui ferait plaisir.

Barry montra une boîte. Leur mère l'ouvrit avec précaution, attentive à ne pas déchirer l'emballage. Elle défaisait toujours ses cadeaux de la même façon, pour ensuite froisser tous ces papiers intacts et les jeter aux ordures sans un remords. « Du maquillage, dit-elle en écartant la feuille d'or.

– Les dernières nuances, expliqua Barry. Je t'ai pris tout le jeu. »

Les rangées d'ovales multicolores scintillaient comme les peintures à l'eau de Phoebe dans son enfance. « Ça fait des années que je ne me maquille plus, observa leur mère.

– Pas de problème », assura Barry en lui présentant un deuxième cadeau, long et plat. Il contenait une carte.

« Bon à valoir, lut-elle. Pour un refaçonnage facial ?

– C'est-à-dire, se hâta d'expliquer Barry, qu'on regarde ce qui va le mieux sur ton visage, et qu'on t'apprend à le faire.

– Dans mon cas, un sac en papier suffirait, déclara-t-elle en l'entourant d'un bras. Vraiment, chéri, cela a dû te prendre du temps. »

La boîte suivante révéla un autre bon, cette fois concernant un salon de coiffure. Leur mère ébouriffa les cheveux de Barry. « Toutes mes excuses : laisse-moi te dire que ta coupe faisait fureur en 65. »

Mais Barry ne semblait pas l'entendre. Penché sur sa mère, il lui présentait cadeau sur cadeau, lui laissant à peine le temps de les ouvrir. Phoebe levait les yeux en l'air, vers les feuilles nouvelles. Elle enrageait : Barry avait-il perdu la tête ?

Encore un bon d'achat, pour le Centurion, un magasin de vêtements d'Union Street. « Là, c'est trop, déclara leur mère. Tu passes les bornes !

– Et maintenant, pour rapporter tout ça chez toi, le cadeau numéro cinq. »

Leur mère ouvrît la dernière boîte, fronça le sourcil. « Coordinateur de mode, lut-elle. On dirait une machine.

– Non, non, c'est un type, expliqua Barry. Il t'accompagne au magasin et il t'aide à choisir. Il sait les styles qui sont dans le coup. »

Il y eut un silence. Leur mère leva les yeux de l'océan des feuilles d'or. Phoebe surprit sur les traits de Barry un éclair de détresse, comme si le poids de tous ces présents venait de retomber sur lui. «Je ne le fais pas dans un mauvais sens…, commença-t-il.

– Bien sûr que non», dit leur mère. Elle se tourna vers Phoebe : «Il a raison, n'est-ce pas ? Je suis devenue une vieille toupie.

– Tu n'as rien d'une vieille toupie, dit Phoebe.

– J'espère que tu vas vraiment t'en servir, expliqua Barry. Je veux dire, que tu ne vas pas ranger tout ça dans un placard, et puis voilà. » Ses yeux s'attardaient sur Phoebe, comme pour conjurer son envie furieuse de ruiner son geste.

«C'est drôle, en fait, déclara leur mère. Cela fait des mois que je songe à… redonner un peu de neuf à mon apparence.

– Ah bon ? dit Phoebe, stupéfaite.

– Franchement, oui. Mais je ne savais pas par où commencer. C'est presque de la télépathie, Barry. »

Phoebe remâcha ces mots, mal à l'aise. Il lui fallut quelques instants pour se rappeler son propre présent, qu'elle sortit de sa poche.

«Encore des cadeaux, dit sa mère. Mes enfants font des folies. »

Barry regardait en silence et, déjà, Phoebe percevait sa rancœur, sa peur d'être éclipsé. À gestes lents, leur mère écartait l'emballage, ouvrait l'écrin, trouvait la bourse bleue de chez Tiffany. «Qu'il est joli, ce petit sac, déclara-t-elle. Je vais sûrement pouvoir le garder pour quelque chose. » Elle allait sans se presser, faisait durer l'instant, équilibrait l'unique présent de Phoebe contre tous ceux de Barry.

Sa mère finit par tirer sur le cordon du sachet et découvrit le collier, une goutte solide d'argent suspendue à une mince chaîne. « Oh, oh, Phoebe, c'est magnifique. Aide-moi à le mettre. » Elle releva ses cheveux, Phoebe fit jouer le fermoir contre sa nuque de façon que la goutte d'argent repose entre ses clavicules.

« Joli, dit Barry en se réinstallant dans l'herbe. C'est très mignon, Pheeb.

— Il est splendide », reprit leur mère en l'embrassant sur la joue. Des effluves montaient de son chemisier : Phoebe respira son parfum, une odeur acide de citron. Leur mère avait toujours la même odeur.

Elle dévorait sa mère des yeux, guettant un signe de reconnaissance devant la signification réelle du collier, Sans doute le lui donnerait-elle à l'insu de Barry ; il suffirait d'un regard qui leur rappellerait à toutes deux ces années qui couraient derrière elles.

Leur mère ferma les yeux, le visage tourné vers le soleil. Phoebe la dévisagea jusqu'à ce qu'elle les rouvre. « Qu'y a-t-il ? » demanda-t-elle en se raidissant.

Phoebe la regardait fixement. Elle surprit au loin la pulsation d'un bongo.

« Quelque chose ne va pas, chérie ? » Phoebe la contemplait sans rien dire. « Phoebe ?

— Tu ne comprends pas ? cria-t-elle avec exaspération.

— Qu'est-ce que je ne…

— L'argent. » Elle n'en revenait pas d'avoir à le dire.

Sa mère caressa le collier. « Oui, je… j'adore l'argent.

— Réfléchis. De l'ar-gent, reprit-elle en détachant les syllabes. Je ne peux pas croire que tu ne comprennes pas.

– Mais qu'est-ce qu'il faut comprendre ? s'écria Barry. Phoebe, bon Dieu, elle t'a dit qu'elle l'aimait. »

Les mains de sa mère voletaient autour de son cou.

« De l'argent ! Pour les vingt-cinq ans. »

Mais même alors, son visage restait vide. Phoebe sentit une peur profonde palpiter dans son ventre.

« Oh, je comprends, s'écria enfin sa mère, soulagée. Nos vingt-cinq ans, bien sûr. Mais c'était l'année dernière.

– L'année dernière ? Comment ça ? fit Phoebe, soudain raidie.

– Quoi, l'année dernière ? demanda Barry.

– Nous nous sommes mariés en 52.

– En 52 ! Je croyais que c'était 53.

– Ce n'est pas grave, ma chérie, cela n'a vraiment aucune importance. » Sa mère semblait ne pas avoir repris contenance. « Grands dieux, dit-elle, tu m'as fait peur.

– Stop ! Stop ! lança Barry. Quelqu'un pourrait-il m'expliquer, s'il vous plaît, le rapport entre ce collier et ton mariage avec papa ?

– L'argent, expliqua leur mère. C'est ce qu'on offre pour le vingt-cinquième anniversaire de mariage. Les noces d'argent. »

Barry s'étendit dans l'herbe, jeta un regard furieux vers les arbres. « Pigé.

– Quelle gentille attention », dit leur mère, mais sans la conviction qu'aurait espérée Phoebe.

Barry n'ajouta rien. Phoebe suivit son regard jusqu'à un grand cerf-volant bariolé qui dansait au-dessus des arbres. Un muscle palpitait près de sa mâchoire. « Bear, dit-elle, ne te mets pas en colère.

– Je vois. Maintenant, c'est ma faute. »

Les épaules de leur mère s'affaissèrent. Phoebe sentit son abattement ; elle s'en voulut de s'être trompée sur la date. Son regard courut sur les arbres, sur un vieil homme qui s'abritait le visage et la poitrine avec une serviette. Elle devinait un cadre d'événements sous-jacent, une ossature sur laquelle le présent s'étirait comme une peau. Une erreur dans ce cadre et le monde entier perdait toute signification : les nuages, les chiens, les gosses aux Yo-Yo fluorescents, que faire de tout cela ? « 52, dit-elle en essayant de retrouver son calme. C'était en 52, je n'arrive pas à y croire. »

Barry ouvrit la bouche pour répondre, puis il soupira. Leur mère prit la main de Phoebe dans la sienne, mince et tiède, tissée de veines épaisses. Phoebe se détendit. Sa mère percevait le cadre ; sa mère percevait tout.

C'était l'heure où leur mère devait se rendre au bureau. Il lui arrivait souvent de travailler le week-end, ce qui plongeait Barry dans des fureurs noires contre son patron, Jack Lamont. Ils roulèrent en silence jusqu'à Post Street où se trouvait l'immeuble. Elle les embrassa avant de descendre : « J'ai les enfants les plus merveilleux du monde. » Phoebe resta enfoncée dans le siège arrière, laissant Barry seul à l'avant. Il enfila Pine Street à tombeau ouvert, démarrant à l'instant précis où les feux passaient au vert ; Phoebe, les yeux clos, se demandait à quel moment au juste elle et son frère s'étaient dressés l'un contre l'autre. Mais aussi loin qu'elle remontât, il semblait en avoir été ainsi.

Il coupa le moteur dans l'allée. « Il faut qu'on parle », lui dit-il. Il la précéda vers la maison, un grand pavillon qui se dressait dans Clay Street. Toute la vie de Phoebe, ils avaient habité cette bâtisse victorienne au plan anarchique ; elle tombait à l'abandon depuis quelques années, la peinture s'écaillait, des arbres trop grands penchaient comme des ivrognes vers les fenêtres. On avait condamné le deuxième étage des années auparavant, pour être loué comme appartement privé.

Barry suivit Phoebe dans la cuisine. « Assieds-toi », lui dit-il en lui montrant une chaise et elle obéit, le cœur battant. « Il faut que ça cesse, Phoebe. Tu le sais bien.

– Quoi ? » demanda-t-elle. Mais il avait raison. Elle le savait bien.

« Toi et maman, reprit-il. Comment vous vivez.

– Mais tu n'es jamais là.

– Non, je ne suis jamais là, assena-t-il. Parce que ça me fait mal de venir dans cette maison ! Enfin, bon Dieu, Phoebe, cela fait des années maintenant et rien n'a changé. On se croirait dans *Les Grandes Espérances*. »

Phoebe l'écoutait, terrifiée. Il avait raison, songeait-elle, il devait avoir raison. Elle avait lu *Les Grandes Espérances*, mais ne voyait pas à quel passage il faisait allusion.

« Toi, je ne m'inquiète pas pour toi, poursuivait-il. Tu vas commencer la fac. Mais maman, bon Dieu ! Seule dans cette maison, avec son connard de patron sur le dos toute la journée… Elle a quarante-sept ans, Phoebe, ne l'oublie pas. Quarante-sept.

– Mais je ne vais pas la quitter, cria-t-elle. Elle ne sera jamais seule. »

Ce n'était pas ce qu'il aurait fallu répondre. Barry plongea vers elle, les yeux presque fous. « Mais tu ne comprends pas ? cria-t-il. Il faut que tu te barres,

Phoebe, nom de Dieu, voilà ce que j'essaie de te dire !
Ce n'est plus toi qu'il lui faut.

– C'est pour ça que tu lui as offert tous ces trucs,
répliqua-t-elle, maintenant en colère. Pour qu'elle se
dégote un autre mari avant qu'il ne soit trop tard.

– Eh bien oui, pour dire les choses crûment. » Il y
eut un silence. Barry reprit d'une voix plus douce :
« Après Faith, je ne sais pas, c'est comme si maman
s'était figée. Quelle tristesse.

– Tu veux dire, à cause de ce type, là ?

– Le seul type depuis papa ! Maman était amoureuse de Claude…

– Je refuse d'en parler.

– Mais après la mort de Faith, elle…

– Tais-toi, Bear. » Elle se couvrit les oreilles. Mais
elle l'entendait encore.

« … elle a coupé les ponts aussi sec. Comme si elle
avait cru qu'elle n'y avait plus droit. Comme une sorte
de punition. »

C'était la première fois qu'elle l'entendait dire une
chose pareille. Phoebe n'en revenait pas. « Elle voit
des gens, finit-elle par expliquer à un set de table en
paille. Elle sort.

– Mais oui, elle sort, ironisa-t-il, Puis elle revient
vers toi, vers cette maison…

– On habite ici ! Que veux-tu qu'elle fasse d'autre ?

– Lâcher prise, dit-il à mi-voix. Lâcher prise, c'est
tout.

– Sur quoi ? demanda-t-elle, gagnée par la peur. Sur
moi ? Moi sur elle ?

– Sur tout. Sur papa, sur Faith, sur tout le bazar. »
D'un seul coup, il ouvrit ses mains, éclairs de chair
pâle : « Laissez courir, Phoebe. C'est tout. »

Elle avait couché sa tête sur la table. Barry s'approcha d'elle, lui caressa les cheveux et quelque chose en Phoebe se dénoua, la confiance surgit. « Tu verras que c'est facile, lui disait-il.

– Mais si nous ne voulons pas ? »

La question parut l'arrêter. Phoebe leva la tête, se redressa. « Pourquoi, je veux dire ? » Elle ne comprenait plus. « Pour toi ? Parce que tu le dis ?

– Bien sûr que non, pas pour moi… Pour vous. » Barry s'éloigna d'elle. « Pour toi et pour maman.

– Mais nous, nous allons très bien. C'est toi, Bear, c'est toi qui paniques. Attends, attends une minute. » Elle s'écarta de la table, se mit debout, l'idée la traversait maintenant. « Je sais pourquoi tu me dis tout ça, c'est à cause de Faith.

– Tu parles, protesta-t-il, mal à l'aise.

– Tu veux l'enterrer, dit-elle, et c'était comme un fil qui se dévide. Tu veux l'effacer de nos mémoires ! »

Barry ouvrit la bouche sans rien dire. Phoebe sut qu'elle avait touché juste. « Tu veux l'enterrer pour prendre sa place, pour devenir le préféré. »

Les traces de barbe jetaient une ombre bleue sur sa peau. « Tu ne sais pas de quoi tu parles, dit-il.

– Tu as peur, reprit Phoebe. Ça se voit. »

Ils s'épiaient d'un bout à l'autre de la cuisine. Phoebe sentit son accès de domination se consumer d'un coup : « Laisse tomber, Bear. » Elle vint tout contre lui. La proximité les apaisa, chose rare : d'ordinaire, même leurs embrassades restaient tendues.

Puis Barry la repoussa ; « Putain, merde, Phoebe, tu n'as pas écouté un mot de ce que je viens de te dire.

– Mais si, protesta-t-elle. J'ai essayé. »

Il eut un rire mauvais. « Tu refuses d'essayer et ça, ça me démonte parce que, qu'est-ce que tu as à perdre ? » Une pause. « Rien ! Ce n'est que du vide, ici. Tu ne défends que du vide. » Il sortit de la pièce.

« Ce n'est pas rien ! » cria-t-elle derrière lui, mais Barry avait déjà ouvert la porte d'entrée, la claquait derrière lui de toutes ses forces. À plusieurs carrefours de là, Phoebe entendit encore vrombir son moteur. Elle s'imagina la liberté que Barry devait ressentir à foncer sur l'autoroute en direction de Los Gatos, l'autoradio poussé à fond. Elle aurait voulu savoir conduire.

Un samedi, deux ou trois mois après la mort de leur père, Barry avait décidé de vider une pièce du sous-sol qui servait de remise, pour s'y établir un atelier. Les peintures de leur père s'amoncelaient dans le réduit : des centaines de toiles, peintes pour la plupart dans les derniers mois de sa vie. Presque toutes étaient des portraits de Faith. Barry résolut de les jeter.

Il en entassa une première fournée dans un gigantesque carton qu'il traîna jusque dans la rue. Faith était au-dehors, elle taillait les massifs au moyen de grandes cisailles. Accroupie à son côté sur les dalles tièdes de l'allée, Phoebe jouait avec des feuilles de vigne dont elle entortillait les queues en hélice, pour les faire voler l'espace d'une seconde.

« Qu'est-ce qu'il y a dans ce carton ? demanda Faith quand Barry traîna son fardeau dans l'allée.

– De vieux trucs à papa. »

Les cisailles à la main, Faith alla regarder dans le carton. Elle sortit une des peintures, un portrait d'elle au jardin. Sur le tableau, elle souriait. « Bear, qu'est-ce que tu comptes en faire ?

– Les jeter. »

Faith parut ne pas comprendre. Elle mangeait à peine, les cisailles paraissaient lourdes et sombres dans sa main. « Remets-les, lui dit-elle.

– Il n'y a plus de place.

– Remets-les où elles étaient, Bear. Au sous-sol.

– Je les fous dehors !

– Elles étaient à papa ! » cria-t-elle.

Barry la bouscula sans s'arrêter, tirant le carton derrière lui sur le trottoir dans un grand crissement.

« Arrête, cria Faith. Écoute, donne-les-moi. »

Mais quelque chose était arrivé à Barry. « Je ne veux plus les voir ! hurla-t-il. J'en ai marre de ces trucs ! » Des larmes roulaient sur son visage. Il s'empara d'une peinture du carton, la jeta sur la route – le visage peint de Faith heurta le ciment et Faith gémit comme sous le coup. Barry prit une autre peinture, s'efforça de la briser avec ses mains. Phoebe courut sur son frère, les bras levés, mais il la repoussa sans peine, sortit trois toiles du carton, les lança le plus loin possible. Deux d'entre elles virevoltèrent en soubresauts joyeux avant de se renverser. Barry était un garçon violent, tout en muscles, il bougeait vite. Les portraits de Faith ne tardèrent pas à joncher la rue : les pastels, les aquarelles, les huiles à l'éclat humide.

Faith sanglotait. Elle brandit les cisailles sous le nez de Barry. « Arrête, cria-t-elle, ou je te tue ! »

Barry s'interrompit. Il regarda les cisailles et se mit à sourire. Il brisa la peinture sur son genou. Faith plongea les cisailles dans sa propre cuisse.

Tout parut soudain se suspendre. Barry devint si pâle que Phoebe crut au début que sa sœur les avait tués l'un et l'autre. Il y eut un silence long, presque paresseux, où aucun d'eux ne bougea, tandis que le jour s'égouttait autour d'eux.

Puis tout se précipita : Faith s'effondra, Barry déchira son tee-shirt et lui fit un garrot à la cuisse. Phoebe alla cogner comme une folle à la porte de la voisine, Mme Rose, qui les emmena au Children's Hospital dans son break bringuebalant. Il y avait eu des piqûres, des points de suture, beaucoup de questions. C'était un jeu, avaient-ils tous insisté – instinctivement, sans concertation préalable –, un jeu qui était allé trop loin.

Phoebe avait toujours eu le sentiment, en revenant sur ces événements, que ce jour-là quelque chose s'était immiscé de façon irréversible entre eux trois. Tandis que Faith gisait sur son lit d'hôpital, blanchie par l'hémorragie, Phoebe lut sur son visage une sorte d'émerveillement devant la force de ce qu'elle venait de faire. On était au printemps 1966. L'automne suivant, Faith entrait au lycée, et en moins d'un an elle se trouva plongée dans ce qui allait devenir les *sixties*. Mais quand Faith et Barry s'étaient battus, rien de tout cela n'était encore survenu. Faith avait treize ans, portait des pantalons de coton vert : elle ne connaissait rien à la drogue ; le premier de ses innombrables petits amis n'avait pas même passé leur porte.

Par la suite, Barry s'était tenu à l'écart de Faith. Il la regardait de loin, ses yeux sombres s'attachaient à ses mouvements. Elle lui faisait peur. Faith, elle, après cette altercation, n'avait plus semblé craindre quoi que ce fût.

Phoebe gagna l'étage, entra dans la chambre de sa sœur. Elle ferma la porte. À la mort de Faith, leur mère avait voulu débarrasser la pièce, mais Phoebe avait élevé de telles protestations qu'elle avait consenti à patienter quelques mois, qui s'étirèrent en un an, puis en deux. À présent, il était sans doute trop tard.

Phoebe dormait là depuis trois ans. Elle ne faisait qu'y dormir : ses vêtements, ses affaires, elle les gardait dans sa chambre à elle, au bout du couloir. Elle n'ignorait pas que sa mère désapprouvait cette disposition, car celle-ci n'entrait jamais dans la chambre de Faith pour s'asseoir sur le lit et discuter, comme elle en avait eu l'habitude.

Faith avait tendu au plafond des quantités de batik bleu. Sur les étagères, des pyramides de cristal côtoyaient des scarabées, des pierres rares, de minuscules encensoirs en or. Derrière la fenêtre pendait un carillon de pacotille – disques nacrés, couleur de pêche, qui ressemblaient à des hosties. Ils venaient de la mer, songea Phoebe. Leur musique inégale avait l'insouciance des rires d'enfants, évoquait le bruit d'une chose de prix qui se brise en mille morceaux.

Phoebe se jeta sur le lit. Elle avait gardé sa salopette. Elle tendit l'oreille au carillon ; elle sentait la maison refermer sur elle sa coquille, comme toujours quand des étrangers la quittaient. La chambre de Faith débordait de photos, sourires édentés, arbres de Noël, gâteaux d'anniversaire brandis au-dessus des têtes redressées d'enfants aux chapeaux de cotillon. Faith avait toujours aimé s'entourer d'images ; photos, tableaux de son père, peu lui importait, elle était avide du plus petit reflet de sa propre existence.

Les objets s'entassaient sur les rayons du placard, tout en haut, un chapeau de paille mexicain brodé de fleurs, au-dessous, des pointes de flèche couleur chair, retirées des champs détrempés de St. Louis, et ainsi de suite jusqu'en bas où dormait – quoi ? Phoebe l'ignorait. Mais il y avait quelque chose. La clé d'une énigme gisait là, parmi les moments oubliés de la vie de sa sœur, ces instants où Faith s'appuyait contre le chambranle d'une porte, s'affalait sur son lit pour jouer machinalement avec un réveil. Seule dans la maison, Phoebe surprenait souvent un bourdonnement diffus, une présence derrière elle, tout autour d'elle. La chambre de Faith menait à cette vibration.

Il n'était pas facile d'entretenir la chambre. Les photos se décollaient des murs, la poussière s'accumulait dans les plis du batik. Phoebe la faisait voler à coups de balai, puis elle aspirait le tapis. À deux reprises, elle avait décroché le batik pour le laver à la main, l'avait mis à sécher dans le jardin, puis l'avait retendu en s'efforçant de retrouver la disposition d'origine. Mais tous ses efforts ne parvenaient pas à enrayer ce lent processus d'érosion, ce repliement des choses sur elles-mêmes, cet effacement progressif.

Phoebe recevait rarement ses amis, consciente qu'aux yeux de beaucoup elle risquait de passer pour un peu dingue. Cela l'intriguait pourtant : elle ne voyait pas ce que vivre dans la chambre de sa sœur avait de plus fou que de s'entourer des posters grandeur nature d'un Roger Daltrey hurlant dans son micro, comme son amie Celeste, ou de suivre les vies privées de Starsky et Hutch, ou encore de passer une nuit sur un trottoir pour obtenir de bonnes places à un concert de Paul McCartney. On trouvait très normal de nourrir des obsessions pour de parfaits inconnus, mais, les rares occasions où des visiteurs s'aventuraient dans la chambre de Faith, Phoebe se voyait soudain dans leur regard et ce qu'elle découvrait la terrifiait. Elle préférait les tenir à l'écart.

Il en allait de même avec Barry. Il y avait beaucoup de vrai dans ce qu'il avait dit : la maison gardait trace des amours fugitives de leur mère : de bizarres céréales pour le petit déjeuner, apportées par un homme qui travaillait dans les études de marché ; les disques du fils d'un autre, un rocker punk, dont les musiques, sinistres, répétitives, évoquaient une chaîne de montage. Mais ces petites aventures n'étaient rien de plus que des anecdotes dont Phoebe et sa mère aimaient rire entre elles, comme de cet homme qui confessait avoir été, dans une vie antérieure, le petit chien de la reine mère d'Angleterre. « Non, mais tu te rends compte ? criait sa mère en faisant voler ses chaussures, et Phoebe se tortillait sur le lit, gloussait avec une terreur ravie. Un chien ? Et il me le raconte ? » Le plus souvent, elle était rentrée dès dix heures et demie, pour écouter Phoebe lui parler des quaaludes et du LSD qu'elle avait vu prendre, de ses amis qui se lançaient dans de folles virées sur l'autoroute ou faisaient l'amour entre les roseaux, près des terrains de sport du lycée. Car, à chaque révélation, Phoebe ne manquait pas d'ajouter : Moi je ne l'ai pas fait, eux, oui, mais pas moi ; d'assurer sa mère qu'elle restait cette fille prudente, un peu à l'écart, destinée sans doute à vivre éternellement. Phoebe avait souvent l'impression d'avoir conclu un accord tacite avec sa mère, par lequel chacune avait retiré de l'autre quelque chose de crucial au sacrifice de sa vie extérieure. Elles passaient souvent la matinée du samedi ensemble, au bureau de sa mère ; Phoebe révisait ses cours sur le grand bureau du patron. Après quoi elles allaient déjeuner dans un endroit chic, chacune buvait un verre de chardonnay ; en regagnant le parking dans le vent de la mer, Phoebe s'émerveillait de cette magie qui imprégnait leur vie, de toutes ces choses magnifiques qui les attendaient.

C'était un mystère : ce qui remontait du sous-sol en sourdes palpitations, ce qui tintait à ses oreilles quand elle était seule dans cette pièce. Il était arrivé quelque chose à Faith.

On avait baptisé et décrit les sixties. Phoebe ne comptait plus les heures qu'elle avait passées, dans la bibliothèque municipale, à dévorer de vieux numéros d'*Oracle*, à feuilleter articles et études consacrés à la *love generation*. Mais elle lisait avec le soupçon inlassable, inquiétant, que ces analyses la détournaient du nœud du mystère au lieu de l'y conduire. Souvent elle dérivait plutôt vers les magazines de mode, *Vogue* et *Harper's Bazaar*, les mannequins nimbés par leur nonchalante beauté, Lisa Taylor, Patti Hansen, le regard furtif de Janice Dickinson par-dessus son épaule tandis que le petit chien noir qu'elle tenait en laisse l'entraînait vers une ruelle. Où allait-elle donc ? Où s'en allaient-elles toutes, ces beautés absentes, devant ces arbres granuleux ? Mais oui ! songeait Phoebe, le souffle plus court à mesure qu'elle tournait les pages. Bien sûr. Un autre monde se dessinait derrière ces photos. Et elle sondait les pages en s'attendant presque à tomber sur un cliché de Faith.

Elle se lova sur le lit, ferma les yeux ; elle aspirait au sommeil, le carillon l'en détournait. Barry se trompait, songea-t-elle, il avait tort et elle raison, elle et sa mère avaient raison. Tout se tenait. Phoebe se tournait sans cesse sur le lit, cherchait vainement à retrouver cette vertueuse indignation qu'elle avait ressentie dans la cuisine avec Barry. S'y était substituée cette autre sensation, ce vertige nauséeux qu'elle avait déjà connu quand sa mère n'avait pas saisi le sens du collier d'argent. Phoebe rouvrit les yeux ; elle contempla la chambre de Faith, les photos, les babioles qu'elle s'était efforcée si longtemps de garder intactes. J'ai raison, songea-t-elle, tout cela a un sens. Et aussitôt : Est-ce que je vais tenir encore longtemps ?

Le patron de sa mère la ramena à sept heures. Elle arriva joyeuse et hâlée : « Mon Dieu, j'ai cru mourir de froid dans ce petit pull. » Elle jeta ses habits sur le lit, gagna la salle de bains.

Assise sur le siège des toilettes, Phoebe maintenait la conversation à grand renfort de cris tandis que sa mère se douchait. Le parfum subtil de son savon se mêlait à la vapeur ; qu'il était bon de la savoir revenue. La brume encerclait la maison, des pans froids paressaient aux fenêtres. Phoebe baissa les stores.

Sa mère passa une tenue de coton et descendit à la cuisine préparer un soufflé au fromage. Phoebe déchira des feuilles de laitue ; elle n'avait jamais appris vraiment à cuisiner, mais savait se rendre utile.

À tour de rôle, elles battirent les œufs en neige, dans un bol de cuivre martelé ; un concerto de Brahms tournoyait dans la maison. Phoebe remarqua, au poignet de sa mère, une chaîne d'or sinueuse. « Tu l'avais déjà mise ? »

Elle s'interrompit, le fouet à la main. « C'est ravissant, non ? Je l'ai trouvée sur mon bureau, tout emballée.

– Jack ? » s'étonna Phoebe. Les seuls anniversaires que le patron de sa mère songeait à souhaiter étaient ceux qu'elle lui rappelait.

« Oui, je sais. J'en suis tombée à la renverse.

– Est-ce qu'il… Enfin, est-ce qu'il était là quand tu l'as ouvert ?

– Non, il a disparu. Je crois qu'il était gêné.

– Ça ne venait peut-être pas de lui.

– Si, si. Je veux dire, je l'ai remercié. C'est gentil, tu ne trouves pas ? »

À la fin du dîner, elles s'emportèrent à l'étage des bols de Häagen-Dazs qu'elles mangèrent sur le grand lit de sa mère, devant la rediffusion d'une série télé. Phoebe lutta contre le sommeil et finit par céder.

Sa mère l'éveilla : « Va te coucher, tu es crevée.

– Attends, je veux voir la fin, marmonna-t-elle.

– Mais c'est déjà fini, chérie. On en est aux informations. Tu dormais pendant la fin. »

3

Quand son père peignait sa sœur, Phoebe s'efforçait d'attirer son attention : parfois elle cognait des objets ou, si l'on était dehors, faisait bruire les feuilles. Lui levait les yeux, jamais plus d'un instant.

Elle essayait de disparaître ; pieds nus, elle s'enfonçait dans les buissons en boitillant. Elle allait se cacher dans sa chambre, attendait qu'on l'appelle ; on ne l'appelait jamais.

Elle finissait par les rejoindre, frustrée. Alors Faith lui ouvrait un bras sans même remuer la tête (elle savait tenir la pose comme personne), Phoebe se blottissait contre sa sœur et, d'un seul coup, elle était heureuse. Son père se mettait à sourire : « Alors, l'écureuil, on nous boude ? »

Ensuite, Phoebe courait regarder la toile avec l'espoir d'y figurer, mais il n'y avait que Faith. Et Faith elle-même n'était pas toujours bien visible, on n'apercevait parfois qu'une ébauche de son visage, une ombre, quand ce n'était pas rien du tout ; mais même alors, Phoebe retrouvait sa sœur, cachée comme un secret parmi les arbres, les fenêtres, les motifs abstraits. Elle était toujours présente.

« C'est un geste, disait leur père, une expression du corps. »

Les leçons de plongeon. Une immense piscine d'un bleu turquoise, la lumière touffue de l'été qui donnait à l'eau la consistance du sirop. Trois planches, la plus haute, un véritable gratte-ciel qu'on réservait aux jeunes plongeurs aguerris, des garçons aux airs de chiens, jambes trapues sous un torse effilé, des filles aux corps graciles d'oiseaux pêcheurs qui se courbaient à la rencontre du bassin et finissaient par s'y glisser, dans une éclaboussure si infime qu'elles semblaient plutôt avoir surgi du fond de l'eau.

« Bien sûr que vous avez peur, disait leur père. Il ne faut pas lutter contre, c'est ça l'astuce. Entrez dans votre peur. Renoncez à tout et tout vous reviendra, c'est juré. »

Phoebe l'écoutait, fascinée. Elle était trop petite pour avoir le droit de plonger autrement que du bord, mais le visage de leur père, elle le comprenait. Il monta sur le plongeoir du bas, rebondit à plusieurs reprises. Il était toujours beau : malgré son caleçon de bain aux couleurs passées, ses muscles saillants le rapprochaient plus des garçons que des autres pères empâtés. Il était resté sportif, même s'il n'était plus l'athlète qu'il avait été du temps de son séminaire. « Ne luttez pas contre, lança-t-il du haut du plongeoir, laissez la peur vous avaler. » Il rebondissait encore. Leurs têtes oscillaient tandis qu'ils l'écoutaient.

Il s'arrêta d'un coup et descendit du plongeoir. « Mes pauvres gosses. Tout ce que vous voulez, c'est piquer une tête. »

Il les regarda s'entraîner depuis une chaise longue ; il avait installé Phoebe sur ses genoux, d'un air absent ; par-dessus sa tête, il s'adressait à Faith et Barry. « Tu n'es pas prête pour ça », lança-t-il lorsque Faith s'approcha du plongeoir du milieu. Elle essaya malgré tout, entra dans l'eau n'importe comment, les jambes par-dessus la tête. « Quelle crâneuse. Mais ça ne suffit pas », remarqua-t-il à l'adresse de Phoebe. Et, avec un rire : « Dommage. »

Tous les mois de juillet, ils allaient passer dix jours à St. Louis, chez Grandma et Grandpa, dans le manoir où leur mère avait grandi. Quand celle-ci jouait au bridge avec de vieilles amies, qu'elle allait faire un parcours de golf avec Grandpa, leur père les emmenait au country-club. Une herbe épaisse entourait la piscine. On pouvait s'y faire apporter son déjeuner : cottage cheese, salade niçoise. L'argent ne circulait jamais au country-club : on se contentait d'inscrire « 3342 » avec un petit crayon jaune, et la note était adressée à Grandma et Grandpa. Après la douche en fin de journée, bronzé et son martini en main, son père prenait Phoebe dans ses bras. Tous deux guettaient, sur la terrasse dallée du club, le retour de sa mère. Son père embrassait du regard les pentes gazonnées, les massifs ovales de fleurs : Phoebe percevait son bonheur. Sous les stridulations des criquets se devinait, cœur battant, le choc sourd des balles de tennis. Il flottait dans l'air une odeur tiède et sucrée d'herbe tondue. Il était heureux. Phoebe buvait son shirley temple en gardant la cerise pour la fin. La chaleur d'été contre ses bras nus, le ciel débordant de couleurs étranges, imaginaires : on aurait dit le paradis.

Mais il ne peignait jamais assez. Un jour venait où il plantait son chevalet dans la pelouse, levait les yeux vers le grand orme, les noisetiers qui se dressaient devant la maison des grands-parents ; chacun alors se retirait pour le laisser seul. « Je n'ai fait que ça des vacances, ce n'est pas possible » ; et la panique gagnait sa voix. Il mesurait soudain le temps perdu à boire des cocktails, à charmer les épouses du club par sa beauté gracile et cette espièglerie qui lui donnait l'air de venir d'ailleurs, d'un endroit moins collet monté. Voilà que les vacances étaient finies ; demain, ils reprendraient l'avion.

« C'est moi qui les emmène au club aujourd'hui, dit leur mère. Toi, tu restes et tu peins. » Mais non, non, il insista pour s'en charger. Il cherchait à tout prix l'échappatoire.

Près de la piscine, il s'allongea dans une chaise longue, ferma les yeux. Phoebe, Barry et Faith se serrèrent vainement contre lui, effrayés par un monde qui pouvait conduire leur père à un tel désespoir. Phoebe regardait son visage, traits tendus, malheureux ; elle aurait voulu l'aider, mais se sentait si petite. Il ne pouvait pas la voir.

Faith tripotait les bretelles de son maillot de bain, jetait sans cesse des coups d'œil sur leur père. Elle finit par se lever. Le visage crispé par la peur, elle marcha lentement jusqu'au grand plongeoir, monta les marches. Elle semblait minuscule là-haut, onze ans, le corps maigre et bronzé, les genoux un peu cagneux. « Papa », dit Barry. Leur père ouvrit les yeux, les frotta, suivit les regards de Barry et de Phoebe et se dressa d'un trait, les muscles du cou tendus à rompre. Faith se tint longtemps à l'extrémité du plongeoir. Quelques adolescents s'impatientaient au-dessous, levaient la tête pour voir ce qui prenait tant de temps. Vas-y, s'il te plaît, pensait Phoebe, allez, vas-y, fais-le. Faith fit un petit saut d'essai sur la planche. Alors une limpidité parut gagner ses gestes : elle bondit haut dans l'air, ouvrit grands les bras, arqua le dos en un saut de l'ange et, la tête piquant droit sur le bassin comme une pointe de flèche, tira tout le bois de son corps vers l'eau turquoise. L'éclaboussement fut minuscule ; jamais, dans les années qui suivirent, Faith ne devait retrouver la pureté de ce premier plongeon, pour sa plus grande colère. Leur père bondit sur ses pieds : « C'est ça ! cria-t-il. Bon Dieu, vous avez vu ce qu'elle vient de faire ? » Il souriait maintenant, son désespoir évanoui, et Phoebe sut que tout allait s'arranger.

Faith devait le savoir, elle aussi. Elle sortit de l'eau, empreintes fumantes de chlore sur le ciment du bord, un immense sourire au visage pendant qu'ils attendaient tous, et Phoebe se mit soudain en colère : pourquoi elle ? Pourquoi toujours elle ? Puis, d'un seul coup, sa sœur se mit à saigner du nez, à gros bouillons qui ruisselaient contre sa bouche, son menton, son cou, dégouttaient en grosses flaques sur le ciment humide, et l'on eût dit que par mégarde elle venait d'expirer du sang à la place de l'air. Les sourcils froncés, Faith porta la main à son visage. « Oh », fit-elle, et il y eut un bref instant d'incertitude avant que son père ne se précipite jusqu'à elle. Il l'allongea dans l'herbe, envoya Barry chercher de la glace, une serviette humide.

Quand le saignement de nez prit fin, Faith dormit comme une masse pendant trois bonnes heures. Leur père l'allongea tendrement à l'ombre d'un arbre. Elle ne s'éveilla pas ; elle était épuisée.

Phoebe et Barry retournèrent nager. Pour le déjeuner, ils demandèrent des sandwiches au fromage fondu. Devant la forme grêle de sa sœur endormie, quelque chose s'émut en Phoebe ; elle eut honte d'avoir souhaité qu'elle saute.

Phoebe s'en voulait de ces souvenirs épars qui lui restaient de son père. Elle aurait dû regarder plus attentivement, retenir par cœur des journées entières de sa vie. Elle se rappelait la force de ses bras, cette facilité brutale avec laquelle il la soulevait jusqu'à sa poitrine – d'un air un peu absent, comme on fait d'un chat qu'on veut mettre dehors –, la jetait dans l'air ou lui donnait la fessée sans avertissement, une telle surprise pour elle que les pleurs n'arrivaient que comme une arrière-pensée.

Sa moustache noire recelait une douceur inattendue. Le matin, quand sa mère et son père étaient encore au lit, Phoebe se fourrait entre eux, inspirait la tiédeur laiteuse du sommeil sur leurs corps.

Grandma et Grandpa O'Connor, ses autres grands-parents, habitaient encore en Californie du Sud, dans la ville où le père de Phoebe avait grandi. Mirasol était surtout un port de guerre – Grandpa avait servi dans la police militaire. Tout séparait leur petite maison couleur olive de la vaste bâtisse des grands-parents de St. Louis : mais Mirasol avait l'océan. Sous le vent marin battaient les portes de l'église voisine ; des grains de sable s'échappaient des missels ouverts. Phoebe regardait le prêtre rompre l'hostie en songeant : Ç'aurait pu être mon père. Il avait failli devenir prêtre. Phoebe l'imaginait en train de soulever de ses bras robustes le calice doré pour boire le sang du Christ, de déposer une pâle hostie sur la langue de chaque paroissien, « Le Corps du Christ – Amen ». Mais, à la grande douleur de Grandma et Grandpa O'Connor, son père avait refusé une place chez les pères de la Sainte-Croix, à Notre-Dame ; il était plutôt entré à Berkeley, où de son propre aveu il avait enduré ses cours d'ingénierie électrique pour pouvoir mener le soir une vie de bohème, esquisser ses nus dans des studios maculés de peinture.

Après quoi il avait déménagé pour San Francisco, s'était installé à North Beach, gagnant sa vie sur des chantiers qui l'avaient rendu sourd d'une oreille. Le week-end, il plantait son chevalet derrière le Musée maritime et peignait de vieux Italiens aux yeux bleus qui jouaient aux boules. C'est là que la mère de Phoebe l'avait rencontré : elle visitait San Francisco avec ses camarades de l'université de Bryn Mawr, un séjour offert par ses parents pour l'obtention de son diplôme. Après leur mariage, le père de Phoebe était entré chez IBM ; cet emploi, Phoebe en était convaincue, lui avait coûté la vie.

Phoebe grandit entourée d'esquisses de sa sœur : Faith dans les bras de sa mère à l'hôpital, dans son berceau, sur une peau de lapin, éclaboussant son bain, juchée sur un fauteuil de bébé, un siège de voiture, à l'intérieur de son parc. Pour son désespoir, Phoebe découvrit que sa propre existence ne soutenait pas la comparaison avec cette chronique vivante de l'enfance de sa sœur. De sept ans plus jeune, elle devait endurer à contrecœur les mille récits sur Faith – toutes ces choses vers lesquelles elle plongeait des mains avides : abeilles, frelons, verre brisé, boucles d'oreilles de diamant. On ne parlait que de ses audaces, de la balançoire où son père la poussait, quand elle lui criait : « Plus haut ! Plus haut ! », jusqu'à ce qu'un jour (elle avait quatre ans) la balançoire finisse par se décrocher du portique et la précipiter dans le sable.

Leur mère bondit en criant du banc où elle berçait le landau de Barry ; elle courut vers sa fille. Faith gisait recroquevillée sur le sable. « Gene, comment as-tu pu la pousser si haut ?

– Elle me l'a demandé, répondit-il, ébranlé, déconcerté. Elle me disait : "Plus haut, plus haut." »

Et Faith, blanche comme un linge, les lèvres sèches, des grains de sable tombant de ses cheveux. « Regarde-la, gronda leur mère en la soulevant. Franchement, Gene, elle n'a que quatre ans.

– Fait pas mal », murmura Faith. Ses parents la regardèrent d'un œil perplexe. « Fait pas mal », répéta-t-elle.

Des années plus tard, les grands-parents s'en amusaient encore et lui demandaient par jeu : « Ça fait mal ? Ça fait mal ? – Sûrement pas », répliquait Faith en riant. Elle était célèbre pour ça.

Phoebe tâchait, avec ses maigres moyens, d'égaler les audaces de sa sœur. C'étaient de modestes aventures sur son tricycle, avec le chien du voisin ; mais Faith était toujours la plus grande, Faith en faisait toujours plus. Si d'aventure les exploits de sa sœur lui attiraient des ennuis, Phoebe en tirait une bouffée de satisfaction coupable. Faith revint un jour en larmes d'une partie de chasse à Sonoma avec leur père, serrant un lapin mort sur sa poitrine. « Bien sûr qu'il est mort, puisque tu l'as tiré », rageait-il, mais Faith n'avait pas voulu cela : elle adorait le tir aux pigeons mais n'avait jamais chassé, et que tirer sur un éclair de fourrure marron pût entraîner la mort ne l'avait pas effleurée. Le lapin alla rejoindre, au bout du jardin, les sépultures des autres bestioles de la famille : « Tué par moi », disait son épitaphe, inscrite au gros feutre sur une planchette de contreplaqué, et, au-dessous :

« Pardon, Bunny ». Bien plus tard, Faith devait encore évoquer ce pauvre lapin qu'elle avait tué par mégarde.

Un dimanche sur le fleuve Osage. Le ponton privé d'une connaissance, les planches de bois glissantes, Faith qui se chamaillait avec les autres gamins jusqu'à ce qu'un garçon la flanque à l'eau, avec son chapeau de soleil, devant tous les parents. Faith ressortit dégoulinante, riant comme une folle sous son chapeau détrempé, attendit que son agresseur eût le dos tourné et se jeta contre lui de tout son poids ; le garçon glissa, fit une mauvaise chute dans l'eau, alla donner de la tête contre le ponton, une grosse plaie s'ouvrit juste au-dessus de l'œil gauche. L'horreur de Faith en découvrant le visage inondé de sang, les parents qui bondirent de leurs chaises de jardin. On se précipita vers le garçon ; il s'en fallut d'un cheveu qu'il n'y laissât un œil, et, pendant qu'on se rassemblait pour le conduire à l'hôpital, Phoebe suivait sa sœur jusqu'à un coin écarté de la pelouse, impuissante à arrêter ses sanglots. Phoebe avait peur, se sentait bouleversée par la bêtise que Faith venait de commettre. Sa sœur disparut pour le reste de la journée. On la retrouva à la nuit tombée, roulée en boule dans une chambre vacante, dormant à poings fermés. Son père l'emporta dans la voiture. De retour chez Grandma et Grandpa, Phoebe se planta devant la porte de ses parents pour espionner la dispute. « Je te dis de cesser de l'encourager, lançait sa mère. Tu vois bien comment ça finit.

– Comment ça, l'encourager ? Qu'est-ce que tu veux dire ?

– Je veux dire qu'elle le fait pour toi. Cette sauvagerie ? Bon sang, Gene, tu sais très bien que c'est pour toi. »

La voix de son père, étouffée, furieuse : « Tu crois peut-être que c'est moi qui lui ai dit de flanquer ce gosse à l'eau ? Mais bon Dieu, je ne lui ai jamais demandé d'être sauvage. Elle le fait toute seule.

– Tu n'as pas besoin de le lui demander. Il faudrait être aveugle pour ne pas voir que ça te fait plaisir. »

Lorsqu'elle évoquait son père, Phoebe se remémorait un homme en lutte, toujours affairé à porter trop de choses à la fois, enfants, valises, rouleaux de toile à tendre. Elle le voyait grimper quatre à quatre les marches du garage, au retour d'une lecture de poésie qui l'avait mis en retard pour le dîner. Il admirait tant les poètes beat : Lawrence Ferlinghetti, Gregory Corso, Michael McClure, tous des connaissances personnelles. Il avait même assisté à cette soirée légendaire où Allen Ginsberg mit au défi un raseur de se déshabiller et finit par ôter ses vêtements devant un public pétrifié. Leur père peignait souvent tard dans la nuit, volait une heure ou deux après qu'ils étaient tous allés dormir. Le lendemain matin, il était debout avant tout le monde, rasé de frais, les joues sentant le citron. Des cernes sous les yeux, il embrassait chacun avant de partir en ville retrouver son autre vie, celle qu'il méprisait.

Le week-end, il transportait son chevalet, sa toile et ses couleurs sur les falaises bordant le Golden Gate Bridge. Si Phoebe ne marchait pas assez vite, son père la prenait dans ses bras et l'emportait elle aussi. Leur mère suivait avec la couverture, l'appareil photo, le panier à pique-nique, donnant la main à Faith et Barry. Quand on avait fini de manger, alors seulement leur père installait sa toile, se plantait devant le chevalet d'un air anxieux. Souvent il n'arrivait pas à peindre, ne trouvait pas même la force de s'y mettre et finissait par renoncer, posant sa tête sur les genoux de leur mère. Mais de temps en temps, Faith s'aventurait vers lui, lui tendait une fleur d'un rouge brillant : il semblait soudain frappé par la justesse de quelque chose. « Tu peux rester là une minute, ma chérie ? » demandait-il, et Faith ne disait jamais non ; Phoebe ne se rappelait pas avoir jamais vu sa sœur refuser de poser pour lui au profit d'un jeu quelconque, un château qu'elle et Barry étaient en train de construire. Elle devait pourtant en avoir envie, parfois : mais peut-être que non ; peut-être n'y avait-il rien dans sa vie qui pût égaler le besoin désespéré que son père avait d'elle, cet incompréhensible salut qu'elle seule semblait pouvoir lui accorder.

De temps en temps, Barry jaillissait de sa chambre après des heures de confinement solitaire, brandissant une machine qu'il entendait montrer à leur père. Phoebe redoutait toujours ces moments, car, malgré tous ses efforts pour paraître intéressé, leur père méprisait son métier ; or les machines étaient son métier. « Ce truc-là, tu l'as fabriqué à l'école, hein, papa ? demandait Barry, toujours plein d'espoir au début. Tu peux me dire comment je peux le faire tourner en sens inverse ? » Quand il comprenait que son père ne l'écoutait que d'une oreille, Barry se taisait soudain. « Laisse tomber », disait-il, et il sortait en trombe, laissant leur père tout surpris se demander ce qu'il avait fait de mal. Non ! aurait voulu hurler Phoebe à la porte de Barry. Non, non, non ! Il ne faisait qu'empirer les choses. Elle éprouvait une douleur terrible à savoir ce qui allait se passer sans pouvoir l'empêcher. Elle s'en rendait malade. Elle avait pitié de son frère, ne voulait pas partager sa faiblesse.

Leur père était toujours en lutte, toujours fatigué, mais vint un moment où il lutta plus fort pour faire ce qu'il avait toujours fait, vint un moment où la fatigue se mua en épuisement. Les cernes sous ses yeux devinrent sombres et humides comme l'argile. Même sa peau semblait plus fragile, elle se couvrait de bleus au moindre choc. Phoebe, Barry et Faith ne se jetaient plus sur lui à son retour du travail. À présent ils s'accrochaient à ses jambes et les serraient de toutes leurs forces, pour lui communiquer leur force, pour reconstituer ce qu'IBM avait aspiré.

Phoebe avait cinq ans quand, un soir, elle regarda de l'autre côté de la table du dîner et vit son père endormi. Sa mère, accroupie devant le four en compagnie de Faith, vérifiait avec un cure-dents la cuisson d'un gâteau au chocolat. Il faisait chaud dans la cuisine, un arc de buée courait sur chacune des vitres.

«Papa», dit Phoebe à mi-voix. Lèvres blanches, il ne bougeait pas. «Papa?»

Barry était assis à côté de leur père. Il versait sur la nappe du sel qu'il disposait en petits tas avec sa fourchette. D'ordinaire, leur père l'en aurait empêché, les monticules de sel faisaient l'objet d'une bataille continuelle entre eux; Barry arborait un petit air de triomphe incrédule devant cette licence inattendue. Il leva les yeux sur leur père: sa tête pendait sur le côté, ils l'entendaient respirer difficilement. Barry lança un grand sourire à Phoebe et tira quelques poils du bras de leur père.

Faith revint au galop à la table: elle apportait le gâteau brûlant entre deux carrés rouges d'amiante. En apercevant leur père, elle s'immobilisa: «Maman.

– Grands dieux», dit leur mère. Elle se laissa tomber sur une chaise, le tira vers elle; sa tête vint rouler contre son épaule. « Allons te mettre au lit. » Il hocha la tête, se leva péniblement de sa chaise.

Quand leurs parents eurent quitté la pièce, tous trois échangèrent des regards incertains. Ils se demandaient comment réagir. Un sourire hésitant flottait encore sur les traits de Barry, mais Faith semblait avoir peur, et Phoebe sentait cette peur, elle aussi, comme une eau glacée le long de son dos. Le plat du gâteau gisait encore dans les mains de Faith, oublié.

Le lendemain était un dimanche. Le lundi, leur père irait trouver le médecin. Il régnait une fausse gaieté dans l'air, trop de bruits, des rires trop forts.

Après la messe, ils allèrent à Baker Beach. D'ordinaire, les vagues, enflées et trempées d'écume, se retiraient des graviers de la plage avec un son de friture. Mais ce jour-là la mer était étale, argentée comme un lac.

Leur mère s'adossa à un poteau de bois, un bras autour de leur père. Faith et Barry retroussèrent leurs pantalons pour entrer dans l'eau : Phoebe courut après eux, poussant de petits cris quand l'eau glacée venait lui lécher les pieds. Barry aurait voulu que leur père l'accompagne au bout de la plage, où les moules et les étoiles de mer s'attachaient aux rochers.

« Je ne crois pas, Bear. Pas aujourd'hui », dit-il ; Barry eut l'air consterné, leur mère proposa d'y aller. Ils se mirent en chemin, peinèrent dans le sable épais.

« Tu veux que je pose pour toi ? proposa Faith.

– Je suis fourbu. Toi, dessine-moi, pour changer.

– D'accord », dit-elle avec force. Elle s'assit ; le grand bloc couvrait ses jambes. Le fusain entre deux doigts, elle regarda leur père. Ils échangèrent un rire timide. « C'est dur, dit-elle.

– Je veux bien te croire. » Il ferma les yeux, appuya sa tête contre le poteau. « Dessine ce que tu vois, c'est tout. »

Phoebe s'était blottie contre sa sœur. Toutes deux sondèrent les traits pâles et tirés de leur père. Faith traça quelques lignes d'une main tremblante. Plus ses yeux restaient fermés, plus s'accentuait leur malaise. Il fallait le garder éveillé.

Faith se leva ; le bloc glissa à terre et les yeux de leur père s'ouvrirent d'un coup. « Je vais nager », dit-elle, un peu hors d'haleine.

Phoebe leva vers elle des yeux surpris. La plage n'était pas ouverte aux nageurs.

« Dans tes habits ? dit leur père.

– J'ai un maillot en dessous. » Elle fit glisser son pull, en hâte, faisant voler son pantalon élastique, découvrant un maillot bleu d'une pièce, liseré de dentelle. Elle frissonnait sous le vent.

Leur père se rassit : « Bon sang, si tu me l'avais dit, j'aurais mis le mien.

– Mais tu es fatigué.

– Pas tant que ça. »

Phoebe se sentit soulagée. Faith fit quelques pas sur le sable, mal à l'aise : « Tu me regardes ?

– Bien sûr que je te regarde. Seulement, ne va pas trop loin.

– Mais tu regardes. » Faith l'exigeait sans cesse ; elle était à l'âge où rien ne paraît vrai sans un public.

Elle s'éloigna vers la mer. « Mais quelle cinglée », dit leur père. Il se mit à rire : « Elle est complètement frappée, ta sœur. »

Ils la regardèrent entrer dans l'océan. Elle avait douze ans : adolescence fragile, de petits seins qui étonnaient Phoebe chaque fois qu'elle les apercevait, un creux à peine perceptible à la taille. À la lenteur de ses mouvements, Phoebe comprit que l'eau lui faisait peur. Et après ? songea-t-elle avec inquiétude. Vas-y.

Leur père se radossa au poteau, juchant Phoebe sur ses genoux. Le sommet de son crâne se logeait sous le creux de son menton. Ils regardèrent ensemble Faith s'aventurer plus loin dans l'eau. « Elle doit être glaciale », remarqua-t-il.

Faith se retournait vers eux : « Vous regardez ?

– On te regarde, hurla-t-il. On se demande quand tu vas te décider à piquer une tête. »

Il n'avait pas fini sa phrase que Faith avait plongé et s'était mise à nager. Elle longea la plage à gestes appliqués, d'abord en crawl, puis en brasse. Puis elle fit demi-tour, revint dans l'autre sens, sur le dos, le côté. De temps en temps, elle s'interrompait, les appelait pour s'assurer qu'ils la regardaient. Phoebe joignait ses hurlements à ceux de son père ; elle était heureuse, Faith le gardait éveillé.

« Tu dois mourir de froid, criait-il.

– Mais non, répliquait-elle en claquant des dents. Une vraie bouillotte. »

Mais peu à peu, Phoebe sentit la tête de son père peser plus lourd sur son épaule. Faith fit la brasse papillon. « Vous avez vu ? » appela-t-elle. Mais le vent s'était levé, sa voix se perdait. Les yeux de leur père devaient s'être refermés.

« Papa ? »

Phoebe leva un bras pour lui faire signe, mais sa sœur ne sembla pas le voir. « Papa ? » appela-t-elle encore. Et comme il n'y avait pas de réponse, elle recommença à nager, cette fois plus vite, et vers le large. C'est ça, pensait Phoebe, plus vite ! Elle se sentait incapable de bouger, comme si elle n'avait pu agir qu'à travers Faith, comme si elle avait été incluse dans les mouvements de sa sœur. Vas-y, vas-y, songeait-elle en voyant diminuer la silhouette de sa sœur. Voilà ! Il allait bien falloir qu'il se réveille.

Quand Faith fit une nouvelle pause, elle était minuscule. Si elle appelait, Phoebe ne pourrait pas l'entendre. Faith s'attardait là-bas, les yeux tournés vers le rivage, elle semblait attendre quelque chose. Phoebe se sentait près d'exploser : elle mourait d'envie de courir à l'eau, de crier que leur père s'était rendormi, qu'il fallait que Faith fasse quelque chose. Mais il était appuyé si solidement contre elle, son souffle se faisait si profond, si long, que Phoebe s'en trouvait paralysée, non tant pétrifiée qu'absente, comme si elle n'avait pas eu de corps propre. Vas-y, pensa-t-elle, continue ; et Faith, semblant l'entendre, se remit à nager. Il devenait difficile d'apercevoir sa sœur derrière les froids miroitements de l'océan. Phoebe crut la voir s'arrêter encore, mais elle n'en était pas sûre.

Cela marcha. À l'immense soulagement de Phoebe, leur père s'agita derrière elle. Il se frotta les paupières, secoua la tête et regarda en direction de la mer. Il tourna ses yeux vers les deux extrémités de la plage. « Où est Faith ?

– Elle nage. »

Il bondit sur ses pieds, Phoebe dans ses bras. Il la planta sur le sable.

« Bon Dieu, où est-elle ? »

L'idée que sa sœur pût être en danger n'avait pas effleuré Phoebe. Une sensation malade, coupable enflait dans son ventre tandis que son père partait en courant vers le bord des flots. Elle le suivit à pas lents.

« Faith ! hurlait-il à pleins poumons. Faith ! » Sa voix coupait le vent et, à force de s'époumoner, il fut saisi d'une quinte de toux. « Faith », criait-il encore et encore. Puis il resta debout devant la mer, une main en visière. « Je crois que je la vois, dit-il enfin. Je crois qu'elle est là-bas. »

Il se tourna vers Phoebe, qui attendait timidement à son côté. Le pantalon de son père était trempé jusqu'aux cuisses. Il saisit Phoebe par le bras et la gifla si rapidement, avec tant d'efficacité qu'elle n'eut pas le temps de comprendre ce qui se passait. « Qu'est-ce qui t'a pris de la laisser partir si loin ? cria-t-il avec désespoir. Pourquoi tu ne m'as pas réveillé ? »

Phoebe se mit à sangloter. Elle ne savait pas pourquoi.

Leur père recommença à appeler Faith. Il hurla jusqu'à ce qu'il ne lui reste plus qu'un filet de voix, toussa et toussa sans pouvoir s'arrêter : devant Phoebe horrifiée, il finit par tituber et vomir dans l'eau. Alors il s'essuya la bouche et reprit ses appels.

Elle nageait vers le rivage. Phoebe vit ses bras minuscules s'enfoncer à tour de rôle dans l'eau. Leur père avait le visage terreux. Il semblait à deux doigts de s'évanouir. Debout à quelques pas des vagues, il respirait lourdement. Phoebe s'agrippait à sa jambe ; d'un air absent, il lui caressa la tête : « Elle revient, tu vois ? »

Sa sœur finit par sortir de l'eau, frêle, épuisée, presque hors d'haleine. Au regard de son père, elle dut deviner qu'elle allait au-devant des ennuis. « Tu avais dit que tu regarderais », dit-elle sans assurance.

Leur père leva la main : sa paume claqua contre sa joue avec un bruit humide. Faith parut surprise, puis ses yeux se noyèrent de larmes. « J'ai pas eu mal », dit-elle.

Il la frappa plus fort. À son côté, Phoebe se mit à gémir.

Faith tremblait, ses membres maigres se couvraient de chair de poule, à chaque inspiration ses côtes saillaient : on aurait dit qu'une paire de mains la serrait à la taille. « J'ai pas eu mal », chuchota-t-elle.

Il la gifla encore une fois, si fort que Faith se plia en deux. Pendant un moment, elle ne bougea plus. Phoebe hurla.

Alors, il prit Faith dans ses bras et elle se serra contre lui en sanglotant, lui aussi pleurait, ce qui effraya Phoebe – c'était la première fois qu'elle voyait pleurer son père. « Tu te rends compte de la peur que tu m'as faite ? sanglotait-il. Tu sais que je t'ai donné mon cœur, tu le sais » ; on aurait dit qu'il voulait le reprendre.

Phoebe jeta ses bras autour de tout ce qui était à sa portée, le pantalon mouillé de son père, les mollets glissants de Faith. Ils restèrent ainsi sans bouger ; un long moment sembla passer.

Leur père finit par reposer Faith sur le sable. Elle leva les yeux vers lui, elle claquait des dents : « Papa, est-ce que tu vas mourir ? »

Il y eut un silence. « Bien sûr que non, répondit-il. Je vais très bien.

– Tu n'as pas peur ?

– Non, je n'ai pas peur. Pourquoi, toi, tu as peur ? »

Elle mit un moment à répondre. Phoebe revit son père tousser, vomir dans les vagues. Elle aurait voulu ne pas y avoir assisté.

« Non, finit par répondre Faith, lentement. Je n'ai pas peur. » Il mourut avant la fin de l'année.

4

À la mort de son père, Phoebe vécut en somnambule parmi les autres écolières, ignorant les joies du saut à la corde, de la balle au piquet. Elle se sentait les jambes trop lourdes. Même sa tête lui paraissait lourde : elle aurait voulu la décrocher et la laisser quelque part.

Elle n'avait jamais cru qu'il mourrait. Quand il était tombé malade, Phoebe avait accompagné Faith à l'église tous les jours. Elle s'affalait sur le banc à côté de sa sœur : elle se contentait de balancer les jambes, de contempler le Sauveur suspendu, les jolies bougies, laissant à Faith le soin des prières ; lorsque Phoebe se décidait à prier elle aussi, c'était toujours pour un motif intéressé : elle songeait beaucoup alors à ces « Kiddles » qu'on vendait dans de petits flacons à parfum en plastique. Il y avait plusieurs senteurs : Phoebe possédait déjà Lilas et Lavande et mourait d'envie d'obtenir Rose. Elle ne s'inquiétait pas beaucoup pour son père. N'ayant pas les moyens de l'aider, elle ne se sentait pas responsable de sa santé. Faith agissait pour elles deux. Phoebe quittait l'église purifiée par les prières fiévreuses de sa sœur, convaincue, comme Faith semblait l'être, que le mystérieux pouvoir qu'elle mettait en œuvre ne pouvait mener qu'à la guérison de leur père.

Leur père mourut, Faith cessa de se brosser les cheveux : un énorme nœud se forma dans son dos, elle n'y prêta aucune attention. De grands pleurs silencieux s'échappaient de ses yeux quand sa mère tentait de le démêler au peigne. Elle souffrit de maux de ventre qui incitèrent le Dr Andrews à la mettre à la diète, riz cuit et biscuits salés. Faith perdait du poids comme on enlève des habits, elle disparaissait. Alors seulement Phoebe comprit la magie scintillante de ce monde dont Faith lui avait ouvert les portes. Autour d'elle, les jeux d'enfants s'étaient formés spontanément, les parties s'étendaient sur plusieurs jours pendant les heures joyeuses entre l'école et le dîner. Leur maison était un labyrinthe de passages secrets que Faith ne se lassait jamais d'explorer, sondant les lattes du plancher, cherchant à desceller les moulures avec la conviction qu'à tout moment un mur glisserait pour révéler des villes souterraines, des coffres aux trésors ruisselant de perles et d'argent. Barry s'efforça de combler l'absence qu'avait laissée leur sœur ; un samedi, il tâcha de rassembler tous les enfants du quartier pour une chasse au trésor, mais son projet tourna court. Il ne faisait pas le poids. La bande se disloqua peu à peu, Barry se retira dans sa chambre pour remâcher son échec.

L'uniforme fondit sur eux, les étouffa. Planchers et parois ne tremblaient plus de la promesse d'une issue secrète : la maison n'était plus qu'une maison, la rue une rue, la chambre de Phoebe une chambre et non plus une ruche de cachettes. Leur mère les serrait sans cesse contre elle, prenait soin de les peigner, mais elle avançait comme quelqu'un sous l'eau, si pâle que Phoebe distinguait les veines bleues de ses tempes. En perdant leur père, ils s'étaient aussi perdus les uns les autres : Barry claquemuré dans sa chambre, Faith avachie devant la télé. Au dîner, ils s'efforçaient de paraître joyeux, mais le silence finissait toujours par gagner, soufflait les conversations comme ce brouillard qui, chaque nuit, engloutissait la maison, leur dérobait les demeures alentour. Phoebe avait envie de crier, de tuer ce silence une bonne fois pour toutes, mais l'ordinaire l'emmurait, cartons de lait, plaquettes de beurre, autant de briques qui se posaient l'une après l'autre sur elle. Elle se mit à fermer la porte de sa chambre et se perdit dans *Les Chroniques de Narnia*, *Alice au pays des merveilles*, *Peter Pan*, mondes magiques qui aux yeux de Phoebe ne rivalisaient pas avec celui de Faith avant que leur père ne meure.

Retracer les étapes de la vie de leur père était une des rares activités auxquelles Faith accordât encore de l'importance. Phoebe aimait l'accompagner à North Beach, pour rôder sur les lieux de sa jeunesse célibataire. « Papa s'asseyait sur ce banc, disait Faith dans Washington Square, en face de l'église Saint-Pierre et Saint-Paul dont il avait adoré peindre la façade. Il s'allongeait dans l'herbe. » Et Phoebe partageait l'émerveillement de sa sœur à toucher ces mêmes choses que leur père avait touchées. À jamais disparu, il était pourtant partout. Cela tenait du miracle.

À présent, de jeunes gens venaient s'allonger dans Washington Square : ils portaient des habits multicolores, fumaient, jouaient de la guitare. Faith était trop timide pour les aborder, mais ils la fascinaient :

elle les supposait peintres, ou bien de ces poètes beat que son père admirait tant. Elle se servait donc de Phoebe comme d'alibi : elle la juchait sur son dos et la baladait dans tout le jardin pour pouvoir regarder de plus près ses occupants de bohème. Après la mort de leur père, ces promenades avaient été pour Phoebe les moments les plus heureux.

Le printemps suivant, en mars 1967, leur mère effectua son premier séjour d'affaires pour un festival de cinéma à Tucson. Elle prit congé avec d'énormes appréhensions ; elle laissait Phoebe, Barry et Faith aux bons soins d'une amie de Grandma O'Connor, une certaine Mme McCauley, gentille mais dure d'oreille, qui exigeait qu'ils finissent leurs assiettes. Les maux de ventre chroniques de Faith n'émurent guère Mme M. (comme ils l'appelaient) : elle les congédiait d'un geste péremptoire de sa main potelée et resservait du hachis à Faith. Celle-ci récupérait lentement ; si elle restait fragile et renfermée, elle avait repris le lycée. Elle avait aussi un petit ami, Wolf, et resta à dîner chez lui jusqu'au retour de leur mère.

Après le dîner, Phoebe faisait les cent pas dans le couloir silencieux. Elle allait et venait devant la porte de son frère, qui restait toujours fermée. Un soir, n'y tenant plus, elle frappa. Barry entrouvrit la porte, jeta un coup d'œil au-dehors. « Ah, c'est toi, Pheeb », dit-il par l'embrasure.

Il retourna à ses occupations sans prendre la peine de refermer. Phoebe hésita, décida enfin que ce devait être une invitation. Elle eut du mal à reconnaître la chambre de Barry : le tapis rouge, l'aquarium, les bulles. Elle ne se rappelait pas la dernière fois qu'elle l'avait vue.

Barry s'était rassis à son bureau. « Qu'est-ce qui se passe ?

– Rien. »

Ils n'avaient que sept et treize ans, mais la méfiance qui se dressait entre eux semblait avoir toujours été là. « Qu'est-ce que tu fais ? demanda-t-elle. Tes devoirs ?

– Naan, j'ai fini. » Il examinait avec attention quelque chose sur son bureau. Quand Phoebe s'approcha, Barry se courba d'un air protecteur sur la chose. Elle se dirigea donc vers l'aquarium. Il y avait huit ou neuf poissons, deux noirs à la queue froufroutante, aux gros yeux globuleux, ses préférés. « Je peux leur donner à manger ? demanda-t-elle.

– Je l'ai déjà fait.

– D'accord. » Elle contempla les poissons en silence, ravagée par le désespoir. Des plantes frissonnaient dans un coin de l'aquarium. Les feuilles dansaient sous les bulles d'argent qui montaient se perdre à la surface.

« Tu sais quoi, Pheeb ? Écoute, tu peux si ça te fait plaisir. Donne-leur à manger. »

Barry fit jouer une minuscule clé dans un tiroir, au-dessous de l'aquarium ; c'était là, découvrit Phoebe avec surprise, qu'il rangeait ses daphnies. Elle n'en versa que quelques flocons sur l'eau propre, ne voulant surtout pas outrepasser son privilège. Elle attendit que les poissons aient tout englouti pour leur en donner davantage. « Tu vois, Bear ? Ils ont faim. »

Chose étrange, la tension entre eux se relâcha. Phoebe se mit à explorer la chambre de son frère. Barry avait beau protéger jalousement son intimité, toute la pièce semblait disposée à l'attention d'un public : une fourmilière artificielle, une ferme du Sud avec son champ de maïs en réduction, la cervelle d'une bestiole dans un bocal, des dinosaures de plastique qui trottaient parmi des arbres miniatures et des nuages de coton, l'exposition occupait des rayonnages entiers. Phoebe sentait les yeux noirs de son frère s'attacher à ses mouvements, le devinait content d'avoir capturé son attention. Elle s'enhardit, s'approcha plus près des étagères, toucha même des objets, prise d'un désir désespéré de lui plaire. Elle posa des questions sur les avions-cargos, les navires de guerre dont il avait monté les maquettes, retrouvant de mémoire les accents de sa mère du temps où Barry, plus jeune, montrait encore ses projets à la famille.

« J'ai un truc qui est mieux que tout le reste réuni, décréta Barry en retournant à son bureau. Mais c'est un secret. Il faut que tu jures de ne pas en parler.

– Juré sur la bible. » Elle suivit son frère jusqu'au bureau. Il débordait de feuilles froissées, d'un papier à l'air ancien, couvertes de mystérieux schémas à l'encre bleue. Dans son dos, Phoebe entendait Barry respirer.

« C'est à papa, chuchota-t-il. Ça vient de son école d'ingénieurs. »

Phoebe considéra les esquisses. Elle sentait Barry qui guettait sa réaction, complètement tendu, et cela la mettait mal à l'aise. « Tu vas essayer d'en fabriquer un ? »

Son visage s'illumina d'un sourire. Il déverrouilla un tiroir de son bureau ; avec cérémonie, il produisit une planchette de la taille d'un portefeuille où surgissait un foisonnement de fils électriques et de boutons ; à l'une des extrémités jaillissait un câble noir semblable à une queue de rat. Barry le brancha dans un

dispositif qui surmontait son bureau, tourna un interrupteur, et une petite lumière bleue clignota, accompagnée d'un bruit perçant de sirène. Un sourire fiévreux
aux lèvres, Barry monta le volume. Il transforma la
sirène en bourdonnement, se tourna vers Phoebe d'un
air triomphal.

Elle lui jeta un regard interrogateur : « Qu'est-ce que
c'est ?

– Un oscillateur sonore, expliqua Barry. Du temps
où papa était à l'école, on les fabriquait avec les
lampes. Maintenant on se sert de transistors, on peut
les faire beaucoup plus petits, ils sont moins fragiles.

– Tu l'as fait comment ? demanda-t-elle par-dessus
le bourdonnement.

– Ça n'a pas été facile, répondit-il avec précipita-
tion. Il a fallu que j'écrive à un magasin dans le New
Jersey, Edmund Scientific. Je leur ai commandé les
pièces, et puis je me suis débrouillé, quoi ; j'ai étudié
les schémas de papa. »

Le visage congestionné, il rivait ses yeux noirs au
petit engin. Il tourna un bouton et le bourdonnement
devint une sonnerie perçante. « Tu te rends compte,
quand même ? hurlait-il par-dessus le vacarme. Quand
même, Pheeb, tu te rends compte ? »

Phoebe était bouleversée : par l'ombre chuchotante
de leur père, piégée contre son gré dans ce dispositif
criard ; par sa propre fragilité qu'elle retrouvait chez
Barry, qui semblait lui aussi en perpétuel bouleverse-
ment.

« Je vais tous les fabriquer, lança-t-il d'un ton plutôt sinistre. Tous, jusqu'au dernier. »

Phoebe approuva de la tête ; elle souriait à son frère.
Elle avait mal au crâne. Autant elle aurait aimé partager
l'émerveillement de Barry, autant elle souhaitait qu'il

éteigne cette chose. Elle tâcha d'imaginer son père avec eux – comment il aurait réagi devant les schémas oubliés, devant la machine de Barry elle-même. Et elle sut qu'il s'en serait fichu éperdument.

Barry venait tout contre elle : « Alors, qu'est-ce que tu en dis ?

– C'est super, dit-elle, affolée, prise par l'envie de le fuir.

– C'est vrai ? » Le cou en avant, si mince, les mains maculées, il semblait trop maigre, de la nudité des fruits épluchés. Un élan de pitié serra soudain le cœur de Phoebe, pour elle-même autant que pour lui. « C'est vrai, Pheeb ? demandait-il. Tu ne le dis pas comme ça ?

– C'est fabuleux, mentit-elle, au bord des larmes. Papa serait tellement content, j'en suis sûre, il serait tellement content.

– Tu crois ? » Il souriait de toutes ses dents.

Phoebe hocha la tête misérablement ; la machine torturée couinait toujours. Il flottait dans l'air une légère odeur de plastique fondu. Quand Mme McCauley vint frapper à la porte pour mettre Phoebe au lit, Barry débrancha son trésor et le remit au secret du tiroir.

L'ennui qui régnait dans la chambre de Phoebe la frappa comme un coup de poing : les ours blancs du papier peint, les rangées de peluches défraîchies, un fauteuil d'osier qui craquait dès qu'on s'y asseyait. Mme McCauley la borda en serrant bien les draps, comme pour la sangler en vue d'une folle équipée. « C'est bien que vous vous teniez compagnie, ton frère et toi. Il en a besoin. » Phoebe avait hâte de dormir ; elle se tourna sur le côté. Mme McCauley resta quelques instants dans le fauteuil d'osier ; elle chantonnait à mi-voix. Elle partit à pas lents, de sa démarche raide.

Phoebe fut éveillée dans la nuit par des bruits au rez-de-chaussée. Sa chambre surplombait la cuisine ; elle demeura quelques minutes immobile, à redouter que des voleurs ne se soient introduits par la porte du jardin et ne se préparent à monter l'assassiner. Puis elle entendit de la musique. La curiosité prit le dessus et elle se leva. Pieds nus, en chemise de nuit, elle descendit l'escalier marche à marche, les doigts serrés sur la rampe. Elle entendit des voix inconnues ; à sa grande surprise, elle reconnut soudain le rire de sa sœur.

La stupéfaction l'arrêta sur le seuil de la cuisine. Dans la pénombre, la pièce semblait une église ; des bougies de Noël par dizaines jetaient sur les murs une lumière sirupeuse. Un vague air d'orgue serpentait de la radio. Faith et Wolf se penchaient sur la gazinière, entourés de gens qui semblaient costumés : une grande gigue aux airs de Reine de Pique dans sa robe de velours écarlate ; une autre fille aux longues mèches d'un blond pâle, vêtue d'un pantalon d'un blanc immaculé. Tout près de la porte se dressait un homme coiffé d'un haut-de-forme. Les bords de son short taillé dans un jean révélaient d'énormes coups de soleil. Il fut le premier à remarquer Phoebe et souleva d'un doigt son chapeau.

« Salutations. Vous auriez grand besoin d'une coupe de cheveux. »

Phoebe le dévisagea : la phrase suscitait un écho familier. Puis elle se souvint : c'étaient les premiers mots du Chapelier fou à Alice ; elle avait lu la scène le matin même. Elle retrouva la réponse d'Alice.

« C'est très impoli de faire des remarques personnelles. On ne vous l'a jamais dit ? »

Le visage de l'homme se figea de surprise. Puis il rejeta la tête en arrière et se mit à rire à gorge déployée, dévoilant une langue ronde du même rose que ses jambes brûlées. Tout le monde se retourna. « Qui est cette gosse démente ? » demanda le Chapelier aux coups de soleil.

Faith rejoignit Phoebe, s'agenouilla près d'elle. En étreignant sa sœur, Phoebe perçut ses battements de cœur précipités. « C'est le matin ? demanda-t-elle.

– Presque. » Faith semblait à bout de souffle ; elle avait les joues rouges. Un petit arc-en-ciel de maquillage prenait naissance au-dessus de son œil gauche, tournait autour de la pommette. « On prépare le petit déjeuner pour l'emporter sur le toit et voir le soleil se lever.

– Et Mme M. ? »

Phoebe croisa les doigts. « Elle dort, chuchota Faith. Je lui ai dit que je passais la nuit chez Abby. »

Les inconnus tournaient vers Phoebe des regards attendris, comme s'ils avaient été tout heureux de la trouver là, dans sa chemise de nuit. Elle éprouvait une sorte de plaisir inquiet à retenir ainsi l'attention générale. Un homme, couvert d'une cape écarlate de magicien, tenait à la main deux boules d'argent qui cliquetaient quand il les roulait l'une contre l'autre. Un autre qui ressemblait à Jésus, barbe épaisse et sandales, s'affairait à rouler de minces cigarettes jaunes ; il en alluma une dans des crépitements de tabac, en tira une bouffée, la tendit à son voisin. « Quelle gosse magnifique », lança Jésus ; il exhalait en parlant une fumée insolite à l'odeur sucrée. Phoebe rougit jusqu'aux oreilles.

« Viens là, ma jolie, dit Wolf en approchant une chaise de la gazinière. Viens aider le chef. »

Phoebe s'approcha d'un pas timide. À la lueur des bougies, Wolf avait des airs de chef indien ; même ses mains étaient bronzées. Sa peau dégageait un merveilleux parfum, comme les bottes de cuir de son père quand il les avait laissées au soleil. Wolf l'installa sur la chaise, ses mains chaudes sur les côtes de Phoebe. Elle remarqua un petit anneau d'or à son oreille.

Les œufs, tièdes, semblaient frais pondus. Phoebe cassa une coquille lumineuse, fit glisser blanc et jaune dans un saladier. Wolf versa des légumes dans la poêle beurrée et le mélange des odeurs devint enivrant : la fumée sucrée des cigarettes, le beurre et les légumes, le parfum lourd et huileux des bougies. La Sorcière blanche se leva de sa chaise et se mit à danser, flotta dans la musique comme dans un liquide. Le Chapelier aux coups de soleil ronflait doucement, son haut-de-forme posé à côté de sa tête sur la table de la cuisine. La Reine de Pique s'était juchée sur les genoux d'un homme en habit d'Arlequin, Joker de ce même jeu de cartes dont elle était reine.

« Qui sont-ils ? » demanda Phoebe à Faith, dans un murmure.

Le regard de Faith courut à travers la pièce. Elle secoua la tête.

« Je ne sais pas.

– Mais d'où ils viennent ? Où est-ce que tu les as trouvés ?

– Ce sont eux qui nous ont trouvés. Ou bien, on s'est trouvés les uns les autres, j'imagine. Au Cirque invisible. Nous étions tous au Cirque invisible. »

Tout s'expliquait très bien : les costumes, la bonne humeur un peu folle de chacun. Phoebe adorait le cirque ; elle fut consternée que sa sœur ait pu y aller sans l'emmener. « Avec trois chapiteaux ? » demanda-t-elle.

Faith sourit, se tourna vers Wolf. « À ton avis ?

– Plus, dit Wolf. Je dirais quatre, peut-être cinq.

– Cinq chapiteaux ! » Furieuse, Phoebe se détournait déjà.

« Oh, non, dit Faith. Elle croit que… Non, Phoebe, ce n'était pas… Ils appelaient ça un cirque, mais en fait c'était une soirée, une grande soirée dans une église. Et puis, ça a fermé.

– Sans animaux ? demanda Phoebe, méfiante.

– Non, sans rien de tout ça. C'était plutôt comme un palais du rire, mais pour les grands. »

Phoebe se rappela Playland, un palais du rire vétuste qui se dressait près des Sutro Baths abandonnés. Son père les y avait souvent emmenés : un tunnel tournant qu'on ne pouvait pas traverser sans tomber et se faire des bleus aux genoux, des décharges d'air comprimé par de petits trous du plancher. Il y avait de grands, périlleux toboggans de bois usé qu'on descendait sur des sacs de jute : on se taisait des marques blanches aux endroits où la peau touchait le bois. Faith et leur père adoraient ces visites à Playland, mais Phoebe avait toujours perçu, derrière cette façade de gaieté bonhomme, un cœur grimaçant et sinistre.

Faith prit les mains de Phoebe dans les siennes. « Quelque chose est en train de se passer, dit-elle à mi-voix. Tu le sens ?

– Quoi ?

– Je ne sais pas, mais je le sens. C'est comme cette vibration, en dessous. » Sa voix tremblait, comme si la vibration s'était communiquée à son corps.

« De quoi tu parles ? demanda Phoebe.

– Tout change. Rien ne sera comme avant. »

Les choses avaient déjà changé, trop changé. « Moi, j'aime bien les choses comme elles sont maintenant, dit Phoebe.

– Non. Là, c'est mieux. C'est l'Histoire. On ne peut pas l'arrêter.

– Quoi ? Qu'est-ce que c'est ? » Phoebe prenait peur.

Faith se passa la main dans les cheveux : « Je ne sais pas. Mais ça sera énorme.

– N'essaie pas de lui dire, dit gentiment Wolf tout en tournant les légumes. Elle le saura à son rythme.

– C'est là, dit Faith, les yeux fermés, les deux mains levées à la hauteur de ses seins. C'est là, Phoebe, tu le sens ? »

Phoebe se retourna vers la pièce. La Sorcière blanche, la Reine de Pique et le Joker dansaient maintenant tous les trois, levaient leurs bras comme des nageurs. Phoebe tâcha d'imaginer ce qu'ils ressentaient, suspendus dans cette musique chaude et soyeuse, un plaisir qu'elle-même avait connu, une seule fois, il y avait très longtemps. La musique s'accélérait, cymbales, voix, rires. La lumière des bougies dansait sur les murs.

« Quelque chose est arrivé, dit Faith. Je ne sais pas ce que c'est. »

Phoebe se sentait sourire. Elle était heureuse, une tiédeur délicieuse naissait dans son ventre, se répandait dans ses membres comme un goût de bonbon. « À la cour du Roi écarlate… », psalmodiaient les chanteurs de la radio, et la scène avait les échos d'un vieux livre, Lancelot, la reine Guenièvre, Aladin. Les corps des danseurs ondoyaient telles des flammes. Où suis-je ? songeait Phoebe ; elle retrouvait les nuits du parc d'attractions de Mirasol, baignées de lueurs multicolores, quand, juchée sur les épaules de son père, elle parvenait à toucher des doigts les lampions chinois. Où suis-je ? Il était tellement meilleur de se le demander que de connaître la réponse.

« J'y arrive », dit-elle, bras tendus en funambule. Elle était Alice, avalait le contenu du petit flacon en se demandant ce qui allait se passer. « Ça y est, je le sens moi aussi.

– Papa serait ravi, tu ne crois, pas, Pheeb ? Il adorerait ça », dit Faith, et Phoebe sut aussitôt qu'elle avait raison ; quoi que ce fût, leur père l'aurait approuvé du fond du cœur. Elle le vit soudain debout dans la cuisine, les bras croisés, une expression de plaisir affamé sur le visage. Phoebe se dressa sur la pointe des pieds, se leva de sa chaise dans un élan soudain de joie et de compréhension : sa sœur détenait le secret, elle l'avait toujours détenu.

Des pas se firent entendre dans l'escalier. Barry s'encadra sur le seuil, tout habillé. Il considéra un moment les bougies, les inconnus, la cuisine méconnaissable. Phoebe découvrit la scène à travers les yeux de son frère : elle en mesura soudain l'étrangeté, la fragilité ; elle comprit que cela pouvait se dissiper en un éclair, aussi soudainement que ces enfants qui, ressortant du placard, délaissaient le monde magique de Narnia pour leurs vies réelles.

« Bear, dit Faith. On prépare le petit déjeuner. »

Barry jeta un coup d'œil à sa montre. « Six heures et demie du matin », dit-il en rallumant le plafonnier. La lueur éclatante et vide les surprit, tout le monde se mit à cligner des yeux. Quelqu'un baissa la musique et les danseurs se rassirent.

« Les bougies de Noël de maman, dit Barry. Toutes gâchées d'un seul coup.

– Il n'y a qu'à en acheter d'autres, dit Faith. Noël, c'est dans presque un an. »

Barry lui lança un regard noir. « Il vaudrait mieux que ces gens s'en aillent. »

Éteignant la gazinière, Wolf le rejoignit. Il entoura d'un bras les épaules minces de Barry. « Allez, mon vieux, ce n'est pas tous les jours. »

Phoebe vit la lutte intérieure se refléter sur les traits de son frère : Barry admirait Wolf, il aurait tout donné pour se faire aimer de lui, mais il ne supportait pas de céder à Faith. Il se dégagea de l'étreinte : « Eh bien, ça tombe mal pour moi. Et pour Phoebe aussi. Nous étions en train de dormir.

– Mais tu peux participer, Barry, dit Faith. Regarde, Phoebe nous aide à faire la cuisine, tu peux te joindre à nous, pourquoi pas ? » C'était moins une invitation qu'une prière.

Wolf voulut le toucher à nouveau mais Barry se rétracta, jetant des regards apeurés sur les inconnus : « Qu'est-ce qui se passe, Faith ? Vous avez pris de la drogue ?

– Aoh, bon Dieu », gémit la Reine de Pique. Elle se hissa sur le comptoir de la cuisine, croisa les jambes avec dégoût.

Barry tressaillit ; puis il fourra ses mains dans ses poches et baissa le nez. « Je veux que tout le monde s'en aille. Tout de suite. Sinon j'appelle la police. »

Wolf secouait la tête. « Ce n'est pas la bonne façon.

– Barry, s'il te plaît », implorait Faith.

Mais, à la mention de la police, un frémissement courut à travers le groupe. La Sorcière blanche sortit un sac en macramé de dessous la table, le Chapelier aux coups de soleil se lissa les cheveux avant de remettre son haut-de-forme. Faith lançait des sourires implorants à tout le monde. Elle semblait éperdue : Phoebe devina son désespoir, la peur de devoir abdiquer un bonheur si rare. Le Cirque invisible, songeait Phoebe, le Cirque invisible, et elle psalmodiait les mots en elle-même comme une incantation. Mais le groupe était debout maintenant, prêt à s'en aller.

« Phoebe », lança Barry depuis le seuil.

La mention de son nom la décontenança ; elle avait oublié sa propre présence dans la pièce. Elle se tenait debout, pieds nus, sur une chaise de la cuisine. Barry lui tendait la main : « Allez, viens, Pheeb. On va attendre là-haut. »

Impuissante, Phoebe se tourna vers Faith : mais toute expression avait disparu du visage de sa sœur, comme une taie d'oreiller qui tombe à terre. Elle était revenue à cette indifférence qui l'habitait depuis des mois.

« Allez, viens, Pheeb, Tout va bien, maintenant. »

À l'entendre parler, on aurait dit qu'ils étaient seuls, mais Phoebe sentait peser sur elle tous les regards à l'exception de celui de Faith ; elle resta pétrifiée, pleine du désir de leur plaire à tous, d'échapper à cette emprise nouvelle pour elle. Elle se vit soudain emprisonnée entre les serrures et les tiroirs de Barry, entre cette misérable machine à sons et les plans oubliés de son père, pendant que le Cirque appareillait sans elle.

Mal à l'aise, Barry laissa retomber sa main. « Phoebe ?

– Je viendrai plus tard, Bear. »

Quelque chose parut se rétracter sur les traits de Barry. Il s'éloigna de la porte à reculons, rôda un moment devant le seuil. Phoebe contemplait ses pieds nus, consciente d'avoir commis l'irréparable. Quand il finit par se détourner et se précipiter à l'étage, elle se sentit soulagée.

Une ivresse renouvelée s'empara alors du groupe. Le plafonnier s'éteignit, quelqu'un monta le volume de la musique, la frénésie de la danse les emporta. Les bougies étaient restées allumées ; à présent elles jetaient leur lumière de miel avec une sauvagerie rebelle. Les doigts noués aux mains chaudes et pelées du Chapelier fou, Phoebe dansa sans honte, la musique soulevait ses membres comme les bulles secouaient les plantes dans l'aquarium de Barry. Elle se sentait gagner par une joie folle, haletante. « Vite, s'écria Faith dès qu'un rai de jour zébra le ciel. Vite, tout le monde dehors. »

Ils soufflèrent les bougies, se précipitèrent dans l'escalier en emportant leurs assiettes, trois volées de marches, une quatrième plus étroite pour gagner le toit. Ils déboulèrent à l'air libre, se jetèrent sur le gravier, mangèrent comme des affamés, arrachant du pain à deux énormes miches que Wolf avait achetées à un camion de boulangerie. Le toit était plat ; de sa hauteur se découvrait un magnifique panorama, les côtes vallonnées de Sausalito et de Tiburon, les maisons vitrées qui luisaient tel un minerai. Le Golden Gate Bridge, mince squelette rouge. Le magicien marchait sur les mains, sa cape traînait derrière lui. Le ciel sembla soudain plus proche. Phoebe aurait pu saisir à pleines mains la vapeur rose des nuages.

Le vent s'engouffrait dans sa chemise de nuit, glaçait sa peau nue. Wolf posa son assiette et la prit sur ses genoux ; il lui frotta les bras pour la réchauffer. Elle se sentait toute petite, le corps de Wolf était une main et elle une feuille, un gland niché au creux de

sa paume. Il la serrait contre lui : « Pauvre Phoebe. »
Elle ignorait ce que cela signifiait, mais ne voulut pas
le contredire. Si Wolf avait su combien elle était heureuse, peut-être l'aurait-il laissée partir.

Faith faisait le tour du toit en hâte, disposant de
petits tas de pain pour les mouettes. Son jean flottait
sur ses jambes maigres, ses cheveux emmêlés dansaient dans le vent. Quand il ne resta plus rien des
miches, elle se mit à sauter sur place, à quelques pas
du groupe ; face à la baie elle sautait, les bras tirés
jusqu'au ciel, les pieds martelant le gravier. Tous la
regardèrent au début, ils hochaient la tête, souriaient à
ce débordement d'enthousiasme ; mais les yeux de
Phoebe restèrent fixés sur sa sœur longtemps après que
les autres s'en furent détournés. Elle était fascinée.

Faith finit par s'arrêter. Haletante, elle se laissa glisser sur le toit, près de Wolf et de Phoebe, drapée d'un
calme soudain. Les autres s'endormaient peu à peu,
serrés les uns contre les autres comme des chats. La
Reine de Pique chanta : « Et je m'abandonne au sommeil. » Faith contemplait le ciel.

« Papa nous voit peut-être, dit-elle à mi-voix. Si ça
se trouve, il nous regarde. »

Phoebe leva les yeux. Et de fait, ciel et soleil semblaient plus intenses que les autres jours, ils resplendissaient du regard attentif, amusé de leur père. Phoebe
fixa ce soleil blanc et neuf et s'offrit : elle ne s'offrit
pas seule – seule, elle n'était rien –, elle s'offrit comme
un morceau de Faith, une petite forme comprise dans
la silhouette de sa sœur. Elle eut mal. Son propre corps
semblait se dissoudre dans cette douleur. Elle garda les
yeux ouverts aussi longtemps qu'elle put, puis elle les
ferma. Le noir la soulagea. « Pauvre petite », disait
Wolf, et il la berçait quand elle s'endormit.

5

La mère de Phoebe travaillait pour Jack Lamont depuis 1965. Il était producteur de cinéma, surtout connu pour *White Angel*, oscar du meilleur film en 1960. Phoebe n'avait jamais vu le film.

Il avait le teint hâlé, les yeux d'un bleu pâle, mais Phoebe trouvait Jack impossible à aimer ; de cette peau qui suggérait la tiédeur, il émanait un froid terrible. « Salut, Pheeb », lui lançait-il quand elle arrivait au bureau, puis les yeux pâles se détournaient d'un coup et c'était tout, son moment avait passé. Elle resterait toujours la fille de sa secrétaire. « C'est parce qu'il est timide », protestait sa mère, mais il n'y avait pas que cela. Jack tenait les rênes de sa vie bien en main.

Il venait d'engager sa mère comme dactylo à temps partiel quand on avait diagnostiqué la maladie de son père. Par la suite, elle devint sa secrétaire particulière et à présent, treize ans plus tard, elle réglait jusqu'aux moindres détails de son existence. Sa compétence incontestée s'étendait à toutes les décisions qu'il prenait, dans leurs aspects les plus sérieux comme dans les plus superficiels : des contrats à dénoncer jusqu'au choix d'un restaurant sur la Riviera (où elle n'était jamais allée), d'un club de golf au Mexique jusqu'aux anniversaires et cadeaux de Noël pour ses enfants disséminés aux quatre coins du pays. Phoebe s'enor-gueillissait de songer qu'un homme aussi maître de lui pût dépendre à ce point de sa mère, comme si son seul contact eût été pour lui un gage de bonne fortune. Mais elle supportait mal le pouvoir que son existence faisait peser sur la leur : à tout moment, une affaire urgente risquait d'enterrer des projets mûris de longue date. Selon Barry, leur mère souffrait tous les inconvénients dévolus à l'épouse de Jack sans profiter pour autant des bénéfices. « Des bénéfices ! persiflait sa mère. Il n'y a aucun bénéfice à l'épouser. » Trois fois divorcé, il se disputait encore devant les tribunaux avec la dernière de ses ex-femmes. « Mes frais généraux », disait-il pour évoquer ces troupes dispersées de beaux-fils, d'ex et de demis aux besoins desquels il subvenait. Il fallait lui rendre cette justice, disait leur mère : Jack était un homme généreux. Mais Barry, impitoyable, parlait alors de culpabilité. Quant aux épouses, la mère de Phoebe déjeunait régulièrement avec elles, à l'excep-tion de la troisième qui gardait ses distances en atten-dant le règlement du litige. Jack n'épousait que des femmes intéressantes, disait leur mère, quoique les convulsions des divorces l'aient quelquefois poussé à trouver l'oubli dans les bras de starlettes aussi gentilles que superficielles.

Sa mère se plaignait de son patron, mais Phoebe n'était pas dupe : elle adorait son travail. Pour la pre-mière fois, elle coproduisait un film avec Jack, un documentaire sur la vie d'un des héros de Faith, Che Guevara.

C'était un lundi matin trempé de brouillard ; toute la ville semblait encore rêver. Sa mère tenait le volant et Phoebe, à son côté, se sentait comme d'habitude inutile. Elle ne savait toujours pas conduire. Sa mère la dissuadait d'apprendre, invoquant leur unique voiture, mais Phoebe n'ignorait pas qu'en fait elle craignait pour sa sécurité. Ne pas conduire l'ennuyait ; comme toutes les restrictions de sa mère, cela l'isolait des gens de son âge. Elle s'y était pourtant résignée, comme elle s'était résignée à ne pas fumer, enviant les ronds de fumée des autres, pleins et soyeux, ces luxueuses volutes de crème fouettée qu'ils inhalaient avec ravissement.

« Je me disais, lança-t-elle, que je pourrais peut-être partir. »

Sa mère lui jeta un coup d'œil : « Où ça ?

– En Europe.

– Pour quoi faire ?

– Oh, je ne sais pas. Pour voyager. Je pourrais peut-être retarder la fac d'un an. »

Il y eut une pause. « Ça me paraît un peu à côté de la plaque.

– Je sais bien, dit-elle amèrement. Vu que je ne fais jamais rien. »

Sa mère écarta une mèche des yeux de Phoebe. « Chérie, tu vas entrer à l'université. Ce n'est pas rien.

– La fac ? Tout le monde y va.

– Et donc ?

– Et donc, je ne veux pas être tout le monde, assena Phoebe, surprise par sa véhémence. Je voudrais qu'il m'arrive enfin quelque chose de vrai. Je me fais l'effet d'un zombie, je te jure. Je n'arrive pas à me secouer. »

Il y eut un long silence. « Ça me soulage de l'entendre, finit par dire sa mère. Tu sais, je me fais du souci pour toi. »

Phoebe fut prise au dépourvu. « Pourquoi ?

– C'est que, ces derniers temps, tu semblais tellement coupée du monde, avança-t-elle presque timidement. Depuis la fin des cours, tu ne vois presque personne, même quand on t'appelle.

– Mais je suis sortie la semaine dernière…

– Et Celeste ? Tu la voyais tout le temps. Et puis, tu n'assistes pas à la remise des diplômes…

– Tu m'as dit que tu comprenais !

– Je sais, dit sa mère d'une voix songeuse. À la réflexion, le problème vient beaucoup de moi.

– Quel problème ? cria Phoebe.

– J'ai toujours eu peur que tu ne fasses une bêtise, que ça ne tourne mal…, dit sa mère dans un souffle. Je t'ai retenue. »

Décontenancée, Phoebe garda le silence.

« Tu sais, reprit sa mère, je ne comptais pas te le dire tout de suite, mais depuis quelque temps je me demande s'il ne faudrait pas vendre.

– Ah bon ? demanda Phoebe sans comprendre.

– C'est vrai que la maison est très grande, et que je vais me retrouver bientôt seule dedans. Bien franchement, je redoutais de t'en parler », ajouta-t-elle avec un rire gêné.

Phoebe se raidit brusquement : « De quoi parles-tu ? De vendre notre maison ? »

Affolée, sa mère se tourna vers elle : « Je me demandais, c'est tout.

– Comment peux-tu seulement te le demander ? Vendre la maison ? » Sa voix résonnait dans l'auto.

Sa mère battit en retraite : « Écoute, je ne l'ai pas vendue, je t'assure. Je pensais à voix haute. »

Elles s'étaient arrêtées à un coin de rue ; sa mère se réengagea dans la circulation comme pour fuir le sujet. Phoebe se sentait hors d'elle. Vendre la maison, c'était l'erreur à ne pas commettre, la pire des issues possible. « Je peux donc y aller, j'imagine. »

Sa mère lui lança un regard absent.

« En Europe.

– Non, chérie, non. Je voulais dire que je comprenais l'impulsion.

– Alors, tu as le droit de vendre la maison mais moi, je ne peux pas aller en Europe ? »

Sa mère secouait la tête, visiblement déconcertée. « L'idée est mauvaise, Phoebe, tu le vois bien, non ? Choisir… justement ça ? »

Tout recommençait comme la veille, avec le collier d'argent. Un monde caché se dressait devant elle et sa mère ne le voyait pas.

« Faith, tu l'as bien laissée partir. »

Sa mère lui jeta un coup d'œil. La remarque était méchante ; un silence épais les enveloppa. Elles s'arrêtèrent au carrefour d'Oak et Masonic, où Phoebe descendait chaque matin pour aller travailler. Sa mère portait un chemisier de soie avec un nœud sur le cou. Dans le parc, des silhouettes vêtues d'écarlate effectuaient des mouvements de tai-chi sur l'herbe humide.

Sa mère s'était courbée en avant, coudes appuyés sur le volant. « Le seul fait de la sortir de la ville semblait une bénédiction. »

Phoebe approuva de la tête, avec une envie désespérée d'aller dans son sens.

« Je pensais que Wolf prendrait soin d'elle, poursuivit sa mère. Mais c'était trop demander, même à lui. »

Phoebe hochait la tête comme un pantin. « C'était raisonnable.

– Tu trouves ? »

Sa mère se tourna vers elle. Dans la lumière crue du matin, Phoebe lui trouva les traits un peu gonflés, comme par les séquelles de vieilles ecchymoses. Elle comprit tout le poids que pouvait avoir sa réponse.

« Mais oui, dit-elle, bouleversée. Maman, c'était complètement raisonnable. »

Le brouillard commençait à se dissiper. Des maisons parurent, leurs couleurs rajeunies. Phoebe sortit de la voiture, agita la main pendant que sa mère s'éloignait dans la rue. Elle contempla sa nuque pâle jusqu'à ce que la Fiat disparaisse, puis se rendit à son travail pleine d'un vague pressentiment.

Le croisement Haight-Ashbury avait disparu. La faute en incombait aux nostalgiques : leur acharnement à enlever les panneaux de signalisation avait dissuadé la ville de continuer à les remplacer. Du café où elle travaillait, Phoebe voyait souvent des touristes traverser Haight Street le nez sur une carte, désespérant de trouver le point exact dont ils se savaient pourtant si proches.

Les sixties avaient laissé leur empreinte sur le quartier : les étals des magasins de nourriture biologique débordaient de fruits rebondis ; dans la vitrine d'une boutique d'occultisme, les têtes réduites côtoyaient les boules de cristal teinté. Mais le Milk and Honey, où travaillait Phoebe, ne ressemblait en rien à ces vestiges d'un autre temps : c'était un bar flambant neuf, carrelé de blanc, décoré de néons rouges en forme de cœur, possédé et tenu par des homosexuels. En tant que fille et qu'hétéro, Phoebe n'avait rien à voir avec ce milieu, mais il était sans doute moins douloureux de se sentir une étrangère ici plutôt que dans le milieu auquel elle appartenait. Elle se passionnait pour les récits d'enfance de ses collègues : adolescences perdues dans les bourgades de l'Amérique puritaine, amourettes avec des pom-pom girls, blagues sur les pédés, toutes ces façons de se mentir une vie pour en rêver une autre. Et voilà que cette autre vie se réalisait : cette terre promise, ils avaient fini par la gagner et rien ne pourrait la leur reprendre, du moins le semblait-il.

On l'avait chargée de former un serveur qui débutait ce jour-là. Il y avait plus d'un an que Phoebe travaillait au Milk and Honey ; dès la fin des cours, à midi, elle prenait le tram pour Haight Street. Art, le gérant, était le seul à compter plus d'ancienneté qu'elle.

D'ordinaire agréable, Art ne se tenait plus de joie devant la beauté du nouveau. Il se chargea des présentations : « Phoebe O'Connor. Phoebe, Patrick Finley. Vous pourriez peut-être parler de vos racines irlandaises. »

Phoebe et Patrick échangèrent des sourires forcés. Patrick était grand, portait un jean, un tee-shirt blanc. Phoebe ne l'aurait pas cru homo, mais il devait l'être : elle n'avait jamais vu d'hétéro travailler au bar.

« C'est Phoebe qui te forme, expliqua Art. Phoebe est notre parangon de vertu, n'est-ce pas, chérie ? »

Elle rougit. « Pas vraiment. »

Art était d'humeur à la plaisanterie : « Bien sûr, il y a tous ces cadavres dans ton sous-sol.

– La fosse est profonde. » Phoebe tâchait de répondre sur le même ton, mais Art n'avait d'yeux que pour Patrick. « Elle n'a jamais fumé une cigarette de sa vie, tu te rends compte ?

– Pas même une fois ? » demanda doucement l'inconnu. Leurs regards se croisèrent. Elle secoua la tête, prise d'une timidité soudaine. Il avait les yeux d'un vert éclatant, avide.

« Elle s'entraîne pour le couvent, poursuivait Art. Mais je dois reconnaître que je l'ai déjà vue pompette. »

Phoebe lui lança un regard affolé. Quelques semaines auparavant, après plusieurs verres de sangria, elle s'était mise à pleurer devant le défilé hétéroclite des hippies pour la fête de Haight Street : tous ces visages épuisés, ces yeux blanchis comme par trop de soleils aveuglants. Art l'avait serrée dans ses bras. « Longue est la vie, petite fille », lui avait-il dit.

« Mais je ne vois pas ce qui m'étonne, poursuivit Art avec un clin d'œil. Tous les cathos biberonnent, même les prêtres.

– Les prêtres surtout », murmura Patrick.

Art avait passé sous silence ses pleurs d'ivrogne ; Phoebe respira. « Qu'est-ce qui te fait croire que je suis catho ? »

Il l'embrassa sur la joue : « C'est écrit sur ta figure, ma chérie. »

Le coup de feu du midi commença. Pour les nouveaux, c'était un moment difficile et Phoebe plaignait leur maladresse impuissante ; mais Patrick semblait avoir l'habitude. Elle lui donnait dans les vingt-cinq ans. Elle lui enseigna son point fort, le *caffèlatte*, pour lequel elle montrait une adresse consommée, parvenant à superposer en deux couches distinctes crème et café dans la tasse. Les clients ignoraient souvent de tels efforts : d'un tour de cuiller, on massacrait ses chefs-d'œuvre sans accorder un regard à la séparation des couches.

Quand l'affluence se tarit, Patrick se réfugia dans un angle, loin de la vue des clients. Il sortit de son paquet une Camel qu'il tassa contre le comptoir.

« Je peux ?

– Bien sûr. Tout le monde fume ici. »

Il alluma ; ses yeux se fermèrent un instant quand la fumée envahit ses poumons. « Tu as raison de ne pas le faire, dit-il en exhalant. C'est moche.

– Je ne trouve pas, se récria-t-elle. J'adore voir les gens fumer. »

Il éclata de rire. « Tu es sérieuse ? »

Déconcertée, Phoebe hocha la tête d'un air incertain. Elle n'avait pas voulu faire de l'humour.

Patrick tira une longue bouffée de sa cigarette : la fumée s'échappa de sa bouche, fusa dans ses narines. « Alors, ça m'étonne que tu ne t'y sois pas mise. Il n'y a pas besoin de permis, tu sais.

– En fait, j'ai promis à quelqu'un. » Son excuse habituelle.

Patrick écrasa sa cigarette, se passa les mains dans les cheveux. « Il t'a fait une fleur, ce quelqu'un. »

À deux heures, Phoebe raccrocha son tablier, se brossa les cheveux et partit prendre sa pause. Au coin de la rue, un guitariste tirait *Gimme Shelter* d'un instrument en ruine, dans des crachotements d'ampli. Manteau de cuir noir noué à la taille, pattes d'éph, semelles compensées crasseuses : ses habits semblaient plus vieux que lui.

Les petits vagabonds de Haight Street s'étaient groupés aux pieds du guitariste. De temps en temps, l'un d'eux entrait au Milk and Honey pour demander une rondelle de citron ; ils s'en servaient, Phoebe venait de l'apprendre, pour diluer l'héroïne avant leur fixe. Ces gosses étaient plus jeunes qu'elle, bien trop jeunes pour avoir connu les sixties, mais aux yeux de Phoebe ils restaient liés à cette époque d'une façon qui lui était étrangère et qu'elle jalousait. Elle continuait à donner les citrons quand on lui en demandait, même si Art l'avait interdit.

Phoebe poursuivit son chemin jusqu'à Hippie Hill, une butte de gazon pelé qui se dressait à l'intérieur du Golden Gate Park. Elle gravit la pente, s'assit en tailleur au sommet. Elle déballa son muffin aux céréales et son café. Elle avait l'habitude de lire pendant sa pause ; elle adorait la lecture et s'y adonnait sans le moindre recul, accueillant chaque livre comme un véritable code de conduite, la recette d'un certain art de vivre. Mais aujourd'hui, elle mastiquait d'un air absent, les yeux fixés sur les arbres en contrebas. Vendre la maison ? Au bout de toutes ces années ? Cela n'avait pas de sens.

Non, elle n'était pas « coupée du monde ». La semaine précédente, n'était-elle pas sortie en bande, d'abord pour aller voir *The Rocky Horror Picture Show*, où un morceau de pain avait atterri dans ses cheveux, puis dans une boîte de Broadway, où un type gluant, à force de cocktails à l'eau, lui avait arraché le privilège douteux de se tortiller en face d'elle sur une piste bondée ? Elle n'était pas « coupée du monde ». Mais Phoebe avait beau tout tenter pour s'intégrer aux gens de son âge, elle avait l'impression de mentir, de chanter les paroles d'un air qu'on ne lui avait pas appris, avec toujours un temps de retard. Au mieux pouvait-elle espérer donner le change. Mais pour ce qui était de se distinguer, de faire sur eux la plus petite impression, il ne fallait pas y compter. Dans son vaste lycée, Phoebe s'était sentie réduite à un abrégé d'elle-même, comme si elle n'avait pu se livrer qu'à travers une sorte de petit-nègre dont la pauvreté lui rappelait ses cours de conversation française : Où est le chat ? Avez-vous vu le chat ? Regardez ! Pierre donne un bain au chat. Elle ne s'exprimait pas mieux quand il était question de groupes, de la murge qu'untel s'était prise à une soirée.

Au lycée, elle était transparente. Si l'on songeait à elle, elle était invitée, mais bien peu la remarquaient quand elle se levait en pleine soirée, comme elle l'avait souvent fait, pour appeler un taxi depuis la cuisine, entre les torchons multicolores et les aimants en forme de fruits. On lui avait tendu un jour une dose d'acide, elle l'avait glissée dans sa poche (elle la gardait encore), mais personne ne s'en était aperçu. « Dis donc, tu n'as pas eu de pépins ? » lui avait-on demandé bien plus tard, apparemment le truc était puissant, quelqu'un avait pété les plombs. Ils devaient la voir, songeait-elle, comme un demi-fantôme, une silhouette translucide dont on ne pouvait suivre les mouvements exacts. Pendant ses heures vacantes, elle n'avait nulle part où aller. Souvent elle se contentait d'errer dans les couloirs d'un air faussement affairé, parfois pressé, n'osant pas même s'arrêter de peur de dévoiler par là toute sa solitude. Près de l'entrée du lycée se dressait une vitrine bourrée de trophées sportifs : de minces plats d'argent glanés au hasard d'une rencontre de natation, des rubans défraîchis – poussiéreux, inutiles, ils passaient inaperçus. Et c'était une excuse pouf cesser de marcher, si bien que Phoebe s'arrêtait devant cette vitrine, comme si l'un des trophées avait attiré son attention – Je ne suis rien, songeait-elle, si je disparaissais personne ne s'en apercevrait –, et elle rougissait de honte, les yeux rivés aux absurdes rubans, guettant la sonnerie du prochain cours.

Sa propre insignifiance avait beau la torturer, au fond d'elle-même Phoebe en comprenait pourtant la nécessite. Car tout ce qui l'environnait désormais, tout cela était à peine réel. Qu'est devenue Faith ? s'interro-

geait-elle en longeant les couloirs maculés, en déjeunant seule dans la caféteria aux odeurs de clinique ; qu'est devenue la grève étudiante de 1968 ? Oublié, tout cela. Même les enseignants qui y avaient assisté semblaient n'en garder qu'un vague souvenir. Quel cauchemar ! s'exclamaient-ils, les yeux au ciel. Vous autres, vous êtes bien mieux. Mais Faith O'Connor, qui avait organisé la grève, qui avait pris la parole dans la cour du lycée ? Ah, peut-être, disaient-ils, attendez…
– et ils plissaient les yeux vers la fenêtre, à la recherche d'un souvenir brumeux qui réponde aux descriptions encyclopédiques que Phoebe avait en mémoire. Mais non, incroyable, personne ne se rappelait Faith non plus. Ils ne voyaient que le présent. Et Phoebe elle-même allait parfois jusqu'à oublier : à danser sur les Tasmanian Devils, sur Pearl Harbor and the Explosions, pour un moment, tout s'effaçait de son esprit, ne subsistait plus que son environnement immédiat. Mais quelque chose la ramenait toujours là-bas : un sursaut, comme on s'aperçoit qu'on a dormi trop longtemps, et Phoebe se rappelait soudain que sa vie n'était rien, sinon la retombée d'une secousse ancienne disparue, évanouie au point que ses détails allaient s'étrécissant. Sa propre vie s'étriquait quand bien même Phoebe luttait pour la garder en place – quand bien même elle s'agrippait à un certain Daniel au bal du lycée, la musique sirupeuse qui s'échappait du gymnase, eux deux allongés à l'avant de sa voiture, la brume cristallisée sur le pare-brise comme du sucre. Elle en avait pincé pour lui toute l'année. Le souffle de Daniel sur sa nuque, ses côtes déployées sous elle comme un éventail, et soudain un monde nouveau semblait s'offrir à Phoebe, la chair, les os, elle ne demandait rien d'autre, oui, songeait-elle, cela et rien d'autre, mais déjà cela

s'était mis à glisser, elle glissait loin de Daniel alors qu'elle s'agrippait à lui, cette chose qui la hantait, comme l'écho lointain d'un pas dans un coin de son esprit, cette chose, il fallait qu'elle se la rappelle. « Hé, il y a toujours quelqu'un ? » demandait-il, mais Phoebe n'y était plus, tout juste devina-t-elle le visage stupéfait de Daniel lorsqu'elle s'écarta, pleine de colère, avec l'impression d'avoir été volée.

Par la suite, la colère fit place, comme toujours, au soulagement d'avoir fui. Et si Daniel n'osait plus croiser son regard dans les couloirs, peu importait : tout cela n'était rien. Il fallait tenir. Si Phoebe s'était abandonnée à sa pauvre petite vie, c'eût été comme mourir.

À six heures trente, Phoebe et Patrick raccrochèrent leurs tabliers et sortirent du bar ensemble. Le soleil était bas. Au-dehors, ils s'arrêtèrent. La rue, vide, semblait saisie dans l'intervalle entre le jour et la nuit.

« Merci du coup de main, dit-il.

– Tu t'en es bien tiré.

– Je ne sais pas. Le premier jour, on se plante toujours un peu.

– Non, vraiment. »

Ils se turent. Phoebe contemplait avec découragement la perspective d'une soirée solitaire. Sa mère était prise.

« J'ai une voiture, dit Patrick. Je peux te poser quelque part ?

– Non merci. » Aussitôt elle se demanda pourquoi elle avait refusé ; c'était mieux que de prendre le tram. Mais Patrick s'était déjà détourné.

« D'accord. Alors, à bientôt. »

Phoebe allait dans la même direction, mais elle se sentit stupide de le suivre alors qu'ils venaient de se dire au revoir. Elle demeura quelques instants devant le Milk and Honey, regarda l'équipe de nuit se mettre en place. Quand Patrick fut hors de vue, elle se dirigea vers l'arrêt de Haight et Masonic. Il y avait une fête sur Océan Beach ce soir-là, mais ces fêtes se ressemblaient toutes, la marée montante, une ligne tremblante de bûchers qui courait sur des kilomètres de sable froid. Phoebe s'arrêta devant une cabine téléphonique et, dans ses pourboires, dénicha une pièce de dix *cents*. Elle appela le bureau de sa mère.

« Alors, mon cœur. Ça s'est bien passé, le travail ?

– À toute vitesse, je ne me rappelle plus rien, mentit Phoebe. Tu es prise, ce soir ?

– Hélas, oui, dit sa mère en baissant le ton. Nous avons un réalisateur allemand.

– Ça finit tard ?

– Non, juste un cocktail, mais je ne sais pas, il se peut qu'on aille dîner ensuite. Pourquoi, c'est le grand désœuvrement ?

– Pas vraiment. Il y a une fête.

– Eh bien, vas-y. Ça peut être chouette. »

Se rappelant les inquiétudes de sa mère, Phoebe ne répondit pas.

« En tout cas, tu es la bienvenue si tu veux nous rejoindre. Ça te dirait ? »

Phoebe déclina l'invitation. Elle se passerait volontiers d'une soirée en compagnie de Jack Lamont. D'ailleurs, ce devait être habillé.

« Comme tu voudras ; dans ce cas, je te vois tout à l'heure. Si je ne rentre pas trop tard, on pourra regarder la télé. Ah oui, mais toi, tu es prise.

– Peut-être que je serai à la maison. On passe *Kojak*. »

Il y eut un temps. « Quelque chose ne va pas, mon cœur ? demanda sa mère. Tu as une drôle de voix.

– J'appelle de dehors.

– Entendu. Alors amuse-toi bien à ta fête. Et sois gentille, fais attention… Promets-moi d'appeler un taxi pour rentrer. Je te rembourserai.

– Mais maman ?

– Oui ?

– Tu vas rentrer tard ? Peut-être que je n'irai pas.

– Je ne peux pas te le dire, chérie. J'aimerais pouvoir, mais je ne sais vraiment pas. »

Phoebe ne trouva rien à ajouter. « D'accord, dit-elle.

– Bisous. On se voit tout à l'heure.

– Salut. »

Phoebe poursuivit son chemin vers Masonic. Tout d'un coup, elle s'arrêta, fit demi-tour et se dirigea vers le tram du centre, vers le bureau de sa mère. Elle avait besoin de la voir, juste de la voir, pour une petite minute, après quoi elle rentrerait chez elle.

Une rame arriva bientôt, suspendue à ses câbles électriques. Au sommet de chaque colline, Phoebe apercevait, au-delà de l'eau, les clignotements de l'East Bay. Des avions flottaient paresseusement dans le ciel.

Elle descendit dans le centre. Des lambeaux de brume s'attardaient dans l'air opaque. Phoebe restait sur ses gardes en traversant les rues ; sa mère lui répétait sans cesse que c'était au crépuscule qu'il y avait le plus d'accidents. À un carrefour du bureau, elle eut la surprise d'apercevoir sa mère : elle attendait devant l'immeuble, vêtue de son ensemble blanc. Phoebe s'arrêta net, gagnée par l'envie de la surprendre en pleine rue : elle retrouvait le désir d'enfance de courir se cacher. Ç'avait été le jeu favori de Faith que de se blottir entre Phoebe et Barry pour espionner les conversations de leurs parents, avec l'espoir fou d'apprendre ce qu'ils n'étaient pas censés connaître. Bien entendu,

leurs parents entendaient leurs rires étouffés, le sifflement asthmatique de Barry. « Où sont-ils, ces gosses ?
grondait leur père, et une peur délicieuse serrait le
ventre de Phoebe. Où sont-ils, que je les pende à la
fenêtre par les orteils ? »

Phoebe s'aplatit contre un mur. Sa mère lui tournait
le dos face au centre ville, rejetait la tête en arrière
pour contempler une lune en bulle de savon qui montait entre deux immeubles. C'était étrange de la regarder regarder la lune. Phoebe se sentit un peu coupable.

Quelqu'un d'autre sortait, Jack, crut-elle, avant de
reconnaître la démarche hésitante, élastique, de Marty,
l'étudiant de cinéma que sa mère venait d'engager.
Phoebe l'avait croisé à deux reprises, un garçon aux
oreilles proéminentes – avide d'apprendre, déterminé à
faire ses propres films.

C'était Jack tout craché, songea-t-elle, que de faire
attendre tout son monde. Elle pouvait presque le voir,
téléphone coincé entre épaule et menton, qui leur faisait signe derrière la porte tout en s'allumant une cigarette. Elle entendait les voix de sa mère et de Marty,
mais ne comprenait pas leurs paroles. Cela devenait
absurde de rester tapie dans l'ombre pendant que sa
mère conversait avec un garçon à peine plus âgé que
Phoebe. Elle brûlait d'envie de quitter sa cachette pour
les rejoindre, mais comment justifier son arrivée ? Pré-
tendre qu'elle avait changé d'avis et qu'elle était
venue les rejoindre, dans son jean troué et son tee-shirt
maculé ? Elle imaginait la réaction de Jack.

Une voiture – leur propre Fiat – se gara à la hauteur de sa mère. À la grande surprise de Phoebe, Jack
en descendit, vêtu d'un blazer sombre dont les boutons luisaient sous l'éclat des réverbères.

Ils demeurèrent à parler tous trois pendant quelques minutes. Phoebe entendait la voix de sa mère, pointue, cristalline. Jack riait sans cesse, ce qui ne lui ressemblait pas. La consternation de se trouver reléguée dans son coin d'ombre gagnait peu à peu Phoebe. Elle se sentait mise à l'écart et leur en voulait à tous les trois. Si seulement elle avait évité ce détour.

Marty finit par tendre un dossier à Jack et disparut à l'intérieur de l'immeuble. Jack et sa mère agitèrent la main. Puis sa mère se retourna, regarda droit dans sa direction : le cœur de Phoebe se serra d'un coup. Mais sa mère ne l'avait pas vue. Elle revint à Jack, qui referma ses mains sur les siennes, les berça. Puis Jack prit la mère de Phoebe dans ses bras et l'embrassa sur la bouche.

Le choc fut tel que Phoebe se contenta d'assister à la scène. Après tout, cela n'était peut-être pas sa mère. Petite fille, il lui était arrivé de se tromper dans les grands magasins : elle s'agrippait aux jambes d'inconnues dont les jupes ressemblaient à celle de sa mère. Un homme et une femme s'embrassaient ; ce pouvait être n'importe qui, songea-t-elle, s'accrochant à un espoir fugitif et incohérent. Mais il y avait la Fiat, phares encore allumés, celui de gauche un peu plus faible : ce ne pouvait être que la leur. Couple et voiture semblaient impossibles à concilier, comme dans un rêve. Et qu'il durait longtemps, ce baiser ; lorsqu'il prit fin, Jack et sa mère restèrent enlacés, corps unique sous la lumière des réverbères. Phoebe ferma les yeux.

Quand elle regarda de nouveau, ils montaient dans l'auto. Jack prit le volant. Le pare-brise lui déroba leurs visages. La voiture s'éloignait du trottoir, se glissait derrière un tram, roulait dans la direction de Phoebe. Elle se retourna vers le mur, écrasa sa joue sur le plâtre et ne bougea plus. Elle n'osa se retourner que lorsque la circulation eut disparu et que le silence fut retombé.

Phoebe demeura quelque temps où elle était, l'esprit étrangement vide. Elle se mit à marcher au hasard des rues, vers Polk Street. Elle se sentait à peine étourdie, de l'engourdissement de quelqu'un qu'on a frappé sur la tête.

Elle atteignit un carrefour où s'alignaient des prostitués de son âge, plus jeunes peut-être, bas-ventres saillants, visages criblés d'acné. L'un des garçons fumait, adossé à un parcmètre. Phoebe l'aborda : « Je peux te piquer une cigarette ? »

De près, le garçon révélait un visage inégal, comme assemblé en hâte par des mains maladroites. « Je n'ai plus que celle-ci, dit-il en la sortant de derrière son oreille. Tu la veux ? »

Phoebe prit la cigarette. Le garçon avait de fines mains mouchetées d'éphélides, qui tremblaient un peu. « Du feu ? » proposa-t-il.

Elle hocha la tête, porta la cigarette à ses lèvres. C'était une sans-filtre ; au parfum du tabac se mêlait le goût graisseux des cheveux du garçon. Il gratta une allumette, la leva vers elle. « Merci, dit-elle.

– Ouais. »

Elle prit une bouffée sans forcer. L'étourdissement la gagna d'un coup. Elle sourit au garçon et il lui rendit son sourire, dents grises, des trous dans celles du bas. « Salut », dit-elle.

Il hocha la tête. En poursuivant son chemin, Phoebe sentait peser sur elle les yeux du garçon. Au carrefour suivant, elle se retourna, s'attendant à croiser son regard. Mais, tourné vers la rue, il contemplait le lent défilé des voitures.

6

Elle allait d'un pas vif, s'efforçant de contenir ce vide fragile de son esprit. Elle descendit Polk Street jusqu'à O'Farrell, puis s'engagea dans le Tenderloin, où des prostituées en shorts moulants et boas de plumes marchaient sans hâte à la rencontre des voitures, du pas superbe des dompteurs de lions. Il flottait une odeur de choses sucrées, de choses mûres qui s'étaient corrompues. Phoebe avait les mains tremblantes à cause de la cigarette ; elle finit par jeter le mégot dans le caniveau.

Mais elle pensait toujours à sa mère.

La scène passait et repassait dans son esprit : sa mère et Jack enlacés dans la pénombre ; et elle, invisible, qui les regardait. Cela tenait de cette puissance terrible et prophétique qu'ont les rêves.

Des années durant, sentant qu'on ne faisait aucun cas d'elle au lycée, Phoebe s'était répété : Il me reste ma mère. Elle s'était imaginé rentrer à la maison et retrouver sa drôlerie, son bavardage. Elle s'était imaginé que sa mère n'aurait pu vivre sans elle.

Elle remontait Powell en direction d'Union Square. L'air était lourd de brume, doigts humides et froids sur son visage. On sentait l'océan tout proche, mer noire et profonde, les cornes de brume qui emplissaient la nuit de leurs plaintes rauques. Phoebe vit les palmiers s'agiter sur Union Square et elle sentit son cœur se serrer. Cela ne serait jamais arrivé à Faith.

Alors elle vit, avec une effrayante lucidité, qu'au bout du compte elle n'avait pas réussi à intéresser sa mère, qu'elle n'avait pas retenu son attention. Ce devait être quelque chose en elle, une carence qui la rendrait toujours étrangère aux autres. Elle s'arrêta au coin d'une rue, broyée par une douleur terrible. C'était sa faute, tout était sa faute. Elle avait tout raté.

Un moment, se dit-elle, un moment – et elle avait recommencé à marcher, elle allait plus vite à présent –, peut-être avait-elle mal compris, le pacte conclu avec sa mère stipulait peut-être que chacune aurait sa vie secrète, mais sans en dire rien à l'autre, seulement Phoebe ne l'avait pas compris, elle avait échoué à vivre sa vie secrète et désormais il ne lui restait plus que ceci, ce siècle d'inutile désert qui s'étirait derrière elle.

Elle entra dans Union Square. Ce n'était pas un endroit à fréquenter la nuit. Elle s'assit sur un banc, considéra le jardin vide. Au-dessus d'elle filaient de blancs lambeaux de brume. Comment rattraper le temps perdu ?

Une jeune Noire traversait le square sans se presser, chaussée de cuissardes magenta, coiffée d'une perruque argentée. Quand elle se fut éloignée de quelques pas, Phoebe se leva de son banc et la suivit, s'engageant derrière elle dans Stockton Street. Ce n'était pas la première fois, loin de là, qu'elle emboîtait ainsi le pas à des gens qu'elle sentait capables de la mener vers des zones d'ombre, des lieux intéressants : elle les suivait, mais toujours à bonne distance. La femme entra dans un hôtel non loin du tunnel de Stockton ;

Phoebe poursuivit son chemin par le tunnel blanc, plein d'échos, sans se soucier des cris prolongés des garçons dans les voitures qui passaient. Elle ressortit dans Chinatown et tourna dans Broadway, à la rencontre des boîtes de strip-tease et des librairies pornos : elle s'efforçait toujours de voir derrière le pare-brise de sa mère. Le monde nocturne scintillait autour d'elle, lueurs criardes, trop stridentes pour une vie ordinaire, couleurs de fenêtres en vitrail. Phoebe longea le Condor, où dansait la célèbre Carol Doda ; Big Al's et ses filles lasses, en maillot de bain, perchées sur leurs talons aiguilles devant le velours rouge de l'entrée. De la musique s'échappait de derrière les rideaux. Phoebe ne s'accorda qu'un regard ; elle ne voulait pas attirer l'attention mais mourait d'envie de contempler les femmes, d'écarter les rideaux et de jeter un œil à l'intérieur. Entre ce monde et le sien courait une barrière, transparente, imperméable : elle la franchirait un jour. Devant le Casbah, un homme en fez chuchotait d'impénétrables promesses sur les danseuses du ventre à l'intérieur ; des punks traînaient leur ruine devant les Mabuhay Gardens ; des chaînes d'épingles de nourrice couraient de leur nez à leurs lobes d'oreilles. Quel soulagement ce serait de franchir enfin la barrière : comme on marcherait à la rencontre des phares qui approchent plutôt que de sauter sur le côté ; comme on céderait au tourbillon lumineux de l'eau sous le Golden Gate Bridge. Un pur abandon. Et après cela, la catharsis. Elle aurait rejoint la face cachée de sa vie.

Phoebe quitta Broadway et entra dans un bar. L'ambiance feutrée, comme un écrin de velours, lui rappela ces boîtes à bijoux où tourne une ballerine. Les ombres étaient peuplées de petites tables rondes.

Phoebe se jucha sur un tabouret, demanda un martini. Elle n'en avait jamais bu : du martini, Phoebe ne connaissait que l'olive imprégnée d'alcool que son père lui abandonnait au country-club, un mauvais goût de médicament qu'il fallait souffrir pour connaître les délices de l'olive elle-même. « Sec ou *on the rocks* ? demanda le barman.

– *On the rocks.* » Elle savoura l'expression. Le temps était venu d'une autre vie, plus dure. Apercevant une coupelle de petits oignons au vinaigre, elle ajouta : « Et avec des oignons.

– Vous voulez un Gibson, dit le barman.

– Un martini.

– Avec des oignons, c'est un Gibson.

– Ah bon ; alors, sans oignons. »

Il se mit à rire. « Non, je peux vous faire un Gibson, il n'y a pas de problème. Je vous expliquais, c'est tout. »

La chaleur lui monta aux joues. « D'accord.

– D'accord pour quoi ? Le Gibson ? »

Elle hocha la tête. Elle sentait des regards se poser sur elle, mais ne tourna pas la tête. Le barman posa un verre triangulaire vide sur le comptoir ; cependant, il s'interrompit à l'approche d'un homme de petite taille, vêtu d'un complet marron à fines rayures. Sa compagne prit place à l'une des petites tables. Sous les cheveux de la femme, coiffés en une boule pâle, translucide, s'encadrait un museau de chat.

Les yeux de l'homme se rivèrent sur Phoebe : « Vous avez une pièce d'identité, mademoiselle ? »

Phoebe regarda le barman ; l'homme en marron fit de même. « Je t'ai dit cent fois de vérifier, Eddie, lui lança-t-il. C'est toi, mes yeux et mes oreilles. »

Phoebe fouilla dans son sac à la recherche de son portefeuille. Elle sortit sans grand espoir sa carte bidon, un document chiffonné, muni d'une photo floue, qui lui donnait le profil peu crédible d'une résidente de Las Vegas âgée de vingt-trois ans. L'homme au complet marron prit la carte, l'examina à la lumière du comptoir. Il avait de belles mains manucurées. « Rien à faire, lui dit-il en la lui rendant.

– Oh, bon Dieu, donne-lui son verre, Manny, lança la femme au visage de chat. Qu'est-ce que tu vas te mettre en boule ? »

Il se tourna brusquement vers elle : « C'est pas toi qui as les flics au cul. Juin, c'est le pire des mois, avec toutes ces fêtes de fin d'études au Hyatt. »

Elle souffla de la fumée comme une riposte : « Regarde-la, Manny : tu trouves qu'elle a une tête à faire la fête ? »

Phoebe descendit de son tabouret, marcha vers la sortie, le feu aux joues. Un désastre. Un désastre complet.

« Va chez Paddy O'Shaughnessy, mon cœur, lança la femme dans son dos. À l'angle de Sansome et Jackson. Ils font *happy hour* jusqu'à onze heures. »

Phoebe n'alla pas chez Paddy O'Shaughnessy, elle rentra chez elle et empaqueta ses affaires. Une résolution avait fondu sur elle : fuir la ville, le pays, sa vie. Du placard de son ancienne chambre, elle retira le sac à dos que sa mère lui avait acheté pour un séjour scolaire à Yosemite ; une pluie de poussière et d'aiguilles de pin se déversa de l'étoffe imperméable. Phoebe ouvrit la fenêtre et secoua le sac au-dessus du jardin, le visage tourné vers l'air humide, les yeux clos.

Que faire ? Elle pouvait disparaître.

Ils s'en apercevraient à peine.

Elle se mit à rassembler des affaires, tout ce qui lui paraissait vaguement utile à un tour du monde : le passeport qu'on lui avait établi pour un voyage au Mexique avec sa mère, une lotion à la calamine, la dose d'acide qu'on lui avait tendue lors d'une soirée et qu'elle avait gardée des mois durant dans son enveloppe blanche ; une plaquette de pilules qu'un médecin lui avait donnée, des pastilles contre la toux, des nouvelles de Dickens. Elle tâtonna sous le lit pour retrouver, dans leur carton, les cartes postales que Faith avait envoyées d'Europe. Il y avait eu un temps où Phoebe pouvait les réciter par cœur, mais la familiarité du texte en avait amoindri l'effet. Deux ans plus tôt, elle avait rangé à nouveau les cartes, résolue à ne pas les relire avant d'avoir visité les endroits où Faith les avait écrites. Elle mit la main sur les cartes, les glissa dans une enveloppe de kraft, fourra l'enveloppe dans son sac à dos.

Phoebe se pencha sur le tableau d'affichage de Faith, une accumulation de coupures de presse dont le papier jauni rebiquait avec l'âge. Elle avait souvent épousseté le tableau, mais regardait rarement le contenu des articles : l'offensive du Têt, la marche des pacifistes sur le Pentagone, les assassinats. Elle éprouva le besoin soudain de décrocher les coupures, pour les protéger de tout ce qui pourrait survenir dans cette pièce en son absence. Elle se mit à ôter les punaises. Certains articles s'effritaient dans ses mains comme de la cendre. Les pages de magazines tenaient mieux le coup : une série d'instantanés sur l'assassinat de John Kennedy, Jackie qui serrait dans ses mains la tête du Président, puis rampait, en minijupe, vers l'arrière de la voiture en mouvement – et il y avait, dans chacun de ces gestes, quelque chose de paisible et d'intimement familier, comme les propres rêves de Phoebe.

Elle ôta une coupure de journal et l'examina, MANIFESTATION CONTRE LA MOBILISATION À OAKLAND. *La police donne l'assaut : matraquages, gaz lacry-mogènes, coups de bottes*, DE NOMBREUX BLESSÉS. *20 personnes arrêtées.*

L'article, daté du mercredi 18 octobre 1967, cha-peautait la photo de trois flics anti-émeute qui matra-quaient deux manifestants. L'une des victimes, un garçon, venait d'être frappée : il tombait, ses genoux se dérobant sous lui, la tête courbée – on aurait dit qu'il s'agenouillait pour prier. À son côté, le photographe avait saisi Faith en train de bondir : à l'assaut des flics, comme elle le prétendait, ou bien hors de leur portée ? Difficile à dire. Une matraque de bois, sur le point de s'abattre, surgissait à quelques centimètres de sa tête. La photo s'était assombrie avec l'âge, si bien que le rapiéçage du jean de Faith, un hexagone blanc qui l'identifiait de façon irréfutable, n'était plus visible. Il avait fini par s'agréger à ce qui restait de la photo : la pure violence de l'événement, cinq personnes jetées ensemble dans ce qui devait devenir un conflit histo-rique.

Phoebe se rappelait la jalousie qu'elle avait ressentie à la table de la cuisine, quand il lui avait fallu rassem-bler ses affaires pour l'école cependant que sa sœur, elle, serrait sur sa tête une serviette pleine de glace.

Barry s'était penché sur le journal ; il masquait la photo d'une main, comme une rédaction qu'il n'aurait pas voulu qu'elles copient.

« C'est toi ? demanda-t-il d'un ton sceptique.

– Regarde le jean », répondit Faith.

Elle se retrouvait dans le journal ; et par-dessus le marché, elle n'irait pas au lycée, elle avait rendez-vous chez le médecin.

« Je peux voir ? » demanda Barry.

Faith souleva la serviette ; avec timidité, elle se pencha vers eux, offrant sa tête. Barry posa ses livres et s'approcha d'elle ; Phoebe suivit, dressée sur la pointe des pieds pour entrevoir la blessure.

Barry écarta les cheveux de sa sœur afin de mieux voir. « Wouah, fit-il avec délectation. Beurk. »

Phoebe toucha la bosse sur la tête de sa sœur ; elle était chaude et humide. Sous l'ecchymose, quelque chose palpitait.

« Ça doit être une commotion cérébrale, dit Barry.

– Je n'ai presque rien senti », dit Faith. Les cheveux étouffaient sa voix, mais Phoebe perçut sa fébrilité. « Mes dents ont fait clac. »

Barry tenait la tête de Faith entre ses mains. Phoebe appuyait sa paume sur la blessure et ses yeux ne cessaient de revenir, malgré elle, à la photo dans le journal. Faith était là, dans cette cuisine ; et là aussi, dans l'actualité. Phoebe contemplait l'image, les manifestants, la police, la matraque prête à fondre sur le crâne de sa sœur comme une baguette magique.

Des mois plus tard, Faith lut à sa sœur le récit de la grève générale de Paris. Les étudiants avaient envahi les rues, ils arrachaient leurs aiguilles aux horloges publiques, pour arrêter le temps, expliquait Faith, parce que le temps s'était bel et bien arrêté, une nouvelle phase de l'Histoire commençait. « Tu te rends compte, Pheeb ? » s'écria sa sœur ; elle sauta de sa chaise et la tira jusqu'à la pendule de la cuisine, arracha les deux aiguilles. Elle parut ne pas trop savoir qu'en faire. Elle les fourra dans sa poche.

Ce soir-là, leur mère mit une cocotte au four et regarda l'heure. « Mon Dieu, s'écria-t-elle, qu'est-ce qui lui arrive, à la pendule ? »

Sur son mur, le cadran lui jetait un regard hébété. « Je voulais arrêter le temps », expliqua Faith.

Un rire s'échappa de la poitrine de Phoebe. Bientôt tout le monde riait, Faith plus fort que les autres.

« S'il suffisait de casser une pendule pour arrêter le temps, dit sa mère, il n'y en aurait plus une seule en état de marche. »

Faith plongea la main dans sa poche. Elle posa sur le comptoir de la cuisine les aiguilles inutiles, semblables à des pattes d'insecte : « Maman, je t'aime. »

Phoebe avait beau être jalouse, tout ce que faisait sa sœur la laissait muette d'admiration, muette devant ce Hell's Angel que Faith fréquenta pendant sa séparation d'avec Wolf, Zane, s'appelait-il – et la découverte de cette liaison consterna tout le monde en raison des rumeurs que Faith propageait sur les rites d'initiation des Hell's, qui exigeaient qu'on tue un homme et qu'on boive le sang menstruel d'une femme. Puis Zane arriva chez eux vêtu d'un blouson de cuir qui couinait à chaque pas comme un animal. Il prit dans le réfrigérateur un litre de lait qu'il but à même le carton, le vidant d'un coup dans une sorte de transe (ce qui, argumenta Faith par la suite, était bien plus poli que de remettre le carton au frigo après avoir bu dedans). Ensuite il écrasa le carton dans son poing et le déposa dans la poubelle avec une surprenante délicatesse. Leur mère interdit à Faith de le revoir mais Faith, brûlant d'une passion que nourrissait l'adversité, jura que dans ce cas elle s'en irait vivre à Alameda, où Zane habitait en compagnie de cinq autres Hell's Angels. Elle avait seize ans et demi. Leur mère céda.

Phoebe tenait alors la moto de Zane pour l'incarnation du mal absolu, un monstre de métal noir et de chromes que le diable lui-même n'eût pas désavoué, ronflant, palpitant, éructant d'ignobles fumées qui s'introduisaient dans la maison par les fenêtres. Pleine d'envie et de dégoût, Phoebe voyait sa sœur sauter en selle et s'envoler, mains enfouies dans le cuir épais du blouson de Zane. Un samedi, alors que leur mère était au bureau, Phoebe suivit sa sœur dans la rue et les supplia de l'emmener. «Non, bébé, maman me tuerait», dit Faith, mais Phoebe insista tant, finissant par adresser ses prières larmoyantes à Zane lui-même, que celui-ci leur ordonna soudain de la boucler et la jucha sur la selle.

Lorsqu'ils rejoignirent l'autoroute, Phoebe se sentait déjà paralysée de terreur, non tant devant la menace de l'accident que devant cette pure vitesse qui semblait capable de la pulvériser. Le vent cinglait son visage, ses cheveux qu'elle imaginait partir en touffes, il se frayait un chemin dans sa bouche au point de faire battre ses joues contre ses dents. Elle voulut appeler, le vent étouffa ses cris dans sa gorge comme un bâillon. Désespérée, Phoebe s'agrippa au blouson de cuir de Zane, elle s'agrippait même à l'homme qu'elle sentait sous le blouson, pendant que sa sœur l'abritait par-derrière.

Ils finirent par s'arrêter sur une falaise. Les genoux de Phoebe s'étaient tétanisés, Faith dut les ouvrir de force pour la faire descendre de selle. Le monde semblait tranquille à rompre. Phoebe tourna des yeux ronds vers sa sœur, guettant le témoignage du cauchemar qu'ils venaient d'endurer, mais Faith avait les joues rouges et les yeux brillants. Les jambes vacillantes, Phoebe suivit sa sœur et Zane jusqu'au bord de la falaise, baissa les yeux sur la mer miroitante et jura devant Dieu que jamais, plus jamais elle ne remonterait sur une moto. Mais, chose étrange, à mesure que les minutes paisibles s'écoulaient et que Phoebe se remémorait l'épouvantable vitesse, elle se prit à la regretter, à la désirer d'une façon perverse, non tant en esprit qu'avec les poumons, le ventre, les jambes – parties inconscientes d'elle-même qui s'étaient ajustées aux rythmes grinçants de la machine et désespéraient maintenant de les retrouver. Peu à peu, son envie s'accentuait, une pulsion puissante, inexplicable, la poussait vers cela même qui l'effrayait, vers la frayeur elle-même. « Allez, finit-elle par s'écrier. On recommence. »

À ces mots, le visage de Zane s'éclaira du premier, du seul vrai sourire que Phoebe lui eût jamais vu. Il s'accroupit à côté d'elle, beau, effrayant, les yeux éteints comme des cubes de flash brûlés. Son haleine empestait l'alcool et le médicament. D'un ton presque timide, il lui demanda son âge. Neuf ans, répondit Phoebe, et Zane partit d'un grand rire mal rodé, un rire de portière rouillée qu'on ouvre et qu'on claque. « Merde alors, neuf ans, lança-t-il à Faith. Elle va finir plus cintrée que toi. »

Et au retour, il lâcha pour de bon la bride à son bolide, afin d'épater la petite sœur givrée de sa copine givrée, couchant tellement l'engin dans les virages qu'il semblait à Phoebe que son oreille allait frôler la route.

Des semaines plus tard, allongée sur son lit, elle songeait à Faith et Zane avec une jalousie douloureuse, les voyait fendre le monde en deux sur cette bécane, se rappelait la violence de la vitesse, ce plaisir récalcitrant qui s'était communiqué de ses jambes à son ventre et enfin à sa gorge, gonflant sous sa langue comme une peur, une nausée ; mais cela n'était pas que pénible. C'était bon, aussi. Tout se mêlait.

À se remémorer les instants passés avec Faith, Phoebe avait l'impression qu'elles n'avaient toutes deux cessé de courir au bord d'une frontière qui, depuis la mort de sa sœur, s'était enfuie hors de son atteinte. De temps en temps, par accident ou par un pur effort de volonté, quelque chose les propulsait au-delà. Mais Phoebe avait beau languir de l'intensité de cette époque, sa propre vie se contenait obstinément loin du monde où les choses arrivent. Gouvernements, armées, gangs d'escrocs internationaux : leur seule existence lui paraissait impossible, vertigineuse. Comment avait-on pu organiser tout cela ? Qui commandait ? Elle en arrivait à sentir que l'actualité se déroulait dans un tout autre monde, bien loin de ce milieu paisible, aux incréments discrets, où sa vie prenait place.

À une exception toutefois : l'enlèvement de Patty Hearst[1] l'avait passionnée comme jamais, dans toute sa vie, une nouvelle ne l'avait passionnée. Elle avait quatorze ans à l'époque, ignorait tout de William Randolph Hearst et n'avait jamais parcouru son journal que d'un œil distrait. Mais cet hiver-là, elle dévora le

---

1. L'affaire Patty Hearst constitua un traumatisme majeur dans l'histoire de la contre-culture nord-américaine. Âgée de dix-neuf ans, la petite-fille du magnat de la presse W.R. Hearst est enlevée et rançonnée en 1974 par une organisation terroriste d'extrême gauche, la *Symbionese Liberation Army*. « Retournée » par ses ravisseurs, elle embrasse leur cause et participe en 1975 à un hold-up à San Francisco. Arrêtée quelques mois plus tard, Patricia Hearst purgera près de trois ans de prison pour attaque à main armée avant d'être graciée en 1979 *(NdT)*.

Chronicle et l'*Examiner*, avide de nouvelles de l'héritière ; elle commentait les plus petits développements de l'affaire au téléphone avec ses amies, allant même jusqu'à rêver d'elle. L'année où Patty se cachait aux côtés de la SLA, Phoebe et deux de ses copines avaient passé plusieurs samedis à la traquer dans les quartiers de Sunset et de Richmond. Riant comme des folles, elles jetaient un œil derrière des rideaux inconnus, rêvant d'entrevoir le béret noir de la rebelle, la grande ombre de son fusil. Les aveux ultérieurs de Patty – viol, tortures, lavage de cerveau – n'avaient guère entamé l'image que Phoebe se faisait d'elle : une enfant riche et blasée qui s'était sentie irrésistiblement poussée vers une invisible frontière, et l'avait franchie, pour atteindre enfin une région ombreuse et transcendante.

Phoebe rangea les articles dans le carton qui avait contenu les cartes postales et glissa le tout sous le lit. Alors, plantée au milieu de la chambre de Faith, elle tendit l'oreille au tintement du carillon. Elle entendit la porte d'entrée, est-ce que… ? – Oui ! Elle courut dans le couloir, se penchant par-dessus les balustres pour mieux écouter les pas de sa mère… Oui ? Mais non, ce n'était que le grand arbre dont les branches cognaient contre le toit. Mais un instant, n'était-ce pas la voiture de sa mère ? Elle écoutait, tous nerfs étirés jusqu'à la rue dans l'attente du bruit des pneus, de l'ébranlement de la porte du garage. Le soulagement trompeur s'était évanoui, laissant derrière lui un vide terrible. Phoebe retourna dans la chambre de Faith, considéra le sac à dos à moitié plein, les piles de vêtements, comprit qu'elle n'avait envie d'aller nulle part. C'était un bluff, le défi que Phoebe se préparait à lancer à sa mère, pour la faire renoncer à Jack et revenir à elle.

Écœurée, Phoebe recommença ses paquets. Elle fourra dans le sac la petite robe blanche immettable à San Francisco où il faisait toujours trop froid, un flacon de Chanel n° 5, des lacets de rechange. Un short – est-ce qu'on portait des shorts en Europe ? Du mascara, mais elle n'en avait pas besoin, disait sa mère, elle avait les cils si sombres. Elle s'assit à son bureau, rédigea une lettre pour Berkeley où elle annonçait sa décision de reporter d'un an son entrée à l'université. Elle cacheta l'enveloppe et la timbra. Mais tout cela restait conjuratoire : ainsi son père, pendant sa maladie, avait-il préparé un sac en prévision de l'hospitalisation (« Est-ce qu'il pleut souvent quand on a pensé à prendre son parapluie ? » disait-il avec une bonne humeur forcée), dans l'espoir que d'avoir prévu l'éventualité l'empêcherait de se produire.

Phoebe laissa son sac dans la chambre de Faith et descendit au living. Son père avait été un collectionneur passionné : eaux-fortes de yachts sur le fleuve Connecticut, jeux de backgammon en ivoire, reliques d'une Amérique patricienne avec laquelle ni lui ni personne que connût Phoebe n'avait le moindre lien. Elle fit les cent pas dans la pièce. Sa mère était avec Jack. Phoebe laissa courir ses mains sur une pendule en or dans son dôme de verre, un service à découper dont les étuis imitaient une paire de pistolets de duel. Dans un placard dormait la vaisselle de mariage de ses parents ; elle en sortit un plat où l'on avait posé des œufs en carrare. Phoebe souleva le lourd plat d'albâtre, guettant le bourdonnement, la réconfortante marée qui surgirait de sous la maison pour l'emporter. Mais la maison resta froide.

Phoebe emporta les œufs de marbre jusqu'au sofa de son père. Elle s'allongea, l'épuisement la gagna. Je dormirai ici, songea-t-elle, les cornes de brume me berceront ; un calme soudain fondait sur elle. Elle logea un œuf dans chacune de ses orbites et s'abandonna au froid toucher du marbre ; il y avait là quelque chose de définitif, comme dans ces pièces qu'on pose sur les yeux des morts.

7

Le lendemain, Phoebe fut choquée de trouver, comme toujours, sa mère en robe de chambre à la cuisine, plongée dans la lecture du *Chronicle*. « Ça m'a fait vraiment drôle, lui lança-t-elle quand Phoebe parut sur le seuil.

– Quoi ? » Elle restait sur ses gardes.

« Hier. De te trouver endormie sur le sofa.

– Mince, j'avais oublié.

– Je savais que tu étais là, j'ai vu ton sac dans l'entrée : mais pas moyen de te trouver ; tu m'as fait une peur bleue.

– Quelle heure était-il ?

– Je n'ai pas regardé. Assez tard. »

Elle aurait dû sentir un changement, mais il n'y avait rien que d'habituel : l'odeur du café, les airs de Bach que dévidait la radio, KDFC San Francisco, KIBE Palo Alto, « Votre concert à domicile ».

« Qu'est-ce que tu fabriquais là-bas ?

– Je réfléchissais », dit Phoebe. Elle s'assit. Le porridge bouillait sur la gazinière.

« Tu es allée à ta soirée ? »

Phoebe fit « non » de la tête. Elle jeta un coup d'œil aux titres : l'OPEP promettait des prix stables pour 1978 ; l'OTAN prévoyait d'augmenter de plusieurs millions les budgets de la Défense ; une photo floue d'Aldo Moro, l'ancien Premier ministre italien, assassiné par les Brigades rouges le mois précédent. Phoebe ne se rappelait que vaguement l'histoire, mais le visage granuleux du mort lui serra le cœur. « Tu as vu, le pauvre. »

Sa mère tournait le porridge. « Qui ça ?

– Aldo Moro. Il s'est fait kidnapper et puis exécuter quand on n'a pas libéré les prisonniers ; ils ont retrouvé son cadavre dans la rue. »

Sa mère secoua la tête, mit du pain dans le toasteur. Elle alla jusqu'à la fenêtre et s'étira. Phoebe leva les yeux au petit bruit de ses vertèbres : la chaîne en or pendait au bout du bras tendu de sa mère ; elle avait dû la garder au lit.

« Regarde. Le soleil, dit sa mère.

– Ça ne t'intéresse pas vraiment.

– Quoi donc ?

– Aldo Moro. »

Sa mère se tourna vers elle : « Qu'est-ce que ça veut dire, cette question ? Bien sûr, c'est dramatique, mais je ne me sens pas touchée. Pourquoi ? Toi, oui ? » Elle avait l'air incrédule.

Phoebe ne répondit rien. Le cœur battant, elle apporta le petit déjeuner sur la table, porridge et pain grillé, un petit pot de lait, le sucre de canne dans sa soucoupe bleue. Chaque geste de sa mère lui signifiait un éloignement, la perte d'une certaine emprise que Phoebe avait jusqu'ici exercée sur elle et qu'elle ne parvenait pas à regagner.

Sa mère rouvrit le journal, se plongea dans la chronique de Herb Caen. Phoebe contemplait le col souple de sa robe, les masses ombreuses de ses seins. Au grenier, elle était tombée sur des nus de sa mère que son père avait peints dans les années 50. Elle se rappelait sa stupéfaction devant cette chair étrangère et peinte, ces mamelons éclatants, ce ventre et ces hanches qui semblaient couler, comme si la peau avait été liquide. Ce n'était pas le même corps qu'elle voyait dégoutter après la douche ou se contracter dans l'inspiration pour faire jouer la fermeture Éclair d'une jupe.

« Prends du pain », dit sa mère. Elle poussa l'assiette vers elle. Elle était passée à Art Hoppe.

Phoebe porta un morceau à sa bouche, priant pour que sa mère lève les yeux.

« Il s'est passé un truc marrant, hier soir ? »

Elle lui jeta un regard où Phoebe lut la fatigue. « Comment ça, marrant ?

– Tu sais, Jack est blagueur, parfois ; il fait des trucs marrants. »

Le visage de sa mère se ferma. « Non. Il ne s'est rien passé de marrant. »

Phoebe sentait qu'elle s'y prenait mal, mais c'était plus fort qu'elle. « Tu sais, comme la fois où il a planté sa cigarette dans le steak de ce type, ou alors…

– Jack n'est pas un clown, Phoebe, d'accord ? »

Dans sa bouche, le pain grillé devint du sable. Elle se leva. Les assiettes s'entrechoquèrent dans ses bras quand elle les emporta vers l'évier.

« Excuse-moi, dit sa mère. Mais j'en ai assez des blagues sur Jack. Tu ne trouves pas que ça commence à bien faire, toi ? »

Phoebe se mit à pleurer.

« Chérie », dit sa mère.

Elle sanglotait, debout dans la cuisine. Sa mère se leva de sa chaise et la prit dans ses bras : étreinte familière, rassurante. « Écoute, je ne voulais pas me mettre en rogne, je suis fatiguée ; j'aboie, mais je ne mords pas.

– Moi aussi, je suis fatiguée », dit Phoebe à travers ses larmes.

Sa mère la garda dans ses bras un instant, puis relâcha son étreinte. « Ce que tu as l'air tendue… Quelque chose ne va pas ? »

Phoebe secouait la tête, honteuse d'avoir pleure. « Il faut que j'y aille, dit-elle. J'ai promis d'arriver de bonne heure.

– On pourrait manger ensemble, ce soir, suggéra sa mère. Un dîner chic, habillé, devant une bonne bouteille… On ne s'est pas offert ça depuis longtemps. » Phoebe sentait peser sur elle le regard de sa mère.

« D'accord. » Elle passa son gilet ; elle ne le quittait jamais, même l'été.

« Si ça te va, ajouta sa mère. Si tu as d'autres projets, cela peut attendre… » Ses yeux scrutaient ceux de Phoebe.

« Je n'en ai pas », dit Phoebe.

Elle travaillait de nouveau avec Patrick. Phoebe lui adressa un salut de la tête ; elle enfila son tablier en silence. Il comprit le message et le coup de feu de midi se passa sans qu'ils échangent un mot.

Patrick profitait d'un répit pour partager une cigarette avec Art. Phoebe s'approcha :

« Je peux en avoir une ?

– Mais bien sûr, chérie, dit Art.

– Non, sérieusement. »

Patrick inclina la tête, sortit une Camel filtre qu'il tendit à Phoebe. En l'allumant, elle sentit le regard des deux hommes la dévisager. Elle prit une grande bouffée, éprouva la gifle blanche du vertige. Quand elle releva les yeux, ils la regardaient encore. Art avait l'air soucieux.

« Bon, je fume. Et après ?

« – Mais ta promesse ? » demanda Patrick.

Elle dut s'appuyer au comptoir. « Quelle promesse ?

– De ne pas fumer. »

Il fallut un temps pour que la phrase lui parvienne. « Oh, dit-elle. Elle s'est rompue. »

Pendant la pause déjeuner, elle se réfugia dans le bureau d'Art. Elle téléphona à l'avoué de son père, Henry McBride. Elle se souvenait vaguement de l'avoir rencontré toute petite. L'avocat lui expliqua qu'elle n'avait qu'à venir signer les papiers à l'étude ; son chèque de cinq mille dollars arriverait deux semaines plus tard.

« Et je ne pourrais pas l'avoir aujourd'hui ? demanda Phoebe. Ou demain ? »

Il rit. Phoebe lui imaginait des cheveux blancs, un nez d'alcoolo. « Désolé, mon lapin. »

Elle appela Laker Airways. Tous les vols pour Londres étaient complets jusqu'à la fin de l'été. Si elle voyageait seule, on pouvait toujours la mettre sur liste d'attente, mais c'était sans garantie. Phoebe reprit son travail avec un curieux soulagement : du moins n'avait-elle pour le moment aucune possibilité de partir.

À la fin de sa journée, elle partagea une autre Camel avec Patrick.

Phoebe s'était longtemps vue comme la seule à pouvoir apprécier la beauté particulière de sa mère, si éloignée des canons de la mode : un trésor perdu pour les imbéciles avec lesquels elle sortait, ces don juans pour qui elle n'était rien qu'une femme entre deux âges aux yeux maquillés. Mais ce soir-là, elle devina une conscience aiguë de sa mère chez chaque homme qu'elles rencontraient, depuis le jeune voiturier qui gara la Fiat pour elles jusqu'au garçon qui les servit, lequel ne détachait pas les yeux du visage de sa mère tout en énumérant les plats du jour. Les regards humides se succédaient, jusqu'à ce que Phoebe comprenne ce qui les attirait : une nouvelle vivacité aiguisait les traits de sa mère, dissipant ce brouillard de mélancolie qui l'enveloppait d'ordinaire. Son grand cou nu, ses poignets minces semblaient trop exposés : elle eut envie de les cacher.

« Un sancerre, cela t'irait ? » demanda sa mère.

Phoebe hocha la tête. C'était la première fois qu'elle venait dans ce restaurant d'Union Street, un endroit chic qui ne désemplissait pas, serveurs français, plats du jour griffonnés à la va-vite sur une petite ardoise qu'on plantait sur chaque table. Sa mère y avait sans doute dîné avec Jack, songea Phoebe ; elle éprouva soudain le besoin anxieux de la distraire.

« Et le travail ? demanda-t-elle en beurrant soigneusement son pain.

– Ça se passe très bien…

– Et tu…

– Nous…

– Vas-y… »

Elles échangèrent un rire tendu, prirent chacune une gorgée de vin.

« J'allais te parler du film sur Che Guevara. Il y a une projection du prémontage la semaine prochaine. Tu penses si nous sommes excités.

– Super », fit Phoebe. Elle se sentait oppressée par ces « nous » qui revenaient dans la conversation de sa mère.

Elles ouvrirent les menus et passèrent commande. Sa mère entreprit d'aligner avec soin ses couverts sur la nappe. « J'ai autre chose à t'apprendre, annonçat-elle avec une nervosité manifeste. C'est un peu surprenant, je crois. »

Phoebe sentit son pouls s'éparpiller comme du sable. On allait le lui dire ; une peur affreuse la submergea, elle ne voulait pas l'entendre, ni maintenant ni jamais.

Le garçon arrivait pour remplir leurs verres ; Phoebe s'éclipsa aux toilettes. Elle se dévisagea dans le miroir – face blanc et gris, yeux traqués – et se demanda de quoi elle avait peur. Elle finit par regagner la table, se frayant un chemin parmi tous ces couples jusqu'à la silhouette solitaire de sa mère. On passait du jazz, un bruit d'insectes contre une ampoule.

Les hors-d'œuvre étaient arrivés. Phoebe se jeta sur son foie gras sans presque lever les yeux. Elle en offrit une bouchée à sa mère ; celle-ci l'avala d'un air distrait. Elle n'avait pas touché à son assiette.

« Tu ne manges pas, maman ? »

Sa mère eut un petit rire : « J'ai peur, avoua-t-elle. C'est drôle, non ?

– Peur de quoi ?

– De te le dire. Ma nouvelle. »

Phoebe avait mangé trop vite. Les joues écarlates, elle sentait la sueur perler sous ses bras, imprégner la soie de sa robe. « Tu devrais peut-être attendre. »

Sa mère la dévisagea : « C'est une étrange suggestion. »

Il n'y avait rien à faire. Phoebe laissa glisser la dernière bouchée de foie gras dans sa gorge et s'essuya lentement la bouche. « De toute façon, je suis déjà au courant.

– Oh, non, Phoebe, cela m'étonnerait.

– C'est Jack ? » Elle avait la gorge sèche. « C'est toi et Jack ? »

Sa mère baissa la tête comme si Phoebe avait parlé trop fort. « Alors, ça », murmura-t-elle ; elle leva sa fourchette vers sa salade au crabe. Phoebe n'en menait pas large ; elle s'attendait que sa mère lui réclame des explications, mais celle-ci devait être trop secouée pour se demander comment elle l'avait su. « Eh bien, dit-elle avec un rire éteint, tu parles d'une grande nouvelle. »

Phoebe regretta de n'avoir pas feint l'étonnement. Le silence s'installait. « Et depuis combien de temps ? finit-elle par demander.

– Un mois environ. Un peu moins. J'ai été la première surprise, tu sais. Je voulais m'assurer que c'était sérieux avant de t'en parler. Je n'avais pas envie de t'infliger ce choc pour rien.

– Eh bien, dit Phoebe. Toi et Jack.

– Oui, j'imagine que ça peut paraître bizarre, poursuivit sa mère en s'enhardissant. Après tant d'années passées à me plaindre, à me moquer de lui... Mais quand tu nous verras ensemble, je crois que... Il est merveilleux. Je ne peux pas te dire à quel point il me rend heureuse. »

Ce n'était pas nécessaire. Une métamorphose se déroulait sous les yeux mêmes de Phoebe : sa mère épousait à la perfection les traits d'une magnifique étrangère, une de ces beautés qu'on découvre sur de vieilles photos. Cette autre femme devait avoir dormi toutes ces années durant sous la mélancolie de sa mère. Elle avait attendu son heure.

Sa mère s'était enfin mise à manger. « Ce que je me disais, expliqua-t-elle, c'est que nous pourrions peut-être partir tous ensemble ce week-end, pour un bel endroit, le mont Tamalpais ou Stinson, Barry conduirait...

– Parce que Barry aussi est au courant ?

– Je le lui ai appris aujourd'hui. Nous avons déjeuné ensemble.

– Il a dû sauter de joie », lança Phoebe, surprise elle-même par son amertume.

Sa mère parut désarçonnée. « Il était content pour moi, dit-elle, puis elle se tut. Alors, qu'est-ce que tu en penses ? reprit-elle d'une voix hésitante. Une excursion en voiture tous les quatre, ce weed-end ?

– Oui, bonne idée, dit Phoebe. Mais… Ça fait quand même drôle. Toi et Jack. »

Les longs doigts de sa mère se refermèrent sur sa main en sueur, lisses et frais comme un pansement : « Je sais bien, mon cœur. Je t'assure que si l'on m'avait dit il y a un an que ça allait arriver, j'aurais crié au fou. Mais je crois que si tu nous voyais ensemble… » Le regard de Phoebe dut la décourager ; elle ôta sa main. « Tâche de ne pas avoir de parti pris. C'est tout ce que je demande.

– Je tâcherai.

– Chérie, dit gentiment sa mère, tu parles comme si je te demandais une permission. Tu comprends bien que ce n'est pas le cas.

– Bien sûr, répliqua-t-elle au bord des larmes. Ce que j'en pense, moi, quelle importance ? »

Sa mère la considérait en silence. Phoebe se vit à travers ses yeux : un problème, un pli à faire disparaître. Une colère soudaine l'envahit. « Et papa ? lança-t-elle. C'est fini, il tombe aux oubliettes ?

– Phoebe, ton père est mort il y a treize ans ! Ça me semble tout de même décent pour un deuil. »

Phoebe ne put s'empêcher de sourire. Sa mère souriait elle aussi. C'est déjà fini, s'alarma Phoebe, on ne peut plus rien changer. « Mais comment peux-tu seulement regarder quelqu'un comme Jack après avoir connu papa ? » cria-t-elle.

Une grimace de colère crispa les traits de sa mère. « On voit que tu as bien mal connu ton père.

– J'ai mal connu mon père ?

– Oui, si tu penses que c'était un homme parfait.

– Je ne pense pas ça. Mais Jack… »

Elle fut interrompue par l'arrivée des plats. Phoebe considéra son crabe d'un œil morne.

« Écoute, chuchota sa mère. Tu adorais ton père, tu n'étais qu'une petite fille quand il est mort, très bien. Je n'ai jamais remis ça en cause. Mais tu n'as pas la moindre idée du mari qu'il était, alors de grâce – elle ferma les yeux –, de grâce, épargne-moi les leçons.

– Vous n'étiez pas heureux ?

– Je n'ai jamais dit ça ! Nous nous aimions, nous avons partagé des instants merveilleux, mais c'était un homme difficile et nous connaissions des problèmes comme tous les couples. Tu n'as aucun droit de le comparer à Jack, que tu connais à peine, comme si ton père touchait à une sorte d'idéal. Parce que je te promets qu'il en était loin. »

Phoebe contempla ses mains ; elle se rappelait le lit de ses parents, sa tiédeur, l'odeur laiteuse de leur sommeil, le réconfort qu'il y avait à y dormir. « Tu te sens coupable, lança-t-elle. Voilà pourquoi tu dis ça.

– Coupable de quoi ? De fréquenter quelqu'un au bout de treize ans ? »

Son père ouvrait en coup de vent la porte de la cuisine, haletant, ses tubes de couleur neufs tressautaient dans sa serviette, le dîner refroidissait sur la table. L'espoir et l'anxiété se mêlaient sur son visage. « Parce qu'il n'a jamais pu se mettre à peindre », dit Phoebe, et une vague de soulagement la parcourut. Elle l'avait su toute sa vie, ils l'avaient tous su ; mais personne n'avait osé le dire.

Le visage de sa mère se crispa. Elle planta sa fourchette dans son poisson, la reposa. Phoebe savourait l'euphorie légère d'être allée trop loin. L'engagement devenait inévitable : elle ne demandait pas mieux, elle voulait se battre avec sa mère.

« Nous ferions mieux de parler d'autre chose, dit celle-ci. Sans quoi je vais finir par te dire quelque chose que je regretterai. »

Elles s'affrontaient de part et d'autre de la table. Leur colère courbait l'espace.

« Vas-y, lança Phoebe. Dis-le. »

Les yeux étrécis, sa mère prit une gorgée de vin. « Les tableaux de ton père, tu les as bien regardés ?

– Qu'est-ce que tu veux dire ?

– Qu'ils sont mauvais, Phoebe. C'était un peintre exécrable. De l'enthousiasme, il en avait à revendre, mais pas le moindre talent. Pourquoi n'a-t-il jamais exposé, à ton avis ? Pourquoi n'a-t-il jamais vendu une toile, sauf à mes parents ? Qu'est-ce que tu t'imagines donc ? Qu'il est le seul peintre au monde à avoir dû gagner sa vie ? »

Elle se tut, à bout de souffle. Abasourdie, Phoebe l'écoutait en silence. « Je ne voulais pas t'en parler, Phoebe. Toutes ces années durant, je me suis tue. Mais je ne peux pas te laisser m'accuser, accuser notre famille de l'avoir empêché de s'accomplir comme artiste, parce que c'est faux. Je ne peux pas te laisser croire une chose pareille. C'est un mythe qu'il s'était inventé pour se rassurer.

– Je ne te crois pas, dit Phoebe à mi-voix. Il savait peindre, je ne te crois pas.

– La preuve est chez nous, Phoebe, sur chaque mur de la maison. »

Une hébétude moite fondit sur elle. Quelque chose s'était mis en marche qu'elle ne pouvait plus enrayer. L'euphorie s'échappait d'elle, ne subsistait plus que la peur – devant la colère de sa mère, devant ce désir grinçant d'aller plus loin encore, pour la punir. « On rentre, décréta-t-elle.

– Très bien. »

Elles se turent pendant que sa mère réglait l'addition. On enleva les plats intacts. Dans la voiture, sa mère garda les yeux fixés sur la route, ses boucles d'oreilles bleues bondissaient à chaque virage. Son maquillage luisait comme la nacre : une attention, songea Phoebe, qui n'était pas destinée à Jack, ni à personne d'autre qu'elle-même. Soudain elle s'en voulut à mort d'avoir gâché cette soirée. Quel espoir subsistait-il de reconquérir sa mère ? Phoebe scrutait son visage triste à la lueur des rues et ne ressentait que de la pitié. Tenter sa chance avec Jack… Pourquoi pas ? Dîner avec Phoebe pour la mettre au courant, fêter la nouvelle. À présent, le moment ruiné ne laissait qu'un goût de cendres.

Phoebe mourait d'envie de s'excuser. Elle ouvrit la bouche à plusieurs reprises, s'efforçant de faire venir les mots, mais un poids semblait les renfoncer dans sa gorge. Trop de choses avaient eu lieu ; s'excuser maintenant, c'eût été accepter la condamnation terrible que sa mère avait lancée sur son père. Impossible ! Quel sens prenait la vie de son père s'il n'avait jamais su peindre ? La tête tournait à Phoebe de l'imaginer seulement dans cette lumière honteuse. Ce n'était pas vrai ; ce ne pouvait pas être vrai.

Sa mère la précéda dans le petit escalier du garage. Ses hauts talons se plantaient dans les planches, l'ourlet de son manteau dansait à chaque pas. Une fois à l'intérieur, elle se tourna vers Phoebe. « Chérie… », dit-elle.

Phoebe la rejoignit. Elles restèrent ainsi sur le palier obscur, enlacées en silence. Phoebe respirait les parfums de sa mère, odeurs de citron et de poudre de riz, éprouvait la chaleur de sa peau.

« Pour ce que j'ai dit sur ton père, reprit sa mère en la serrant toujours, je suis désolée.

– Ça signifie que ce n'était pas vrai ? »

Sa mère hésita. Phoebe desserra son étreinte. « Tu n'es pas désolée. »

Elles s'écartèrent l'une de l'autre, mais lentement. Dans l'ombre, Phoebe ne percevait de son visage qu'une silhouette, un murmure.

« Si je m'excuse, c'est de t'avoir déclaré, sous le coup de la colère, quelque chose que tu n'avais pas besoin d'entendre, déclara sa mère en suspendant son manteau au-dessus de la rampe. Mais je ne vais pas continuer à te mentir, Phoebe. Franchement, à dix-huit ans, il me semble qu'il vaut mieux pour toi que tu saches que ton père n'avait pas de talent plutôt que de le prendre pour une sorte de martyr. Je te le promets, s'il ne s'était pas marié, il aurait fini ingénieur. Parce que pour ça – ça ! – il était vraiment bon. »

Elle gravit les marches, Phoebe la suivit à quatre pattes. « Tu ne peux pas en être sûre, cria-t-elle. Pour autant que tu saches, s'il ne s'était pas marié, il serait peut-être encore en vie !

– Et qu'est-ce que c'est censé vouloir dire, pour l'amour du ciel ?

– Tu le sais très bien ! »

Elles se faisaient face dans le couloir de l'étage. À une extrémité, la lumière jaillissait de la chambre de sa mère : en allant lui emprunter des bas, Phoebe avait oublié d'éteindre.

« Je n'en ai pas la moindre idée, affirma sa mère. Dis-le-moi.

– Il est tombé malade à cause d'IBM. » Le tremblement de sa voix mettait Phoebe en rage.

Sa mère tourna les talons en grognant. Elle se dirigea vers sa chambre.

Éperdue, Phoebe se lança derrière elle. Comment cela, ridicule ? C'était toute l'histoire de son père. Sa mère l'avait confirmée dans chacun de ses mouvements, de ses gestes, des années durant. « Maman, implora-t-elle, je ne peux pas croire que tu dises une chose pareille.

– C'est moi qui ne peux pas y croire, répliqua-t-elle. Tu es en train de m'expliquer que ton père a contracté une leucémie, une maladie du sang, en travaillant comme cadre chez IBM ? Et comment : par des produits chimiques, quelque chose comme ça ? Qu'est-ce que tu me racontes ?

– Tu le sais ! » Phoebe s'était mise à crier. « Tout le monde était au courant, à cause... » À quoi bon expliquer ? « Pas à cause des produits chimiques, mais...

– Alors, quoi ? Les radiations ?

– Mais non, non ! Parce qu'il ne supportait pas de travailler là-bas.

– Oh, Phoebe, je t'en prie. Épargne-moi ça. »

Phoebe eut l'impression de recevoir un coup. Sa mère s'assit sur le lit, ôta ses souliers, les posa l'un à côté de l'autre sur le parquet verni.

« C'est dingue, reprit Phoebe. Tout le monde était au courant. Papa était au courant, Faith aussi savait très bien... »

Sa mère eut un rire amer. « Ce que Faith savait n'a aucune importance, lança-t-elle. La pauvre chérie, il lui aurait fait avaler n'importe quoi. »

Elle se leva, rangea ses chaussures dans le placard.

« Faith ne croyait pas n'importe quoi ! lança Phoebe.

– Oh, je ne la condamne pas, dit sa mère en défaisant sa robe, pas un instant. Les enfants prennent toujours leurs parents pour des dieux : que peuvent-ils connaître d'autre ? C'est notre boulot à nous que de leur donner un peu de recul sur les choses ; sans quoi l'on finit par aimer ses gosses pour l'image qu'ils vous renvoient de vous-même. Et ça, ce n'est pas de l'amour, c'est tout bonnement de l'égoïsme.

– Mais de quoi parles-tu ?

– Je te parle de ton père, qui a utilisé Faith pour donner vie à toutes sortes de mythes sur lui-même. C'est à ça qu'elle lui aura surtout servi. »

Phoebe dévisagea sa mère. Elle sentait que toutes deux glissaient vers des eaux périlleuses, et s'y perdaient. Pourtant, chaque pas vers l'inconnu paraissait mû par sa propre logique inquiétante : Phoebe ne pouvait rien contre cette dérive. « Papa l'aimait plus que tout, dit-elle en secouant la tête.

– C'est évident. Mais s'il l'avait un peu moins aimée, il aurait fait un meilleur père.

– Pourquoi ?

– Il l'a rendue responsable de son bonheur : c'est un lourd fardeau, à plus forte raison pour une petite fille. Dieu sait pourtant qu'elle faisait de son mieux, Dieu sait les heures qu'elle a pu passer à poser pour lui… Parfois, je me disais : Mais ce n'est pas elle qu'il peint, c'est lui-même, c'est un portrait de Gene O'Connor en génie méconnu qu'il est en train de graver tout droit dans le cerveau de ma fille. Il s'en tirait avec brio, je dois dire. Au bout du compte, Faith aura été son chef-d'œuvre. »

La panique gagnait Phoebe. Elle jetait des regards dans la pièce, mais les choses familières semblaient altérées, méconnaissables. Même sa mère avait changé : elle lui devenait aussi étrangère que le modèle nu des peintures de son père.

« S'il avait vécu, je suis sûre que tout se serait bien passé, disait sa mère. Faith aurait fini par se révolter, ils en seraient venus tous les deux à d'autres rapports. Mais Faith n'a jamais eu cette chance ; à sa mort, elle dépendait de lui, elle était tout à fait incapable de se débrouiller seule. »

Phoebe avait mal à la tête. Une envie sauvage, animale de se défendre montait en elle. Instinctivement, elle lança : « Tu lui en voulais de son amour pour Faith. »

Il y eut un temps. « C'est vrai, répondit-elle d'une voix changée. Je lui en voulais. » Et cet aveu semblait la laisser triste, triste et fatiguée.

« Tu étais jalouse.

– Bien sûr que j'étais jalouse. L'amour névrotique est si fort qu'il éclipse parfois tout le reste. Oui, j'étais jalouse ; Barry aussi ; et toi aussi, je pense, même si tu ne sembles pas en avoir gardé le souvenir.

– Pas moi.

– Très bien », dit sa mère. Il était clair qu'elle en avait assez. Elle s'assit pesamment au bord du lit, dans sa robe de chambre ; elle ne semblait attendre que le départ de Phoebe, mais Phoebe n'entendait pas s'en aller, pas avant d'avoir trouvé une riposte. Un souvenir demandait à resurgir, quelque chose qui était arrivé il n'y avait pas longtemps, un moment de faiblesse de sa mère... Cela lui revint tout d'un coup : la veille, dans la voiture, quand elles avaient évoqué le séjour de Phoebe en Europe. Cette façon qu'avait eue sa mère de se justifier, de lui demander si elle comprenait ses raisons. Le poids qu'elle semblait attacher à sa réponse.

« Tu l'as laissé partir », affirma-t-elle.

Sa mère tressaillit, leva les yeux.

Un picotement surgit sur le crâne de Phoebe, courut le long de sa colonne vertébrale. « Tu l'as laissé partir. »

Sa mère se couvrit le visage de ses mains. Et Phoebe sut ce qu'elle venait enfin de toucher : sa plus grande peur. Elle l'avait trouvée, et mise en mots.

« C'est vrai, dit-elle stupéfaite. Tu l'as laissé partir. »

Sa mère ouvrit la bouche pour répondre. Alors quelque chose sembla rompre en elle et elle se mit à sangloter, le visage enfoui dans ses mains. Au début, Phoebe la regarda froidement : Très bien, songeait-elle, qu'elle pleure, mais le désespoir de sa mère ne tarda pas à susciter en elle une culpabilité oppressante. Elle rôdait à quelques pas d'elle, n'osant venir trop près : « Maman », mais sa mère pleurait sans pouvoir s'arrêter. Phoebe revit son bonheur au début de la soirée : cette luminosité semblait à jamais perdue, Phoebe l'avait éradiquée. Elle songea à Claude, des années plus tôt, ce grand Claude au rire énorme qui faisait rire sa mère, la faisait rire et rire, puis Faith était morte et les rires s'étaient tus : quand elle pensait à lui, Phoebe devait faire un effort pour se rappeler qu'il n'était pas mort lui aussi, qu'il vivait encore.

« Maman », répéta-t-elle. Elle s'approcha, un poids terrible sur la poitrine. Tout était brisé et voilà que celle qui avait brisé se brisait à son tour.

Sa mère leva vers elle un visage délavé, Rimmel et larmes. « Laisse-moi, Phoebe. »

Elle ne bougea pas. Il y avait forcément un moyen d'effacer cela, de revenir en arrière.

« Va-t'en, je t'en prie. » Sa mère sanglotait, elle la congédiait de la main, détournant le visage comme quelqu'un qui a honte d'être vu. Mais Phoebe demeurait immobile, si bien qu'elle finit par se lever brusquement et par la repousser, mains frémissantes sur ses épaules. « S'il te plaît, va-t'en. Je t'en prie, laisse-moi tranquille.

– Écoute. Maman, écoute… »

Elle avait levé les mains mais sa mère poussait encore, leurs bras tremblants se mêlaient. « Qu'est-ce que tu attends pour partir ? Tu n'as pas terminé ? Je suis coupable d'autre chose encore ? Alors, dis-le, s'il te plaît, dis-le et va-t'en. » Elle s'étouffait en parlant. Elle se mit à tousser, la main devant la bouche, finit par lui tourner le dos dans un geste de politesse inconsciente. Une vague de nausée parcourut Phoebe à cette toux désespérée.

Sa mère se redressa ; on aurait dit que la toux lui avait permis d'expulser tout à la fois sa peur et son hystérie. À présent, elle affrontait Phoebe avec calme. « C'est vrai, dit-elle. Tu as raison, je l'ai laissé partir. Mais pas à ce moment-là. »

Le cœur serré, Phoebe écouta.

« Je l'ai laissé partir en le laissant l'écraser ; parce que c'est ce qu'il a fait. »

Elle regardait Phoebe, les traits empreints d'une force étrange et sereine.

« J'ai vu comment c'est arrivé. Cela a commencé dès sa naissance. Il se déchargeait sur elle : tout ce poids sur ses épaules… Je savais que ça n'allait pas, je l'ai toujours su. Elle, elle n'avait pas l'air d'en souffrir, elle resplendissait ; mais j'aurais dû l'empêcher. »

Elle se tut. Elle dévisageait Phoebe de ses yeux calmes. «Est-ce que tu entends ce que je te dis ? Est-ce que tu m'écoutes ?»

Phoebe la regardait sans un mot.

«Voilà», conclut sa mère ; elle respirait profondément. «Voilà.»

Mais Phoebe ne sentait plus rien. Elle ne réalisa qu'elle avait quitté la chambre de sa mère qu'en se retrouvant dans le couloir, la porte blanche refermée derrière elle.

8

Elle délibéra toute la matinée pour savoir s'il fallait ou non laisser un mot. Elle se le demandait en postant sa lettre pour Berkeley, puis sur une banquette rose et orange de chez Zim, dans Laurel Village, en guettant par la vitre l'ouverture de sa banque. Elle se le demandait encore en rapportant chez elle, dans un brouillard grisâtre, la totalité de son compte : mille cinq cent trente-huit dollars en traveller's checks, soit un an d'économies sur son salaire au Milk and Honey. L'aller-retour de la Laker pour lequel elle s'était mise en attente coûtait dans les cinq cents dollars ; combien de temps pouvait-on tenir avec les mille restants ? s'interrogeait-elle. Eh bien, le plus longtemps possible, après quoi elle trouverait bien une solution pour toucher les cinq mille dollars de son père.

Phoebe avait veillé sur son lit une grande partie de la nuit. À plusieurs reprises, elle avait songé à appeler quelqu'un pour lui emprunter de l'argent. Barry n'en manquait pas, bien sûr, ni son amie Celeste qui travaillait dans une agence de voyages. Mais ils étaient tous loin ; il lui semblait ne pas les avoir vus depuis des années, elle ne pouvait plus se prévaloir d'aucune attache. En un sens, elle était déjà partie.

Sa mère s'était glissée au-dehors bien avant sept heures. De son lit, Phoebe avait surpris les pas discrets, le claquement étouffé de la porte d'entrée. Sa mère ne cherchait qu'à la fuir : son souhait serait exaucé.

Elle finit par se résoudre à laisser un mot, sur le papier à lettres épais et crémeux de sa mère. *Chère maman*, écrivit-elle :

1. *Pardon.*
2. *Je t'aime.*
3. *Je pars tout de suite, c'est le mieux.*
4. *Je ferai attention.*

Je t'embrasse,
Phoebe.

C'était fait. Tout était accompli. Il ne lui restait plus qu'à se rendre à l'aéroport.

La navette partait d'O'Farrell Street, dans le Tenderloin. Phoebe appela la compagnie de taxis De Soto, qui trônait depuis peu avec Veteran en tête de ses préférences. Elle prenait le taxi depuis des années ; elle avait fui tant de soirées de la sorte, par un coup de fil passé d'une cabine embrumée au-dessous d'Ocean Beach... Mais c'était toujours pour rentrer chez elle. Il y avait quelque chose d'étrange à donner son adresse comme point de départ.

Phoebe posa son sac à dos dans l'entrée ; elle attendit sur le sofa. Le téléphone sonnait dans la cuisine, il avait sonné toute la matinée : Art, sans doute, qui venait aux nouvelles parce qu'elle ne s'était pas présentée au travail. Mais le téléphone finit par se taire et, en guettant son taxi, Phoebe entrevit, pour la première fois depuis qu'elle avait surpris sa mère avec Jack, une lueur d'espoir. Elle partait enfin, elle allait découvrir le monde. Elle se leva, saisie par le besoin de jeter un dernier regard sur la maison, pour l'imprimer dans son esprit. Elle fit le tour du living. Elle contempla un œuf d'autruche sur un présentoir d'onyx, un cheval de cristal soufflé à la main, les œufs de marbre florentin – et voilà soudain qu'une pulsation montait du cœur même de la maison, de sous les lattes du plancher et de plus bas encore, du tréfonds de la terre ; alors Phoebe prit conscience qu'au bout du compte elle ne s'en allait pas, tout au plus se laissait-elle glisser dans des profondeurs plus secrètes de la maison pour atteindre enfin à son centre caché ; comme si, après toutes ces années passées à pousser, à sonder, à forcer, un mur avait fini par pivoter, dévoilant l'issue qu'elle s'apprêtait à franchir.

Deuxième partie

9

Londres lui parut tropical. À travers l'air épais, brumeux, le soleil s'embuait jusqu'à un jaune d'aquarelle. Et partout, le son des cloches.

Phoebe trouva son chemin dans l'enchevêtrement des rues grâce au plan qu'elle avait acheté à l'aéroport. Elle tombait de fatigue. Elle était arrivée au matin par le vol de la Laker, après deux nuits blanches d'affilée.

Elle avait eu du mal à dénicher l'auberge de jeunesse, que rien ne distinguait des autres maisons de Kensington : même façade haute et blanche, même luisance de peinture fraîche. Il était onze heures quand elle la découvrit enfin ; l'auberge avait fermé ses portes pour la journée. Un homme la laissa entrer pour déposer son sac à dos et utiliser la salle de bains. Elle passa de l'eau sous ses bras, se brossa les dents.

Le brouillard de l'épuisement lui dérobait les choses, mais elle aimait cette impression. Il flottait dans l'air une odeur de clous de girofle, un parfum capiteux d'arbres en fleur. Elle se sentait comme ivre.

Les rues s'incurvaient, il lui fallait garder l'œil sur son plan. Phoebe le consultait furtivement, soucieuse de ne pas passer pour une touriste. Derrière ses lunettes noires, elle se sentait anonyme.

Dans son sac à main, elle emportait les cartes postales de Faith ; la photo de sa sœur ; un carnet où noter
les progrès de sa quête ; son passeport ; un peu plus de
vingt livres anglaises ; mille dollars en traveller's
checks ; et la dose de LSD dans sa petite enveloppe
blanche. Malgré la fatigue, une énergie frénétique la
stimulait tandis qu'elle marchait. Les taxis avaient des
airs de limousine. Les pâtés de maisons recelaient en
leur centre, encerclés par des grilles closes, de minuscules jardins ovales. Elle regarda au travers des ronces,
distingua l'éclat de l'herbe mouillée, de longues
branches cramoisies. À un moment, elle entendit un *toc*
amorti de balles de tennis, surprit la blancheur d'une
jambe.

À Knightsbridge, elle contempla les vitrines scintillantes : pochettes de soie pliées en éventail, cravates
et poisson fumé ; et de vieilles dames qui buvaient leur
thé sans ôter leur pardessus, un soupçon de bleu dans
les cheveux, comme du lait écrémé. Tout cela, c'était
l'Angleterre. Où que se portent ses regards – partout
c'était l'Angleterre. Les crieurs de journaux braillaient
les titres à travers un mégot de cigare mouillé ; il passait des autobus à deux étages. Il n'y avait donc qu'à
prendre l'avion pour se retrouver en Angleterre. Cela
tenait du miracle.

Mais ce qui la surprenait le plus, c'était la lumière.
On eût dit qu'elle ruisselait de toutes les directions à la
fois, s'agglomérant en points étincelants sur la moindre
fenêtre, la moindre feuille, rehaussant les couleurs
jusqu'à une irréelle intensité. Il semblait à Phoebe
que, pour la première fois depuis des mois, elle voyait
pour de bon ; comme si le brouillard où, chaque nuit,
s'engloutissait San Francisco avait aussi refermé son
linceul sur son esprit, obscurcissant ses pensées, et

qu'il se fût maintenant dissous. Ne subsistait que cette lumière, cette clarté enchanteresse d'où Phoebe tirait l'impression d'avoir atteint une autre terre ; tout comme elle l'avait espéré.

Chers maman, Phoebe et Barry, La première chose qu'on a faite c'est d'aller chez Harrod's comme tu nous l'as dit maman quel endroit planant !! Tu as raison, le rayon alimentaire c'est du délire. Je parie que ça n'a pas changé depuis les années 50 quand vous y étiez toi et papa. Vous ne pouvez pas savoir la façon dont on nous a regardés Wolf et moi. Les gens à Londres sont tirés à quatre épingles, les jeans rapiécés ils aiment pas ça, mais quand j'ai ôté ma veste à pois ils ont été plus gentils. On vous a commandé un gâteau vous l'avez peut-être déjà reçu. J'espère qu'il est pas moisi eux ils ont promis qu'il tiendrait le coup. Il y a des raisins secs dedans. Bisous, Faith

Entrant dans Harrod's, Phoebe se surprit à chercher dans la foule un visage connu. Elle se sentait accueillie, désirée, sinon par quelqu'un, du moins par la ville elle-même. Elle se montrait d'ordinaire si peu attentive à sa propre présence que cette sensation nouvelle l'électrisa. Les rayons alimentaires l'exaltèrent comme une drogue ; salles somptueuses, ornées de colonnades, qui donnaient l'impression d'un plafond vitré d'où se serait déversée la lumière du jour. Les murs s'émaillaient de carreaux orange, verts, turquoise. Les viandes s'offraient sur des étals de marbre, farcies d'herbes aromatiques, ficelées comme de précieux colis : d'énormes foies luisants, de pâles pièces de veau, des jarrets et des gigots d'agneau, des gibiers, des steaks d'un rouge éclatant, des pintades qu'on avait dépouillées de leur peau veloutée pour la replier avec faste sur la poitrine et les ailes. La nourriture semblait diffuser sa propre lumière. À chaque comptoir, un homme en chapeau de paille maniait un grand couteau. Phoebe poursuivit son chemin vers la boulangerie. Les gâteaux parurent, gros comme des chapeaux, luisant de sucre, drapés de noix de coco hachée, de chocolat en copeaux, garnis d'énormes raisins secs : les glaçages brillaient comme les blanches façades de Kensington. *On vous a commandé un gâteau vous l'avez peut-être déjà reçu. J'espère qu'il est pas moisi eux ils ont promis qu'il tiendrait le coup...* Et voilà que Phoebe retrouvait ce magasin que Faith et Wolf avaient visité huit ans plus tôt, qu'elle marchait sur ce marbre qu'avaient foulé leurs sandales, qu'elle se tenait peut-être à un endroit qu'ils avaient touché... Un sentiment d'émerveillement la gagnait. Un haut-parleur s'éveilla soudain dans un grésillement : « À l'attention de tous nos clients, disait une femme à l'accent anglais. Il faut évacuer le magasin. Veuillez vous diriger le plus vite possible vers la sortie la plus proche. »

Il y eut un temps mort. « Tous nos clients sont priés de quitter les lieux immédiatement. Il faut évacuer le magasin. Veuillez vous diriger... » Les uns après les autres, les gens rassemblaient leurs achats et sortaient en hâte. Phoebe jetait des regards curieux autour d'elle, cherchant à comprendre ce qui se passait. « À l'intention de tous nos clients... » Était-ce simplement l'heure de la fermeture ? Il devait y avoir autre chose. Sans comprendre, elle emboîta le pas à la foule. Elle déboucha sur un rond-point où se dressaient des comptoirs de cosmétiques garnis de miroirs ; des centaines d'acheteurs s'y trouvaient déjà rassemblés. On s'exprimait à mots concis, complices, avec le murmure de ceux que menace un danger. Un frisson de frayeur parcourut Phoebe : il se passait quelque chose. La lumière de la rue se déversa dans le magasin, mais l'affluence des clients vers la sortie la contint un moment loin des portes. Sa panique montait. Sans trop savoir pourquoi, Phoebe continuait pourtant à se sentir hors d'atteinte d'un danger réel. « Tous nos clients sont priés de gagner la sortie la plus proche. Le bâtiment… »

Elle aborda un homme qui la côtoyait, un pain rebondi sous le bras : « Qu'est-ce qui se passe ?

– Alerte à la bombe, j'imagine. C'est assez courant.

– Non, une bombe ? » s'étonna-t-elle. Tout le monde avait l'air si docile. « Je suppose qu'*alerte*, ça ne veut pas dire qu'il y a forcément une bombe.

– C'est rare. Mais vous savez, ça saute quand même de temps à autre. » Elle sentit à son petit sourire qu'il l'asticotait et feignit l'indifférence. Les portes semblaient encore bien loin.

« Vous êtes américaine, remarqua l'homme.

– Oui, répondit Phoebe. Je suis arrivée ce matin.

– Vous ne devez pas avoir beaucoup de terroristes en Amérique. »

L'observation la prit de court.

« De terroristes ? Non. Enfin, bon, il y a eu Patty Hearst, elle était terroriste… »

Il fronça les sourcils : « C'est qui, ça ?

– C'était une riche héritière, et puis elle a été kidnappée par des terroristes et pour finir elle est devenue terroriste elle aussi. Une histoire incroyable », expliqua Phoebe, consciente tout en le disant que cela n'avait rien de si incroyable. L'homme demeurait silencieux. Phoebe hasarda une question : « Il y a beaucoup de terroristes, à Londres ? »

– Nous avons notre lot. Mais pas autant que les Français, voyez-vous. Là-bas, ils n'ont pas le temps de se retourner qu'une bombe a déjà sauté. »

Une odeur d'angoisse et d'humanité flottait sur la grande salle. Phoebe eut envie de s'enfuir. L'homme avait le visage doux, les traits résignés ; elle vit ses enfants lui sauter dessus comme des singes sans même lui laisser le temps de poser son pain.

« Et… C'est quoi, leurs intentions ? Aux terroristes de Londres ? demanda-t-elle.

– Ça dépend desquels. L'IRA déteste les Anglais, point final. Les Palestiniens exigent des libérations d'otages, ou alors ils exercent des représailles. Reste tout un tas de gosses en Europe qui n'ont pas la moindre idée de ce qu'ils fabriquent et se répètent qu'ils vont foutre en l'air le capitalisme, ce genre de choses. Bricoler des bombes, se balader avec un flingue… Voilà ce qui leur plaît vraiment.

– Ils ont sûrement de meilleures raisons…, répliqua-t-elle, sans trop savoir pourquoi elle les défendait.

– … que d'éviter l'ennui ? demanda-t-il en ricanant. Il n'y en a pas de meilleure. »

Ils finirent par atteindre les portes. Soudain, Phoebe ressentit une étrange répugnance à laisser le danger derrière elle. Elle imaginait que les terroristes, depuis leur cachette, assistaient à toute cette agitation. Elle eut envie de ralentir le pas à leur intention, pour leur prouver son courage.

Enfin, ils franchirent une porte coupe-feu et retrouvèrent la rue. Phoebe chercha des yeux son interlocuteur ; peut-être prendrait-il le temps de savourer avec elle le triomphe de la délivrance. Mais l'homme avait disparu. La foule se déversait toujours des portes, l'entraînant plus loin dans la rue. Des policiers essaimaient sur le trottoir ; les casques noirs, noués sous le menton, semblaient des chapeaux d'élégantes. Phoebe ralentit le pas, luttant contre l'élan de la foule. La marée des clients sortant de Harrod's rencontrait une affluence de badauds qui se pressaient vers le magasin. Les admonestations des policiers ne semblaient guère décourager la curiosité générale. Phoebe comprenait cette avidité, elle la partageait : c'était là le monde des choses qui arrivent, ce monde qu'elle n'avait trop long-temps surpris qu'au détour d'un film ou d'un article ; il lui aurait suffi d'une nuit pour l'atteindre.

Vous voyez, cet étang eh bien vous ne me croirez peut-être pas mais on s'est baignés dedans l'eau était superpropre juste un peu verte à cause des algues. Les canards n'avaient même pas peur ils ont nagé droit vers nous en faisant coin-coin. Les flics par contre ils se sont mis à délirer sérieux il y en avait huit ou dix en rang d'oignons qui nous hur-laient de sortir avec leurs chapeaux ovales qui leur tombaient devant les yeux et nous on disait Non Non vous devriez plutôt venir l'eau est tellement bonne ça vous ferait du bien mais ils se sont mis à siffler et ils braillaient tellement qu'on a fini par sortir avec tous les canards qui nous suivaient en pataugeant. Quelle journée de dingues qu'est-ce que j'étais heu-reuse !! Bisous, Faith

Les arbres de St. James Park laissaient pendre leurs branches comme des draperies de velours, lourdes, denses ; le soleil jouait entre les feuilles, impré-gnait l'herbe lumineuse. Phoebe s'approcha de l'eau, regarda les canards : plumages éclatants, bigarrures de bal masqué.

Elle fit le tour de l'étang. Il était vaste et sinueux, enjambé de ponts qui s'arquaient au-dessus des bras les plus minces. Au centre du plan d'eau, un jet d'eau fusait vers le ciel. Phoebe se sentait envahir par un mélange d'agitation et d'appréhension. À suivre les indications de Faith, montait en elle une impatience aiguë dont elle ignorait la cause. Les objets semblaient bondir vers elle, déjà lourds de sens.

Elle acheta un sandwich au jambon, un gâteau au chocolat, une pomme verte. Elle emporta son plateau et s'installa au-dehors, devant une petite table de pierre. Elle se jeta sur son repas, l'engloutit ; puis, ouvrant son carnet, elle nota : « 2 juillet 1978. En Angleterre tout paraît plus vrai. Les billets sont plus colorés, les pièces lourdes comme l'or, les parcs plus verts, les gens ont un accent magnifique. Il y a des terroristes partout, et des alertes à la bombe. Rien ne ressemble à ce que je connais. Ici, c'est le vrai monde, et pour la première fois de ma vie, je me sens vraiment vivante. »

L'épuisement fondit sur elle lorsqu'elle eut mangé. Elle trouva sur l'herbe une chaise de toile inoccupée, s'y assit, sortit de son sac à main les cartes de Faith, les déploya en éventail. Il y en avait dix-huit. Phoebe examina la carte de St. James Park, leva les yeux sur le parc lui-même. Quelque chose en elle n'avait pas voulu croire qu'elle pourrait un jour se trouver là, lui avait soufflé que tous ces endroits réels s'effaceraient comme des mirages au moment même où elle les atteindrait. À présent, pour la première fois depuis des années, le sol était ferme sous ses pas. Ses yeux se fermaient, la chaleur du soleil sur ses paupières, les cris des oiseaux, des enfants, la rumeur lointaine de la circulation, tout cela la berçait, le sommeil vint.

Phoebe s'éveilla vers six heures et demie, la gorge sèche. Un garçon l'avait secouée, il réclamait l'argent de la chaise, mais elle avait du mal à comprendre son accent ; il y eut un moment de confusion avant que Phoebe ne lui remette la pièce désirée. Les cartes postales s'étaient éparpillées sur l'herbe. Elle se jeta à quatre pattes pour les ramasser. Elle craignait que l'une d'elles ne se fût envolée ; mais non, il y en avait bien dix-huit. Elle les rangea dans l'enveloppe. Une armée de fantômes l'entourait – les chaises de toile, désertées. Le ciel s'était couvert. Phoebe se leva en frissonnant.

Elle se hâta vers la sortie, poursuivie par l'impression d'avoir commis une erreur, d'avoir laissé passer quelque chose d'important. Elle arriva sous la ligne aérienne de Charing Cross : les échoppes de *fish and chips* jetaient des lueurs vertes dans l'air opaque. Des cheminots bottés, en bleu de travail, abandonnaient aux caniveaux des cigarettes à demi consumées. Leur discours, comme celui du garçon qui l'avait réveillée, était incompréhensible. Des bouches de la station s'échappaient une odeur moite comme une haleine, un flot de circulation humaine. Phoebe se tint dans l'ombre et regarda ; personne ne leva les yeux sur elle. Elle considéra la mer de visages qui montait, guettant l'instant où l'un d'eux se préciserait, s'isolerait des autres comme dans les scènes de foule au cinéma. Les gens se déversaient par les portes, pressés de rentrer chez eux. Elle finit par se détourner.

L'auberge de jeunesse devait être ouverte à présent. Phoebe prit le métro jusqu'à Gloucester Road. Derrière un étal de fruits, un Indien montrait un amoncellement de figues blanchies par le sucre. Des pommes

rouges s'alignaient en rangs égaux, chacune envelop-
pée dans un papier.

Les arbres tremblaient, ployaient sous le vent; il
n'allait pas tarder à pleuvoir. Contemplant le ciel
lourd, Phoebe revit la maison de ses grands-parents à
St. Louis : la promesse d'un orage violent, rameaux et
feuilles roulant, courant dans l'herbe comme pour se
mettre à l'abri. « C'est un gros grain, celui-là », disait-
on, mais avec toujours un peu d'excitation à l'idée
qu'on le verrait s'épuiser aux fenêtres, qu'on le regar-
derait se cingler lui-même.

Phoebe se dirigea vers l'auberge de jeunesse. Elle
longea une petite église de pierre ; les pissenlits du
cimetière s'agitaient en tous sens. La longue rue bis-
cornue devenait floue. Phoebe s'arrêta pour se frotter
les yeux ; et soudain, elle sentit sa sœur toute proche,
ce n'était pas un souvenir ni un écho, mais Faith en
personne, qui riait, tendait la main. Sinon la présence
de sa sœur, qu'est-ce qui aurait bien pu expliquer cette
exaltation que Phoebe, depuis son arrivée à Londres,
sentait monter en elle telle une espérance ? Faith était
à l'origine de ces impressions, l'avait toujours été. Et
Phoebe sut, à cet instant précis, que son voyage ne
s'achèverait que lorsque sa sœur se serait laissé voir.
Faith se contenterait d'apparaître, elle surgirait de
nulle part, ainsi qu'elle le faisait quand à cache-cache
elle perdait patience, rompait le silence et jaillissait de
sa cachette – un rideau, un canapé : « Top. Tu ne m'as
pas trouvée. »

Un froid soudain surgit dans ses poumons, comme
à inhaler l'hélium d'un ballon, et Phoebe s'arrêta en
pleine marche. Sur le trottoir d'en face, une maison
trop haute, une maison extravagante lui sautait aux
yeux dans des éclairs de brique orange. Phoebe sonda

des yeux l'air grumeleux, s'attendant presque à voir bondir devant elle la silhouette maigre d'une gamine aux cheveux d'encre. Une vieille passait en boitant, les doigts serrés sur le manche d'un parapluie noir à fronces et, en s'éloignant, elle emporta la sensation avec la soudaineté d'un vent qui tombe. Phoebe se remit en chemin, les jambes en coton, une étrange saveur de beurre au fond de la gorge. Il pleuvait. Les façades laissaient voir à présent des carrés de lumière jaune. Un piano jouait derrière une haute fenêtre, des notes flottaient, solides comme des feuilles, avant de s'effacer. C'était bon de sentir la pluie, bon de sentir sa robe coller à ses jambes. Phoebe tournait le dos à sa vie d'avant. Elle en avait fini avec ces années de solitude à San Francisco, toutes ces années passées dans l'attente d'un signe. Elle les avait dépouillées comme une ultime enveloppe et s'accomplissait enfin, sur une terre étrangère, la naissance d'une autre Phoebe.

10

*Chers maman, Phoebe et Barry, Amsterdam c'est
le nec plus ultra. Londres, c'était rien à côté de ça.
Wolf et moi on campe dans un immeuble abandonné
où il y a plein de squatters qui vivent depuis des
mois. Les flics ne disent rien au contraire ce sont
nos anges gardiens. On est comme une famille. On
communie en esprit et quand quelqu'un part on ne
sait pas si on le reverra mais peu importe, s'il n'y a
pas beaucoup de temps ça n'empêche pas d'aimer
les gens. La nuit les étoiles sont tellement belles. Je
vous embrasse, Faith*

Phoebe resta une semaine à Londres. Mais plus elle
s'attardait, plus s'atténuait sa fascination pour ce
qu'elle voyait autour d'elle. Elle se mit à redouter que
sa propre présence n'efface celle de sa sœur, ne finisse
par l'estomper. Il ne suffisait pas de suivre les traces
de Faith, de se planter là, au milieu des autres touristes,
des enfants qui chantaient… Ce n'était pas assez. Elle
craignait que sa nature hésitante ne l'ait empêchée de
franchir un pas décisif, d'entrer de plain-pied dans le
danger, l'intensité qu'elle avait perçus le premier jour,
pendant l'alerte à la bombe. Elle quitta Londres en se
jurant de renouveler ses efforts.

Elle arriva à Amsterdam dans la matinée en compagnie de deux sœurs australiennes, Helen et Diana, qu'elle avait rencontrées pendant la nuit sur le bateau. Toutes trois déposèrent leurs bagages à la consigne de la gare : l'auberge de jeunesse ne prenait les inscriptions que dans l'après-midi. Elles se dirigèrent ensuite vers le Dam, la place centrale d'Amsterdam. Des jeunes gens sommeillaient sur les degrés circulaires du monument aux morts, un gigantesque cône blanc qui évoquait un pilier de sel. Phoebe les regarda s'éveiller en toussant, se rouler des cigarettes ; ils se levaient péniblement, tiraient au ciel leurs bras osseux. Les tee-shirts délavés bâillaient, des ventres maigres parurent au soleil. Le cœur de Phoebe se mit à battre : c'étaient des hippies.

Elle passa la matinée à arpenter les salles du Rijksmuseum avec Helen et Diana. Mais devant les portraits des bourgeois – les yeux humides, les cols de dentelle amidonnés –, elle songeait encore aux hippies endormis. À deux heures et demie, quand les sœurs retournèrent chercher leurs sacs à dos, Phoebe saisit l'occasion de leur échapper. L'auberge de jeunesse avait la réputation de se remplir vite ; les Australiennes tenaient à y être dès l'ouverture.

« On t'inscrit si on peut », lui dit Helen, la cadette. Elle se montrait toujours pleine d'attentions. « On laissera ton nom à la réception.

– Super. » Phoebe hochait la tête en souriant, priant pour qu'elles s'en aillent.

Mes chers maman, Phoebe et Barry, Wolf est parti mais il ne me manque pas. Je suis faite pour Amsterdam. Vous ne pouvez pas imaginer la folie

155

que c'est. Je vais peut-être devenir citoyenne hol-
landaise. Non je blague Hi hi. Bisous, Faith

Le groupe de hippies avait grossi depuis le matin.
Phoebe s'arrêta devant l'étal d'un fleuriste et les
regarda paresser contre le monument aux morts, déam-
buler par groupes ; certains déboulaient sur la place, la
quittaient avec la brusquerie des dealers. Un homme
aux grosses tresses de rasta jouait d'une guitare au son
éraillé. Une blonde s'appuyait contre lui, ses cheveux
en bataille étincelaient comme le blé coupé. Phoebe
retrouva ce mélange d'effroi et d'envie que lui inspi-
raient les gosses de Haight Street quand ils venaient
lui demander des citrons : elle eut envie d'être de leur
côté.

Elle tira de son sac la photo de Faith : l'un deux se
rappellerait peut-être sa sœur, cela ne semblait pas
impossible. Mais la mise trop soignée de Phoebe
détonnait : sa jupe de paysanne et ses sandales, loin de
faire illusion, lui donnaient l'air grotesque. La timidité
l'étranglait comme une main, elle n'avait rien de
commun avec ces bohémiens : la distance s'imposait,
insurmontable.

Le fleuriste lui jetait des coups d'œil intrigués par-
dessus ses tulipes. Phoebe laissa l'étal et traversa la
place en direction du groupe, sa photo à la main. Au
dernier moment le cœur lui manqua, elle s'écarta de la
place et de ses hippies, s'engagea dans une ruelle qui
menait au canal. Son cœur battait à rompre, ses poumons lui semblaient privés d'air. Parvenue au canal,
elle s'arrêta sur un pont pour reprendre ses esprits.
«Tout va bien, se répétait-elle. Tout va bien. Dans une
minute, j'y retourne. »

Un homme se tenait à quelques pas d'elle : Phoebe reconnut l'un des corps assoupis qu'elle avait regardés, ce matin-là, reprendre vie sur le Dam. Elle l'observa à la dérobée, ses cheveux lui cachaient presque entièrement son profil : des mèches d'un blond pâle, ondulées, qui lui auraient donné l'air d'un ange s'il n'y avait eu leur finesse. Il portait au poignet deux bracelets de corde crasseuse. Accoudé à la rambarde, il regardait dans l'eau.

« Excusez-moi », dit Phoebe.

L'homme fit un bond si brusque que Phoebe sursauta à son tour. Il éclata d'un rire rauque, un rire de tuberculeux qui ressemblait à une toux. Son visage paraissait anormalement petit, presque réduit, une tête d'enfant sur un corps d'homme. Mais il n'avait pas l'air jeune.

« Goh, wat hib ga me bang gemaakt ! »

Phoebe fut décontenancée. Elle ne s'était pas vraiment rendu compte qu'on parlait ici une autre langue que la sienne. « Je suis désolée, je ne comprends pas, dit-elle.

– Américaine ? » Il la regardait avec intérêt. Elle fit « oui » de la tête.

« Les Américains, c'est le mieux, l'assura-t-il avec chaleur.

– Merci, dit-elle, perplexe.

– Ensuite il y a les Australiens, les Néo-Zélandais, les Sud-Africains… Ah, et puis les Israéliens, très bien aussi.

– Vous les connaissez tous ?

– Bien sûr ; tous, ils viennent à Amsterdam. » Son regard retourna au canal, le sonda comme s'il y dormait une secrète inquiétude. « Alors… Vous habitez ici ? demanda-t-elle.

157

– Oui. J'habite ici. »

Il y eut un silence. L'homme leva les yeux, les reposa sur le canal. Phoebe lui mit la photo de sa sœur sous le nez. On y voyait Faith rire à gorge déployée, un collier de coquillages autour du cou, qui pendait de travers. Les coquillages venaient des îles Fidji ; leurs grands-parents leur en avaient ramené à chacune un assortiment.

« Vous l'avez connue ? »

Le type prit la photographie, l'examina. Il avait les ongles très longs pour un homme. Son regard courut de Faith à Phoebe.

« Toi ?

– Non, ma sœur. Elle est venue à Amsterdam, il y a huit ans.

– Huit ans. » Son rire fusa de nouveau, comme du gravier. « Tu blagues ou quoi ? Il y a huit ans, moi je suis grand comme ça. » Il arrêta sa main à hauteur de cuisse.

« Oh, je te croyais plus vieux, s'excusa Phoebe.

– Tout le monde croit, dit-il avec une pointe de fierté. Mais en fait, j'ai dix-huit ans.

– Moi aussi. »

Il y eut un silence embarrassé. Le type regardait à nouveau le canal ; Phoebe rangea la photo dans son sac. Il se retourna brusquement : « Tu as quelques minutes ? » Il tournait le bras comme quelqu'un qui consulte une montre : mais à son poignet ne pendaient que les deux bracelets crasseux.

Phoebe hésita : « Pour quoi faire ?

– On peut aller voir Karl. Karl, il vit dix ans à Amsterdam. Tous les gens qui passent, il les connaît.

– Oui, d'accord. J'aimerais bien le rencontrer.

– On marche un peu pour arriver, dit le type.
O.K. ?»

Phoebe eut un vague pressentiment : « D'accord.

– Bon. Tu viens, s'il vous plaît ?»

Son regard courut une dernière fois sur le canal,
puis il se mit en marche à grandes enjambées, tournant
le dos au centre : à contrecœur, Phoebe lui emboîta
le pas.

Elle lui demanda son nom, il répondit : « Nico. »

L'angoisse de Phoebe se résorbait à mesure qu'ils
marchaient. D'étroites maisons, dressées çà et là le
long du canal, semblaient flotter sur les miroitements
verdâtres ; des bacs à fleurs jetaient des éclats de couleur aux fenêtres. La journée était chaude. Une écume
floconneuse reposait à la surface de l'eau.

Nico marchait sans rien dire. Par deux fois, ils
dépassèrent un groupe de jeunes qui, de toute évidence, faisaient partie de son univers à lui, et par deux
fois les inconnus agirent de même : ils marmonnèrent
quelque chose à l'adresse de Nico tandis qu'ils toi-
saient Phoebe à son passage. Elle eut l'impression
déplaisante que cette situation leur était familière.
« C'était qui, ces gens ?» demanda-t-elle à la seconde
rencontre.

Il haussa les épaules : « Des gens, tu vois. »

Après cent détours par des ruelles, ils atteignirent
ce qui ressemblait à un quartier étudiant. Des affiches
déchirées s'entassaient aux murs ; devant les bars, aux
angles des rues, des jeunes assis en tailleur buvaient
de la bière dans des bouteilles opaques.

« Plus très loin encore », affirma Nico.

Ils tournèrent dans une rue plus calme. Des ordures
flottaient sur le canal : bouteilles de plastique ; feuilles
de journal gorgées d'eau ; une poupée d'enfant, tête en

bas, deux jambes roses plantées dans les limons ver-dâtres. Le plan de la rue se faisait plus anarchique encore que près du Dam, les maisons paraissaient mordre sur l'eau. Phoebe devait forcer le pas pour res-ter à la hauteur de Nico. L'inquiétude reparut : saurait-elle revenir seule ?

Ils tournèrent à nouveau et le canal disparut. La rue se rétrécissait. Nico s'arrêta tout d'un coup : « O.K., dit-il.

– J'espère qu'il est là.

– J'espère aussi. »

Ils gravirent quelques marches, jusqu'à une porte de bois rouge où s'ouvrait une lucarne vitrée. Nico sonna de façon particulière, deux coups brefs, un coup long, un coup bref : chaque coup de sonnette tombait après un temps, comme une chose qu'on a jetée de très haut.

Phoebe entendit un bruit au-dessus d'elle, leva les yeux, surprit à une haute fenêtre l'éclair d'une cheve-lure sombre. Un instant plus tard, la porte pivotait comme si l'on avait fait jouer une clenche. Nico poussa la porte, un vestibule parut, frais et poussiéreux. Un dallage de gros marbre se jonchait de feuilles mortes.

« Bon », dit Nico. Il la précéda dans un étroit esca-lier : Phoebe le suivit, inquiète et pourtant résolue. Il n'était plus question de reculer, si elle avait laissé pas-ser cette chance, elle se serait méprisée. Nico s'arrêta en soufflant au deuxième : « S'il vous plaît. » Il lui fai-sait signe de monter devant.

Les paliers se succédèrent. Au sixième ou au sep-tième, l'escalier s'arrêtait. L'ascension semblait avoir eu raison des dernières forces de Nico, la sueur perlait à ses sourcils, il haletait. Phoebe se dit qu'il devait être malade.

« O.K. » Il reprit son souffle. « Maintenant, on rencontre Karl.

– Très bien. » Phoebe avait hâte d'être en meilleure compagnie.

Nico se mit à cogner à la porte, il criait quelque chose en hollandais. On vint ouvrir : Phoebe aperçut un visage étonnant, aux traits presque féminins, avant que leur hôte ne fasse demi-tour sans leur adresser la parole et les guide dans un couloir étroit. Ils le suivirent jusqu'à une pièce qui donna tout de suite à Phoebe l'impression d'être habitée depuis des années. Une machine à coudre trônait au centre, grande et noire, juchée sur une table où se dressait une pile d'étoffes multicolores si haute qu'elle menaçait de l'engloutir. Le reste de la pièce était envahi par les plantes : du lierre aux fenêtres, des nénuphars dans un petit bac, de longues vignes qui cascadaient de pots suspendus. La brise apportait l'odeur d'algue du canal, dans un frémissement de feuilles et de tiges.

« Bienvenue, bienvenue », dit leur hôte avec un grand sourire. C'était un bel homme, le teint mat, quelque chose d'asiatique dans le regard. Il portait un pantalon turc noué à la taille par un cordon de couleur, un tee-shirt noir. « Je t'en prie, assieds-toi. »

Des tapis d'Orient couvraient le sol, kaléidoscope d'or, de rouges et de bleus qui se chevauchaient pêle-mêle, disparaissant près de la fenêtre sous un amoncellement de coussins disposés en lit. Phoebe en choisit un près du bord et s'assit, les jambes repliées.

Karl lança quelques mots à Nico en hollandais : avec une promptitude militaire, ce dernier tourna les talons, traversa un rideau de perles, disparut dans une autre pièce. Phoebe entendit des bruits de placard qu'on ouvre, de robinet qui coule.

Karl s'assit devant la machine à coudre. « C'est la première fois que vous venez à Amsterdam ? » s'enquit-il poliment.

Elle répondit que oui. Il se mit à fureter dans sa montagne d'étoffes : des flèches de muscle jouaient sur ses bras. Ses cheveux tombaient jusqu'à, sa poitrine, lourds et sombres comme ceux d'un Asiatique, mais ondulés. Phoebe lui donna dans les quarante ans.

« Qu'est-ce que vous cousez ?

– Tout. Je suis tailleur. »

Phoebe trouvait son accent bizarre : il ne devait pas être hollandais, il n'avait rien à voir avec celui de Nico. Karl parlait comme un Anglais, mais en dessous se dessinait un autre accent, plus secret.

Karl dégagea du tas une veste verte, enfila une aiguille, se mit à coudre un bouton jaune et carré. Nico apportait trois bières ouvertes, de la buée s'échappait des goulots. Karl l'interpella d'un ton cassant : le garçon parut s'excuser, il sembla vouloir rapporter la troisième bière où il l'avait trouvée. Karl lui fit signe de laisser tomber, avec un sourire magnanime. Nico s'abandonna aux coussins, près de Phoebe. Il serrait sa bière entre ses mains comme un trésor.

Karl avait fini de coudre son bouton ; il rompit le fil entre ses dents. « Vous voyagez seule ? demanda-t-il.

– Non, fit-elle instinctivement. Mes amies sont au musée. »

Nico se lança dans un long bavardage que Karl accueillit avec une patience dont il avait été peu coutumier jusqu'à présent ; il hochait la tête tout en cousant, posait parfois une question. Phoebe écoutait elle aussi : elle guettait le mot familier, l'indice qui lui apprendrait de quoi ils s'entretenaient.

Enfin, Nico la prit par le bras : « Montre-lui. » Elle le regarda. « La photo », expliqua-t-il.

Elle l'avait oubliée. Elle la sortit en hâte et l'apporta à Karl, devant sa machine à coudre. Il ne jeta qu'un coup d'œil au cliché avant de hocher la tête : « Bien sûr, que je me rappelle.

– C'est vrai ? s'écria-t-elle.

– Elle est venue il y a quelques années, c'est ça ? »

Son cœur bondit dans sa poitrine. « Huit ans. »

Karl amorça le pédalier de sa machine, fit glisser sous l'aiguille une pièce de tissu bleu. La machine était une vieille Singer noire, galbée comme les hanches d'une femme ; la marque du fabricant flamboyait en lettres d'or sur le flanc de l'appareil.

« Alors… Vous l'avez connue, reprit Phoebe.

– Connue, c'est beaucoup dire ; mais je me souviens d'elle. Il y avait toujours des gens qui arrivaient, qui partaient… Mais celle-là, je m'en souviens. » Au bout d'un moment, il ajouta : « Morte ? »

Phoebe le regarda d'un air hébété : « Comment le savez-vous ?

– Si elle était en vie, tu ne serais pas là à me montrer sa photo. » Il lui décocha un grand sourire ; son aiguille avalait l'étoffe à bouchées avides. « Overdose ?

– Oh non », fit-elle ; mais, sur le point de tout dire, elle s'arrêta net. « Alors, reprit-elle, cherchant ses mots, je veux dire, qu'est-ce que vous pensiez d'elle ? »

Karl tourna le tissu sous l'aiguille pour l'orienter différemment. « Tu sais, il y avait tellement de gens. C'était une fille sympa. Marrante, un peu folle, non ? Belle. Des tas de petits copains.

– Elle est venue ici ? »

Il appuya plus vite sur la pédale : la litanie de la machine s'accéléra, gagna en force, menaçant d'étouffer les discours. Puis il releva le pied et le silence se fit. Karl ferma les yeux, les rouvrit : « Oui. Je crois que oui. Je la revois là. » Il montrait les coussins sous la fenêtre. Phoebe tourna la tête, sursauta en découvrant Nico dont elle avait oublié la présence : il était assis, droit et pâle. Karl le regarda et se mit à rire, grommelant quelque chose en hollandais.

Phoebe exultait : « Elle est vraiment venue ici, dans cette pièce ? Je ne peux pas y croire.

– Je n'en suis pas certain, tu comprends, dit Karl en reprenant sa couture. Elle n'est peut-être restée qu'une minute. »

Mais une minute, c'était plus qu'assez ; une minute, c'était l'éternité. Transportée, Phoebe regardait les mains de Karl s'affairer parmi la soie et le lin : « Elle est venue ici », dit-elle.

Le soleil était encore haut, mais il avait quelque chose d'usé. Karl ouvrit une noix de papier aluminium, détacha un morceau d'une substance brunâtre, à l'air humide. Il plaça le morceau dans le minuscule foyer de cuivre d'une longue pipe chinoise, l'alluma, en tira une bouffée, passa la pipe à Phoebe. L'odeur était étrange. Elle prît la pipe, inspira à pleins poumons la fumée sucrée, une sensation de douceur au fond de sa gorge. Dieu sait ce que c'était. Elle reprit sa place sur les coussins, tendit la pipe à Nico qui l'accepta sans enthousiasme. Karl ne s'était pas remis à coudre : appuyé sur la pile d'étoffes, il regardait Phoebe dans les yeux, pour la première fois, lui sembla-t-il. Mais même alors, son regard était vide, comme si le visage de Phoebe n'avait été pour lui qu'un endroit où reposer ses yeux.

« Ça vous manque parfois, cette époque ? demanda-t-elle.

– Quelle époque ?

– Vous savez, les sixties. » Le mot avait quelque chose d'absurde.

Karl suçotait sa pipe, les yeux mi-clos. « C'était bon, dit-il dans un nuage de fumée. C'était comme de tomber amoureux. Bien sûr, on veut que ça arrive ; mais on connaît déjà la fin. »

Phoebe reprit la pipe. La fumée emplit ses poumons, aussi douce que du feutre. « C'est quoi, la fin ? »

Karl haussa les épaules : « C'est comme tout le reste. Ça va trop loin, ça devient le contraire. »

Phoebe se demanda ce qu'il voulait dire. Elle voulut passer la pipe à Nico : il la repoussa d'un geste impatient, les traits décomposés. Phoebe s'était mise à planer très haut, d'une manière qu'elle ne connaissait pas. La pièce devenait floue : elle cligna les yeux pour tenter de corriger sa vision. « Le contraire de quoi ? » demanda-t-elle, et sa voix semblait flotter, venir de très loin.

Karl ôta de ses genoux une pile de chutes, la posa sur le sol. Il reprit la parole avec une animation soudaine : « On milite pour la paix et on finit par attraper un flingue pour l'obtenir ; on prend de la drogue pour s'ouvrir l'esprit au monde et un jour on ne pense plus qu'à son fixe d'héro ; on aime la vie, mais on meurt, on meurt et on meurt ; il y en a tant qui sont morts, de cette époque. Comme ta sœur. »

Et tandis qu'il regardait Phoebe, quelque chose s'ouvrit dans ses yeux, comme un diaphragme d'appareil photo : l'espace d'un instant, il parut la voir pour de bon.

Puis il détourna le regard. Phoebe tira sur la pipe, inspirant longuement la fumée satinée. La brise emplissait la pièce d'une odeur de poisson. Oui, les choses deviennent leur contraire, songeait-elle, cela se tenait. La voix de Karl était celle d'un oracle, l'unique, l'absolue voix de la vérité. Les contraires, mais oui…

Nico rompit le fil de ses pensées : il se laissa glisser de sa place, rampa vers elle sur les coussins, le visage terreux, moite de transpiration. Horrifiée, Phoebe voulut s'écarter, n'y parvint que par degrés infimes, la drogue entravait ses mouvements.

« Écoute », dit-il avec un sourire forcé. Il se tenait toujours à quatre pattes, son visage collé à celui de Phoebe. Elle sentit son haleine, sucrée, écœurante, songea aux hôpitaux, à l'odeur douceâtre qui masque la mort. « Tu écoutes, O.K. ? C'est moi qui t'amène ici. »

Elle se tourna vers Karl ; elle s'attendait qu'il accable Nico de son mépris pour le spectacle ridicule qu'il venait de leur offrir, mais Karl fouillait avec une attention renouvelée dans son amoncellement d'étoffes. « Ouais, concéda-t-elle enfin, c'est toi qui m'as amenée ici…

– Alors écoute, si tu as un peu d'argent, moi pas.

– De l'argent ? » De nouveau elle se tourna vers Karl : mais celui-ci, visiblement, se tenait à l'écart de la discussion. « Et pourquoi est-ce que je te donnerais de l'argent ? demanda-t-elle d'un ton plus docile qu'elle ne l'aurait souhaité.

– Parce que toi, comment tu viens ici sans moi, hein ? » répliqua-t-il. Il avait la voix aiguë, tremblante : il semblait près d'exploser.

Karl avait repris sa couture, s'était retranché derrière le cliquetis de sa machine. À l'évidence, il avait vu venir cet instant sans rien tenter pour l'empêcher. Un plan plus vaste se faisait jour : Phoebe le vit soudain se dessiner avec un frisson horrifié, comme si une partie d'elle-même avait tout deviné dès le début, mais s'était tue. Seule avec deux inconnus, dans un pays étranger. Son cœur battait la chamade, son cerveau embrumé traînait derrière, alourdi par la drogue. « Alors… combien ? demanda-t-elle à Nico.

– Peut-être, on peut dire cinquante guilders ? » Elle planait trop pour faire la conversion de tête. Il lui sembla que c'était une grosse somme. Elle ouvrit son sac, en tira son portefeuille. Il ne lui restait que soixante-dix guilders de l'argent qu'elle avait changé ce matin à la gare. Elle tendit à Nico deux billets de vingt-cinq guilders : « Voilà. » Dans le flot brumeux de ses pensées, des inquiétudes commençaient a percer – l'heure, les banques, comment régler l'hôtel : c'était comme le picotement d'un membre engourdi qui redevient sensible. Plus pénible encore était la trahison de Karl, qui l'avait livrée sans hésiter à ce parasite.

Dès qu'il se fut emparé de l'argent, Nico le pleurnichard passa à l'action. Il bondit vers une étagère que masquait une misère, ôta le couvercle d'une boîte de bois laqué noir. Une tension soudaine envahit la pièce, Phoebe le sentit dans sa chair, une onde malsaine, une défaillance dans le battement de son cœur ; mais elle avait peur de bouger, d'attirer l'attention sur elle, craignant de provoquer une explosion.

Nico revenait vers la fenêtre, une seringue à la main. Mais bien sûr, songea-t-elle. Mais bien sûr. Elle fixait le tapis, entendait le bavardage incohérent de la machine à coudre. Il était là, le monde souterrain, il était enfin là ; elle qui avait passé sa vie à le lorgner à la dérobée, elle se trouvait soudain en plein dedans. Un sentiment de fatalité fondit sur elle. Nico la rejoignit sur les coussins, muni d'une petite cuiller où il ajouta un liquide au moyen d'un compte-gouttes.

Il alluma un briquet jetable, mit la flamme sous la cuiller : une odeur de combustion s'éleva, vague et douce.

Délaissant sa machine à coudre, Karl s'agenouilla près de Nico, pompa dans la seringue le liquide de la cuiller. D'un coup sec, il tira sa ceinture d'étoffe, s'en servit pour garrotter le garçon au-dessus du coude. Il prit l'avant-bras de Nico dans ses mains, le maintint : ses doigts se posaient sur les croûtes minuscules avec une délicatesse de médecin. Phoebe détourna les yeux, l'horreur l'emportant sur la stupeur, mais les secondes s'écoulèrent et le besoin impérieux de regarder encore la gagna. Elle finit par se retourner : avec une précaution presque amoureuse, Karl enfonçait l'aiguille dans la chair de Nico.

Karl poussa le piston. Les yeux de Nico se fermèrent, il soupira. Quand Karl retira la seringue, il y avait du sang au fond ; il la posa sur le bord d'une fenêtre. Nico regardait Phoebe, les traits empreints d'une telle quiétude que, pour la première fois, il paraissait son âge.

« À la tienne, O.K. ? » murmura-t-il. Ses yeux se fermaient d'eux-mêmes malgré tous ses efforts pour les maintenir ouverts ; sans cesse ils se fermaient, et Nico penchait en avant, se redressait dans un sursaut, se renversait en arrière, basculait sur le côté avant de se reprendre et de se redresser à nouveau, dans une danse de pantin.

Karl venait tout contre elle ; Phoebe ne vit aucune marque sur ses avant-bras, rien qu'un lacis de longues veines. Ses doigts se posèrent sur son épaule, l'effleurèrent tout comme il avait touché Nico. Non, pensait Phoebe, non, mais elle était trop fatiguée, la drogue la laissait sans forces, à présent une partie d'elle-même ne demandait, à l'instar de Nico, qu'à fermer les yeux et s'abandonner. Karl la renversait sur les coussins, lui caressait les cheveux, les yeux levés vers la fenêtre ouverte d'où arrivait le son lointain d'une cloche. Souple et rapide, il se plaqua contre elle. Phoebe demeura inerte, arrêtée par l'hébétude plutôt que par la paralysie. Au-dehors, quelqu'un lançait des ordres ; elle tendit l'oreille, s'efforça de suivre. Nico dansait toujours d'un côté à l'autre, balançant entre sommeil et veille : Phoebe aurait voulu l'allonger une bonne fois pour toutes. Karl l'embrassait maintenant, enfonçait sa langue au fond de sa bouche, se serrait contre sa jambe. Des voix d'enfants montaient de la fenêtre. Elle souhaitait que Karl s'arrête, mais cette envie impérieuse et obstinée semblait réduire la sienne au silence. Dans un même mouvement, il avait troussé sa jupe, écarté sa culotte. Elle sentit le contact de sa main nue.

Phoebe poussa un cri aigu, la main se retira. Les yeux de Nico s'ouvrirent ; il regarda Phoebe, parut sur le point de dire quelque chose, puis le sommeil le reprit, le plia en deux.

« Hé, dit Karl en coulant son grand corps au côté de Phoebe. Hé, détends-toi. » Il caressait sa cuisse nue. Son sexe se dessinait sous l'étoffe du pantalon turc. Phoebe chercha une prise, elle voulait se lever maintenant, même à travers les brumes de la drogue elle était sûre de ne pas s'en sortir. Mais elle n'arrivait pas à se relever, Karl l'empêchait de retrouver l'équilibre. « Hé », répéta-t-il. Il lui parlait comme à un chat perdu dans ses coussins et même alors, Phoebe aurait voulu croire à une secrète bonne foi chez lui, si seulement elle était arrivée à… retrouver son équilibre… Le souffle de Karl sur son oreille – non. Elle griffa les coussins, la lutte lui remettait les idées en place, un court instant le brouillard se dissipa, elle ressentit une décharge de terreur pure – non ! Il fallait qu'elle se lève. Un cri qu'elle ne pouvait articuler la traversa, monta vers sa gorge, émergea douloureusement comme une bulle qui éclate : « Arrête ! lança-t-elle en s'étranglant, puis, plus fort : Arrête ! » Maintenant elle se battait avec lui, elle parvint à se redresser, mais Karl se contenta de rire, se rallongea en la regardant et, dans ce rire, il n'y avait pas tant de cruauté que de surprise d'avoir à se donner tout ce mal pour une broutille.

« Allez, dit-il, casse-toi. »

Serrant son sac contre elle, Phoebe tituba tout au long du couloir, des photographies, des dessins sous un verre poussiéreux, kaléidoscope d'ombres confuses, toute la vie de Karl. Elle ouvrit la porte, dévala l'escalier en spirale ; parvenue dans l'entrée, elle s'attendait presque que Karl la poursuive – il ne s'en donna pas la peine. La lumière du dehors l'aveugla, Phoebe chancela, elle eut envie de vomir. Entre ses jambes montait une douleur, une brûlure, comme si la caresse l'avait écorchée.

Phoebe tourna au coin d'une rue et courut en aveugle le long du canal, ne s'arrêtant que quand elle fut à bout de souffle. Elle s'aperçut qu'on la regardait, ralentit le pas jusqu'à la marche avec la terreur de se faire prendre, comme un assassin qui fuit le lieu de son crime. Elle erra un moment par les rues en s'efforçant de retrouver une respiration normale. Elle songea à se rendre à la police, mais elle ne savait plus où habitait Karl, elle ne l'avait jamais su : c'était donc cela, la raison des cent détours qu'ils avaient faits à l'aller. De toute façon, que dire aux policiers ? À sa connaissance la drogue était légale à Amsterdam ; Nico ne l'avait pas agressée, elle lui avait donné l'argent de son plein gré. Mais pourquoi ? Pourquoi n'avoir pas quitté tout de suite l'appartement, dès que les choses avaient commencé à mal tourner ? Qu'allait-elle donc faire là-bas ? C'était l'idée de sa propre conduite, bien plus que de la leur, qu'elle trouvait insupportable : sa fragilité de fille facile lui apparaissait soudain dans une clarté pénible. Eux, bien sûr, s'en étaient aperçus tout de suite : cette faiblesse évidente, tenace comme une odeur, comment leur aurait-elle échappé ?

Et derrière tout cela s'insinuait une pensée horrible, pire que le souvenir de l'aiguille ou du geste de Karl : s'il lui avait menti ? S'il n'avait jamais rencontré Faith ? L'esprit de Phoebe effleura cette idée, la rejeta aussitôt. Ce n'était pas possible : elle avait lu dans ses yeux qu'il ne mentait pas.

Mais l'aventure se soldait par un échec, un désastre complet. Pareille chose ne serait jamais arrivée à Faith.

Phoebe marcha sans but pendant près d'une heure ; puis elle demanda le chemin de la gare et finit par y arriver. Cela lui parut un miracle que de récupérer son sac à dos à la consigne. Sept heures sonnaient : les inscriptions à l'auberge de jeunesse étaient closes depuis longtemps. Elle pria pour qu'Helen et Diana lui aient retenu une place.

L'auberge était complète. « Les premiers arrivés sont les premiers servis », lui lança un gosse à l'accueil ; on n'avait pas le droit de réserver pour les absents. Des clients paressaient dans les fauteuils du hall, publicité vivante du bonheur. « Il y a plein d'hôtels à Amsterdam », ajouta le gamin.

Phoebe regagna la rue, feuilleta son guide d'une main tremblante, encercla des noms d'autres hôtels, les repéra sur son plan. Elle marqua ainsi trois endroits et se laissa choir sur le trottoir, effondrée à l'idée de faire un pas de plus avec son sac sur les épaules. Ses pensées la reportaient sans cesse à l'appartement de Karl : comme si elle avait pu, par la répétition, atténuer l'horreur de la scène, trouver dans son souvenir un élément qui la rachète.

Elle finit par rassembler ses forces et se leva : bien que le ciel fût encore clair, le soir tombait, il planait dans l'air un sentiment d'irrémédiable. Une marche de dix minutes l'amena devant un deuxième hôtel, qui se révéla lui aussi complet. Elle repartit sans faire halte, s'achemina péniblement vers un troisième, pour lequel il lui fallut retourner du côté de la gare. L'hôtel donnait sur un boulevard désert, des tramways passaient en cliquetant, vides et beiges. Le rez-de-chaussée faisait office de bar. Phoebe se faufila entre les tables à la rencontre du propriétaire. L'homme avait les mains grasses de cuisine, il les essuya sur son tablier où il laissa des traînées. Oui, il leur restait un lit : Phoebe manqua défaillir de soulagement. Le fils du propriétaire, un gamin arrogant d'une douzaine d'années, la conduisit à une chambre pleine de lits superposés. La pièce sentait le moisi. Phoebe mourait d'envie d'ouvrir une fenêtre.

On lui donna une couchette en hauteur, tout au bout de la chambre, près d'une fenêtre en verre dépoli. Un filet de crasse entourait chaque carreau comme du givre. Phoebe tendit son drap avec soin, posa son sac à dos sur le bord de la fenêtre. Les douches étaient au bout du couloir et se payaient en supplément. Il n'y avait ni porte ni rideau aux cabines, mais la salle était vide ; le sol glissait. Phoebe redescendit au bar, régla le lit et une douche. Le propriétaire fumait un joint gros comme le doigt, il le tendit à Phoebe qui refusa poliment. Elle décida de quitter Amsterdam le lendemain.

Une douche vigoureuse et prolongée lui remonta un peu le moral. Il était huit heures et demie ; derrière la vitre dépolie, il faisait enfin sombre. Elle rassembla tous ses objets de valeur, sans oublier la bouteille de Chanel n° 5, les fourra dans son sac à main. Puis elle sortit.

Phoebe regardait, à la vitre d'un café, la nuit tomber sur Amsterdam. Attablée devant son sandwich et sa bière, elle se découvrait avec surprise une envie de compagnie. Jusqu'à ce moment, sa solitude ne lui était jamais apparue, Phoebe s'était sentie portée, presque débordée par l'idée de sa quête. Elle se retrouvait faible et transparente ; elle mourait d'envie d'appeler sa mère, mais cela lui semblait impossible, comme si en quittant la maison elle s'était fermé cette porte à jamais.

Un petit présentoir de cartes postales trônait sur le comptoir. Phoebe acheta une carte du monument aux morts, là où pour la première fois elle avait vu les hippies endormis. « Chère maman, écrivit-elle, juste un mot pour te dire que je vais bien. J'espère que toi aussi. » Cela paraissait ridicule, guindé. Elle aurait voulu trouver la force d'écrire : « Tout est formidable ici, qu'est-ce que je m'éclate ! », mais le mensonge semblait trop gros pour passer. Elle écrivit : « Je t'embrasse, Phoebe. » On lui vendit un timbre au comptoir. Il ne lui restait presque plus d'argent hollandais.

Elle posta sa carte à deux pas du café. Il faisait sombre ; dans cette partie de la ville, les rues étaient d'un calme inquiétant. Phoebe, qui avait rêvé de visiter le Quartier rouge et ses putains, ne parvenait plus à s'enthousiasmer pour le projet ; mais elle avait trop envie de voir du monde. Elle se mêla à l'affluence générale vers les quartiers plus animés, hantée par l'idée de croiser Karl ou Nico. Les filles lanternaient dans leurs vitrines avec un désœuvrement de mannequin, mâchaient du chewing-gum, lisaient ou se faisaient les ongles sans se soucier du public qui les lorgnait la bouche ouverte depuis la rue. Une femme en bikini de cuir noir parlait au téléphone, entortillant le cordon contre son mollet. De temps à autre, la porte d'un de ces salons s'ouvrait, laissant s'échapper un éclat de musique et, en général, un homme ; tous deux s'attardaient un instant avant de se dissoudre dans la nuit. Restes minables aux yeux de Phoebe, scories d'un feu qui s'était éteint. Ce que Karl avait dit sur les contraires semblait s'étendre à la ville entière ; depuis la visite de sa sœur, Amsterdam avait pourri, tourné comme le lait. Cela valait pour Karl lui-même : sa vie n'avait pas dû toujours se limiter à piquer des junkies et brutaliser ses visiteuses étrangères. Il était la meilleure illustration de son propos.

Une main se posa sur l'épaule de Phoebe : elle se retourna en criant pour découvrir Helen, la cadette des deux sœurs qu'elle avait rencontrées la veille sur le bateau.

« Pardon, dit Phoebe. Oh, mon Dieu, je suis désolée ! » Elle prit l'Australienne dans ses bras. Helen se raidit, puis, à son tour, serra Phoebe contre elle. « On a bien essayé de te garder une place, expliqua-t-elle, mais ce crétin ne voulait rien savoir.

– J'ai trouvé un autre hôtel, dit Phoebe. Plutôt glauque.

– Bon, nous sommes tous là-bas, dans le café devant lequel tu viens de passer. On a cogné à la vitre, mais tu marchais trop vite. Tu prends une bière ? »

Les jeunes s'entassaient dans le bar, cigarette aux lèvres. Diana, la sœur d'Helen, s'était attablée avec deux Américains, des étudiants, supposa Phoebe. Elle s'assit. Les Américains jouaient à une sorte de jeu impliquant des pièces de monnaie et des chopes de bière.

« Tu viens aussi d'Australie ? » demanda l'un d'eux.

Phoebe fit « non » de la tête. « Je suis américaine.

– D'où ça ?

– San Francisco.

– Ah, putain. Ce que je peux l'aimer, cette ville. »

Phoebe sourit. Elle se sentait coupée de ces gens, comme si l'expérience qu'elle venait de vivre avait jeté une distance définitive entre elle et ses pairs ; elle ne cherchait qu'à combler ce fossé.

« Qu'est-ce que tu as fait tout l'après-midi ? demanda Helen.

– La brasserie Heineken, dit l'un des types. Et aussi, la maison d'Anne Frank. »

Helen se mit à rire : « Je posais la question à Phoebe. »

Tous les regards convergèrent vers Phoebe. Elle ne trouva rien à dire, s'affola, en voulut soudain à Helen d'avoir attiré l'attention sur elle.

« Rien, se borna-t-elle à répondre. J'ai marché. »

Helen parut décontenancée. Un ange passa, puis les garçons retournèrent à leur jeu d'ivrognes ; Diana et Helen se plongèrent dans leur guide, organisant leur journée du lendemain. Phoebe se contenta de siroter sa bière en silence. Il lui suffisait de demeurer près d'eux.

Plus tard, sur son lit, Phoebe considéra la fenêtre obscure en repensant aux cartes de Faith : *La nuit les étoiles sont tellement belles.*

Elle n'avait même pas songé à regarder.

11

Chers Maman, Phoebe et Barry, De Namur Wolf et moi et quelques autres nous sommes partis pour Reims, en France...

Se guidant aux cartes de sa sœur, Phoebe se rendit d'Amsterdam à Namur, où elle resta une semaine. En sa seule compagnie, elle se sentait effacée, presque timide. Chaque soir à l'auberge, elle tardait à la table du dîner, différait le moment de retrouver sa solitude. Elle se réfugiait dans le vacarme de la salle commune pour patienter jusqu'au coucher.

... parce que quelqu'un connaissait ce type, ce Français qui habite à Reims et qui pourrait nous héberger. Mais le pauvre, il ne se doutait pas qu'on allait tous débarquer et son appartement est tout petit...

Regagnant sa chambre, Phoebe découvrait une inconnue dans le miroir, les joues creuses, les yeux plus grands, plus sombres. Elle avait beau se satisfaire de ces changements, son reflet la faisait sursauter.

On est un peu les uns sur les autres mais je demande aux gens de bien se tenir et ils le font. P.-S. Quand on prononce Reims en français, on dirait quelqu'un qui renifle !

Il fallait repartir, elle n'avait que trop tardé : mais elle n'arrivait pas à se remettre en route. Reims, se répétait-elle, Reims, et elle s'efforçait de se motiver. Si seulement elle avait eu quelqu'un chez qui dormir.

Le deuxième jour qu'elle passa en Belgique, Phoebe loua un solide vélo noir et partit le long d'une rivière pour Dinant, une petite ville des environs que mentionnaient les cartes de Faith. Là, elle fit enregistrer sa bicyclette à la gare ; puis, toujours sur les traces de sa sœur, elle gravit une ruelle en pente, laissant les maisons derrière elle, déboucha enfin dans un océan de campagne qui roulait en avant, comme des vagues, ses collines d'herbe. Des éclats de mica constellaient la route. Elle vit des chevaux, robes brunes ou d'un gris de soie, croupes mouchetées de blanc ; et, plus loin, des collines piquées de moutons.

Une bourgade surgissait. Phoebe l'atteignit bientôt et le silence l'impressionna : un vent fou tourbillonnait entre des maisons qui semblaient vides. Elle poussa la porte d'une minuscule boutique, acheta une barre de chocolat blanc à une vieille dame apprêtée : un foulard de soie, un maquillage trop voyant. En ressortant, Phoebe eut la surprise de trouver des enfants qui l'attendaient.

« Hel-lo, hel-lo. » Ils accentuaient la première syllabe du mot, si bien qu'on eût dit moins une invitation qu'un chœur, un chant d'oiseaux. Ils étaient cinq garçons : le plus jeune ne comptait pas sept ans, l'aîné pouvait en avoir quatorze, corps graciles, peaux mates, des traits anguleux qui semblaient, à l'instar de la ville elle-même, avoir été sculptés par le vent furieux.

« Hel-lo, hel-lo », répétaient-ils, comme si le son des mots avait suffi à les réjouir.

« Hello », répondit-elle. Elle leur tendit sa barre de chocolat : ils refusèrent de la tête, détournèrent timidement les yeux. Leurs bicyclettes s'appuyaient au mur du magasin ; l'aîné enfourcha la sienne et s'éloigna en pédalant, bientôt suivi par le reste du groupe. Quand ils tournèrent la tête vers elle, Phoebe agita la main. Elle était soulagée de les voir partir : les enfants la mettaient mal à l'aise. Elle avait grandi en cadette, celle qui passe inaperçue, qui suit l'exemple au lieu de le donner.

Elle poursuivit son chemin, traversa le village. Au sortir des maisons, la route plongeait vers le bas de la colline. Les cyclistes pédalaient non loin devant elle. Phoebe voulut ralentir le pas jusqu'à ce qu'ils soient hors de vue ; mais les garçons ralentirent à leur tour et elle comprit qu'ils l'attendaient.

« Hel-lo, hel-lo », lancèrent-ils à son approche.

Elle se força à sourire et leur parla en français, d'un ton faussement incrédule : « *Avec moi ?* »

Elle avait espéré les décourager, mais ils se groupèrent tout autour d'elle : Phoebe se demanda avec inquiétude si l'on n'avait pas pris sa question pour une invitation. Elle quitta la ville avec son escorte : les garçons bavardaient entre eux, slalomaient sur le mica de la chaussée pour éviter de la distancer. C'était étrange de ne pas pouvoir leur parler : Phoebe se faisait l'effet d'une maîtresse de maison qui aurait manqué à ses devoirs.

La route plongeait sous de grands arbres. Une forêt les entoura bientôt ; le vent murmurait dans les feuilles.

Phoebe tendit le doigt vers le bas de la côte : « Dinant ?

– Oui, oui » clamèrent en chœur les garçons.

L'aîné pédala jusqu'à elle : « *Pourquoi est-ce que vous êtes seule ?*

– *Je ne comprends pas* », s'essaya à dire Phoebe. Elle avait laissé tomber le français pour l'espagnol en quatrième : elle butait tant sur les mots que cela aurait dû achever de le convaincre, mais il répéta plus lentement : « *Pourquoi est-ce que vous êtes seule ?* »

Phoebe secoua la tête avec un sourire gêné : « Je ne comprends pas, dit-elle en anglais.

– *Pourquoi est-ce que vous êtes seule ?* » reprit un autre en criant presque. Il devait partager cette idée reçue selon laquelle la répétition associée au volume sonore suffit pour se faire comprendre. Phoebe se creusa la tête : elle avait su ce que signifiait « seule », mais n'arrivait plus à se le rappeler. Elle s'en souvint tout d'un coup et comprit la question. Elle n'en laissa rien paraître : il lui semblait qu'on venait de dévoiler l'un de ses secrets honteux.

Le plus petit pédalait à sa hauteur ; il lui sourit, révélant un trou noir où les dents n'avaient pas encore poussé. Il zézayait quelque chose en français, son grand sourire édenté aux lèvres ; elle ne répondit pas, il continua de parler. Il devait se moquer d'elle, pensa Phoebe, il crânait à ses dépens devant les grands.

« Je ne comprends pas ! cria-t-elle. Je ne comprends pas, alors s'il te plaît, arrête de me parler ! » Elle était au bord des larmes.

Le visage de l'enfant se ferma, il lâcha brusquement le pied du pédalier et, aussitôt, le reste du groupe l'imita. Ils lui jetaient des regards sombres : en un éclair, Phoebe comprit que là où elle avait vu de la raillerie, il n'y avait eu qu'un peu trop d'enthousiasme à l'idée d'escorter une Américaine à Dinant. Ils avaient l'air blessé de quelqu'un qu'on attaque sans crier gare. Sa phrase brutale planait au-dessus d'eux, prise au piège des arbres.

« Je suis désolée. » Elle aurait aimé le dire en français, mais les mots ne venaient pas. « Je suis désolée. »

Ils la dévisagèrent, graves, peinés. « Je suis désolée », reprit-elle de façon plus pressante, mais en l'entendant élever la voix tous les cinq firent demi-tour et s'enfuirent dans la côte. Le plus jeune, qui était pieds nus, restait à la traîne ; il jetait des coups d'œil effrayés vers Phoebe, ses petites jambes poussaient frénétiquement sur les pédales. Il finit par se dresser en danseuse pour gagner plus d'appui, disparut dans un virage.

Phoebe fondit en larmes. Elle resta un moment à pleurer sur la route, à gros sanglots hoquetants de petite fille. Quelque chose n'allait pas ; quelque chose clochait mais elle ignorait ce que c'était. Elle se retrouvait à faire la folle au milieu de nulle part, il n'y avait personne pour l'aider, dès qu'elle croisait des gens elle ne pensait qu'à les fuir. Au-dessus d'elle, les feuilles bruissaient dans le vent. Que la route était calme ! Une seule voiture y était-elle jamais passée, ou ne servait-elle qu'à agrémenter le paysage ?

Elle contempla le sol autour d'elle, un coteau herbeux, pente usée par les pluies. Elle empoigna une touffe d'herbe ; celle-ci céda sans mal, la terre était sèche et poudreuse. Phoebe jeta la touffe sur la route, poussa jusqu'au talus et descendit la pente. L'angoisse montait, lui nouant le ventre. Les arbres, la route, les maisons – murs de pierre, volets clos : tout la remplissait d'appréhension.

Elle marcha en automate ; l'affolement rôdait sur ses talons comme un chat qui se frotte à vos jambes. Phoebe baissait les yeux sur la route. Dans le rythme de ses pas, elle n'entendait qu'une question, recommencée toujours : Qu'est-ce que je fais là ? Qu'est-ce que je fais là ? Je pourrais être n'importe où.

Elle parvint pourtant à contenir sa panique. Tout lui serait révélé, songea-t-elle, quand elle aurait trouvé le moyen d'aller plus loin.

Chers maman, Barry, Phoebe, Wolf et moi on est à nouveau ensemble DIEU MERCI !! En Belgique on parle français vous saviez ça ? Tous les jours on mange une pâtisserie nouvelle. Les gens ont une vie simple et belle, on regarde les femmes partir aux courses avec leurs filets à provisions. Seulement, c'est mon défaut, parfois je m'embête. Bisous, Faith

Phoebe atteignit enfin Dinant ; trop épuisée pour rentrer à bicyclette, elle attendit le train. Le ciel, d'un bleu lumineux, annonçait le crépuscule. Elle était seule sur le quai. Le train arriva, le conducteur l'aida à hisser sa bicyclette ; ce service l'emplit de gratitude.

Elle s'effondra sur un siège ; elle aurait voulu que le trajet n'ait pas de fin. Le pur état de transit paraissait préférable au fait de demeurer quelque part. Elle fermait les yeux malgré elle, sa tête dodelinait, allait cogner contre la vitre comme celle de Nico à Amsterdam. Craignant de rater son arrêt, Phoebe se mit debout pour le reste du trajet.

Après avoir passé une semaine à Namur, Phoebe fit ses bagages et prit congé de Guy, le directeur de l'auberge. Il l'embrassa, Guy embrassait tout le monde, joue gauche, joue droite, joue gauche, mais elle lui trouva les yeux froids, il l'avait déjà oubliée.

Il était six heures et demie quand le train la posa à Reims, dans une lumière épaisse de poussière. Un homme la dépassa à bicyclette, une longue baguette piquait du nez sur le porte-bagages. En France, pensa Phoebe, je suis en France.

Elle se mit en chemin, peinant sous son sac, des images de Quasimodo en tête. Son plan la mena devant un groupe d'immeubles, à quelques pas du centre. Entre les tours grisâtres couraient de grands trottoirs semés de bancs et d'arbres rachitiques ; le tout évoquait un jardin public sans en avoir la densité. L'un des immeubles abritait l'auberge de jeunesse. Phoebe eut l'inquiétante impression d'être la seule représentante de cette « jeunesse » à s'y être jamais rendue : dans le hall encombré, tout le monde parlait français et semblait habiter là.

Elle monta au douzième, enfila un couloir de parpaings, suivit la bande bleu-vert d'une moquette jusqu'à la chambre 1203. On aurait dit une chambre d'hôtel en réduction : un lit de camp, un bureau en Formica, une table de nuit, de la moquette au sol et dans le couloir. Phoebe se sentit mal à l'aise : l'endroit semblait à côté de la plaque. Elle se pencha à la fenêtre ; des petites filles jouaient sur le trottoir. Le béton des immeubles répercutait les claquements de leur corde à sauter. Elles chantaient une chanson familière, mais Phoebe ne se rappelait plus les paroles. Elle ferma la fenêtre, la rouvrit pour écouter encore. Elle se planta devant un lavabo étroit, s'aspergea le visage, s'essuya avec une serviette blanche et rugueuse. Elle se changea en hâte et sortit.

Entre-temps, les magasins avaient fermé, et déjà des Français s'asseyaient pour dîner aux terrasses entre chandelles, verres de vin à demi pleins, et les couverts qui se croisaient sur les assiettes. Penchés en avant, ils parlaient dans des moulinets de cigarettes. Ce décor pittoresque réconforta Phoebe. Voilà ce qu'il me faut, songea-t-elle, et elle résolut de s'offrir un bon dîner.

Elle choisit un restaurant écarté de la rue, tapissé de motifs vert bouteille. La nappe était blanche, les couverts d'argent lourd. Une tranche de citron flottait dans son verre d'eau, mais Phoebe se réjouit surtout de la rose rouge dans son soliflore. Elle se renversa en arrière, baignant dans son luxe : si seulement on avait pu la voir ainsi, en train de dîner seule dans un grand restaurant de Reims, en France.

Le serveur arriva, un beau gosse un rien négligé, blond, les cheveux mi-longs. Phoebe expliqua dans un français maladroit qu'elle était seule, il enleva l'autre couvert et la rose avec. La plupart des tables étaient occupées par des groupes ; où que Phoebe posât les yeux, elle accrochait le regard de quelqu'un. Elle aurait voulu changer de place, n'osa pas le demander au serveur. Elle prit la salière, la retourna, l'examina sous tous ses angles.

Le garçon apporta le vin. Il se mit à officier avec un zèle qu'elle trouva forcé, débouchant la bouteille comme un magicien qui se serait préparé à la transformer en colombe. Les regards noirs de Phoebe ne semblaient guère entamer sa bonne humeur. Elle but tant qu'elle put, cherchant le flottement apaisant de l'ivresse, ce relâchement des choses, mais le contraire sembla se produire : ses sens s'aiguisaient comme si on l'avait affublée de verres grossissants, elle ne voyait plus que les regards de commisération que lui jetaient les autres dîneurs. Ses endives en salade auraient pu tout aussi bien être de mauvaises herbes arrachées au trottoir, son assiette de poulet un pied de table. Elle se vit jeter ses plats par terre et hurler à la salle entière : « Cessez de me plaindre ! Vous ne voyez pas que si je suis là, c'est que ça me fait plaisir ? »

Elle finit son vin, demanda l'addition qui lui parut anormalement élevée. Elle paya malgré tout et s'en alla, ne levant pas la tête avant d'avoir atteint la rue. Des passants flânaient le long du boulevard, savourant la tiédeur du soir. Phoebe marchait les bras croisés. La nourriture lui restait sur l'estomac.

Un pas, puis un autre ; comme une machine, elle se surprit à cheminer péniblement vers l'hôtel, le dernier endroit sur terre où elle aurait voulu se trouver. Son cœur s'affola, elle était en nage. Elle alla droit au douzième, alluma dans sa chambre. Il n'y avait pas de rideau : les ampoules jaunes de la rue jetaient dans la nuit des lueurs de soufre. Il était neuf heures et demie, la chambre paraissait minuscule et bien trop triste. Faith aurait au moins tenté de l'égayer, elle aurait acheté des fleurs par exemple, en tout cas elle aurait fait quelque chose. Faith détestait les chambres mornes ; un jour, au grand scandale de Grandma O'Connor, elle avait punaisé toutes ses culottes de couleur aux murs de la chambre qu'elle partageait avec Phoebe à Mirasol. Phoebe sortit de son sac ses bijoux fantaisie, ses barrettes, son flacon de Chanel. Elle répartit le tout entre la table de nuit, le bord de la fenêtre et le petit bureau.

La salle de bains était à côté de l'ascenseur. Phoebe s'arrêta dans le couloir obscur et guetta un bruit ; elle aurait voulu frapper à une porte, demander un cachet d'aspirine. Mais il n'y avait que le silence, peut-être était-elle la seule occupante du douzième.

Phoebe se déshabilla, passa sa chemise de nuit, éteignit la lumière. Elle s'étendit sur le lit, les bras repliés. Les carreaux blancs du plafond scintillaient dans la pénombre, le sang battait contre ses tempes. Quelque chose n'allait pas. Elle avait échoué, songea-t-elle, mais à quel moment ? S'imaginant en Europe, elle s'était toujours vue sous les traits, dans le corps d'une autre, une grande blonde qui aurait eu réponse à tout. Elle avait attendu de ce voyage non seulement un renoncement à son ancienne vie, mais aussi à son identité. Oui, songeait-elle, elle avait espéré laisser derrière elle Phoebe O'Connor pour renaître dans la peau d'une superbe inconnue. Mais le contraire s'était produit, elle s'était heurtée à ses limites étroites, le monde réel restait hors d'atteinte.

Elle empoigna ses côtes. Si au moins je pouvais me calmer, se répétait-elle, mais la panique montait à chaque seconde. Une idée lui traversa l'esprit : cette drogue qu'elle avait prise à Amsterdam lui avait-elle endommagé le cerveau ? Elle contemplait les murs avec l'envie désespérée d'appeler sa mère ; mais où trouver une ligne internationale à cette heure ? Elle sauta du lit, chercha dans son sac à main l'enveloppe qui contenait la dose d'acide. Depuis quelque temps, elle songeait à la prendre : en l'avalant, peut-être franchirait-elle le pas décisif, peut-être serait-elle précipitée à travers une ultime porte, comme Alice dans le trou de souris. Mais elle n'arrivait pas à s'y résoudre : elle avait trop peur.

Elle se lova sous les couvertures. Il suffit de passer la nuit, se disait-elle, mais elle s'était mise à trembler, claquait des dents, le sang cognait à ses tympans. Et, petit à petit, ses pensées l'entraînèrent chez elle, vers ce brouillard tournoyant comme les rêves autour du Golden Gate Bridge, autour des blancs immeubles du centre. Ce brouillard posé tel un drap sur les eucalyptus, et cotonneux, presque liquide lorsqu'il se déversait contre les vitres, cachant à la vue les autres maisons, les arbres même, et c'était comme dériver au grand large, quand il ne reste plus rien, quand il n'y a plus qu'à fermer les yeux.

Mes chers maman, Phoebe et Barry, Hier nous sommes allés à Épernay où on fabrique toutes les sortes de champagne et on a fait une supervisite des caves Dom Pérignon. On s'est ruinés pour acheter deux bouteilles de champagne au pauvre gars de Reims qui nous héberge. Manque de bol, il n'aime pas ça ! Alors on l'a bu nous-mêmes ! Wolf est reparti. Il me manque mais on n'arrive pas à s'entendre mais il me manque quand même. La vie est dingue. Je vous embrasse, Faith

Le lendemain matin, Phoebe ouvrit les yeux sur un carré de ciel gris : la panique était passée. Elle resta longtemps immobile avant de s'habiller et de cacher ses affaires sous le lit de camp. Elle entassa ses objets de valeur dans son sac à main et marcha jusqu'à la gare. Elle partait en excursion à Épernay.

Dans le train, Phoebe sentit resurgir son espoir infatigable : ses terreurs de la veille n'avaient peut-être représenté qu'une ultime épreuve ; il se pouvait qu'aujourd'hui, à Épernay, survienne une révélation merveilleuse.

Aux caves Moët & Chandon, elle se joignit à une visite en anglais, écouta les explications du guide avec un intérêt passionné. Elle apprit qu'on rangeait les bouteilles de biais, en les tournant pour empêcher le dépôt : la solution de tous ses problèmes semblait dormir dans ces galeries humides et moussues. C'était une longue visite, et plus elle se prolongeait, plus Phoebe en redoutait la fin, craignant d'être laissée à elle-même.

Elle vida d'un trait la coupe de Dom Pérignon qu'on offrait aux visiteurs et se retrouva mal à l'aise, son verre vide à la main, tandis que le reste des anglophones sirotait poliment son champagne.

Son voisin lui tendit sa coupe : « Je vous en prie, je n'ai pas goûté. » Il parlait avec un accent.

Phoebe le remercia et but, touchée par le geste. C'était un jeune homme. Il avait les yeux noirs de Barry, où l'iris se confondait presque avec la pupille.

La visite se terminait : Phoebe retourna à pas lents vers la gare. Il flottait dans Épernay une odeur acide de raisin qui semblait monter des trottoirs, des vitrines, et même des herbes sur les bas-côtés. Le Champagne lui tournait la tête. Il n'était que deux heures et quart et la perspective d'une journée vide se dressait devant elle. Le jeune homme qui lui avait offert sa coupe marchait à sa hauteur, sur le trottoir d'en face. Leurs yeux se rencontrèrent : « Vous prenez le train pour Reims ? demanda-t-il dans le silence poudreux.

– Oui, répondit Phoebe. Et vous ? »

Il traversa la rue. C'était un étudiant turinois, il s'appelait Pietro. Il était arrivé à Reims le jour même, venait de Paris et prenait en soirée le train pour Madrid.

Gaiement, Phoebe expliqua qu'elle descendait vers l'Italie où elle allait voir sa sœur aînée. Le mensonge fut si facile, lui procura un tel plaisir qu'elle se demanda pourquoi elle disait jamais la vérité.

« Elle habite en Italie ? Votre sœur ?

– À Rome, oui, depuis huit ans. Elle écrit des livres.

– Ah, écrivain… » Il hochait la tête, impressionné. « Peut-être j'ai lu quelque chose.

– Oh, non, le premier sort à peine. En fait, il y a trois de ses livres qui sortent en même temps.

– Trois ? » Il avait l'air stupéfait.

Phoebe rougit : « Elle écrit vite », affirma-t-elle.

Pietro s'était arrêté de marcher ; il tira de son sac de voyage un calepin et un stylo vert. « S'il vous plaît, dites-moi son nom ?

– Faith. Faith O'Connor.

– Faith O'Connor, répéta-t-il en copiant lentement. Je trouverai ses livres. »

Il restait vingt minutes avant l'arrivée du train ; Phoebe et Pietro commandèrent des croque-monsieur dans un bar et les mangèrent dehors, sur le béton chaud des marches. On devait penser qu'ils voyageaient ensemble, songea Phoebe ; peut-être même les prenait-on pour un couple. Elle remarqua comme sa voix inclinait au rire, comme elle penchait un peu la tête : il y avait dans chaque geste un tourment délicieux, comme

189

ces envies dans les jambes qu'ont les enfants trop sages.

« Pourquoi es-tu venu à Reims ? Pour le Champagne ? »

Pietro sourit sans comprendre la plaisanterie : « Je t'ai donné, hein ? Le champagne. Non, je viens pour la cathédrale.

– La cathédrale ? »

Il parut choqué : « La cathédrale de Reims ? Est extraordinaire, plus belle d'Europe. »

La consternation fondit sur Phoebe. « Je viens d'arriver », s'excusa-t-elle.

Une cloche s'était mise à sonner en ville. Il y avait dans son regard une gentillesse que Phoebe trouvait difficile à soutenir. « Alors, tu es ici à cause de pourquoi ? demanda-t-il.

– Ma sœur m'a dit de venir. Elle a adoré. »

Pietro sourit. « Ta sœur, elle a dû voir la cathédrale. »

Dans le train ils s'assirent côte à côte. Des champs passèrent, ondoyant comme sous une trombe d'eau. D'autres, moissonnés, ne dressaient plus que des éteules qui scintillaient au soleil comme des tessons de verre. Les vêtements de Pietro étaient propres mais gardaient la trace de taches anciennes, ainsi qu'on voit aux gens qui ont peu d'habits. En dépit de sa fragile silhouette, il émanait de lui une impression de force.

« Tu as l'air âgé pour un étudiant », dit Phoebe.

Pietro pencha la tête. Elle répéta sa question avec plus de soin.

« Ah, *sì*, dit-il. Pendant des années, je n'étudiais pas. Et maintenant je suis retourné. Mais *sì*, je suis plus vieux maintenant. »

Pourquoi avait-il interrompu ses études ? Pietro hésita. Phoebe se demanda si elle ne s'était pas montrée indiscrète.

« J'ai eu l'acrisie », dit-il enfin.

Phoebe fronça les sourcils : « L'acrisie ?

– *Crisi ?* Crise ? Tu sais ?

– Ah, une crise. D'accord.

– Une crise », répéta-t-il lentement ; il tapotait son crâne d'un doigt. « Une crise.

– Une crise dans ta tête ? Dans ton cerveau ? » Phoebe ne pouvait dissimuler son impatience.

« *Sì*, dit Pietro, puis il se reprit : Non, pas ça : pas dans la tête. Dans mon anime, tu comprends ?

– Ton âme », corrigea Phoebe. Elle n'en croyait pas ses oreilles. « Mais tu vas bien, maintenant, avança-t-elle. Je veux dire, tu sembles équilibré.

– Maintenant, je vais bien. »

Phoebe mourait d'envie d'en savoir plus, mais sa propre fragilité éclatait devant lui, accablait chacun de ses mots. Pourtant, elle ne craignait plus de se montrer indiscrète : il y avait en Pietro une sorte de publicité, comme s'il avait été prêt à donner son passé en exemple. « Comment tu as fait ? demanda-t-elle. Pour aller bien, je veux dire. »

Pietro mit le poing sur son cœur : « Jésus-Christ, dit-il. Je L'ai trouvé et je suis sauvé. »

Phoebe le dévisagea. « Tu es prêtre ?

– Missionnaire. Je commence seulement. À Madrid. »

Phoebe aurait aimé se déclarer catholique, mais elle avait honte de n'être pas allée à l'église depuis si longtemps. « Comment… Comment tu L'as trouvé ? demanda-t-elle.

– Lui est venu. Il est venu à moi.

– Tu veux dire que tu L'as vu ? » Elle chuchotait.

« *Non* ai vu comme ça », dit Pietro en se cachant les yeux. « Mais comme ça. » Il avait posé les mains à plat sur sa poitrine et les écartait comme deux battants.

« Tu as eu peur ? »

Il sourit : « Quand je ne le vois pas, alors j'ai peur. » Au bout d'un moment, il ajouta : « Pourtant j'ai peur, *sì*, mais *no* je suis seul. Je ne suis pas seul », se corrigea-t-il.

Phoebe regarda par la fenêtre. Les nuages s'effilochaient, révélant un ciel d'un bleu limpide. « Ma sœur était croyante, dit-elle.

– Ta sœur. À Roma. »

Phoebe eut l'impression de l'avoir souillé par son mensonge sans qu'il s'en doute. Elle eut soudain envie d'être sincère : « Oui. Notre père était très malade, ma sœur s'est mise à préparer sa confirmation. » Elle prenait soin de détacher ses mots pour se faire comprendre, son récit y gagnait cette qualité sublimée et statique des événements que racontaient ses lectures. « Nous allions à la messe tous les jours, dit-elle.

– Toi aussi, tu l'accompagnais ?

– Oui. »

Jésus sur la croix, côtes éployées comme des ailes. L'esprit de Phoebe vagabondait loin du prêtre – une dictée, un jeu où elle avait gagné pendant la récréation –, il n'y avait rien de si profane qu'on ne pût le contempler dans la maison de Dieu. Ce n'était qu'à l'Eucharistie qu'elle revenait au sermon, pour l'instant où le prêtre rompait l'hostie – le Corps du Christ dans cette rondelle !

Phoebe lui imaginait un goût de beurre et de sucre ; des années durant, elle avait regardé d'un œil jaloux les plus grands se lever à la fin de la messe pour prendre ce pain de miracle. Quand ils repartaient de l'autel, elle guettait sur leur visage le moindre signe de transformation, mais leur expression ne révélait rien.

Elle avait célébré elle aussi sa première communion, mais avec des années de retard, c'était de loin la plus vieille, sa robe détonnait et elle eut la déception de trouver l'hostie complètement insipide, la gaufrette collait à son palais comme le jeton cartonné de ses boîtes de jeux avant de fondre. Quant à cette exaltation prometteuse qu'elle avait ressentie en quittant l'autel, elle l'attribua surtout à son désir forcené qu'il arrive quelque chose. Elle n'avait pas quitté l'église que la sensation s'était déjà dissipée.

« Ton père, demandait Pietro. Il va bien aujourd'hui ? »

Elle hésita, séduite par d'autres histoires qu'elle pourrait inventer. Mais cela semblait très mal de mentir à quelqu'un de si croyant ; c'était presque comme mentir à Dieu.

« Il est mort », avoua-t-elle. À l'école primaire, au collège, au lycée : « Il fait quoi, ton père ? » Comme si mourir avait été son seul accomplissement.

« Je suis désolé. »

Phoebe haussa les épaules. Ces discussions la mettaient toujours mal à l'aise, elle finissait par se sentir obligée de plaisanter sur le sujet pour revenir à des choses plus gaies. « C'était il y a un temps fou », dit-elle.

Ils se turent. La campagne cédait à la ville : des immeubles parurent, terrasses étriquées, pavoisées de linge qui claquait dans le vent. Bientôt le trajet s'achèverait, chacun partirait de son côté.

Le train entra en cahotant dans la gare. Phoebe chancela sur le marchepied, l'ivresse lui tournait la tête ; sur le quai, Pietro lui tendait la main ; il l'aida à descendre. Des cloches carillonnaient, un bruit d'objets lourds qu'on jette à l'eau.

« J'ai quelques heures avant mon train, dit Pietro quand ils atteignirent la rue. Si tu n'es pas occupée, je peux te montrer la cathédrale.

– Oh oui ! » Ce sursis la soulageait.

Il l'entraîna dans un quartier plus ancien : des immeubles de pierre de quatre ou cinq étages, de petits balcons de fer forgé ; les oiseaux piaillaient par dizaines dans le foisonnement des arbres.

Au bout d'une place surgit soudain la cathédrale, dans un incroyable amoncellement de niches, de statues, de flèches grises lancées vers le ciel comme des stalagmites. Ils traversèrent la place, dérangeant à peine quelques pigeons apathiques. Les ogives des portails s'ornaient de sculptures entassées l'une sur l'autre, jusqu'au sommet où les malheureux saints faisaient figure de passagers coincés dans une grande roue.

« Nous regardons la façade ouest, dit Pietro. Ici, tu peux voir – il montrait le portail gauche – *L'Ange au sourire*. Elle est célèbre, peut-être tu as vu des photos. »

Avec son sourire espiègle et béat, l'ange aurait pu être la sœur de Monna Lisa. Deux pigeons se perchaient sur sa tête.

Ils pénétrèrent dans la cathédrale par une petite porte rectangulaire découpée dans le portail de gauche. Un immense espace se dessina autour d'eux, chargé de l'odeur de salpêtre des caves. Phoebe suivit Pietro dans la nef ; elle devinait la fraîcheur de la pierre à travers ses semelles. Des colonnes cannelées montaient deux à deux au plafond, retombaient en fléchissant comme les côtes d'un gigantesque animal : Phoebe crut les voir se contracter, s'écarter dans la respiration de la bête. Les vitraux veinaient de couleur l'air opaque, jetaient sur les pierres du sol des flaques de pourpre, d'or et d'écarlate. Il régnait dans l'édifice un silence aussi profond qu'un soupir, cette rumeur qu'on entend dans les coquillages.

Ils visitèrent les bas-côtés. Pietro montrait les saints des tableaux et des statues avec ce mélange de respect et de familiarité des gens qui vous présentent quelqu'un de leur famille : « C'est saint Sébastien. Il était soldat dans l'armée de Dioclétien, abattu à coups de flèche parce qu'il était chrétien. Il a guéri, alors ils l'ont battu à mort. » Son accent, la simplicité de ses tournures donnaient à Phoebe l'impression d'un texte biblique, l'expression la plus pure de la vérité.

Ils contemplèrent une suite de tapisseries consacrées à la Vierge. Phoebe s'arrêta devant une scène qu'elle ne reconnaissait pas : deux femmes s'entretenant sur le seuil d'une maison. « La Visitation, expliqua Pietro. Après avoir appris qu'elle va donner naissance au Fils de Dieu, elle rend visite à sa cousine Élisabeth. »

Phoebe trouva l'idée charmante, Marie se précipitant pour apprendre la grande nouvelle à sa cousine. Son regard courait sur le lourd tissu, elle tâchait d'écouter, mais le bruissement de la cathédrale semblait avoir augmenté de volume, montait du sol, comme si une machine géante ronronnait sous la pierre.

« Dans la cathédrale, disait Pietro, est une bible en trois dimensions. Tous les vitraux, toutes les statues, elles racontent une partie de l'histoire… » Mais Phoebe ne l'écoutait plus, elle tendait l'oreille à ce bruit diffus, cette rumeur gaie et familière de cour de récréation. Une vague de plaisir montait en elle, une chaleur soudaine au creux de son ventre, un calme délicieux dans ses membres.

« Je prie que tu m'excuses, dit Pietro. Je parle trop.

– Non. » Elle ferma les yeux.

« On peut se taire. »

Elle sourit, pour la première fois, lui sembla-t-il, depuis des jours ou des semaines. Elle ouvrit les yeux, regarda Pietro.

« Tu sens quelque chose », dit-il avec étonnement.

Ils se turent. Le sourire ne quittait plus les traits de Phoebe, ses lèvres semblaient s'écarter d'elles-mêmes. Une force sauvage brûlait dans les yeux de Pietro. « Je sens quelque chose, murmura-t-elle. Tout autour de moi.

– Il est là, *sì*. Avec nous. »

Il l'entoura d'un bras, la touchant à peine, la guida vers un banc. Ils s'assirent côte à côte dans un gémissement de vieux bois, Phoebe sentit une odeur de cire. Quelqu'un improvisait à l'orgue. Des hymnes qu'elle reconnaissait à peine s'effondraient en pleine exécution, modulaient, reprenaient : chaque note hasardeuse allait se répercuter au plafond, s'attardait un moment avant de se fondre dans la grande rumeur. Un sang fluide battait dans les veines de Phoebe. Pietro s'agenouilla pour prier, le front pressé contre ses mains jointes, une posture impossible de prisonnier qu'on force à courber la tête. Pietro ne luttait pas, il s'inclinait tout comme Faith, jour après jour, s'était inclinée devant l'autel pendant que leur père mourait.

Phoebe s'aperçut qu'elle avait réglé son souffle sur le mouvement des côtes de la cathédrale. Les frontières entre son corps et l'église devenaient perméables, Phoebe elle-même se désagrégeait, se dissolvait dans ce soupir océanique, et quelle exultation de s'abandonner, d'être engloutie ! C'était l'accomplissement de son voyage, l'accomplissement de sa vie entière, pensa-t-elle, ses prières enfantines lui revenaient par bribes, elle les dit dans un murmure : « *Je vous salue Marie, pleine de grâce. Notre Père, qui êtes aux cieux. Le Corps du Christ. Agneau de Dieu, qui enlèves les péchés du monde, prends pitié de nous* », et dans chaque prière miroitait cette parade splendide et sacrée qui avait cessé à la mort de sa sœur, les jeux d'enfance, le hurlement des guitares électriques, Faith disposant son chapelet en cœur sur cette même table de verre où, moins d'un an plus tard, elle émiettait entre ses doigts de la marijuana qu'elle roulait en longs joints blancs. Faith absorbée par sa prière, Phoebe qui rêvassait à côté d'elle ; puis le retour à la maison, l'odeur sucrée, capiteuse, de la maladie de leur père.

Un prêtre traversait le chœur : avec son aube, il semblait flotter. Pietro acheva ses prières et se rassit sur le banc ; le souci creusait un pli sur son front. Alors seulement, Phoebe comprit qu'elle avait pleuré, que son visage était baigné de larmes. « Tu as des douleurs, dit Pietro.

– J'en avais, dit-elle d'une voix rêveuse et lointaine. C'est fini, maintenant.

– Est bien que tu vas chez ta sœur. »

Phoebe hocha la tête. Elle flottait, comme le prêtre, en suspension dans un liquide tiède.

« Quand tu peux partir ? » Il s'obstinait. « Peut-être aujourd'hui. Peut-être on va ensemble à la gare. Tu as ton sac là ? »

Phoebe se tourna vers lui, le regarda droit dans les yeux : « Je t'ai menti. Ma sœur est morte. »

Elle surprit dans ses yeux un réflexe, un frémissement presque imperceptible. « Tu es seule ?

– Oui », répondit-elle en souriant, car quelque chose s'était ouvert, le monde se précipitait en elle.

« On sort d'ici, Phoebe. » Il se leva, la prit par la main. « Bientôt je prends le train. J'ai déjà mon billet, mais nous devons parler. »

Il la mena au-dehors de la cathédrale. Une métamorphose merveilleuse s'opérait, tout ravissait Phoebe, jusqu'aux enfants malingres qui tapaient dans leur ballon sur la place et qui lui parurent doux comme des agneaux. Les enfants de Dieu, pensait Phoebe, nous sommes tous les enfants de Dieu.

Pietro choisit un banc et ils s'assirent. Phoebe respirait lentement, profondément, savourant la pression de ses poumons sur ses côtes, la caresse de l'air dans sa gorge. Le fracas lointain d'un chantier lui arrivait comme une musique. Comment ce monde avait-il pu l'effrayer autant ?

Pietro voulut dire quelque chose, ne trouva pas les mots : il s'interrompit, impuissant. « Je voudrais parler mieux ta langue, se désola-t-il. J'essaie de t'aider, Phoebe. »

Elle lui jeta un regard surpris. « Mais tu m'as aidée. »

Il secouait la tête : « Ce n'est pas bien que tu es toute seule.

– Ce n'est pas grave. Tout va bien. »

Pietro regarda ses mains. « C'est trop vite », dit-il, et il fit claquer ses doigts. Phoebe sursauta au bruit. « C'est trop vite. »

Il semblait avoir peur. La mélancolie gagna Phoebe.

« J'aimerais que tu sois heureux. Tu as tout transformé.

– Je n'ai rien fait. »

Mais l'heure de son train approchait. Ils se hâtèrent en soufflant vers la gare. Le soir tombait. « Si seulement je peux rester, Phoebe. Mais ils ont acheté mon billet et quelqu'un va m'attendre à la gare. » Des odeurs de dîner s'échappaient des fenêtres ouvertes. Quand ils traversaient une rue, Pietro prenait le bras de Phoebe, jetait des regards anxieux à droite et à gauche.

Son train était déjà là. Pietro se hâta de reprendre sa valise et tous deux coururent sur le quai. À l'entrée, Pietro lui serra les mains très fort, la regarda dans les yeux. « Je prierai pour toi, Phoebe. » De nouveau, il chercha ses mots. « Il faut du temps » fut tout ce qu'il parvint à formuler. « *Non* avoir peur.

– Je n'ai pas peur. »

Il sourit, contrarié. Ce n'était pas ce qu'il avait voulu dire. Il se mit soudain à fouiller dans sa valise, vieille et usée, un bagage de représentant de commerce.

Il ouvrit un grand carnet, recopia une page sur une autre. Il se servait du stylo vert avec lequel il avait noté le nom de Faith. Il arracha la deuxième page. « C'est le téléphone. 3-4-1, Madrid, hein ? Je sais pas ce qui arrive avec le téléphone là-bas mais tu peux toujours laisser un message, s'il te plaît tu appelles si tu as des problèmes ? Pietro Santangelo. C'est moi, hein ? Tu te rappelles. Attends, j'inscris. » Le stylo tremblait dans ses mains. Un sifflement annonça le départ.

« Vas-y, vas-y, je me rappellerai », dit Phoebe.

Alors il se retourna, s'éloigna le long du quai. Phoebe avait espéré qu'il la prendrait dans ses bras, elle s'aperçut qu'elle mourait d'envie de connaître cette proximité avec quelqu'un, ne fût-ce que pour une seconde. Le train s'ébranla presque aussitôt. Phoebe regarda les fenêtres : l'une d'elles s'ouvrirait peut-être, Pietro lui ferait signe. Mais il n'avait pas dû en avoir le temps.

Elle fit demi-tour et ressortit de la gare. Elle reprit le chemin de la veille vers le grand ensemble où se trouvait l'auberge de jeunesse. Mais tout à présent paraissait changé, immense et magnifique.

Phoebe se rendit à l'endroit où elle avait vu les fillettes sauter à la corde. Elle s'allongea sur un banc de béton et contempla le ciel. Une lueur pâle traînait encore du côté où le soleil s'était couché, disparaissant à mesure qu'elle regardait. Elle songea aux enfants, à la comptine qu'elles chantaient en jouant et tout d'un coup, sans effort, les paroles lui revinrent :

> *Mam'zelle Mary Mack*
> *A un grand manteau*
> *Des boutons d'argent*
> *Tout au long du dos*
> *A sauté si haut*
> *Qu'a touché le ciel*
> *N'est redescendue*
> *Que l'été venu*
> *Mam'zelle Mary Mack...*

Les yeux au ciel, Phoebe chantait à mi-voix. Elle se dit qu'elle était jeune, songea à tout ce qui ne lui était pas encore arrivé. Elle se sentait unie aux étoiles et aux planètes, aux vieillards qui fumaient un cigare sur le banc voisin, aux gens des yachts, des taudis et des bois ; et, par-dessus tout, à Pietro Santangelo qui l'avait sauvée. L'espoir, pensait Phoebe, il reste toujours l'espoir. Une partie d'elle l'accompagnait encore, Pietro Santangelo, que le train emportait par les champs moissonnés, étincelant de l'œuvre de Dieu, et qui regardait le ciel noircir.

12

Paris, Waouh !!
Bisous, Faith

Phoebe était assise dans Notre-Dame, au premier rang. Elle tenait l'enveloppe blanche entre ses mains. L'acide proprement dit imprégnait un minuscule carré de buvard, imprimé d'un petit Mickey en culotte à bretelles. Un gros doigt sur ses lèvres, Mickey semblait réprimer un sourire narquois ; Phoebe lui trouvait l'air menaçant, mais peut-être que Mickey avait toujours eu cette tête-là.

Elle était venue à Paris après avoir compris que rien ne recréerait l'enchantement provoqué par Pietro et la cathédrale de Reims. Dès l'instant où, le lendemain, elle s'était éveillée entre les parpaings de sa chambre, Phoebe avait su qu'elle avait perdu l'impression merveilleuse ; elle s'était aussitôt précipitée vers la cathédrale, sous une pluie battante, l'avait trouvée froide et sombre. Elle avait tout tenté : de s'agenouiller, de rester debout, de prier, de longer à pas lents la nef en fermant les yeux et, parvenue à l'autel, de se retourner d'un coup pour les ouvrir tout grands sur la rosace. Mais elle n'entendait plus le murmure. Ses cheveux gouttaient sur le sol de pierre.

Alors elle avait pris le train : elle était arrivée à Paris la veille, en fin d'après-midi. Elle avait loué une petite chambre non loin de la place Saint-Michel, des murs bleus, un lit défoncé, une fenêtre ouvrant sur la rue. Elle s'était acheté un falafel, avait écrit une autre carte à sa mère avant d'aller droit au lit.

Un nouvel échec ; même Pietro Santangelo l'avait vu venir, même lui avait perçu cette chose, quelle qu'elle fût, qui empêchait Phoebe d'effectuer le dernier pas. Toute la matinée, elle avait senti monter l'impatience de sa sœur : elle revoyait Faith bouillir sur place quand les choses s'éternisaient alors qu'en esprit elle les avait déjà réglées. Et il semblait maintenant à Phoebe que son temps était presque écoulé.

Elle s'empara délicatement du minuscule carré d'acide et le posa sur sa langue. Cela n'avait pas vraiment de goût, à peine un rien de sucre au fond de la gorge. Elle mâcha le buvard jusqu'à ce qu'il prenne la consistance d'une boule de gomme et déglutit.

Deux minutes passèrent, puis cinq. L'angoisse lui tordait le ventre. Les vitraux bleus de la cathédrale et les échos des touristes lui rappelaient les cours de natation de son enfance : la grande piscine couverte, odeurs tièdes et chimiques, des enfants inconnus par dizaines et, graciles et velues, les jambes du maître nageur, le sifflet doré qui disparaissait dans les poils de son torse et dont il se servait pour les faire sauter à l'eau. Les yeux rivés à la surface lustrée, presque visqueuse du bassin, la peur du coup de sifflet, la certitude qu'une fois qu'on aurait plongé dans les profondeurs épaisses on ne pourrait plus remonter.

Au bout d'un quart d'heure, Phoebe ressortit à l'air libre. Il se pouvait que l'acide ne fasse pas d'effet : après tout, il y avait des mois qu'on le lui avait donné, est-ce que ça se gardait si longtemps ? Et puis, le truc paraissait tout petit.

Elle se repéra sur son plan ; elle prit la rue de la Cité, traversa la Seine et s'achemina vers le Louvre par la rue de Rivoli. Des statues de femmes grandeur nature encadraient les fenêtres, bras ballants, habits flottants qui s'échancraient.

Chers maman, Phoebe et Barry, Mon français est épouvantable mais heureusement on a un ami qui nous sert d'interprète. Tout le monde à Paris parle encore des manifestations d'il y a deux ans, quand ils ont arraché les pavés des rues pour les lancer sur les flics et qu'ils ont construit des barricades comme pendant la Révolution française. Le pays entier s'est mis en grève pendant deux semaines et il y avait pratiquement personne qui travaillait ou qui étudiait les gens se contentaient de se balader dans les rues et de discuter les uns avec les autres. Personne ne fermait plus sa porte les gens dormaient chez des inconnus et ils tombaient amoureux et ils arrachaient les aiguilles des réveils parce que le temps n'existait plus. (Tu te rappelles, maman ?) Tout le monde en parle comme de la période la plus incroyable de leur existence et il paraît que c'était vraiment l'horreur quand ça s'est arrêté et qu'ils sont redevenus des étudiants normaux, censés passer des examens trouver du boulot et tout le toutim... Il y en a qui disent qu'ils auraient préféré qu'il ne se passe rien comme ça au moins ils ne sauraient pas que les choses peuvent changer et ils seraient encore heureux. Je vous embrasse, Faith

Jonquilles de papiers blancs.

Dans les restaurants, les serveurs dépliaient des nappes blanches au-dessus des tables.

Tout au fond de son ventre, quelque chose se dévidait peu à peu. Phoebe se frotta les yeux, un nuage électrique flotta dans l'air. Mon Dieu, ça va vraiment marcher, pensa-t-elle avec un frisson d'angoisse.

Quittant la rue de Rivoli, elle tourna dans la grande avenue de l'Opéra mais, avant d'atteindre le palais Garnier, s'engagea dans la rue Saint-Augustin, sur sa droite, tourna encore à gauche et se perdit bientôt dans un dédale de ruelles qui montaient vers un quartier de grossistes. Une boutique ne présentait que des rayons de tee-shirts turquoise avec un lion rugissant ; dans une autre s'entassaient, par centaines, des bérets blancs de marin : des habits à bon marché, de mauvais goût, qui la fascinèrent comme si ses yeux n'avaient attendu que de contempler les peignes dorés, les fausses perles, les colliers de plastique multicolore. « Tee-shirts bleus », dit-elle à haute voix, et elle trouva dans l'association du mot et de la chose une puissance qui la bouleversa. « Sandales blanches », elle le murmurait comme une incantation, « sandales blanches… », jamais elle n'avait vu de sandales plus blanches, plus délicates.

Elle éprouvait soudain la sensation qu'un regard était posé sur elle, que quelqu'un enregistrait ses mouvements, les approuvait. J'ai fait ce qu'il fallait faire, pensa-t-elle, exaltée, puis elle s'arrêta pour admirer ses bras, peau fluide et translucide, ongles d'opale.

L'espace perdait peu à peu de son relief, devenait un de ces tableaux sans perspective qu'on voit dans les livres d'enfants ou les peintures religieuses. Des chevaux de cuivre bondissaient des toits. Phoebe regarda le ciel d'azur et se mit à rire, elle savait sa sœur proche, percevait la passion, l'humour de Faith, se demandait pourquoi elle n'avait pas avalé le papier blanc dès son arrivée en Europe, et ne s'était pas épargnée par là tant de chagrin.

Chers maman et Phoebe et Barry, Hier dans un château près de Paris Wolf et moi on a sauté pardessus les cordons de velours qui bloquent les endroits où on n'a pas le droit d'aller. Et on a traversé des pièces que personne ne voit jamais c'était magnifique et tout calme avec des meubles couverts de soie et des petits trucs en verre qu'on pouvait tripoter. On a fait comme si on habitait là pour de bon et on s'est allongés sur un lit à baldaquin avec des colonnes sculptées mais peut-être qu'un genre d'alarme silencieuse s'est déclenché parce qu'un gardien est arrivé en courant complètement furax et on nous a jetés dehors mais ça valait quand même la peine (Wolf n'est pas d'accord). Mais parfois je me dis que des cordons de velours il y en a partout seulement on ne peut pas les voir. À Paris je n'arrête pas de me demander où est l'endroit vraiment intense, le centre absolu de Paris et je ne peux pas le dire exactement parce que les cordons m'empêchent de passer et je les déteste, ça me démonte de penser que ce que je vois, c'est ce que tout le monde est capable de voir. Si seulement je pouvais les enjamber comme dam le château mais le problème c'est que Paris ce n'est pas un musée les cordons sont invisibles et qu'on ne peut pas savoir si on est dedans ou dehors. Alors on persévère. Je vous embrasse, Faith

Le monde se mélangeait, se redistribuait sans cesse autour d'elle comme un oiseau arrange ses plumes. Le trottoir ruisselait dans la pente, litres et litres de sable errant, Phoebe devait sauter pour éviter de salir ses chaussures, mais l'air était trop dense, épais comme l'eau, l'air ralentissait ses gestes. Au cœur de chaque sensation dormait le noyau de quelque chose de connu, le germe d'une perception ou d'une pensée normales, déformées jusqu'à défier l'identification. Les bruits se confondirent ; la circulation, les voix, les avions, tout se combinait en un grand et même son, la rumeur d'une foule, des centaines, des milliers de gens se rassemblaient non loin de là. Il va se passer quelque chose, pensa Phoebe, quelque chose de démentiel est sur le point de se produire, et elle s'arrêta net, retenue par une force aussi irrésistible que le reflux de la mer, attendit en tremblant que la foule surgisse dans un grondement et l'emporte, mais la foule ne se décidait pas à paraître, se contentait de frémir loin de ses yeux, sans cesse sur le point de se matérialiser, comme au cinéma ces lumières qu'il semble voir faiblir quand on sait que le film va commencer. Phoebe regarda sa montre et ne put lire l'heure, ces traits minuscules sous un verre ne manquaient pas de beauté, une véritable œuvre d'art, mais les aiguilles, où étaient-elles passées ? On les avait arrachées, songea-t-elle, le temps s'était arrêté.

Elle surprit son reflet dans une vitrine, s'approcha, échangea avec elle-même un regard d'une telle intimité qu'elle s'en trouva gênée. Elle se dit : Ah, ce que nous avons traversé. Enfant, elle jouait à s'examiner dans la glace de sa chambre, tâchant de ne plus se reconnaître dans la fille qui lui rendait son regard, une peur délicieuse s'insinuait dans son ventre tandis que sa propre image devenait celle d'une autre, une inconnue dont la présence l'intimidait. Phoebe contemplait la masse de ses cheveux noirs, ses yeux de travers, écarquillés, louchaient sur elle de l'autre côté du verre opaque, les yeux d'une autre, la main d'une autre qui se tendait maintenant, avec une immense délicatesse, vers la main de Phoebe, et cette autre, c'était Faith.

C'était Faith.

Faith la regardait de l'autre côté de la vitre et leurs deux mains se rejoignaient. Derrière le froid du verre, Phoebe percevait la chaleur de sa sœur. « Mon Dieu », murmura-t-elle.

Faith arborait un large, un joyeux sourire, et Phoebe, à son tour, sentait le rire monter dans sa poitrine, parce que Faith se tenait devant elle, après tant d'années elle était enfin là – Je le savais ! s'exclama-t-elle, mais en silence, sans remuer les lèvres. Je le savais, j'ai toujours su que tu reviendrais.

J'ai toujours *été* là, semblait dire Faith. Tu ne t'en rendais pas compte ?

Quelquefois, répondit Phoebe. Mais à d'autres moments tu disparaissais.

Je n'ai pas bougé, dit Faith. C'est toi qui as accompli tout ce chemin.

À contempler sa sœur, Phoebe s'aperçut qu'elle ne se sentait plus la même en sa présence, mais l'impression lui échappait. Elle finit par comprendre.

Nous avons le même âge, dit-elle avec incrédulité.

Faith se mit à rire, de ce grand rire avide qui avait tant manqué à Phoebe et qu'elle avait en vain tâché d'imiter. On est les deux faces de la médaille, disait Faith. Tu y es arrivée, Pheeb, c'est bientôt fini.

Phoebe regardait les yeux étroits de sa sœur, sa longue bouche, son visage toujours mobile, ou bien c'étaient ses yeux à elle, à force de s'y promener pour tout voir en même temps, qui produisaient cette impression. Un visage si différent du sien.

Les deux faces de la médaille.

Comment je passe de l'autre côté ? demanda Phoebe.

Faith sourit. Il n'y a qu'à pousser.

Vraiment ? Il n'y a qu'à pousser ? Et tout en parlant, Phoebe forçait déjà sur la vitre dans l'espoir de la rompre, de se jeter dans les bras chauds de Faith, mais le verre ne cédait pas.

Quand je te dis qu'il faut pousser, je veux dire pousser pour de bon, reprit Faith. Alors Phoebe s'y mit à deux mains, et ses paumes fourmillaient contre la vitre.

Vas-y, mon cœur, disait Faith, faut t'y donner à fond.

Mais j'essaie !

Faith secoua la tête. Ça fait mal de passer, Phoebe, ça fait mal. Sinon ce serait facile. Il faut que tu sois prête à en baver un peu.

Je ne demande que ça, dit Phoebe.

Elle appuya l'épaule contre la vitre et poussa à se casser le dos. De l'autre côté, sa sœur forçait elle aussi sur le verre et Phoebe poussait tant qu'elle pouvait, mais ça ne donnait toujours rien. Bon Dieu, lança-t-elle.

Ce n'est pas ça, se donner du mal, disait Faith, du moins pas comme je l'entends, et le désespoir au cœur Phoebe comprit que même alors elle se retenait, maintenant qu'il n'y avait plus qu'une vitre pour les séparer, elle n'allait toujours pas jusqu'au bout. Mais je peux y arriver, pensait Phoebe, je vais y arriver ! Et elle recula de quelques pas, se jeta de tout son poids contre la vitre, mais non, toujours pas, les bleus la lançaient à l'épaule et au bras, et elle restait dehors.

Plus fort, l'encourageait Faith, beaucoup plus fort vas-y Phoebe, à trois on s'y met toutes les deux, et Phoebe recula presque au bout du trottoir ; Faith faisait la même chose de son côté. Ça y est, pensa Phoebe, cette fois-ci elle allait passer à travers ou bien elle y laisserait sa peau. Elle courut et se jeta tête la première contre le verre, imitée par Faith ; Phoebe retomba sur le trottoir avec l'impression de s'être rompu la colonne vertébrale, un éclair blanc l'aveugla mais, incroyable, le verre était toujours là, intact, le même verre épais que celui des vitres d'aéroport – Mon Dieu, pensait Phoebe, comment passer sans me tuer ? La tête martelée par la douleur, la bouche en sang parce qu'elle s'était coupé la langue, et pendant ce temps des cris – Faith, peut-être ? – Non, ce n'était pas elle, quelqu'un d'autre s'époumonait derrière la vitre, du côté de Faith ; Phoebe devina des ennuis, se releva péniblement et plongea vers la vitrine dans un ultime effort pour échapper à cette femme qui se précipitait au-dehors en hurlant comme une folle. La femme referma sur son bras une serre de perroquet, elle avait de petites frisettes rousses, elle hurlait, gesticulait en montrant la vitrine. Faith n'était plus là, la femme l'avait mise en fuite, un attroupement se formait autour de Phoebe mais elle s'en fichait éperdument. Elle parvint à se dégager de l'étreinte de la folle et s'éloigna au hasard des rues.

Elle avait des élancements à la tête et au cou. La douleur du choc semblait se répercuter dans ses gencives, jusque dans ses dents. Rien de ce qu'elle voyait n'avait de sens : une blonde nue à l'arrière d'une décapotable bleue – comment était-ce possible ? pensait Phoebe. Pour quelle raison ? – Ses seins blancs pendaient jusqu'à son ventre – Je divague. Elle cligna des yeux, mais la vision ne cessait pas : où qu'elle regarde, des blondes décolorées, plus ou moins déshabillées, de quoi constituer plusieurs troupes de girls. Elle errait dans l'éblouissement de leur parfum – des prostituées ? En plein jour, dans une rue passante ? Et Phoebe comprit qu'elle avait dû malgré tout traverser le verre, qu'elle découvrait maintenant l'autre côté – Mais bien sûr ! Ne s'était-elle pas toujours doutée que les prostituées y seraient elles aussi, à promener leurs corsets rouges, leurs maquillages voyants, à afficher leurs décolletés – Oui, songeait Phoebe, elle était passée de l'autre côté, Faith ne devait pas être loin, Faith l'attendait, cachée parmi ces prostituées – c'était peut-être l'une d'elles ? Mais non, Faith avait les cheveux noirs.

Phoebe tourna dans une longue rue étroite. Tout devint très tranquille. Il n'y avait pas de voitures, des hommes allaient à pied, des filles s'adossaient à des portes, l'une d'elles vêtue d'une petite robe jaune, les jambes couvertes de bleus, une autre, face de lutin, les ongles mouchetés de rouge. Phoebe les regarda avec émerveillement, la foule cachée se rapprochait peu à peu, et la cernait, et l'acclamait, et l'air fusait dans sa trachée, aspiré, refoulé, et à présent elle distinguait d'autres sons, des cliquetis, des sifflements qu'elle ne reconnaissait pas.

Un homme marmonna quelque chose à son passage, la lorgna en clignant des yeux, les sifflements, les cliquetis gagnaient en force lorsqu'elle croisa un autre homme, moustache à la gauloise, une peau d'aspect moite ; Phoebe sentit son regard s'attacher à ses hanches, à ses seins, alors elle baissa les yeux et regarda ses hanches, regarda ses seins, la présence de son propre corps dans cette rue la surprenait autant que si elle s'était découvert une barbe. Elle eut envie de leur dire : Hé, attendez un peu, ce n'est pas – ses yeux s'arrêtèrent dans ceux d'une femme nue sous une robe en filet de pêche bleu, de petits seins, la toison sombre du pubis, qui grimaçait, crachait à la façon des gens habitués à cracher, et Phoebe comprit que ce crachat ne pouvait se destiner qu'à elle et s'émerveilla de songer que, comme ces femmes, elle était faite de chair et d'os, de seins et de hanches – elle les sentait bouger sous ses habits, la picoter à peine comme des membres engourdis, et c'était une sensation enivrante ; un instant ce fut enivrant, et puis cela passa et la terreur surgit.

Phoebe regarda dans son dos, mais il aurait été tout aussi pénible de faire demi-tour. Des centaines de femmes semblaient maintenant l'attendre, leurs sifflements hostiles montaient à son passage, noyaient les acclamations de la foule. Phoebe remarqua des ordures, des stores poussiéreux, des odeurs d'urine et de lait tourné. Une fille trop maigre semblait sur le point de s'évanouir, il y avait des accrocs à sa jupe verte, ses yeux roulaient dans leurs orbites et un homme la poussait sous un porche. Phoebe entendit des toux, des nausées – il était là, devant ses yeux, le monde qu'elle avait toujours voulu, mais c'était une chose de le convoiter, une autre d'y entrer. À présent il fallait qu'elle s'en sorte, quelque chose de terrible menaçait de se produire – Non, pensa Phoebe. Non ! Elle se mit à courir, ses seins battaient contre son torse, une crampe avait surgi dans son bas-ventre, semblable à une douleur de règles, et à chaque seconde l'effet de la drogue se démultipliait, un savant fou tournait un bouton relié à son cerveau. Elle avait du mal à courir, de même que dans ces rêves où les membres refusent d'obéir, mais Phoebe les traîna derrière elle, ces outils incommodes, loin de ces femmes moqueuses, loin de ces hommes qui ressemblaient de manière surnaturelle aux pères de ses amies d'enfance, et finit par déboucher sur un large boulevard où les bus et les voitures circulaient joyeusement, où des rubans de chaleur vibraient dans l'air.

Quelque chose en elle avait changé, elle ne maîtrisait plus rien, sombrait dans une terreur pure. C'était la peur qu'elle avait éprouvée à Reims, la peur de contempler sa vie entière. Chaque pensée la frappait avec une force insoutenable, à la rendre presque malade. C'est trop fort, se dit-elle. Mais tu voulais des extrêmes. Oui, mais pas ça, moi je n'ai jamais voulu ça, ou alors je le voulais mais j'ai changé d'avis. Trop tard, ma belle. Sitôt qu'elle lâchait prise, le monde se désintégrait en un tourbillon de particules, c'était déjà un effort surhumain que de le reconstituer le temps d'y faire un pas. Lorsqu'elle atteignit le trottoir, elle ne savait plus que faire ni quel signal attendre, tout se confondait en un grincement de couleurs et de lumières et de vrombissements. Elle resta debout, immobile, et au bout d'un long moment sentit autour d'elle une suspension, comme un souffle qu'on retient, alors elle passa une rivière à gué, trouva son chemin sur les pierres délavées, des chants d'oiseaux, l'eau courante, une cascade – Je suis à la campagne ! pensa Phoebe –, puis trébucha encore contre quelque chose de dur, une poubelle en métal, et elle avait traversé la rue. C'était une rue passante. Elle ne savait pas du tout où elle allait.

Elle se perdit dans une mer de molécules, d'atomes, de motifs aux couleurs changeantes. Chaque instant avait le pouvoir éblouissant d'une vision rétrospective, de ces rêves qu'au matin l'on sent frémir encore sur sa peau comme la caresse d'une plume. Je vais y passer, pensait Phoebe, je ne supporte pas. Je veux que ça s'arrête. Elle pensait surtout à haute voix : « Je ne supporte pas. Ça va me tuer. Je veux revenir en arrière », puis un homme la saisit par le bras, l'admonestant en français, alors Phoebe ouvrit ses yeux qu'elle avait fermés pendant tout ce temps sans s'en rendre compte, une femme en robe jaune à fleurs lui conseilla de héler un taxi pour rentrer à son hôtel. Mais l'instant d'après la femme s'adressait en français à un marchand de journaux, et Phoebe comprit qu'elle ne lui avait jamais parlé : c'était comme ces rêves où l'on se voit aller aux toilettes mais où l'on découvre au réveil que l'envie est toujours là. Phoebe leva la main pour héler un taxi – moment historique – au pied d'un château, et à son signal les trompettes saluèrent l'arrivée d'un roi couronné de joyaux, chevaux blancs, encolures luisantes, forêts ombreuses à perte de vue, alors un taxi s'arrêta et Phoebe monta et le chauffeur démarra, et elle ouvrit les yeux pour découvrir qu'elle levait toujours la main sur le trottoir, bousculée par les passants.

J'ai besoin d'aide, pensa-t-elle, j'ai besoin d'aide ! Prise de panique, elle se précipita dans un restaurant, mais la salle se fragmenta sous ses yeux ainsi qu'une photo prise avec un objectif en nid d'abeilles. « Au secours, il faut qu'on m'aide ! » hurla Phoebe, un silence pénible tomba. Elle remarqua de la fumée dans l'air, une odeur de fruits de mer, et se dit : Je suis bien là, ça, au moins, je ne suis pas en train de me l'inventer.

Un gros homme venait à elle, cigarette aux doigts, moustache posée comme un mille-pattes sur sa lèvre supérieure. « J'ai besoin d'aide, murmura Phoebe.

– Mais bien sûr, mademoiselle. Vous êtes malade ? » Il l'avait prise par le bras, l'entraînait gentiment vers un côté de la salle, mais non, non, pensa Phoebe, il ne peut rien pour moi. C'était déjà une souffrance que de rester si longtemps tranquille ; une force terrible s'accumulait dans son dos comme des tonnes d'eau contre une vanne – non, elle n'y tenait plus ; elle repoussa le gros, bondit à nouveau dans la rue, son cœur battait à rompre, elle aurait voulu pouvoir le cracher sur le trottoir et faire cesser cette palpitation affreuse. Derrière elle, la pression montait, pesait contre elle comme une foule qui tente de s'engouffrer par une porte étroite et Phoebe marchait, marchait plus vite mais c'était toujours derrière elle, c'était au-dedans d'elle, cela courait dans ses veines, une panique aveugle comme elle n'en avait jamais connu. Elle tenta frénétiquement de se raisonner : Il n'y a aucune raison d'avoir peur, tout va bien se passer, mais elle se mentait, et puis elle n'avait plus le temps de jouer à ça ; elle courait maintenant, talonnée par sa terreur, cherchait désespérément une combinaison de pensées qui la délivrerait de ce cauchemar – des chiffres, pensa-t-elle, les combinaisons n'étaient-elles pas chiffrées ? 1, 2, 3, 86, 87, des groupes de mots, peut-être : lame, larme, carmel, caramel, elle allait mourir, quelque chose d'effroyable allait se produire mais où est le problème ? se demandait Phoebe, Faith est morte jeune, j'ai passé ma vie à l'admirer pour ça, mais moi, je ne veux pas mourir – Je ne veux pas mourir ! Ses pensées crépitaient comme des tirs de mitrailleuse : Je ne veux pas mourir Je ne veux pas mourir Je veux que tout redevienne comme avant Je déteste ça Mon Dieu je vous en supplie faites-moi redescendre s'il vous plaît mon Dieu que tout recommence comme avant. Mais c'est exactement ce dont tu ne voulais plus, dit une autre voix, toute ta vie tu as rêvé de t'en débarrasser. Et Phoebe sut que c'était vrai.

Elle s'adossa contre un immeuble, tenta d'apaiser le battement de son cœur. Grand, étang, blanc, blancs en neige, ailes d'anges, plumes blanches. Elle ferma les yeux, mais non, cela n'arrangeait rien, elle allait sûrement mourir – un désastre, l'erreur de toute une vie parce que même si, par miracle, elle en réchappait, son cerveau en garderait des lésions irréversibles. Elle voulut penser à Faith, mais ne surgirent dans son esprit que les prostituées misérables, jambes talées comme des fruits, poubelles, odeurs infectes au cœur de ce qui lui avait toujours semblé palpiter de mystères – violence, chagrin, pourriture, rien d'autre.

Phoebe tomba à genoux sur le trottoir. Elle ferma les yeux et tenta de prier, ses dents claquaient alors qu'il faisait chaud, le pavé chaud sous ses genoux, mais Dieu s'en était allé, elle avait perdu Dieu dans un tourbillon de chignons peroxydés et de bas couleur des papillons de nuit. Ou peut-être n'y avait-il pas de dieu de ce côté de la vitre, voilà pourquoi, peut-être, Faith avait enterré ses chapelets et sa bible à la mort de leur père, mais Phoebe priait quand même, les mains jointes au-dessus de sa tête, les yeux fermés, les lèvres fiévreuses. De temps en temps, on se penchait vers elle, on tentait de lui venir en aide. Un passant en costume anthracite lui adressa même quelques mots d'anglais, mais Phoebe ne put répondre, se contenta de fixer son visage et le vit se dilater, se contracter alors que l'inconnu passait à d'autres langues. « *Español, Deutsch, italiano ?* » demandait-il avec une inquiétude croissante, et l'idée la traversa que c'était peut-être Dieu, que de ce côté de la vitre Dieu ressemblait peut-être à tout le monde, que c'était un homme en complet-cravate. Elle se surprit à agripper sa jambe, sentit l'os chaud sous la chair sous le tissu et se demanda : Est-ce que c'est la jambe de Dieu ? Le passant se dégagea brusquement et disparut dans la foule, mais un instant plus tard Phoebe le vit traverser la rue avec un homme en uniforme, un képi rond en forme de boîte sur la tête, sans doute un flic – elle se força à se lever et à marcher parce que chaque goutte de son sang était illégale, polluée, pleine de poison et Dieu merci, devant elle, il y avait une station de taxis, *Mes chers maman, Phoebe et...* « Place Saint-Michel », dit Phoebe au chauffeur avec une clarté qui la stupéfia, ils roulèrent un moment, musique classique à la radio, les plumes laiteuses des colombes, ailes soyeuses d'insectes, *Mes chers maman et Phoebe et Barry, On vous écrit de*, 4, 5, 6, notre Père qui êtes aux 7 et 8, *Hier on est allés à*, 9, 19, Pardonnez-moi, mon Père, il y a quatre mois que je n'ai pas... *Wolf a été casse-pieds comme d'habitude, la prochaine étape c'est...*

Le chauffeur lui parlait. Ils s'étaient arrêtés. Les chiffres du compteur ne signifiaient rien pour Phoebe mais elle lui tendit des billets jusqu'à ce qu'il l'arrête avec impatience, lui fourre l'argent dans les mains et Phoebe sortit en éparpillant des pièces dans le taxi et sur le trottoir. Les statues étincelaient autour d'elle comme des dépôts de sel. Tous ces gens. Lentement, Phoebe fit un tour sur elle-même et quand elle aperçut le fleuve elle sut ce qu'il fallait faire, elle avait un plan, elle détenait la clef qui allait la sortir de ce cauchemar ; le vent semblait pousser son corps vers le fleuve et elle atteignit le pont, des rugissements de voitures, les oreilles pleines des bruits de la forêt, la jungle, l'eau courante ; elle savait ce qu'elle devait faire, les cartes postales l'entraînaient sur la mauvaise voie, c'étaient de mauvais indices qui la menaient à la destruction ; une sourde détermination montait en elle,

12, 13, 14, 15, *J'ai horreur de ces satanés*, les cartes de Faith à la main, la photo de sa sœur aussi. Elle s'accoudait au parapet, *Chers maman et Phoebe et* lumière, lapis-lazuli, lamentations, landau, des tourbillons d'eau sous elle, des tas de bateaux, mais l'eau n'était pas bleue la corruption était partout, les cartes de Faith à la main – Elles me tuent et je ne veux pas mourir –, et l'eau malsaine, visqueuse comme la piscine de son enfance, lui faisait peur, torse velu, un sifflet doré qui voulait dire Saute – Phoebe ouvrait les doigts et les cartes s'éparpillaient en tournoyant, déjà si petites, des confettis, le papier blanc qu'on jette des immeubles une fois par an ; elle avait aussi lancé la photo et Faith tourbillonnait vers l'eau ; je l'ai refait, songea Phoebe, je l'ai jetée en bas une seconde fois – Mon Dieu pardonnez-moi je vous en supplie, c'était elle ou moi, Pardonnez-moi mon Père pardonne-moi, rien ne s'est jamais passé comme tu croyais, une leçon de vie ah ah ah, 19, 18, 17, les cartes postales à la surface de l'eau, qui flottaient, elle en était libérée à présent, Dieu merci, pensa Phoebe, elle savait où aller, elle marchait, faisait semblant de marcher ; en se concentrant bien fort elle pouvait reconstituer le monde moment par moment avant que ses coutures ne craquent à nouveau, pardonnez-moi mon Père pardonne-moi, son hôtel était devant elle, un miracle du ciel. « Pardonnez-moi, mon Père, parce que j'ai péché », murmura-t-elle en gravissant l'interminable escalier qui menait à sa chambre, la chambre bleue, son sac à dos gisait par terre. Pardonnez-moi, mon Père, pardonne-moi.

Phoebe s'effondra sur le lit défoncé, ferma les yeux, mais elle ne trouva ni l'obscurité ni le calme ; elle était prisonnière d'une radio dont les stations changeaient sans cesse, *Chère Phoebe, tu ne devineras jamais...*

Brins de lumière, explosions de guitares, brins frémissants, des voitures passaient sous ses fenêtres dans des bâillements de bleu, les mains sur ses seins, une douceur étrangement réconfortante, 91, 92, 93, cela n'aurait jamais de fin ; les colonies de vacances, les bouteilles de bière sur le mur, les cahots de l'autocar jaune, Faith sur le siège avant, la mascotte du chauffeur, sa chevelure chaude de soleil, la voix des petites filles, *Mam'zelle Mary Mack*, 102, 103, Je t'aime, pensait Phoebe, je t'aime, je ferais n'importe quoi pour toi mais je veux pas mourir, pardon, je les ai jetées, s'il vous plaît mon Dieu pardonnez-moi mais tout allait de travers, 29, 30, rien ne fonctionnait. Phoebe se releva, alla se planter devant la glace du lavabo. Son reflet, mer de couleurs changeantes, pourpre, vert, rose, les yeux noirs jusqu'aux pupilles. Un visage de folle, un masque rituel sculpté sur son image, mais c'était son visage à elle, pas celui de Faith, et Phoebe secoua la tête, ferma les yeux et les écarquilla d'un coup, puis elle secoua le miroir, se retourna et très vite regarda dans son dos pour prendre le reflet en défaut... nappe, tape, tasse, sage, 68, 67, 66, mais quoi qu'elle fasse son visage obstiné, le même, Je l'ai tuée, pensait Phoebe, son visage vide, ce cœur battant qui lui remontait aux lèvres et dont elle sentait presque le goût, saloperie... *Mes chers maman et Phoebe et...* Prise d'un accès de rage, elle abattit son poing sur la glace, son reflet surpris s'effondra en fragments scintillants qui allèrent tinter dans le lavabo.

Sa main lui faisait mal. Elle la souleva devant ses yeux, examina un petit éclat fiché dans un pli de chair entre son pouce et son index. Un sang rouge et chaud ruisselait vers son coude. Phoebe regardait le sang, fascinée par cette profusion, cette extravagance de couleur qui dormait, insoupçonnée, dans l'enveloppe triste de sa chair. Quelque chose s'apaisait en elle, fraîcheur nouvelle dans sa tête, sa poitrine, le sang entraînait la fièvre avec lui, la chassait de son corps. Non, pensa-t-elle, ce n'est pas cette fois que je vais mourir, dans le temps on guérissait par les saignées, c'est comme tout, ça va finir par s'arrêter, je crois que ça va s'arrêter. Mon Dieu, merci, merci mon cher Dieu, *Chère Phoebe...* Je vous salue Marie, trois vœux, je voudrais ma vie d'avant, s'il vous plaît mon Dieu, les fissures des plafonds, les insectes minuscules, s'il vous plaît mon Dieu, les instants de silence, les instants de vide qui faisaient du bien dans sa poitrine, le battement de son cœur qui s'apaisait peu à peu. Lentement, Phoebe ôta l'éclat de verre, et savoura l'éclair de douleur exquise qui la traversa, l'atteignant au cœur et le soulevant un instant, soulevant son cœur comme un poing serré, avant de la déserter dans un ultime élan.

Troisième partie

13

Les arbres s'épuisaient à jeter leurs fleurs blanches devant l'immeuble de Steven Lake et de son épouse Ingrid, un grand édifice aux airs de palais en ruine. Phoebe rôdait dans la rue, hésitant à sonner chez eux à une heure si matinale. Elle était arrivée à Munich par le train de nuit. Les Lake n'avaient jamais entendu parler d'elle et elle n'avait pas osé les avertir de sa venue, de peur de s'entendre dire qu'il n'y avait pas de place.

Elle s'assit sur les marches pour attendre. Plusieurs jours s'étaient écoulés depuis son trip à l'acide. Au début, les douleurs de tête avaient été insupportables, des ecchymoses d'un bleu grisâtre marquaient son front, ses tempes, son crâne. Deux jours durant, Phoebe guetta les bruits de la rue, immobile sur le lit défoncé. Elle avait peur de remuer ; elle ne se sentait protégée du délire que par une mince membrane, une fontanelle de bébé qui menaçait de rompre au premier mouvement brusque et de la précipiter de nouveau en enfer. Elle descendait à pas prudents le trop haut escalier pour payer sa chambre et s'acheter à manger. Le troisième jour, elle ouvrit son recueil de Dickens : forgerons, domestiques aux communs, rôtis de Noël, voilà l'univers qu'il lui fallait.

Elle avait songé à rentrer chez elle. Mais à mesure que le temps passait, cela lui semblait de moins en moins possible ; comme si, s'aventurant dans une ruelle bordée de femmes sifflantes, elle s'était aperçue que revenir en arrière lui serait tout aussi pénible.

Les maux de crâne s'atténuant, Phoebe s'était atte-lée à remettre en état sa chambre. Elle retenait ses gestes, on avait brisé chacun de ses os avant de les ressouder. Elle enveloppa les éclats du miroir dans un tee-shirt, les sortit en cachette dans la rue où elle les jeta dans une poubelle. En se blessant à la main, elle avait souillé le couvre-lit. À force de brossages fié-vreux et de séchages au soleil, elle avait eu raison de la tache, de toute la traînée en fait.

Elle n'avait plus les cartes de Faith : elle les avait jetées dans la Seine. Phoebe se souvenait de son geste, du sentiment impérieux, frénétique, que sa survie en dépendait, mais elle ne se rappelait plus pourquoi. Elle avait perdu son guide : si l'on choisissait une des-tination au hasard, quelle importance de s'y rendre ? L'adresse du cousin de Kyle, Steven Lake, dormait encore dans son portefeuille, enroulée autour du joint rose. Elle ne s'en était toujours pas débarrassée.

Elle somnola contre son sac à dos. À neuf heures précises, elle s'éveilla, gravit les marches et appuya sur la sonnette numéro trois. Un interphone bourdonna, une voix d'homme lui parla en allemand.

« Je vou-drais voir Ste-ven-La-ke, dit Phoebe en détachant les syllabes.

– Il est à Bruxelles pour l'été, répondit la voix, cette fois en américain.

– Bruxelles.

– Oui, et moi, je loue l'appartement pendant leur absence. Vous voulez leur adresse ? Allô ? »

Phoebe se sentait glisser au bas d'une colline.

« Allô ?

– J'étais censée lui… Lui remettre… » Elle bégayait.

On avait coupé l'interphone. Phoebe se retourna vers la rue vide. Il émanait des arbres une odeur sucrée, poudreuse. Elle était à Munich, en Allemagne. Un bourdonnement se fit entendre, elle se retourna d'un coup, se jetant de tout son poids contre la porte.

« Au troisième », lança-t-il dans l'interphone. L'entrée était obscure. Phoebe se mit à gravir l'escalier, peinant sous son sac à dos. Quelqu'un descendait les marches, les mèches de Phoebe lui tombaient devant les yeux, elle n'aperçut qu'un grand homme à lunettes. À quoi bon hisser son sac jusqu'au troisième, songeait-elle, puisque Steven Lake n'était même pas là.

« Attendez, je vais vous aider », dit l'homme en la soulageant de son sac. Elle le vit sursauter quand il la regarda mieux : les ecchymoses n'avaient pas disparu, des plaques cendreuses ombraient ses yeux, ses tempes. Elle baissa la tête. La précédant, l'homme s'élança vers les étages ; il grimpait les marches deux à deux, du pas pressé de quelqu'un qui a hâte de retourner à ses affaires.

« Vous êtes une amie de Steve ? demanda-t-il en tournant la tête.

– Non, de son cousin, Kyle Marion. »

Il s'arrêta net : « Pas le Kyle Marion de San Francisco ?

– Si ! Vous le connaissez ? »

Il y eut un silence. « Nous étions au lycée ensemble », dit l'homme. Il l'attendit sur le palier suivant. Cette fois, la curiosité l'emporta, Phoebe releva la tête et le regarda bien en face. Un éclair blanc de reconnaissance la traversa, lui donnant la chair de poule.

« Wolf. »

Il blêmit.

Ils se dévisagèrent sans rien dire. C'était Wolf. Il semblait près de défaillir. « Je suis Phoebe.

– Je sais qui tu es », dit Wolf. Il la tirait vers lui, la serrait dans ses bras, et aussitôt Phoebe retrouva son étreinte. « Bon Dieu, je sais qui tu es, Phoebe. » Puis il s'écarta pour mieux la contempler ; il souriait de ce sourire timide des aînés qui ne vous ont pas vu depuis des années. Sans poser le sac, il la saisit par les bras. « Phoebe O'Connor, dit-il. C'est pas croyable. »

Elle le trouvait plus petit que dans son souvenir. Au fil des ans, Phoebe n'avait cessé de l'imaginer aux proportions de son enfance, toujours deux fois plus grand qu'elle, toujours deux fois plus fort : à présent, ce profil ciselé lui paraissait presque fragile. Mais le visage n'avait pas changé : les dents blanches, ces yeux étroits, gris-vert, qui lui avaient valu son surnom – *Wolf*, le loup –, les cheveux bruns qui autrefois cascadaient dans son dos et que désormais il portait en brosse. Il avait perdu son bronzage indélébile. Mais c'était bien Wolf, elle le retrouvait jusque dans ces mains posées sur ses bras, ces mains qu'elle avait vues rouler des joints, guider son pick-up par d'invisibles impulsions, caresser les cheveux de sa sœur.

« Qu'est-ce que tu viens faire ici ?

– Je voyage. » Elle ne voyait pas quoi répondre d'autre. « Alors, tu connais Steven Lake ?

– Depuis des années. Deux Américains à Munich, tu penses…

– Mais tu ne savais pas que c'était le cousin de Kyle ?

« – Mais non. Je veux dire… Steve, il est bien de New York ? »

Ils arrivaient en haut des marches. Phoebe franchit la porte ouverte, découvrit un grand living austère qui surplombait un jardin. Contrastant avec la décadence de l'édifice, l'appartement avait été refait à neuf, murs immaculés, parquet de miel.

Wolf posait son sac dans l'entrée : « Installe-toi, visite, tu es ici chez toi. Tu veux du café ? »

Elle le suivit dans la cuisine. Sa silhouette était la même, décida-t-elle, torse large, jambes élancées, mais sa petitesse, sa minceur la déconcertaient. Il n'était pas plus grand qu'un autre.

Il posa la bouilloire sur le feu, se tourna vers elle en souriant.

« Tu as poussé. »

Phoebe croisa les bras.

« La dernière fois que je t'ai vue, tu devais être une gamine.

– J'avais dix ans.

– Et maintenant, tu en as quoi, seize, dix-sept ?

– Dix-huit.

– Dix-huit ans, bon Dieu. J'oublie que c'était il y a si longtemps. »

La bouilloire se mit à chanter. Il la souleva au moyen d'un chiffon, fit jaillir un arc d'eau brûlante sur le filtre.

« Tu as les cheveux tout courts, hasarda Phoebe. Tu portes des lunettes, maintenant.

– J'en ai toujours eu ; seulement, je ne les mettais pas, avoua-t-il en riant. Ah, mes folles années de brouillard.

– Tu as changé », dit Phoebe. Elle n'arrivait pas à s'y faire. « Tu as l'air, je ne sais pas, comme il faut. »

Il eut un sourire amer : « Le monde a changé. » Ils emportèrent leurs tasses au living, s'assirent sur un canapé à rayures bleues. Le soleil se déversait par les fenêtres. Dans la lumière aveuglante, Wolf se pencha soudain sur le front de Phoebe : « Qu'est-ce qui t'est arrivé ? demanda-t-il à mi-voix.

– Une chute. »

Il lui caressait le front de la main ; c'était bon de sentir sa paume fraîche. « On dirait que quelqu'un t'a passée à tabac. Comment tu as fait ton compte ?

– Bah, bêtement, dans un escalier. »

Wolf n'ajouta rien, mais elle le sentait peu convaincu et savoura son inquiétude. Le soleil blessait ses yeux ; elle les ferma un moment, se laissa aller sur le canapé. Cela lui semblait un luxe incroyable de se trouver chez quelqu'un.

« Et ta mère ? demanda Wolf.

– Elle va bien, je crois. Elle a un compagnon. Tu sais, son patron, Jack Lamont ? C'est lui.

– Tu me fais marcher !

– Je te jure que c'est vrai, dit-elle, ravie de le voir mesurer toute l'étrangeté de ce choix.

– Eh bien, ça, c'est fantastique. Si elle est heureuse, c'est fantastique. Et Bear ? Qu'est-ce qu'il devient, ce vieux Barry ?

– Un millionnaire », dit Phoebe. Elle lui résuma l'ascension fulgurante de son frère.

« Ce n'est que justice, conclut-il avec un grand sourire. Je l'ai toujours bien aimé, ton Frère. »

Aucun d'eux n'avait prononcé le nom de Faith et ce silence pesait à Phoebe. Elle se demanda si aux yeux de Wolf elle ressemblait à sa sœur autant qu'on le disait ; elle l'espérait.

Wolf s'étira, allongeant ses grands bras sur le dossier du canapé. « Phoebe O'Connor. Je te revois comme si c'était hier, tu sais : ça se passait devant chez vous, on partait pour l'aéroport et toi, tu agitais la main. »

Elle rit, embarrassée. « Tu te souviens de ça ?

– Tu étais pieds nus », ajouta-t-il. Sa voix se brisa.

Phoebe se rappelait le calme absolu qui avait fondu sur la rue dès l'instant où la camionnette avait disparu. Les couleurs vives, les rires éclatants, ils semblaient les avoir emportés avec eux, dans leurs valises pleines de coquillages et de bandanas. Phoebe s'était agenouillée sur le trottoir. Elle avait posé sa main sur la route, là où les pavés retenaient encore la chaleur de la camionnette, jusqu'à ce qu'ils refroidissent et bien plus longtemps encore, jusqu'à ce que le brouillard la fasse claquer des dents.

« Alors, dit Wolf, qu'est-ce qui s'est passé ensuite ? Je veux tout savoir. »

Elle se mit à rire. « Tu demandes beaucoup », affirma-t-elle, mais bien sûr elle mentait : il y avait si peu à dire.

Le téléphone sonna dans une pièce voisine. Wolf alla répondre ; par la porte entrouverte, Phoebe l'entendit s'exprimer dans un allemand limpide. La langue lui suggérait quelqu'un qui taille une haie avec de trop grandes cisailles.

À son retour, elle le complimenta : « Quand on t'écoute parler, tu as l'air complètement allemand.

– C'est comme si c'était fait, dit-il en riant. J'ai la résidence, une carte de travail, tout ce qu'il faut. Et j'ai une fiancée allemande, Carla… c'était elle au téléphone. Si bien que j'obtiendrai la citoyenneté au mariage.

– Tu te maries ? »

Wolf hésita. « Oui. On s'est fiancés en mars.

– Super. » Phoebe eut l'impression qu'on venait de la frapper. Ses ecchymoses se réveillèrent.

« Ça doit être dur à entendre, dit Wolf. Je suis désolé. »

Phoebe hocha la tête, regarda par la fenêtre. Un colibri rôdait derrière la vitre, comme un moustique géant.

La vie de Wolf avait donc continué. Le plus étonnant n'était pas que ce soit arrivé, songeait Phoebe, mais qu'elle l'ait su tout d'un coup. Il était resté pour elle ce garçon sans chemise, gorgé de soleil, qui avait hanté sans trêve ses pensées. Elle connaissait à présent la honte de se retrouver face à quelqu'un dont on a rêvé ; elle pria pour que cela ne se lise pas sur son visage.

« Comment as-tu terminé en Allemagne ? » demanda-t-elle.

Wolf se rassit à côté d'elle sur le canapé. Plutôt que de repartir aux États-Unis, expliqua-t-il, il avait préféré rester là, en clandestin. Des années durant, il avait vécu de petits boulots dans des restaurants ou des usines ; il se débrouillait avec la langue, l'ayant pratiquée à Berkeley pour son diplôme de biochimie.

« Tu as laissé tomber tes études, non ? Pour partir en Europe avec Faith ? »

Voilà. Le nom de sa sœur emplissait la pièce. Phoebe aurait voulu le dire encore, le crier à pleins poumons.

« Ouais, dit Wolf. Je haïssais l'Amérique. Je ne rêvais que de m'enfuir. »

Mais le nom avait fait son œuvre ; un silence respectueux fondit sur eux.

« Bref, je suis devenu traducteur, conclut-il. Je fais surtout du technique : des brochures, des rapports de vente pour des boîtes implantées aux États-Unis. Beaucoup de labos pharmaceutiques, ce qui fait que je n'ai pas perdu mon temps en biochimie : c'est même très utile.

– Tout est bien qui finit bien, alors », lança-t-elle tristement.

D'un geste machinal, Wolf cogna du poing sur le guéridon, puis recommença. Ce qu'elle venait de dire semblait le mettre mal à l'aise ; ou peut-être s'en voulait-il d'afficher son bonheur.

« Mince, j'ai oublié, dit-elle en fouillant son sac à la recherche de son portefeuille. Il fallait que je donne ça à Steven, de la part de Kyle. »

Du pli de son portefeuille, elle parvint à extraire le joint rose – tordu, souillé par le voyage. Wolf s'en empara ; l'état de la chose le fit sourire.

« On va le mettre de côté pour Steve. »

La salle de bains arborait des carreaux d'un blanc immaculé. Dans l'armoire à pharmacie trônaient un flacon de parfum Estée Lauder, plusieurs épingles à cheveux d'un brun crème qu'on avait rassemblées avec soin ; des boucles d'oreilles en jade, une lotion qui sentait la noix de coco. Phoebe considéra ces objets, s'efforçant de faire surgir l'image de celle qui les avait achetés, portés, rangés dans cette armoire avec de telles précautions. Cet arrangement propret n'aurait pu trancher plus avec l'éblouissant capharnaüm des affaires de Faith ; pourtant, quand elle s'efforçait de se représenter Carla, Phoebe ne voyait que le visage de sa sœur.

Sous la douche brûlante, sa main se mit à l'élancer. Après s'être infectée, la plaie cicatrisait lentement. Phoebe retenait ses gestes comme si la douche avait été carrelée de coquilles d'œuf. Je suis dans l'appartement de Wolf, se répétait-elle, guettant l'allégresse qu'aurait dû lui procurer cette bonne fortune. Mais ses émotions paraissaient assourdies. Trop de choses étaient arrivées : retrouver Wolf lui semblait la réalisation d'un espoir auquel elle avait renoncé lorsque sa quête avait inexplicablement basculé de l'aventure à la survie. Que venait-elle chercher en Europe ? Phoebe n'en était plus sûre désormais ; elle n'avait qu'une certitude : elle venait d'échapper à un cauchemar. Il lui faudrait endosser, devant Wolf, le rôle d'une aimable jeune fille en vacances ; la perspective l'épuisait à l'avance, lui donnant envie de s'enfermer à jamais dans cette salle de bains.

« À quoi ressemble-t-elle, ta fiancée ? »

Ils traversaient des avenues princières. Les églises de Munich, grandes armoires à l'ancienne, se dressaient devant un ciel limpide. Les horloges sonnaient midi.

« C'est un médecin.

– Un médecin, dis donc. » La fiancée en paraissait plus vieille. « Tu dois avoir une santé de fer », plaisanta-t-elle.

Wolf rit en rejetant la tête ; comme si son rire, à l'instar de la fumée, avait été une substance qui pût offenser Phoebe. « Lentement, mais sûrement, dit-il avec tendresse. Je ne suis pas un patient facile. »

Il lui montra l'ancienne et la nouvelle Pinacothèque, l'université technique où il devait enseigner la traduction à partir de l'automne. Phoebe ne leur accorda que des coups d'œil distraits. Elle contemplait surtout Wolf, émerveillée de songer que c'était là le même garçon qui la prenait sur ses épaules dans Haight Street, ce garçon qu'elle jouait à éperonner pour aller plus vite. Wolf devait y songer lui aussi, car il demanda soudain si San Francisco avait beaucoup changé.

« Énormément, dit-elle. Tu n'en croirais pas tes yeux.

– Mais comment ? Je veux dire, qu'est-ce qui a changé ?

– Tu n'y retournes jamais ?

– Si, de temps en temps. Mais mes parents habitent à Tiburon, maintenant. Je ne vais jamais aux endroits d'avant.

– Ce n'est pas plus mal, dit Phoebe.

– Et notre lycée ? À ce qu'on me raconte, ce serait presque un retour aux années 50, pom-pom girls, football…

– Et disco, ajouta-t-elle. Tout le monde va danser dans des boîtes disco.

– Ça semble sympathique, dit-il sur un ton amusé. Ça a l'air… innocent. »

Elle lui jeta un regard éberlué : « Et c'est toi qui me dis ça ? »

Il s'excusa d'un sourire. « On se fait vieux. »

Ils étaient entrés dans le Hofgarten, un grand parc tiré au cordeau ; les fleurs rouges et blanches s'alignaient en massifs rectangulaires, bordés de haies basses. Tout au bout du parc, un belvédère carré surgissait d'un cercle d'arbres ; une coupole de métal le coiffait, luisante comme un casque de bronze.

« Mais il doit bien rester quelque chose, disait Wolf. Une trace, je ne sais pas… Même si ce n'est presque rien. » Et Phoebe fut frappée par l'altération de sa voix, cette mélancolie soudaine. Elle lui parla de Hippie Hill, du parc désert, de Haight Street et de ses junkies. Et à mesure qu'elle lui décrivait ces tristes vestiges, son amertume d'avoir manqué cette époque céda la place

233

au désir brusque et douloureux de retrouver ce qu'elle avait quitté, de rentrer chez elle.

Ils avaient fini par s'arrêter. Le soleil inondait la coupole de bronze, lui donnait l'éclat doré d'une sphère mystique de guérison. Wolf fit un ou deux pas ; soudain il leva la main, les yeux fixés sur Phoebe. « Attends, murmura-t-il. Ne bouge pas. »

Elle jeta un coup d'œil à la coupole, masse scintillante d'or noir. Quand elle se retourna vers Wolf, il avait posé un genou à terre. Phoebe faillit se mettre à rire, mais le son mourut dans sa gorge : il avait l'air vulnérable, le regard vide d'un homme endormi.

« Qu'est-ce qui se passe ? » murmura-t-elle.

Il se redressait, brossait lentement la poussière de son jean.

« Wolf, qu'est-ce qu'il y a ?

– Rien », dit-il d'une voix absente. Il semblait désorienté, incertain lui-même de ce qui venait de se produire. « Allez, on s'en va. »

Ils sortirent du parc en silence. Phoebe ne renouvela pas sa question. Lorsque Wolf avait levé les yeux sur elle, elle avait surpris sur son visage une sorte d'entrebâillement, comme une porte qui se serait ouverte puis refermée sur une pièce obscure. Phoebe ignorait ce que cela pouvait signifier. Mais elle était heureuse de l'avoir vu, heureuse et d'une certaine façon soulagée.

Ils dînèrent dans l'un des plus vieux restaurants de Munich : hommes d'affaires lovés dans des cocons de fumée, odeurs de bière, de saumure, de bois ciré. Les fenêtres s'ornaient de vitraux en losange. Wolf et Phoebe gravirent un escalier étroit, on les assit à une table de vieilles planches. Wolf commanda des bières ;

elles arrivèrent dans des verres en cloche, aussi grands que des bouteilles de vin.

Il leva son verre. « Au plaisir de boire avec toi, Phoebe – en tout bien, tout honneur. Si l'on m'avait dit un jour... »

Phoebe prit une gorgée de bière, sucre et malt, une sève trouble qui moussait dans son verre ; le goût avait la richesse d'un repas entier. Elle n'avait pas bu d'alcool depuis le Champagne d'Épernay, avec Pietro : c'était pour ainsi dire dans une vie antérieure.

Wolf la regardait boire. « À propos, lança-t-il, je m'appelle Sebastian.

– Sebastian. » Elle pouffa de rire. La bière semblait inonder son cerveau. « Rien à faire. Sebastian ?! »

Wolf riait lui aussi, mais à contrecœur. Il apparut soudain à Phoebe que Carla, en tant que médecin, devait être une femme très sérieuse. Elle ravala son rire.

« En ce moment, je me sens Wolf, dit-il. Je ne te cache pas que c'est un plaisir.

– Dans ce cas, je dois quand même t'appeler Sebastian ? »

Ils se sourirent. Le nom pendait là, ridicule.

« Appelle-moi Wolf, dit-il. Qu'est-ce que ça peut faire ? » Après un moment, il ajouta : « J'aurai trente ans l'année prochaine, tu te rends compte ? » L'idée paraissait l'emplir de gravité, comme s'il y avait eu des engagements secrets dont il lui fallait s'acquitter avant cette date.

« Trente ans, plaisanta-t-elle, ce n'est pas si vieux... Sebastian.

– *Danke schön.* »

Il commanda des saucisses, de la choucroute, du chou farci. On les servit sur des plats d'étain bosselés et Phoebe mangea au point de défaillir. Elle prit une autre bière, Wolf en but deux de plus. À travers l'ivresse, Phoebe sentait glisser sa prise sur le réel. Une lumière pâle tombait des fenêtres, découpait l'air enfumé en bandes losangées. Wolf alluma une cigarette.

« J'ai beaucoup pensé à toi, Phoebe, pendant tout ce temps. »

L'émotion la gagna, elle n'aurait pas cru cela possible. « Vraiment ?

– Oui, vraiment. Je… Je me demandais comment tu allais. »

Il y eut un temps. « Je crois que je vais bien, dit-elle, mal à l'aise.

– Ça peut te paraître dingue, mais, ajouta-t-il, il faut que je le dise, j'espère que tu n'as pas trop souffert. »

Phoebe se sentit rougir. « Je ne sais pas. Je veux dire… »

Il secouait la tête. « Je m'excuse. La question ne regardait que moi.

– Non, ça va », dit-elle, indécise. À la vérité, Phoebe songeait rarement aux conséquences de la mort de Faith sur son existence. Elle n'avait guère de souvenirs de l'événement lui-même : elle ne se rappelait que le visage blanc de sa mère au seuil d'une porte et – elle ignorait pourquoi – un cheval en plastique, un bête cheval tout bleu, le corps carré, de gros yeux blancs, un jouet qu'elle avait gagné dans un magasin de chaussures. Elle se revoyait tenir ce cheval, s'efforcer de croire que sa sœur était morte.

« Quand l'as-tu vue pour la dernière fois ? demanda-t-elle. Faith, je veux dire. »

De nouveau quelque chose flamboya dans les yeux de Wolf, cette douleur ou cette inquiétude qu'elle avait surprise tout à l'heure, devant la coupole. « En août, dit-il, en août 70. Nous sommes allés de Paris à Berlin. Je suis parti en août, elle est morte en novembre. Comme tu sais. »

Il se pencha vers la table, se rassit comme pour faire passer un mal de ventre. « Après Berlin, je suis arrivé ici, à Munich. Je me disais qu'elle me rejoindrait peut-être, mais elle n'est jamais venue. J'étais toujours là quand c'est arrivé ; mes parents ont téléphoné. J'ai parlé à ta maman, je lui ai dit tout ce que je savais, mais ce n'était pas grand-chose.

– Je m'en souviens, dit Phoebe. Je me souviens que tu lui avais parlé.

– On a continué à s'appeler pendant quelques années, quatre ou cinq ans peut-être. De temps en temps, je passais un coup de fil. Elle a été super, ta mère. Elle me disait : "Wolf, je suis toujours heureuse de savoir ce que tu deviens, mais si un jour tu n'as plus envie d'appeler, je le comprendrai très bien." » Il leva son verre vide, le reposa. Sa peau mate semblait grise sans bronzage.

« Faith ne voulait plus de moi, c'est ça, l'histoire.

– Je sais. »

Il tressaillit.

« Ses cartes postales, expliqua Phoebe. Je les avais gardées. »

Wolf se réinstalla sur son siège : « Qu'est-ce qu'elle disait ?

– Rien, qu'elle était soulagée que tu t'en ailles. Que tu la retenais ; que maintenant elle était libre. »

Quelque chose palpitait près de la bouche de Wolf. Phoebe regretta sa confidence. Il tira une dernière bouffée de sa cigarette et l'écrasa. « Inutile de te dire le temps que j'ai pu passer à me demander pourquoi.

Mais je n'ai toujours pas la réponse. Franchement, je ne sais pas pourquoi.

– Moi, je veux savoir, dit Phoebe.

– C'est compréhensible.

– C'est cela que je suis venue faire, poursuivit-elle, incapable de contenir plus longtemps la confession qui montait de sa poitrine. J'irai partout où elle est allée, jusqu'en Italie, là-bas, à Corniglia. Où c'est arrivé. »

Les yeux de Wolf s'écarquillèrent. « Bon Dieu », dit-il, mais Phoebe le remarqua à peine. Pour la première fois depuis des jours, des semaines peut-être, l'incertitude était levée, elle savait de nouveau ce qui l'amenait en Europe : le besoin de découvrir ce qui était arrivé.

« Qu'est-ce que tu crois que tu vas apprendre, en allant là-bas ?

– Je ne sais pas », répondit-elle, euphorique.

Wolf secoua la tête. « Moi non plus. »

Phoebe sentit qu'elle venait de se livrer, que désormais Wolf la voyait sous un autre jour. Mais son idée de Wolf s'était modifiée elle aussi ; c'était un homme qui se remettait à peine de quelque chose. Sa taille diminuée semblait faire partie de cette évolution, comme si pour Wolf le vieillissement avait été question de rétrécir.

« Comment ça se fait que tu ne sois jamais rentré ? » lui demanda-t-elle.

Il prit une grande inspiration, sortit une cigarette de son paquet, ne l'alluma pas. « Je ne pouvais pas, dit-il. Tout recommencer, comme si de rien n'était ? Comment aurais-je pu ? » Son visage avait l'air nu, dépouillé de quelque chose. « Alors, j'ai attendu. Les années ont passé. Et un jour, c'était devenu ma vie. »

Il ouvrit les mains, lui sourit encore de son sourire timide. Phoebe sourit à son tour. Une entente s'établissait entre eux, comme si, pour la seconde fois de la journée, ils s'étaient reconnus au détour d'un escalier.

L'après-midi touchait à sa fin quand ils regagnèrent, à pied, l'appartement de Wolf. La garde de Carla à l'hôpital prenait fin bientôt, il voulait la voir. Phoebe se sentait à deux doigts de défaillir, démolie par la bière autant que par sa fragilité chronique. Ils décidèrent qu'elle irait dormir chez Wolf ; lui passerait la nuit chez Carla et reviendrait la trouver le lendemain matin. Ils iraient à la campagne, visiteraient des châteaux.

Wolf la regardait de plus en plus souvent, remarqua Phoebe. On aurait dit que son étonnement devant elle s'aiguisait au fil des heures. Ils atteignirent la rue où se dressait son immeuble. « Nom de Dieu, lança-t-il. Quelle chose bizarre, la vie.

– Bizarre, mais bonne. Pas vrai ? »

Au-dessus de leurs têtes, les arbres éparpillaient follement leurs fleurs, comme une neige artificielle.

14

Ce n'était pas le pick-up d'autrefois, mais pour Phoebe cela y ressemblait fort : une Coccinelle décapotable orange et Janis Joplin qui s'époumonait dans le lecteur de cassettes. Elle retrouvait aussi la conduite nonchalante de Wolf, étalé sur son siège, une main posée sur le volant qu'il tournait à peine, comme on règle un ventilateur pour rafraîchir son visage.

Ils s'en allaient au sud, vers les châteaux de Louis II de Bavière. Wolf était arrivé de chez Carla au matin ; il apportait des œufs, des poires, du pain noir et lui prépara son petit déjeuner. Il avait planifié avec soin leur excursion, ce qui changeait Phoebe des jours anciens : elle le voyait encore entasser les gens pêle-mêle à l'arrière de sa camionnette et foncer au hasard des collines, effrayant au passage de grands nuages d'argile.

Pour une fois, Phoebe se sentait propre. Elle avait passé une demi-heure à se doucher dans la salle de bains brûlante, à récurer ses pieds, ses jambes, à gratter ses coudes où semblait s'être accumulée une couche invisible de peau morte. Après quoi, débouchant ce flacon de Chanel nº 5 qu'elle avait traîné dans ses valises, elle s'en était mis une touche – un rien généreuse, découvrit-elle quand Wolf l'assura que ses sinus se dégageaient d'un coup. Elle trouvait presque irréel de se sentir déjà si loin des mauvais moments, de tous ces mauvais moments. La veille encore, elle cherchait avant tout à cacher ses ennuis à Wolf ; aujourd'hui, elle était prête à les oublier pour de bon. Cette fille inquiète et solitaire des semaines précédentes, elle s'en étonnait, la prenait même en pitié, mais ne s'y reconnaissait plus.

Ils laissèrent derrière eux la banlieue munichoise et ce fut la campagne, les moutons logés comme des teignes dans les plis verts des collines ; des villes parurent, comme des chambres d'enfants ensoleillées : tout un gai mobilier d'églises, de granges et de maisons peintes en couleurs pastel, lisérées de blanc.

« *Summertime time time time…* », chantait Janis, voix de grosse toile qu'on déchire lentement en deux.

Phoebe regardait Wolf. Il plissait les yeux sous le soleil, l'air songeur, peut-être même sombre.

« Tu penses encore souvent à Faith ? »

Il y eut un temps. « J'essaie de m'en empêcher.

– Pourquoi ? »

Il lui jeta un coup d'œil, comme si la question était surprenante.

« Ça te rend triste ?

– Ouais, ça me rend triste. Et je ne me fie pas trop à la tristesse », répondit-il lentement.

Percevant sa répugnance à évoquer le passé, Phoebe s'efforçait de contenir le flot de questions qui montait en elle. Elle n'y parvint pas. « Tu te rappelles le Cirque invisible ?

– Bien sûr.

– Tu… Tu pourrais me dire ce que c'était au juste ? J'ai voulu regarder dans des livres, mais je ne le trouve jamais. »

Wolf se mit à sourire : « C'est marrant, ça, qu'il ne soit pas dedans. »

Ça s'était passé dans une église, la Glide Methodist Church dans le Tenderloin. Une fête de hippies, pas de publicité, pas de presse, rien que la soirée elle-même avec les bonnes personnes. Les hippies avaient arrangé l'endroit en Palais des Mirages psychédélique – pièces planantes, spots de couleur, les éclats de plastique par terre et les bols pleins de Kool-Aid[1] à l'acide ; le cirque habituel, si l'on veut, sauf qu'à l'époque ça ne s'était jamais vu et qu'en plus ça se tenait dans une église, avec les bancs, l'autel, tout le bazar. L'idée, c'était de permettre à chacun de vivre ses délires les plus fous. Pendant ce temps, des « reporters » notaient tout ce qui se passait, puis Richard Brautigan – non, sérieux, Brautigan en personne – tapait des « bulletins d'actualité » à partir des comptes rendus. On les ronéotypait à des centaines d'exemplaires qu'on distribuait tout de suite ; si bien qu'en plus de se permettre les conneries les plus démentes chacun pouvait lire dans le bulletin tout ce qu'il avait fait, parfois même avant d'avoir fini.

« On dirait un rêve ! s'exclama Phoebe.

– C'en était un ; c'était exactement l'impression qu'on avait. » Il fumait, les yeux fixés sur la route. « Il s'agissait de se regarder devenir : cette incroyable sensation d'être à l'extérieur et de voir tout ça se déplier. C'était comme un trip. Je me souviens que je me disais : Merde, je ne sais pas ce que c'est, mais ça s'annonce maousse. »

Phoebe aurait voulu demander quelles choses se déroulaient dans l'église, ce que Wolf et Faith avaient

---

1. Boisson rafraîchissante que les hippies coupaient souvent au LSD (*NdT*).

fait, mais elle n'osa pas. « Ça avait quel sens, à ton avis ? »

Il rit. « Le Cirque invisible ?

– Non, l'ensemble. Le Be-In… Toute l'époque. »

Il rit à nouveau, mal à l'aise. « Je n'en sais rien. Bon sang, qu'est-ce que tu veux que je te dise… » Il lui lança un coup d'œil. « Je n'ai pas de réponses sur cette époque, Phoebe, je te jure. Des questions seulement.

– Lesquelles ?

– Les plus évidentes, j'imagine : Qu'est-ce qui s'est passé ? Pourquoi ça n'a pas marché ? Ou bien est-ce que ça a marché, mais que je ne le vois pas pour une raison quelconque ? »

Il soupira. Phoebe comprit qu'elle usait sa patience.

« Tout ce que je sais, reprit-il, c'est qu'à une époque on a cru qu'à force de cogner dans le tas on réussirait à appeler une espèce de force gigantesque qui nous soulèverait, qui nous emporterait. Et aujourd'hui, ceux qui tapaient le plus fort sont à peu près tous morts. On est bien forcé de se demander : Est-ce que ça marchait si bien que ça ?

– Ce sont peut-être ceux-là qui se sont fait emporter. »

Wolf haussa les sourcils. « Peut-être. Mais je préférerais les savoir en vie.

– Pourquoi ? »

Il tourna vers elle un visage tendu : « Parce que je n'ai pas une vision très romantique de la mort. »

Il y eut un long silence. « De toute façon, reprit-il, ce n'est surtout pas à moi qu'il faut poser ce genre de questions. Du début à la fin, je n'ai été qu'un spectateur.

– Tout le monde dit ça.

– Eh bien, tu devrais peut-être en tirer des leçons.

– Je ne me suis peut-être pas adressée aux bonnes personnes », dit-elle d'un ton songeur.

Wolf éclata de rire : « Phoebe, tu es merveilleuse. » Il s'était détendu. « Tu n'as pas une once d'ironie. On croirait tomber sur une de ces tribus que la civilisation n'a pas corrompues. »

Phoebe fut déconcertée : elle avait toujours pris l'ironie pour un concept purement littéraire, dont le sens de surcroît lui échappait. « Je ne suis même pas sûre de ce que c'est », avoua-t-elle.

Wolf s'essuya les yeux du revers de la main. « Mon idée de l'ironie, c'est la suivante : ou bien on n'arrive pas à la voir, ou bien on ne voit plus qu'elle. »

Ils se mirent à monter ; la terre roulait ses plis en contrebas. Un lac se montrait par éclairs d'argent ; on aurait dit qu'à chaque virage la voiture heurtait des cruches, projetant les éclaboussures d'un liquide éclatant, mercuriel. Phoebe vit enfin surgir les montagnes au-delà des contreforts, comme une immense scène blanche surplombant les épaules robustes du public. Elle se rappela les folles virées vers les collines dans le pick-up de Wolf. Elle revit cette route de désert brûlante où il avait marché en funambule sur un fil électrique, s'improvisant un balancier à partir d'une branche morte. « Arrête ! » lui avalent-ils tous crié quand il avait grimpé au poteau, quelqu'un connaissait quelqu'un dont le cousin était mort électrocuté. Mais Wolf poursuivit son ascension et, parvenu au sommet, lança un grand sourire à Faith en contrebas – il faisait tout cela pour elle –, un grand sourire à leurs visages inquiets : « Mais, allez… Il m'arrivera rien. » Et il était passé, avec son calme, ses dents blanches, cette élégance nonchalante qui semblait alors l'essence même de Wolf.

« Tu crois que tu étais arrogant autrefois ? » lui demanda-t-elle.

Il rit. « Sans doute. Je le paraissais ?

– Je ne saurais pas dire. »

Il devint songeur. « Quand je pense à cette époque, dit-il, ce que je me rappelle surtout, c'est ce sentiment qu'il ne m'arriverait jamais rien de grave. » Il regarda Phoebe avec un sourire amer. « Ça, c'est de l'arrogance.

– Et l'ironie, que devient-elle ? »

Wolf sourit encore. « L'ironie la met en pièces. »

Sur le parking, en rangs serrés, haletaient les autocars. À moins de deux kilomètres de là, Phoebe vit surgir d'un éparpillement de sapins un château dont les proportions éveillèrent en elle un écho troublant, comme une image tirée d'un de ses rêves : les tours crénelées, la pierre blanche, les flèches aussi minces et pointues que des pinceaux – c'était le château qu'elle s'était efforcée de dessiner toute son enfance. « Qu'est-ce que c'est ? Je l'ai déjà vu, j'en suis sûre.

– Oui, tu l'as vu, dit-il en verrouillant la capote de la Volkswagen. Disney en a fait le château de la Belle au Bois dormant, dans le film.

– Oh. » Elle ne s'était pas attendue à cela. Elle commença par se détourner, mais ne put s'empêcher de revenir au château, poussée par une impulsion qu'elle avait déjà connue en croisant des célébrités lors des cocktails de Jack. Si une Jane Fonda, un Michael York brillaient d'un tel éclat dans la pièce, c'était bien moins par leurs succès que par une pure qualité de reconnaissable qui s'attachait à leur personne, comme si, au-delà des hasards d'un monde chaotique, eux seuls avaient été appelés à l'existence. « On peut vraiment y entrer ? demanda-t-elle.

– C'était l'idée. »

Mais auparavant, ils visitèrent un château plus proche, Hohenschwangau, où Louis II avait passé son enfance. Entraîné par un guide automate, le groupe examina soupières, plats de porcelaine, tapisseries de scènes de chasse. Les murs de la chambre du roi étaient peints de minuscules étoiles jaunes ; au pied de son lit, une porte donnait sur un escalier miniature conduisant à l'étage du dessous, qu'on avait réservé à la future reine. Mais Louis II ne se maria jamais : sans explications, on rompit les fiançailles, puis ce fut l'internement et sa mort mystérieuse.

Phoebe se perdait dans la légende du roi maudit. À la suite du groupe, elle gravit en rêvant un escalier en spirale dont les degrés de marbre semblaient des pains de savon, creusés par des siècles d'usure. Tout en haut, les collines s'égaillaient derrière d'étroites fenêtres. Wolf restait à son côté ; comme elle trébuchait, il la rattrapa et elle ne put s'empêcher de recommencer tout exprès, pour appeler sa protection. Elle sentit qu'on les regardait – une jeune fille aux cheveux pâles, au frêle visage d'oiseau en cage. Il n'y avait pas si longtemps, Phoebe elle aussi avait scruté les couples, dévorée de jalousie devant ces gestes infimes, ce monde qu'ils bâtissaient entre eux ; si bien qu'elle se mit à jouer la comédie pour cette fille, elle se rapprocha de Wolf, lui tapota l'épaule, lui parla dans l'oreille, au point d'y croire elle-même par moments. Sa destinée semblait à jamais transformée. La fille n'était pas accompagnée : Phoebe s'en voulait de jouer ainsi sur cette solitude, mais elle ne put résister au plaisir de cette petite mise en scène.

Ils sortirent, montèrent à pied vers Neuschwanstein. Phoebe chercha autour d'eux la fille blonde, dans le vague espoir qu'elle les suivrait, les observerait encore pendant cette seconde visite ; mais elle avait disparu.

« Il était vraiment fou ? demanda Phoebe à Wolf. Le roi ?

– Bon, en pleine Révolution industrielle, voilà un type qui fait bâtir des châteaux arthuriens et se trimballe dans les montagnes en traîneau médiéval. Sans parler de son cheval qu'il invitait à sa table. »

Louis II avait englouti des sommes énormes dans la construction de Neuschwanstein, son château de conte de fées, expliqua Wolf, multipliant les tours et les grottes artificielles jusqu'à provoquer la banqueroute du royaume et la révolte de ses sujets affolés. On le fit interner au bord d'un lac où il devait se noyer, en compagnie de son médecin, dans d'obscures circonstances. « Soixante centimètres d'eau, précisa Wolf. On n'a jamais compris ce qui était arrivé. »

Des touristes les dépassaient en calèche. « Pour moi, il n'était pas fou, dit Phoebe.

– Ah, les nostalgiques. »

Neuschwanstein était ce que Phoebe avait vu de plus proche du pays d'Oz ou de l'univers d'Alice. Des losanges de marbre lisse et brillant s'incrustaient dans les parois, les salles en grotesque étouffaient sous les stalactites artificielles. Une mosaïque surplombait le trône du roi, un grand Jésus tout en éclats de bonbons. À traverser les salles étincelantes, Phoebe se sentit gagner par une vague d'émotion, de douce nostalgie. Elle le comprenait, voilà tout ; elle comprenait ce roi.

À la fin de la visite, ils firent la queue dans le grand escalier. « Pauvre Ludwig, dit-elle. Quelle tristesse.

– Pauvre Bavière.

– Mais tu te rends compte de ce qu'il a fait ? »

Il leva les yeux vers les peintures du plafond :
« Quoi, ça ?

– Tu n'aimes pas ?

– Si, bien sûr. Mais cela en valait-il le prix ? »

Ce ton docte l'agaçait. « Peu importe le prix »,
lança-t-elle.

Il se tourna brusquement vers elle : « Tu plaisantes,
j'espère. » Il semblait attendre qu'elle lui dise non.
« Tu crois vraiment que ce Disneyland méritait la ruine
de tout un royaume ?

– Peut-être bien, s'entêta-t-elle.

– Tu diras ça aux gens qui sont morts pour faire
bouillir la marmite pendant que le père Ludwig choisissait ses rideaux. »

Ils s'affrontèrent. « Il n'y avait pas de rideaux »,
murmura Phoebe.

Wolf sortit sans l'attendre, dans de grands claquements de bottes contre le sol de marbre. Une fois
dehors, il se passa les mains dans les cheveux, regarda
le ciel. Phoebe le rejoignit timidement.

« C'est si important que ça ?

– Non. »

Ils redescendirent en silence les pentes boisées.
Phoebe s'écarta du chemin pour mieux apercevoir le
château, vaisseau fantôme perdu dans un océan de
verdure. Elle vit le roi Louis se pencher vers elle entre
les glaçons de ses fenêtres, lui promettre qu'elle avait
raison, que c'en avait valu la peine. Le ravin s'ouvrait
dans son dos, un air froid montait du vide.

Wolf passa sur le chemin sans la voir ; ses bottes
crissaient sur le gravier. « Phoebe ? » Mue par une
impulsion soudaine, elle tomba à genoux, s'enfouit
dans les buissons. Qu'il cherche, songeait-elle, qu'il
s'inquiète de son absence. Elle patienta un moment

entre fourmis, mouches et brindilles, mais Wolf n'appela plus. Le bruit de ses pas s'éloigna, disparut.

Quelques minutes s'écoulèrent avant que Phoebe ne s'extraie timidement de sa cachette : « Wolf ? » Elle n'entendait qu'un ramage d'oiseaux. « Wolf ? » La peur fondit sur elle : s'il était parti, s'il était *rentré* en la laissant là ? Phoebe se vit de nouveau seule, seule comme la fille du château, seule comme elle l'avait été depuis des semaines, comme elle l'était encore la veille. Elle se jeta à corps perdu dans les broussailles, s'érafla les tibias, finit par déboucher sur le sentier principal où Wolf se tenait adossé contre un arbre, une cigarette aux lèvres. « Ah, te voilà ! » cria-t-elle, hors d'haleine.

Il lui jeta un regard perplexe. « Je t'attendais. »

Ils revinrent à la voiture. Le soleil avait baissé ; chaque arbre jetait une barre d'ombre fraîche sur le sentier. Il semblait à Phoebe qu'on venait de la prendre sur le fait, de la mettre au coin pour l'imposture de cette journée, pour avoir tourné le dos aux mauvais moments, s'être glissée dans la peau d'une autre. Elle se sentait soudain lasse de cette imposture, écœurée comme après une longue journée de fête foraine, les épis de maïs grillés, les sucreries, les étourdissants manèges – excès au terme desquels Phoebe n'aspirait plus qu'à retrouver la vie plus austère de sa maison. Chez sa sœur, c'était tout le contraire. Faith ne supportait pas l'idée qu'une chose – n'importe laquelle – s'achève ; le sentiment de la fin lui inspirait aussitôt un désir forcené de recommencer. Phoebe se rappelait l'avoir vue se mettre à vomir au sortir d'un manège de cauchemar. Son père la prit dans ses bras, la souleva au-dessus d'une poubelle ; et l'on voyait saillir par à-coups ses muscles, à s'efforcer de contenir les spasmes de ce maigre corps qui se vidait de toute une journée de cacahuètes, de cornets de glace, de barbe à papa. Faith vidait ses poumons jusqu'au râle puis, frénétiquement, inspirait à toute force pour retomber dans un nouvel accès de vomissements, plus violent encore que le précédent. C'était terrible à voir. Faith pleurait à grosses larmes ; son père écarta ses longs cheveux de son visage, les serra dans son poing jusqu'à ce qu'elle ait enfin terminé.

Il l'emporta jusqu'à un distributeur d'eau, la souleva à la hauteur du robinet. Tout le monde attendit en silence pendant qu'elle buvait. Puis il la reposa à terre et Faith vacilla sur ses jambes, se frotta les yeux alors que les couleurs lui revenaient, sourit à la ronde et proposa de retourner sur le manège. Son père se mit à rire, soulagé de la voir retrouver sa bonne humeur, mais Faith insista, se perdit en supplications, en cajoleries, et l'on finit par comprendre qu'elle ne plaisantait pas, qu'elle voulait vraiment y retourner. Mais il ne céda pas, pas cette fois. Calme-toi, disait-il, ça devient de la folie furieuse. Sur le chemin du retour, Faith s'affala contre la vitre avec de grands gargouillis d'estomac, s'enfonça les deux poings dans le ventre pour étouffer le bruit, elle avait l'air si malheureuse que Phoebe la crut encore malade, mais ce n'était pas ça : en fait, elle enrageait de devoir rentrer.

Ils atteignirent la voiture. L'odeur de Wolf imprégnait l'intérieur de la Volkswagen, une senteur douce-amère de jardin après la pluie. Phoebe la reconnut, c'était l'odeur des tee-shirts qui traînaient toujours dans la chambre de Faith où elle s'aventurait quelquefois ; s'il n'y avait personne, se souvint-elle, elle portait l'étoffe à son visage et respirait l'odeur de Wolf, une odeur rassurante à laquelle se mêlait quelque chose d'autre qu'elle n'aurait pu nommer, mais qui l'attirait.

Elle décida de lui dire ce qui s'était passé en Europe ; à quoi bon le lui cacher.

Elle attendit qu'ils aient démarré pour se lancer : « Wolf. »

Elle entreprit le récit de ses aventures, commençant par Londres pour passer ensuite à chacune des villes qu'elle avait visitées : comment elle s'était échouée dans l'appartement de Karl à Amsterdam, ces enfants qu'elle avait effrayés près de Dinant, comment elle avait trouvé et reperdu Dieu. Elle s'était dit que les mots viendraient difficilement ; elle découvrit au contraire qu'ils se bousculaient dans sa bouche, l'envahissaient d'un soulagement inattendu, et même d'un sentiment de puissance. Car, du tumulte inquiétant des faits, une histoire se dessinait, prenait forme : et c'était la sienne. Elle pouvait dire les mots. Elle était sauvée.

Wolf conduisait en silence, impassible. Quand elle lui raconta qu'elle avait tenté de se jeter à travers cette vitrine, à Paris, il se rangea sur le bas-côté. « Désolé, dit-il en coupant le moteur, je ne peux pas écouter en conduisant. »

La voiture n'était qu'à quelques centimètres d'une glissière de sécurité. Wolf se coucha sur le volant, regardant à travers le pare-brise tandis qu'elle achevait son récit. Puis ils restèrent assis en silence. Phoebe aperçut une vache sur sa droite, la peau d'un jaune crémeux où saillaient des os gigantesques. Elle se sentait détendue.

« Ce n'est pas bien, dit-il. Ce n'est pas bien que tu en sois passée par là. »

Son ton lugubre ébranla Phoebe. Elle chercha une réponse.

« Mince. Ce n'est pas comme si tu y étais pour quelque chose. »

Ils repartirent, s'arrêtèrent bientôt dans un village pour déjeuner. Une petite rivière courait à travers le centre, des oies grasses, des canards voguaient près des rives. La plupart des façades s'ornaient de peintures aux couleurs vives : le Christ sur les épaules de saint Christophe, un chevalier en selle brandissant une longue oriflamme, une Madone à l'Enfant.

Ils commandèrent et s'installèrent à l'extérieur, devant une table noire qu'ombrageait un parasol à rayures. On apporta leurs sandwiches. « Ce que je n'arrive pas à comprendre, dit Wolf, c'est pourquoi tu t'es forcée à venir en Europe. Je veux dire, pourquoi t'infliger tout ça ?

– Je ne me suis pas forcée ; j'en avais envie.

– Mais pourquoi ?

– Pour comprendre ce qui s'est passé.

– Tu le sais bien, ce qui s'est passé !

– Non. »

Wolf eut l'air abasourdi.

« Et puis, ajouta-t-elle, dans les cartes postales, tout ce qu'elle faisait semblait si intense. »

Wolf la dévisagea : « Phoebe, elle s'est tuée. »

Phoebe prit son sandwich et mangea, évitant son regard.

« Elle s'est tuée, répéta-t-il. J'ai un peu l'impression que tu ne le comprends pas bien, comme si tu te disais… Je ne sais pas ce que tu te dis.

– Tu ne sais pas ce qui s'est passé. »

Wolf repoussa son assiette intacte et alluma une cigarette. Il avalait la fumée comme de la nourriture. Phoebe dévorait son sandwich à bouchées impatientes, sans prendre la peine de mâcher, au risque de s'étouffer.

« Tu oublies une chose, Phoebe, c'est que je faisais partie du voyage. Quand elle écrivait ces carres postales, j'étais *là*, d'accord ? Moi, j'y étais. » Il se frappa la poitrine.

La colère l'envahit, elle mangea plus vite. « Alors, raconte-moi », dit-elle sans lever les yeux.

Wolf se frottait les paupières. Toute force semblait l'avoir déserté.

« C'était la drogue ? L'héroïne, quelque chose comme ça ?

– Mais bien sûr, la drogue... Mais c'était tout l'ensemble, c'était Faith elle-même. Non, ce n'était pas la drogue.

– Alors, quoi ? » insista-t-elle.

Wolf rejeta la tête en arrière comme pour consulter le ciel : « L'ennui, quand on fait une folie, c'est qu'à la longue elle finit par paraître normale. Pour retrouver le risque, il faut aller toujours plus loin. Pour Faith, ce n'était jamais un problème ; mais ça la transformait. Elle devenait quelqu'un d'autre. »

Phoebe écoutait, le regard figé.

« Je ne l'ai jamais vue avoir peur que d'une chose : de s'arrêter. On aurait dit qu'en se calmant, je ne sais pas, quelque chose de terrible risquait de lui arriver. Il suffisait que quelqu'un la provoque : on a tous envie de spectacle et Faith était presque toujours prête à en donner. Mais c'était elle qui en souffrait, comme ces joyeux drilles qui mettent l'ambiance dans les fêtes et puis, une fois que tout le monde est reparti, qui passent une demi-heure à vomir leurs tripes à genoux dans les waters. »

Phoebe détourna les yeux. Sa sœur au parc d'attractions, la tête au-dessus d'une poubelle. Wolf venait de rendre l'image à la vie, à sa violence : les convulsions de Faith dans les bras de son père.

« Toute cette énergie, cet espoir inouï, ils se sont aigris. À la fin, ce n'était plus que quelqu'un qui demandait des coups, comme tant d'autres, qui cherchait tout ce qui aurait pu l'emmener là où elle n'était jamais allée. Et moi, ajouta-t-il avec un rire mauvais, tu peux bien parler d'arrogance : moi, j'étais ce connard arrogant, convaincu d'avoir la situation bien en main. »

Phoebe se leva. Elle ne pouvait plus écouter, c'était physique, elle ne supportait pas d'entendre parler de sa sœur dans ces termes. Elle quitta la table sans un mot, un drôle de bourdonnement dans les oreilles. « Hé, attends, lança Wolf. Phoebe, tu ne vas pas… Écoute, reste la ! »

Elle marchait toujours. Elle l'entendit se lever d'un bond, elle entendit les protestations du patron parce qu'il n'avait pas réglé l'addition. Quand il la rattrapa, elle avait atteint les pentes herbeuses de la berge. De l'autre côté de l'eau culminait une église ; les coupoles, deux oignons jumeaux d'un bleu-vert oxydé, dressaient vers le ciel de grandes croix effilées comme des girouettes. « Phoebe », dit-il dans son dos.

Il passa devant elle, la saisit par les bras, la força à s'arrêter. Les yeux sur l'herbe, elle attendit, sachant qu'il s'excuserait.

« Qu'est-ce que c'est que ces conneries ? »

Il la serrait à lui faire mal. Phoebe regarda vers ce visage anguleux et rencontra des yeux tirés, pleins de rage. Elle voulut se débattre, mais sa prise était trop ferme. Elle se dit qu'il allait la frapper, l'espéra vaguement.

« Si tu ne veux pas savoir, ne pose pas de questions, dit-il à mi-voix. Bon Dieu, moi, j'aurais préféré que tu ne me demandes rien. Mais tu ne peux me demander, et ensuite te sauver en courant en attendant que je te poursuive. »

Il la relâcha ; Phoebe resta où elle était. Elle déglutit, la gorge serrée : un bout de fromage refusait de descendre.

« Tes souvenirs de Faith, c'est ton affaire, reprit-il. Mais laisse-moi en dehors de ça. »

Elle se détourna, désespérée. L'eau moussait sur les rochers comme une bière épaisse. Deux vieillards, entourés d'oies blanches, tiraient de leurs poches des morceaux de pain rassis qu'ils leur donnaient à becqueter.

« Comprends-moi bien, je l'aimais. J'étais fou d'elle, raide dingue. Je ne pense pas que je connaîtrai jamais ça pour quelqu'un d'autre ; doux Jésus, j'espère bien que non. »

Il s'était accroupi au bord de l'eau. Phoebe s'assit dans l'herbe, le menton sur les genoux. « Et Carla ? demanda-t-elle.

– C'est le jour et la nuit. On peut être amoureux et continuer à vivre, tu sais ? On peut construire quelque chose. Faith et moi étions comme deux voleurs ; nous n'avions rien à nous, ça n'a été qu'une longue fiesta. » Après un moment, il ajouta : « C'est vrai aussi que nous n'étions que des gosses. »

Phoebe s'allongea dans l'herbe, regarda les nuages se scinder, se recombiner comme des wagons de chemin de fer. Wolf la rejoignit, s'assit à côté d'elle. Elle vit que sa colère l'avait quitté. « Je ne dis pas qu'elle était mauvaise. Tu sais bien que non, Phoebe, tu sais tout ça… il le faut ! Elle était déchirée ; avant même qu'on se soit adressé la parole je le savais, il suffisait de la voir au lycée, ça se lisait sur son visage, cette tristesse. Tous les jours une jupe de collégienne, une blouse boutonnée jusqu'au cou, et ces yeux tout bizarres et malheureux. D'une certaine façon, c'est l'image la plus juste que je garde d'elle. »

Elle renifla. « Vous aviez un cours en commun, non ? La physique, je crois ?

– Non. Nous avions trois ans d'écart, on n'aurait pas pu fréquenter le même cours. Elle t'aura raconté une histoire. »

Phoebe le sentit hésiter à poursuivre, peser le pour et le contre. « Alors, qu'est-ce qui s'est passé ? » demanda-t-elle.

C'était lui qui l'avait repérée, finit-il par avouer, et pendant trois semaines il l'avait regardée de loin, un peu curieux. Puis un jour, il rentrait du lycée dans son pick-up quand il l'avait aperçue en train de faire du stop sur la route, très étrange, incongrue dans sa blouse et sa jupette bien sages. Alors il s'était mis à la guetter en descendant Eucalyptus Drive ; et de temps en temps elle était là, le pouce levé. Toujours seule. Un jour, il était même passé devant elle comme elle se glissait dans une voiture, et l'envie stupide l'avait pris de la suivre, pour s'assurer qu'il ne lui arriverait rien. Mais il avait une copine à l'époque, Susan, et elle l'accompagnait.

Phoebe se hissa sur ses coudes. Elle écoutait Wolf se faire aspirer par son récit, désirer la confidence ; on sentait un abandon dans sa voix, le plaisir de succomber quand il aurait dû se battre. « Et ensuite ? » demanda-t-elle.

Ensuite vint un jour où Wolf descendait Eucalyptus dans son pick-up, où Susan n'était pas présente et où, évidemment, Faith se tenait sur le bord de la route, si bien qu'il s'arrêta pour la faire monter. « Je crois qu'on va au lycée ensemble », lui dit-il ; elle parut l'apprendre, à la grande surprise de Wolf qui se donnait beaucoup de mal pour se faire remarquer. Faith se montrait d'une timidité maladive, regardait par la vitre sans desserrer les dents, Wolf se creusait la tête en vain pour rompre la glacè, c'est dire si elle le troublait. Il finit par lui demander pourquoi elle faisait du stop : elle ne savait donc pas que c'était dangereux pour une fille seule ? Sans quitter la fenêtre des yeux, Faith répondit : « C'est trop lent par le bus. »

Et pourquoi pas s'offrir un petit crochet par la plage ? D'accord, dit-elle d'un ton parfaitement indifférent, alors Wolf l'emmena à Ocean Beach en se demandant ce qu'il allait bien foutre là-bas, il n'y avait même pas une belle vue, bon Dieu, mais il s'arrêta quand même au bord de la voie rapide et tous deux restèrent assis là, contemplant, derrière le pare-brise, les dunes pendant que le brouillard se condensait sur les vitres. Ciel plombé, les vagues montant lourdement pour mieux piquer vers le sable, Faith qui regardait au loin sans rien dire et Wolf de plus en plus nerveux, quand tout d'un coup elle se tourna vers lui : « Si on allait nager ? »

Ce devait être une blague. Personne ne nageait à San Francisco – qui nageait seulement ? L'automne touchait à sa fin, l'eau grise semblait imperméable comme la roche. Mais il répondit « Bonne idée », pensant que puisque c'était une blague, mince, il la prendrait au mot ; il sauta du pick-up à sa suite, atterrit sur un sable aussi lourd et froid que du béton fraîchement coulé, Faith ôta ses chaussures et garda le reste : sa blouse, sa jupe que le vent rabattait sur ses jambes, une vraie tenue de catéchisme. Puis elle s'élança vers l'eau, et Wolf de traîner les pieds derrière en songeant qu'il allait couler dans ses fringues, au poids d'un blue-jean quand il est mouillé, aux courants de retour, aux courants de fond, aux renvois de courant, bref, à tout ce qui peut faire que des gens se noient. Quand il plongea l'orteil dans l'eau, il lui demanda : « Dis donc, tu veux vraiment te baigner ? »

Elle le regarda, le vent hurlait dans ses cheveux. « Pourquoi, tu as peur ?

– Mais non, putain, c'est juste… Non, je n'ai pas peur. »

Et comme il n'y avait pas moyen d'y couper, il se flanqua à l'eau la tête la première, et c'était comme plonger à travers une plaque de verre, un froid terrible, un vrai coup de marteau, mais au moins il était le premier, même si elle avait sauté immédiatement après lui. Wolf était certain d'y rester mais il nagea malgré tout, pas question de se dégonfler devant cette pisseuse, alors ça, non, bon Dieu, et en claquant des dents comme un malade il continua droit devant lui. Et les requins, hein, il les avait oubliés, les requins – bordel de merde, c'était quand même l'océan. Mais à quelques brasses du rivage, il arriva quelque chose d'étrange : l'eau glacée devint presque brûlante, quasiment tropicale, ses membres se réchauffèrent ; c'était plutôt agréable, il fallait bien le dire, mais par-dessus tout il y avait cette sensation de pouvoir démentielle à se trouver là, au beau milieu de cette mer grise et impitoyable, comme si l'on avait franchi les portes d'un monde ignoré. Faith nageait derrière lui et il semblait à Wolf qu'une partie de la chaleur qu'il éprouvait lui arrivait de sous la peau de cette fille, alors il tendit le bras et la toucha, oui, juste comme ça, et ils s'embrassèrent dans l'eau, tout simplement, comme s'ils se connaissaient de longue date alors qu'ils n'avaient fait qu'échanger cinq mots avant de sauter dans la mer gelée. Puis Faith se retourna vers la plage et elle souriait, Wolf ne l'avait jamais vue vraiment sourire ; le froid balbutiait sur son visage, il voulut la ramener sur le bord. Au lycée, il avait l'habitude de faire la loi, c'était un grand, il avait une camionnette, mais à respirer le sel froid de la mer, tête cinglée par le vent, Wolf eut l'impression que ce temps-là était révolu, et à vrai dire il s'en fichait. Il se sentait même plutôt soulagé.

De retour sur la plage, ils bégayaient de froid, l'eau ruisselait de la jupe de Faith, de sa blouse, de ses longs cheveux, inondant le siège avant. « Tu veux que je te ramène chez toi comme ça ? » Les parents de Wolf étaient en vacances au Mexique. « Tu ne préfères pas venir chez moi pour prendre une douche et te changer ? »

Et sans hésiter : « Chez toi », répondit Faith, qui n'avait que quatorze ans, qui n'avait jamais connu un garçon de sa vie, mais rien ne lui faisait peur, rien. Ou peut-être aimait-elle avoir peur.

Elle le vit détourner les yeux, ses beaux traits anguleux pleins de douleur.

Allongée dans l'herbe, Phoebe se sentait en proie à une étrange allégresse : sa sœur s'était levée à nouveau, intacte, majestueuse, invincible. La sensation enivrait Phoebe et la broyait en même temps, lui coupant le souffle.

Wolf baissa les yeux sur elle. Leurs regards s'arrêtèrent l'un dans l'autre et elle surprit à nouveau cet entrebâillement sur son visage, cette agitation au-dedans de ses pupilles ; alors il lui sembla qu'elle

le jetait à bas, qu'elle avait ce pouvoir. C'était un sentiment surnaturel, comme de se trouver face à face avec
quelqu'un dans le même rêve. Wolf tourna la tête. Il se
cacha les yeux d'une main, un homme ébloui. « Allez,
dit-il, on se tire. »

15

La nuit était tombée lorsqu'ils se garèrent. Devant l'appartement de Wolf, la lueur des réverbères virevoltait dans les arbres en fleur, comme attirée par leur douceur. Arrivant en haut des marches, Phoebe surprit un papillonnement de clavecin ; un rai de lumière se dessinait sous la porte. Wolf le remarqua lui aussi, et à l'indécision de ses traits Phoebe sut qu'il ne l'avait pas prévu. « C'est Carla », expliqua-t-il.

Les vives lumières de l'appartement blessèrent les yeux de Phoebe. Carla lisait le journal devant la table, jambes croisées, cigarette posée sur le cendrier. La première pensée de Phoebe en la voyant fut que, même assise, sa haute taille ressortait. Wolf la salua en allemand, d'une façon un peu raide, mais Phoebe remarqua l'aisance familière avec laquelle leurs lèvres se rencontrèrent.

Elle était blonde, cheveux courts et soyeux comme une fourrure ; gracile malgré sa taille, les traits fins et sans méfiance – délicatesse qui n'était là que pour s'offrir ; et les épaules un peu rentrées, comme pour excuser l'ampleur des seins sous le pull de coton. « Je suis contente de te connaître », articula-t-elle avec un accent prononcé. Elle prit la main de Phoebe dans les siennes, poigne assurée que semblait démentir la minceur des doigts. Phoebe sentit la bague de fiançailles. Ensuite elle put y jeter un coup d'œil, c'était un petit diamant, d'une blancheur éclatante, goutte de lumière emprisonnée.

Phoebe murmura quelque chose, submergée de timidité. Elle mesurait maintenant seulement à quel point elle était prête à détester cette femme.

Cloîtrée dans la salle de bains, elle les écouta parler allemand, d'une voix douce qui étouffait les aspérités de la langue, ainsi qu'on pose du feutre sur un angle trop vif. Une autre porte de la salle de bains donnait sur la chambre de Wolf, où Phoebe avait laissé son sac à dos. Tout en passant un jean et un tee-shirt, elle jeta des coups d'œil autour d'elle. La nuit précédente, épuisée, étourdie par son revers de fortune, elle n'y avait guère prêté attention ; à présent elle examinait la commode, mélange épars d'affaires de rechange et d'allumettes de restaurant. Devant la porte, elle écouta Wolf et Carla. S'adressait-il à sa fiancée sur un autre ton ? Il lui semblait que oui : elle percevait une sorte de disposition au rire. D'allemand, elle ne connaissait qu'*Ich liebe dich*, Je t'aime. Au moins, ils ne se le disaient pas.

La traduction de Wolf était posée sur son bureau : à gauche, un document dactylographié en allemand, non relié ; à droite, retournée, une énorme pile de pages manuscrites. Phoebe tourna la feuille du haut, découvrit une écriture minuscule et appliquée qu'elle crut d'abord ne pouvoir être de Wolf. « Le correcteur, lut-elle, agit comme un corset sur le développement de la colonne vertébrale. Pour être efficace, il doit être porté en permanence, y compris la nuit, à l'exception d'une heure quotidienne réservée aux exercices thérapeutiques (cf. Appendice 1). » Il se servait d'un de ces stylos de graphiste dont l'encre sort par une aiguille. Phoebe tourna quelques pages de plus et lut : « Ces escarres peuvent survenir dans les premières semaines d'emploi, sous l'effet de la chaleur et des irritations ; elles doivent être traitées aux astringents – frictions d'alcool, par exemple – de façon à endurcir la peau. Éviter toutes lotions hydratantes, graisses et baumes, qui ne feraient que prolonger la nécrose. »

On frappa ; la porte s'ouvrit et Wolf lui jeta un regard perplexe. Phoebe se vit soudain penchée comme une voleuse sur son manuscrit. « J'étais… curieuse », bégaya-t-elle.

Il sourit, s'approcha d'elle. L'idée qu'elle l'espionne semblait ne pas lui déplaire. « Tu trouves quelque chose d'intéressant ? »

Elle n'osa ni l'impertinence d'un « oui » ni un « non » qui l'aurait peut-être blessé. « Je ne sais pas, répondit-elle en toute franchise. Je viens à peine de commencer. »

Wolf se mit à rire : « Je t'en prie, ne te gêne pas pour moi. »

Ils se tenaient face à face, le manuscrit entre eux. Phoebe eut un sourire nerveux.

« Aucun intérêt, dit-il d'une voix changée. Traitement de la scoliose chez l'adolescent. » Il haussa les épaules, se dirigea vers la porte. « Tu te joins à nous ? »

À la fenêtre du living, Phoebe regardait les grands arbres, au-dehors, balancer au vent, éparpillant les feux blancs de l'horizon en têtes d'épingle. Wolf était assis près de Carla sur le canapé. Leurs genoux se touchaient. Quelque chose en Phoebe refusait de croire à la sincérité de cette tendresse. C'était un scepticisme qu'elle avait aussi connu devant d'autres couples : le soupçon que cette intimité n'était qu'une comédie jouée à son intention ; qu'en son absence chacun aurait vaqué à ses occupations avec indifférence.

Carla lui demanda si elle avait aimé les châteaux de Louis II. Son anglais hésitant donnait à ses questions une raideur de livre de lecture. « Je m'excuse, dit-elle en allumant une cigarette et en soufflant un torrent de fumée vers le plafond. Mon anglais est très… » Elle s'interrompit, parut chercher un péjoratif à la hauteur, se contenta d'un « … mauvais.

– Tu ne t'en sers jamais », dit Wolf.

Carla se tourna vers lui. « Je sais, mais il y a quelques années, je suis… » Elle baissa les yeux d'un air timide, eut un rire brusque ; et Phoebe retrouva tout d'un coup, avec une acuité surnaturelle, le rire de Faith : on y devinait le même abandon, comme si le rire avait été des bras dans lesquels elle se serait laissée tomber.

« Je me sens bizarre en anglais », expliqua Carla d'un ton sincèrement surpris. Elle désigna Wolf de la tête. « Comme si il est un étranger. »

Phoebe sourit, encore agacée par le rire.

« En anglais, je ne suis pas moi », poursuivit-elle avec plus de sérieux, le visage tendu par l'effort. « J'ai seulement des mots simples, comme bébé. »

Wolf fit une objection qu'elle congédia d'un geste de la main. « En anglais, je suis… » Elle cherchait le mot, clignant les paupières. Elle consulta Wolf en allemand. Il protesta avec véhémence. « Terne », finit-il par traduire.

« *Ja.* » Elle hochait gravement la tête. « En anglais, je suis terne. »

Carla partit déballer les courses qu'elle venait de faire. « La cuisine allemande est très lourde, alors on fait italien pour toi », lança-t-elle à Phoebe de la porte. Un épais silence tomba en son absence. Phoebe sentait que Wolf avait envie de lui dire quelque chose, mais quand ils se regardèrent il détourna les yeux. Ils étaient gagnés par une étrange timidité.

« Écoute, Pheeb, dit-il enfin, il vaut mieux que… Je préférerais qu'on ne parle pas de Faith devant Carla.

– Est-ce que j'ai parlé d'elle ?

– Non, non, pas du tout. Mais je voulais te prévenir. »

La requête paraissait sensée, mais elle choqua Phoebe malgré tout. « D'accord.

– C'est juste que je n'aime pas l'encombrer avec ça.

– Je n'en parlerai pas », dit-elle avec agacement.

Il traîna devant la porte, indécis, s'en alla sans rien ajouter.

Phoebe se rendit à la fenêtre. La lumière jaune de la cuisine éclaboussait la vitre obscure. Elle entendit leurs rires, la voix de casserole d'une radio, et il lui sembla que la vie de sa sœur était entièrement effacée, que ce n'était plus qu'une ombre devant la présence pleine de vie de Carla. La fiancée de Wolf lui rappelait ces filles du lycée qui l'avaient tant éblouie ; celles qui, les jours de brume, enfilaient les blousons de sport de leur copain pour sortir fumer des cigarettes qu'elles tenaient de leurs doigts minces, manucurés, à demi enfouis sous les manches trop longues. Comme elles étaient parfaites, songeait alors Phoebe, avec leurs médaillons qui s'emmêlaient dans leurs cols montants, leurs bagues à la douzaine, jade, turquoise, des filles qui n'hésitaient pas, des filles dont elle aurait voulu copier l'étourderie même.

Elle explora le living, avec nonchalance tout d'abord, s'approchant d'une pile de jeux de société américains qui avaient bercé son enfance. Quand elle ouvrit le Cluedo, qu'elle effleura du doigt les minuscules armes du crime, resurgit ce sentiment d'imposture qu'elle avait éprouvé dans la chambre de Wolf. Phoebe se vit soudain en espion infiltré dans un dîner mondain, ayant pour mission de fouiller les lieux avant la fin de la soirée. Elle courut à la chaîne, passa en revue du bout des doigts une collection de disques impressionnante : ELO, Chicago, Journey, des groupes qu'elle détestait, quoiqu'il fût amusant de retrouver leurs albums en Allemagne. Men At Work, les Bee Gees... Convaincue que ce ne pouvaient être les disques de Wolf, elle les délaissa pour une étagère basse où se serraient des livres. Phoebe passa la main derrière les livres, découvrit un espace qu'on avait bourré d'objets et se mit à palper, les mains courant comme des crabes. Elle parvint à extraire une souris en caoutchouc qu'elle fit couiner, un coussin à épingles en forme de tomate, une paire de collants noirs à couture dans son emballage de plastique. Mais tout ce fatras appartenait aux Lake ; ils l'avaient entassé là pour faire de la place à Wolf. Des pas se firent entendre, Phoebe sauta sur ses pieds. « Le dîner arrive », dit Carla.

Wolf et Carla posèrent sur la table des tortellini à la crème et au poivre, des épinards, une salade verte. Ils mangeaient vite, à bouchées efficaces, la fourchette dans la main gauche. Phoebe peinait sur son assiette, encore repue du sandwich qu'elle avait englouti le midi. Carla l'interrogeait sur ses voyages : où était-elle allée au juste ? Comment se rendait-elle de ville en ville ? Avait-elle beaucoup de bagages ? Sous sa politesse, Phoebe percevait un regard scrutateur, une attention d'entomologiste qui la mettait mal à l'aise.

« Tu vis à San Francisco ? » demanda Carla.

Phoebe leva des yeux surpris. Elle avait pensé que ça allait sans dire.

« Phoebe et moi sommes allés au même lycée, se hâta de déclarer Wolf, mais à dix ans d'écart. » Il exagérait.

« Pas dix ans, corrigea-t-elle.

– Ah non ? » Il semblait tout content de relever le défi. « J'ai eu mon diplôme en 67, et toi ?

– Cette année, 78. Bon, d'accord, reconnut-elle, ça fait plus de dix ans.

– Et tu as combien d'ans ? demanda Carla.

– Dix-huit. »

Carla laissa échapper une exclamation, s'adressa en allemand à Wolf.

« Elle te trouve jeune pour voyager seule », traduisit-il. Il ajouta, avec la même bonne humeur forcée : « Ce qui est assez vrai. »

Phoebe sut résister à l'envie d'évoquer la jeunesse aventureuse de Wolf. Ç'aurait été presque évoquer Faith. Elle haussa les épaules.

« En Amérique, on grandit vite », lança Wolf avec une fierté d'opérette.

Carla sourit : « Mais vous restez des enfants toujours. »

Le dîner achevé, Carla et Wolf repoussèrent leurs assiettes ; allumant des cigarettes, ils se partagèrent le journal, étalèrent les feuilles sur la table, entreprirent d'éplucher les annonces. Ils avaient jusqu'au retour des Lake, à la fin de l'été, pour trouver un appartement à eux. Phoebe les abandonna à leur nuage de fumée et débarrassa la table. Ils lui offrirent de l'aider, sans conviction ; elle refusa : « Non, non, c'est vous qui avez fait la cuisine. »

Elle empila la vaisselle dans l'évier, tourna le robinet. Tandis que l'eau coulait, elle ouvrit discrètement les tiroirs, un à un. Ils étaient presque vides, mais exhalaient encore des arômes d'une force étonnante, clous de girofle, café, menthe : on eût dit qu'on venait à peine de les vider. Phoebe découvrit des prunes, un sachet de pailles. Elle se hissa sur le plan de travail, se mit debout, inspecta le contenu des placards supérieurs. Là, des objets dormaient encore dans leurs cartons (les cadeaux de mariage des Lake, peut-être), planche à fromage en croissant, appareil à grillades, nécessaire à brochettes, environnés d'un silence presque minéral. Voilà pourquoi Phoebe avait tant aimé faire du baby-sitting : pour ces instants où la vie des autres se déployait devant elle, ce privilège d'entrer dans des pièces qu'elle avait entrevues de la rue ; pour la même raison qui la poussait à ouvrir le placard de son père et à contempler ses cravates immobiles, suspendues dans une élégance éternelle.

Elle fouilla aussi loin que possible sans entrer dans le champ de vision de Wolf et Carla. Elle vit des serviettes à homard, un poêlon à fondue, une étrange machine dont la fonction semblait être de reconstituer de petits pâtés par compression de mie de pain ou de restes ; elle comprenait que les Lake l'aient remisée au placard. Comme l'évier débordait, Phoebe redescendit de son perchoir et lava la vaisselle d'un cœur léger. Elle laissa l'eau couler dans l'évier vide et, mue par une impulsion subite, se tapit dans l'angle aveugle de la porte ouverte, d'où elle épia par la fente Wolf et Carla penchés sur leur journal. Carla venait de repérer quelque chose : avec une exclamation, elle posa sa cigarette, encercla l'annonce d'un gros trait de crayon. Son autre main cherchait instinctivement Wolf, ainsi qu'on cherche des lunettes ou un paquet de cigarettes. Elle finit par trouver son poignet sans même lever les yeux du journal : ce geste machinal cloua Phoebe sur place. Wolf s'était levé, se tenait contre le dos de Carla, se penchait vers elle, déposait un baiser sur sa tempe, respirait son parfum sans détacher son regard de l'annonce encerclée. La pure banalité de tout cela confondit Phoebe ; il lui semblait surprendre un rite intime qui n'avait pas besoin de témoins pour s'accomplir plusieurs fois par jour. Ces deux-là s'appartiennent, songea-t-elle ; elle s'émerveillait de ce qu'il pût y avoir quelqu'un, juste là, pour vous toucher sans même y songer.

Ils étaient passés tous trois au living quand Wolf s'aperçut qu'il avait oublié ses cassettes dans l'auto ; il se précipita dans l'escalier. Phoebe voulut lui demander de chercher aussi une brosse qu'elle ne retrouvait pas : « Wolf », appela-t-elle, mais il était déjà loin.

Carla s'était allongée sur le canapé, la jambe par-dessus l'accoudoir ; sous le jean, Phoebe voyait saillir son bassin.

« Ce nom que tu donnes à Sebastian, dit Carla. Olf ?
– Oh, Wolf. C'est un surnom.

« – Comme animal ? Wolf ? Oui, oui. » Elle approuvait de la tête. « Les yeux, oui. »

Wolf revint un peu essoufflé. Il s'accroupit devant la chaîne.

« Wolf, le taquina Carla. Pourquoi je n'apprends jamais ce nom ? »

Phoebe le vit se raidir. « C'est de l'histoire ancienne, dit-il d'un ton léger.

– Et d'où cela vient, le nom ? »

La question s'adressait à Phoebe. Wolf la regarda lui aussi et Phoebe comprit qu'elle venait de commettre un impair. Mais lui avait-il demandé de ne pas l'appeler ainsi ? Était-elle censée le comprendre toute seule ? Elle ne savait plus que faire. C'était une chose de passer quelqu'un sous silence, une autre de mentir pour éviter l'allusion. Wolf souhaitait-il un mensonge ? Elle ne pouvait pas le croire. Elle le regarda dans les yeux et répondit timidement : « De Faith. C'était Faith, non ?

– Je ne sais plus », dit-il d'un ton las. Il se retourna vers la chaîne, introduisit une cassette, lança la lecture. Des craquements retentirent ; en silence, ils attendirent le début de l'enregistrement.

« Faith, dit Carla d'une voix déconcertée. Faith. »

Wolf répondit comme on lit un texte : « Tu te souviens de Faith.

– Oui, bien sûr, je me souviens. Mais pourquoi Phoebe… ? Je ne pas… » Le sourcil froncé, elle cherchait les mots, sans se résoudre à passer à l'allemand.

« Je suis sa sœur, expliqua Phoebe, le feu aux joues. Je suis la sœur de Faith. » Cela sonnait comme une proclamation.

Carla regardait Wolf à présent, la bouche entrouverte. Elle lui murmura quelque chose en allemand, à mots rapides ; il répondit d'un ton soumis, la gorge sèche. Phoebe pensa qu'il avait peur.

Carla se passa la main dans les cheveux, revint à Phoebe : « Je ne savais pas que tu es la sœur de Faith », expliqua-t-elle dans son anglais le plus limpide.

Phoebe la regarda. Quelque chose avait changé dans ses traits : on eût dit qu'elle découvrait Phoebe pour la première fois, et son visage exprimait de la pitié.

« Je suis désolée », dit Carla en venant vers elle ; il émanait de sa peau un parfum subtil. Phoebe fut envahie par un chagrin pour sa sœur comme elle en avait rarement connu, une envie d'appuyer sa tête contre la tendre poitrine de Carla et d'être consolée. Elle manqua le faire.

Carla posa la main sur l'épaule de Phoebe, un geste tendre et plein d'autorité, un geste de docteur. Elles restèrent assises, à ne rien dire. Iggy Pop chantait *The Passenger*. Phoebe en oubliait la présence de Wolf.

Carla prenait son congé le lendemain, elle avait retenu depuis longtemps deux places pour un concert de jazz, Phoebe se porta volontaire pour rester. On décida que tout le monde coucherait chez Wolf. Pendant que Carla se changeait dans la chambre, Phoebe aida Wolf à installer un lit de fortune sur le canapé du living ; ils le bordèrent dans un silence pesant.

Wolf croisa à peine son regard : « Bon, je m'excuse.

– Elle ne savait pas qui j'étais », lança Phoebe. Son indignation se réveillait à le dire.

– Je sais, je sais, coupa-t-il d'un air excédé, mais il y avait de la honte dans ses yeux. Je voulais éviter d'en faire un plat. C'était idiot. »

Carla ressortit de la chambre maquillée, vêtue d'un pantalon noir et de bottes de cuir rouge. Phoebe la trouva en quelque sorte rapetissée : sa délicatesse, sa franchise ne faisaient pas le poids contre l'incertaine, la pénible absence de sa sœur.

Carla semblait avoir conscience de cette transformation, car une inquiétude nouvelle se peignait sur ses traits. « On va ? » leur demanda-t-elle à tous deux, d'un air hésitant.

Wolf s'approcha d'elle en hâte, la tira à lui dans une sorte d'urgence, comme s'il n'avait pas pu supporter de la voir seule. Ils se dirigèrent vers la porte ; Phoebe détourna les yeux. Elle entendit Wolf murmurer : « *Ich liebe dich.* »

Après leur départ, Phoebe alla dans la chambre de Wolf et se laissa tomber sur le lit. Le plafonnier était éteint, les rideaux tirés ; l'abat-jour vert d'une lampe Arts-Déco baignait la pièce d'une lueur aquatique. Le matelas ployait comme un hamac sous le poids de Phoebe. Elle écouta un avion se frayer un chemin dans le ciel ; elle tâcha de se représenter les passagers, leur prêtant à chacun une destination, une vie, des bagages bourrés d'effets qu'ils avaient achetés, emballés, auxquels ils tenaient. À Mirasol, depuis leur lit, Faith et elle s'amusaient à rêver aux destinations des trains qui approchaient. « Milwaukee… Decatur… Dallas », proposaient-elles avec toujours plus d'enthousiasme, « l'Europe… Tombouctou… la Floride » ; souvent, au passage du convoi, Faith sautait du lit pour courir à la fenêtre obscure et restait là, dressée comme une apparition dans sa chemise de nuit blanche, jusqu'à ce que le bruit du moteur ait disparu et parfois même après, jusqu'à ce que leur parvienne le dernier écho du sifflet, courbé par la distance. « Demain, ils seront au bout du monde, disait-elle. Et nous, on sera toujours là, c'est fou, non ? » Sa mélancolie la trahissait, Phoebe la devinait jalouse de ces passagers lancés dans la nuit à pleine vitesse, mais elle ne parvenait pas à comprendre pourquoi. Elle et Faith n'étaient-elles pas les mieux loties, au creux de leurs lits chauds, les gros draps amidonnés de Grandma remontés sur leur poitrine ? Si Faith avait eu le choix, n'aurait-elle pas voulu rester ?

Phoebe se secoua de sa torpeur. Elle retourna au bureau de Wolf, s'intéressa aux étagères. Sur les rayons du haut s'empilaient des manuels techniques en allemand, de luxueux catalogues : *Nouveaux sulfamides HAAGER*, lisait-on sur l'un d'eux, avec un logo de tube à essai. Une autre brochure, d'une société appelée Kat, comportait pour titre : *Engrais agricoles – ce que nous réservent les années 80*. Phoebe poursuivit méthodiquement son inspection et finit par découvrir, sur les étagères du bas, quelques effets personnels de Wolf, les seuls qu'elle ait vus dans l'appartement : un dictionnaire bilingue allemand-anglais usé par les ans, une paire de jumelles, un havane dans son cylindre argenté ; une photo des parents de Wolf dans un petit cadre en résine, souriants, endimanchés (Phoebe les reconnut, sans pouvoir dire si elle les avait rencontrés) ; une vieille montre d'or lourd et pâle où s'entrelaçaient trois initiales gravées. La pauvreté, le dépouillement de ces objets lui firent mal ; on eût dit que Wolf avait choisi de rester nu, d'habiter une vie aussi maigre que son corps.

Sur le plus bas des rayons couchait un coffret à l'ancienne, le couvercle incrusté de nacre et bombé par l'âge. Il était trop grand pour qu'on puisse l'ouvrir sans l'ôter de l'étagère ; Phoebe le fit glisser en grognant et l'installa sur le tapis. Il pesait lourd ; elle hésita avant de l'ouvrir.

Deux coquillages roses, semblables à ceux que Faith ramassait sur la plage de Mirasol, lui sautèrent aux yeux, et le cœur de Phoebe cessa de battre. Elle les garda au creux de sa paume, si légers, lisses et frais comme de la porcelaine. Bien sûr, ils n'avaient peut-être pas appartenu à Faith, tous les coquillages se ressemblaient. Elle les posa avec précaution près de son genou. Vint ensuite une sorte de diplôme allemand, un parchemin jaunâtre, couvert d'une calligraphie anguleuse, qui s'enroula sur lui-même quand elle l'ôta de la boîte. Elle se mit à fouiller pour de bon, avec des mains tremblantes de coupable, le cœur battant. Elle cherchait quelque chose ; un détail, songeait-elle, un secret.

D'autres diplômes, des brevets, tous en allemand. Un basset miniature fait à partir de cure-pipes marron et blancs. Des coupures de journaux brûlées par l'âge, une page entière où, au-dessous du gros titre, s'alignaient plusieurs photos de jeunes gens, deux hommes, deux femmes ; Phoebe se demanda si c'étaient des criminels, elle aurait voulu pouvoir lire ce qu'ils avaient fait. Puis une enveloppe de kraft où Wolf avait noté, de son écriture appliquée : « Photos ».

Les mains tremblantes, elle ouvrit l'enveloppe, en sortit un paquet de clichés sans ordre apparent. Le premier était de Wolf – le Wolf d'avant, Wolf tel que Phoebe l'imaginait encore aujourd'hui quand elle n'était pas confrontée directement à son incarnation présente. Il était très bronzé, les cheveux tombant au-dessous des épaules, un bracelet indien autour du biceps. Il tournait vers l'objectif un sourire entendu, arrogant, lune de dents blanches. Il s'appuyait contre sa camionnette, torse nu, les abdominaux brunis saillaient comme des cubes de glace. Phoebe avait fini par s'habituer à la transformation de Wolf : mais à présent, elle se sentait le cœur serré par la perte de cette confiance, de cette joie bravache qui éclatait dans chaque détail de la photo. Cette audace avait disparu ; plus encore, elle semblait aujourd'hui impossible à imaginer ; le Wolf actuel n'était qu'un pur rejet du garçon d'autrefois, comme s'il avait lutté de toutes ses forces pour s'éloigner de ce modèle.

La première photo de sa sœur provoqua chez elle une sensation merveilleuse, surnaturelle : un frisson monta le long de sa colonne vertébrale. Elle avait grandi entourée de photos de Faith, mais toujours dans leur maison. Et voilà qu'à des milliers de kilomètres de chez elle, elle retrouvait Faith en compagnie de Wolf, enfoncée jusqu'aux genoux dans un champ de bleuets, le visage rendu flou par le mouvement, Wolf qui s'approchait d'elle avec à la main une pipe, ou peut-être un morceau de pain. Sur le dos, il avait écrit avec soin : « Vallée de la Loire, juillet 1970. »

Phoebe fut ravie dans une sorte de transe. Faith, à Paris, choisissait des oranges sur un marché ; s'abandonnait dans une baignoire à l'ancienne, ses cheveux cascadaient d'une barrette, les seins flottaient un peu, semblables à des poissons. Phoebe oubliait où elle était, suivait Wolf et sa sœur au hasard d'un monde fuyant de cuisines, de banquettes de train où des inconnus tournaient vers l'objectif des regards hébétés de came, clignaient les yeux dans des nuages de fumée opalescente. Les couleurs pâlies donnaient quelque chose de céleste à ces photos, un nimbe qui les enveloppait tous comme une lumière d'étoiles.

Mais un cliché la tira de sa rêverie.

Elle se releva pour l'approcher de la lumière. Il ne ressemblait en rien aux autres, les couleurs vives semblaient montrer qu'on avait employé un autre appareil, mais l'effet était celui d'une lumière crue, impitoyable. Faith se tenait la taille à deux mains, un sourire tremblait sur son visage comme un poids qu'on rient à bout de bras. Phoebe crut d'abord qu'elle avait rassemblé ses cheveux en chignon ainsi qu'elle le faisait parfois, se servant d'une épine de porc-épic en guise d'épingle. Mais les cheveux de Faith n'étaient pas tirés en arrière, on les avait coupés, quelqu'un d'autre, décida Phoebe, car cette coupe hâtive, inégale, avait quelque chose d'une punition qu'on aurait infligée de force à sa sœur alors qu'elle se débattait. Faith en paraissait plus vieille et, d'une certaine façon, brisée ; ou peut-être n'étaient-ce pas les cheveux, le regard lui aussi s'était perdu, non tant drogué que marqué comme par un coup, plissé sous la lumière. Faith se tenait debout, l'air timide, au milieu d'un jardin tiré au cordeau qui ressemblait au Hofgarten, où Wolf avait emmené Phoebe la veille. On apercevait même une coupole dans le dos de Faith. Phoebe retourna la photo et lut : « Munich, oct. 1970 ».

Une minute, songea-t-elle. Ce n'est pas possible.

Elle regarda mieux, mais ce nouvel examen lui fit reconnaître sans doute possible le Hofgarten : les massifs étaient nus, les arbres dépouillés, mais c'était la même coupole qui accrochait le soleil telle une grosse perle noire. Wolf lui avait pourtant assuré que Faith n'était jamais venue à Munich ? Le cliché n'était peut-être pas de Wolf, peut-être le lui avait-on donné par la suite ; mais s'il était au courant de cette venue, pourquoi l'avoir cachée ? Et il y avait autre chose : à force de regarder la photo, Phoebe y retrouvait cet endroit où elle s'était tenue la veille, lorsque Wolf avait eu son absence.

À l'évidence, il avait menti : parvenue à cette conclusion, Phoebe demeura immobile, guettant dans la lumière verdâtre ses réactions. Elle éprouva d'abord de la peur, puis un sentiment d'outrage : comment avait-il pu lui mentir ? Pourquoi ? Mais déjà ces émotions cédaient le pas à une espérance confondante, un torrent de possibles qui la souleva presque du lit : Wolf ne lui avait pas tout dit ! Ce mur opaque qui, la veille encore, lui demeurait impénétrable, voilà qu'il avait pivoté pour lui révéler... Quoi ? Tout. Tout était imaginable, se disait-elle ; mais quelle importance, s'il y avait plus à découvrir ? Elle ne demandait rien d'autre que ce sursis, cet espoir ; celui, pourquoi pas, de découvrir que sa sœur était encore en vie.

Exaltée, presque droguée, Phoebe se laissa glisser à terre et examina les photos qui restaient. D'autres tableaux délavés parurent, Amsterdam, la Belgique, la France ; elle ne s'y intéressa guère, elle avait trouvé ce qu'elle était venue chercher. Mais un autre cliché attira son regard et, une fois de plus, elle reposa le paquet, s'allongea sur le lit pour tourner la photo vers la lampe du bureau. Faith et Wolf étaient assis sur le perron de brique des O'Connor, une petite Phoebe se serrait entre eux, pieds nus, dans sa chemise de nuit. Chacun d'eux l'entourait d'un bras, d'un geste si protecteur qu'on aurait pu les prendre pour ses jeunes parents. Phoebe contempla son petit visage, ce sourire modeste et pourtant plein d'assurance, qui paraissait contenir à grand-peine un bonheur gigantesque. Une incrédulité douloureuse l'envahit : où était passé ce moment ? Ce regard dirigé vers l'objectif, ce sourire qu'elle adressait à qui prenait la photo, Phoebe n'en avait aucun souvenir, elle aurait pu tout aussi bien ne jamais avoir été là. À présent, tout avait disparu : l'instant, la maison, sa sœur ; ne restait que cette image pour se moquer de leur absence. Les photos sont tristes, songeait Phoebe : les photos sont toujours tristes.

Elle finit par ranger les clichés dans l'enveloppe, gardant toutefois celui de Faith au Hofgarten. Elle reposa le coffret sur l'étagère et passa au living. Là, elle se mit à faire les cent pas, tenant à la main le cliché ; elle l'avait encore quand elle éteignit les lumières et s'étendit toute raide sur le lit provisoire, les paupières serrées, le sang qui battait dans son cou. Elle n'arrivait pas à dormir, pourtant elle devait avoir dormi car un bruit de clefs la réveilla en sursaut et elle demeura immobile le temps de regagner ses esprits. Dans l'entrée, Wolf et Carla ôtaient leurs blousons en silence ; il se dégageait de leurs habits une odeur de cigarette qui dérivait jusqu'au lit de Phoebe. Bientôt leurs ombres se glissèrent vers la chambre : Carla d'abord, puis Wolf qui ferma la porte derrière lui. Le rai de lumière s'effaça de sous la porte et Phoebe crut entendre grincer les ressorts du lit tandis qu'ils s'allongeaient côte à côte sur le matelas mou. Elle fut soudain gagnée par la terreur de ce qu'elle risquait d'entendre : elle revoyait Wolf et Carla s'embrasser devant elle, la rencontre toute simple de leurs lèvres, l'intimité de corps qui s'étaient unis des centaines de fois peut-être, d'une façon que Phoebe n'arrivait même pas à imaginer. Elle rejeta sa couverture, elle était en nage. Elle gardait les yeux fixés sur la porte. J'en mourrai si j'entends quelque chose, se répétait-elle, j'en mourrai. Mais elle n'entendit rien ; elle n'entendit rien du tout.

16

Elle retourna au Hofgarten vers midi le lendemain. Où que ses yeux se portent surgissaient des choses que sa sœur aurait pu voir : les arbres aux silhouettes d'eaux-fortes, les pavés agencés sous ses pieds en joyaux minuscules, le dôme obscur, enflé, subtil comme une jeune lune.

Wolf et Carla étaient partis tôt ce matin-là pour visiter des appartements. Phoebe revint peu après trois heures ; Wolf était déjà rentré. Elle trouva sur la table un plan qu'il avait dessiné pour lui indiquer le café où Carla et lui avaient déjeuné. « Grande promenade, lui dit-il.

– Je suis retournée au Hofgarten », expliqua-t-elle. Elle scruta son visage, ne vit rien.

« Je t'ai apporté un sandwich », dit-il.

Il lui tint compagnie pendant qu'elle mangeait, puis retourna travailler dans sa chambre. Ses pieds nus claquaient sur le parquet verni. Phoebe sortit de son sac la photo de Faith et se mit à aller et venir dans l'appartement, la poitrine oppressée par un mélange d'angoisse et d'excitation. Elle finit par frapper à la porte de Wolf. Il était assis à son bureau. « Qu'est-ce qu'il y a ? » demanda-t-il.

Elle lui tendit la photo, Wolf la saisit par le bord, la détailla comme s'il ne l'avait jamais vue auparavant. Il finit par retourner le cliché. « Ça vient d'où ?

– De ton carton. »

Il secouait la tête en souriant, comme quelqu'un à qui l'on vient de faire une bonne blague. Il n'avait pourtant pas l'air surpris. Ses yeux revinrent à la photo.

« Alors, elle est revenue, lança Phoebe.

– Oui. Elle est revenue. »

L'air las, il se leva, ôta ses lunettes, se frotta les yeux, paumes appuyées contre les paupières. Il alla jusqu'à la fenêtre, regarda au-dehors. Quelqu'un coupait des arbres ; un bruit de tronçonneuse déchiqueta le silence.

« J'avais promis à Faith de n'en parler à personne, surtout pas à sa famille. Mais tu as le droit de savoir, j'imagine ; de toute façon, tu aurais bien fini par l'apprendre. »

Phoebe eut soudain honte d'avoir violé le secret de ces maigres reliques. « Je suis désolée, dit-elle.

– C'est comme ça.

– Mais je n'aurais pas dû », insista-t-elle. Elle aurait voulu qu'il lui pardonne. « C'était mal.

– Ce qui est fait est fait. »

Il y eut un silence. « Pourquoi t'a-t-elle fait jurer ? demanda-t-elle.

– Elle s'est retrouvée mêlée à une sale affaire, à Berlin. Elle ne voulait pas que ça se sache. »

Phoebe ne s'attendait pas à une telle révélation ; la peur l'envahit. « Quelle affaire ? » demanda-t-elle.

Wolf jeta un coup d'œil sur son bureau, s'aperçut qu'il avait laissé son stylo sans capuchon, le revissa méticuleusement. « Allons ailleurs », dit-il. Phoebe perçut dans ces mots le désir de mettre Faith en quarantaine, de la contenir loin de son bureau, de son lit, et cette idée la rendit triste.

Elle s'assit sur le canapé du living. À sa surprise, Wolf rapporta deux bières de la cuisine et lui en tendit une : comment pouvait-il songer à boire ? Elle la repoussa sans ménagement. Wolf tressaillit, parut déconcerté, finit par poser la bière sur le plancher. Rongée de remords, Phoebe la ramassa et en prit une gorgée.

Wolf s'assit à même le tapis en s'adossant à la base du canapé, juste à gauche de Phoebe. Elle ne distinguait pas son visage. Il alluma une cigarette, tira le cendrier à lui du bout de son pied nu.

« Alors ? finit-elle par demander.

– Je suis un peu perdu. » Il semblait mal à l'aise.

« Dis-moi juste ce qui s'est passé.

– Sorti de son contexte, ça risque de te paraître bizarre.

– Sur Berlin, insista-t-elle. Sur ce que tu n'étais pas censé me dire.

– D'accord, d'accord. » Il tirait sur sa cigarette comme sur un joint. « Bon, on a quitté les États-Unis, Faith et moi. Mais ça, tu le sais déjà. » Il eut un rire nerveux, enfumé. « Pour fuir cette sale impression.

– Quelle impression ?

– Une impression de tourné ; le sentiment que les choses ne seraient plus jamais comme avant. Il y avait du changement dans l'air, de mauvais présages, je ne sais pas. » La cigarette tremblait entre ses doigts. « Je crois que c'est le Cambodge qui a tout déclenché, en avril. Enfin, peut-être pas le Cambodge… C'est vrai que, bon, il y avait eu d'autres sales trucs avant celui-là, mais envahir le Cambodge après tout le mal que nous nous étions donné pour empêcher la guerre… On se disait : Bon Dieu, quelqu'un va bien finir par nous entendre. Et soudain, c'est la garde nationale qui massacre ces jeunes à Kent[1]. Presque des gosses, tu te

1. Le 4 mai 1970, la garde nationale ouvre le feu sur une manifestation étudiante à l'université de Kent, dans l'Ohio ; il y aura quatre morts et huit blessés *(NdT)*.

282

rends compte ? Quand le mal prend des proportions pareilles, on ne peut plus rien faire. » Phoebe devinait l'amertume de sa voix, où se mêlait maintenant un rien d'étonnement, une pointe d'incrédulité.

Dans le mouvement aussi, expliqua Wolf, les choses commençaient à dégénérer : les Hell's Angels qui mettaient la ville d'Altamont à feu et à sang, les Weathermen[1] qui commettaient un véritable suicide collectif dans une maison de New York… Et tout cela, en l'espace de deux mois. Le quartier du Haight dévalait la pente entre les junkies, les gens en cavale, les bandes de violeurs. Ils avaient dû prendre un mauvais tournant quelque part, voilà à quoi songeait Wolf. À présent, ils étaient perdus.

« Faith et moi, nous avions rompu depuis peut-être deux ans. Et puis un jour, à Berkeley, je l'aperçois sur une pelouse pendant un meeting, encore un de ces discours pleins de paroles creuses. Je la regarde s'ennuyer de plus en plus, et quand elle va pour partir, je l'aborde. On se dit bonjour, on s'embrasse. "Alors, qu'est-ce que tu penses de tout ça ? je lui demande. – Que c'est de la connerie. – Je ne te parle pas du meeting, mais de tout le truc, du mouvement, quoi. – C'est bien ce que je voulais dire." »

« C'était par une belle journée, l'air sentait bon, je la trouvais magnifique avec ses grands cheveux qui accrochaient le soleil. Elle m'a dit : "Allez, on se barre", et j'ai répondu : "Pas de problème." On s'est mis à marcher vers chez moi, et tout d'un coup l'envie m'est tombée dessus d'être encore avec elle, de

---

1. Groupe radical américain qui tirait son nom d'une chanson de Bob Dylan, Subterranean Homesick Blues. Les Weatherman évoluèrent peu à peu vers l'extrémisme *(NdT)*.

retrouver toute cette folie qu'elle apportait dans la vie. Elle m'a dit : "Tu sais, quand je parlais de se barrer, je ne pensais pas seulement au meeting, je voulais dire se barrer pour de bon." Et moi : "Oui, je sais", alors qu'en fait je n'en savais rien du tout, je n'avais pas la moindre idée de ce qu'elle voulait dire, mais à ce moment-là je m'en foutais éperdument ; de toute façon, j'étais partant.

« Une semaine après, on était partis, poursuivit-il. Faith avait du fric à la pelle, je crois que c'est ton père qui le lui avait donné : cinq mille dollars. Moi, j'avais mes économies, plus la vente du camion qui m'a rapporté dans les sept cents.

– Moi aussi, j'ai reçu la même somme, cinq mille dollars », se hâta de dire Phoebe. Elle se demanda pourquoi.

« On cherchait quelque chose, dit Wolf. On cherchait vraiment. C'est peut-être dur à avaler, ça peut sembler stupide aujourd'hui, mais à l'époque ça ne le paraissait pas, et voilà ce qui faisait toute la différence. On était des centaines, des milliers comme ça, à chercher quelque chose. Tant de personnes animées par un même idéal, ça représente une force énorme. »

Je sais, faillit dire Phoebe. Comment pourrais-je le savoir ? s'interrogea-t-elle.

« Mon père bossait pour les assurances Chubb, poursuivit Wolf. Je l'ai vu partir au boulot en costume cravate, jour après jour, pendant des années… Est-ce qu'il était heureux ? Je ne sais pas. On aurait dit que le bonheur n'était pas en question.

– C'est comme pour mon père, dit Phoebe.

– Exactement ! Un type veut devenir artiste – c'est un artiste –, mais il bosse à IBM pour nourrir sa famille ; son boulot le vide, il n'arrive plus à peindre. Il finit par tomber malade… une tragédie. »

Phoebe voulut approuver, y renonça : la tragédie restait-elle aussi grande s'il avait été un mauvais peintre ?

« Faith y pensait tout le temps, à votre père. Je m'en suis aperçu la première fois qu'on est sortis ensemble, juste après sa mort ; mais quand on est partis en Europe, il semblait encore plus présent pour elle. Je me souviens que dans l'avion elle n'arrêtait pas de regarder par le hublot. Je lui ai demandé : "À quoi tu penses ?" et elle m'a répondu : "À Gene." Elle s'était mise à l'appeler comme ça. Elle disait : "Je crois qu'il est quelque part. Je crois qu'il nous voit." »

Wolf alluma une cigarette, en prit une grande bouffée. Il garda la cigarette entre ses doigts, la contemplant d'un air songeur.

« En Europe, elle parlait beaucoup de Gene, reprit-il dans un nuage de fumée. Elle annonçait aux gens, de but en blanc : "Vous savez, mon père est mort." Ça n'éveillait pas beaucoup d'intérêt. Et puis un jour, à Londres, on était assis en bande dans Green Park et une des filles avait le bouquin de Ginsberg, *Howl*. Faith a commencé à raconter que son père avait connu Ginsberg, Michael McClure, Ferlinghetti… Bon sang, tu aurais dû voir leur tête. Complètement fascinés : Ah bon, ton père les a connus ? Je veux dire, il les a *vraiment* connus ? Mais comment ? Mais c'était qui, ton père ?

Wolf avait vu Faith calquer ses réponses sur leurs questions, dans cette conversation comme dans celles qui avaient suivi, jusqu'à ce qu'il ne fasse plus de doute que Gene avait été l'un des tout premiers beats, qu'il avait bu des coups avec Neal Cassady, exposé ses toiles dans les galeries où Ginsberg et Kerouac donnaient leurs lectures. Ça faisait drôle d'assister à la construction d'un mythe, de découvrir l'homme que Gene aurait pu, aurait dû devenir. Wolf savait très bien que c'était du pipeau, mais il laissait courir. Pourquoi pas ? se disait-il. Ce n'était qu'un petit bobard, mais il semblait faire tant de plaisir à Faith. Et à mesure qu'on se répétait l'histoire – Dis donc, la minette de San Francisco, tu ne sais pas, pour son père ? –, elle finissait par acquérir une sorte de vérité.

« On faisait des trucs en pensant à lui, dit Wolf. Ça m'est arrivé à moi aussi. Il y a eu des moments dingues où je la regardais et je lui disais : "Gene est d'accord", ou alors : "Je crois qu'on a attiré son attention." Ce n'était peut-être pas son vrai père, mais ce type, le peintre beat, avait fini par prendre corps, c'était un peu notre complice. »

Phoebe se redressa sur son siège. Elle tâcha d'imaginer son père qui la regardait, elle aussi, se penchait pour la ramasser comme quand, dans son enfance, elle était tombée et qu'il la soulevait si vite qu'elle en oubliait de pleurer. Mais elle ne sentait pas sa présence.

« Pendant tout le voyage, on n'a pas arrêté de connaître cette impatience, reprit Wolf. Londres, Amsterdam, la Belgique, et puis Paris. Paris, quoi, bon sang ! Mais même là-bas, tout le monde ne pensait qu'à 68, à la grève générale. On n'arrivait pas à reconstruire, ce n'était que de l'après-guerre.

Chacun la vivait à sa façon, cette impatience. Moi je traînais en guettant une ouverture ; Faith jetait son argent par les fenêtres pour qu'il se passe quelque chose, tu vois, l'événement qui arrêterait tout le reste.

Un jour, elle a acheté quinze oreillers. "Avec des plumes blanches", c'était ce qu'elle répétait en français dans la boutique, *"blanches, blanches"*. La vendeuse la prenait pour une dingue. On est partis en bande, on a emporté les oreillers en haut de la tour Eiffel et on les a ouverts au crépuscule, devant un ciel d'un bleu électrique ; les plumes se sont déversées des sacs, puis elles se sont éloignées en flottant presque à notre hauteur, comme des abeilles, des lucioles. Bon Dieu, quel souvenir. Quelqu'un avait dû prévenir les gars d'en dessous, parce que tout d'un coup un type en uniforme jaillir d'un ascenseur et nous fonce dessus. Alors Faith tend le doigt au-dessus du garde-fou, elle montre les plumes et elle dit : "Regardez !" comme si on les apercevait pour la première fois ; et le gardien reste planté là, bouche bée, à regarder toutes ces plumes qui tourbillonnent en flocons dans la nuit d'été, et il cligne des yeux comme quelqu'un qui a oublié ce qu'il est venu faire. Puis il se met à sourire sous sa moustache, d'un petit sourire timide – on sentait qu'il devait pas le montrer souvent quand il était de service. Nous, on lui répétait : *"Peace, peace, brother"*, on lui faisait le V avec les doigts, on a agité nos mains quand il est reparti dans l'ascenseur. Faith et moi, on s'est regardés. On n'avait même pas besoin de se le dire : nous savions tous les deux que Gene était heureux.

– Des plumes. On dirait un rêve.

– C'en était un, c'en était vraiment un. Je n'oublierai jamais ce moment. »

Ils se turent. Phoebe songeait aux plumes, sondait sa mémoire à la recherche d'un instant qui pût rivaliser en beauté et en mystère avec le geste de Faith. Elle ne trouva qu'une déception si familière que c'en était presque un soulagement.

Pourtant, continua Wolf, beaucoup de choses avaient mal tourné à Paris. Mise au défi de sauter dans la Seine, Faith n'avait pas hésité, mais le courant l'avait emportée, si bien qu'un bateau-mouche avait dû venir à son aide. Une autre fois, elle avait mis la main sur une bouteille d'absinthe qui lui avait valu une nuit d'hôpital pour un lavage d'estomac. « On s'épuisait l'un l'autre, expliqua-t-il : elle, toujours attirée vers de nouvelles expériences, et moi qui résistais toujours. »

Le coup décisif était venu quand quelqu'un s'était cassé la jambe en tombant d'un toit, pendant une fête que Faith avait financée en partie, un orchestre en plein air, les gens qui dansaient, et le type avait glissé. Faith s'était reproché l'accident : elle aurait dû le prévoir, elle aurait dû insister pour faire mettre une rambarde. Tout se télescopait dans sa tête, leur chance avait tourné, il fallait dégager de là au plus vite. Elle alla visiter l'accidenté à l'hôpital, lui donna de l'argent, l'équivalent de cinq cents dollars. Il ne savait même pas qui elle était.

« On n'arrêtait pas d'entendre des bruits sur l'Allemagne, expliqua Wolf : sur ces groupes anarchistes de Berlin qui faisaient des trucs dingues. Chaque fois qu'on rencontrait un Allemand, il nous parlait de ce leader étudiant, Rudi Dutschke, qui s'était fait tirer dans la tête par un néo-fasciste en 68, et qui était paralysé à vie. Ils n'arrivaient pas à s'en remettre. J'en ai vu littéralement fondre en larmes quand ils parlaient de lui. Ils levaient toujours leurs verres à sa santé. Pour les étudiants de gauche, c'était comme l'assassinat de Kennedy : la même angoisse, la même colère incroyable. Je crois que vers 1970 il y avait vraiment le feu aux poudres.

Bref, à Paris, on a fait la connaissance d'une Allemande, Inge, qui collaborait à une revue gauchiste appelée *Konkret*. Elle était venue à Paris avec son mari, un Français, mais elle brûlait de retourner à Berlin. Pour Paris, c'était déjà foutu, disait-elle, mais à Berlin les choses ne faisaient que commencer. Et comme ils repartaient là-bas juste après l'épisode du toit, on s'est dit : "Qu'est-ce qu'on a à perdre ?", et on est montés dans la voiture avec eux. »

Wolf se tut, comme pour rassembler ses idées. Phoebe attendit en silence. Elle rêvait d'un geste héroïque de sa sœur, d'un acte désespéré et triomphal, y aspirait de toutes ses forces et en même temps le redoutait, de la façon dont on redoute une perte irréparable.

« Sur la route de Berlin, poursuivit Wolf, Inge nous a parlé d'une de ses amies, Ulrike Meinhof, une journaliste assez connue qui avait tout plaqué deux mois plus tôt pour entrer dans la clandestinité avec un groupe terroriste. L'exemple même de la gauche bien-pensante, la trentaine, mariée depuis des années au directeur de *Konkret* (la revue pour laquelle travaillait Inge), une grande maison à Francfort, des jumelles… Inge lisait ses papiers depuis qu'elle était étudiante ; quand Ulrike avait quitté son mari pour venir vivre à Berlin, elle avait tenté de s'en faire une amie. Mais Ulrike ne se liait pas facilement. Elle paraissait un peu déprimée ; ses articles se faisaient de plus en plus favorables aux groupes étudiants anarchistes qui commençaient à recourir à la violence.

– Comment ça, la violence ?» Phoebe songeait à Patty Hearst.

«Actions de guérilla, opérations de déstabilisation, le grain de sable dans l'engrenage. Tout le monde s'arrachait une espèce de manuel de guérilla urbaine, brésilien, si je me rappelle bien. Ils lançaient des cocktails Molotov et des pavés, ils crevaient des pneus de voiture, rien de très méchant. Je crois que l'idée, c'était qu'à force de lézarder les murs tout l'édifice fasciste finirait par s'effondrer sous son propre poids.

– Des étudiants ? De mon âge ?

– À peu près. Bref, Ulrike Meinhof décide de tourner une dramatique télé, l'histoire de filles qui s'évadent d'une institution d'État. Elle demande à Inge de faire partie de l'équipe. Toutes deux se mettent donc à travailler là-dessus et pendant ce temps, un jeune anarchiste, Andréas Baader, se fait emprisonner pour avoir mis le feu à un grand magasin deux ans plus tôt. Il veut écrire un livre. Ulrike Meinhof en entend parler et lui propose son aide. L'avocat du jeune, un avocat de gauche bien connu, Horst Mahler, passe un marché avec le gouvernement et on autorise Ulrike Meinhof à rencontrer Baader à quelques reprises dans la bibliothèque de Dahlem pour l'aider dans ses recherches. La première visite tombe peu après le bouclage de la dramatique. Il est midi, les gardes ferment une des ailes de la bibliothèque, on amène Baader, et soudain c'est la panique : des types cagoulés et armés font irruption, Ulrike sort un flingue de son sac, des coups de feu sont échangés, elle s'enfuit avec les types et Baader. Tout le pays est sous le choc, non seulement parce qu'une journaliste connue vient d'entrer dans la criminalité, mais aussi parce que l'avocat de Baader, Horst Mahler, a disparu à son tour. Bien entendu, la dramatique télé est censurée : pas question de diffuser l'émission d'une hors-la-loi. Deux semaines plus tard – on est début juin, juste au moment où je tombe sur Faith à Berkeley –, le groupe diffuse une déclaration et se baptise *Rote Armee Fraktion*.

– Ce qui veut dire ?

– Mot à mot, Fraction armée rouge. Mais en allemand, *Fraktion* a plutôt le sens de "gang".

– J'ai entendu parler d'eux, la Fraction armée rouge, dit Phoebe avec un frémissement d'excitation. Et alors, vous… Vous les avez rencontrés ? »

Wolf secoua la tête : « Ils étaient clandestins. Pas question de les rencontrer. On ne pouvait même pas les approcher. Ils avaient passé la plus grande partie de cet été-là en Jordanie, à se former aux techniques de guérilla avec l'OLP. Je me souviens qu'en apprenant ça je me suis dit : "Merde, et nous qui avons passé l'été comme des cons à nous défoncer et à lancer des plumes." »

Phoebe se rappela toute l'excitation qu'elle avait ressentie chez Harrod's, pendant l'alerte à la bombe. Des gens de son âge qui transformaient le monde par la force. Il devait falloir du cran.

« On est donc arrivés à Berlin, reprit Wolf. Et il y avait là-bas une vibration incroyable, les choses étaient à deux doigts de bouillir. On est tombés sur un menuisier, un ami du type qui nous avait emmenés à Berlin ; il avait un grand appart à Kreuzberg, un quartier populaire plein d'immigrés turcs, dont tous les marginaux avaient fait pour ainsi dire leur lieu de ralliement.

– Et vous avez trouvé des anarchistes, comme vous le pensiez ?

– Oh, que oui. Une galaxie de groupuscules. Les Hash Rebels, l'Aide noire, ce groupe qui s'appelait le

Collectif socialiste des patients, c'était en fait une bande de malades mentaux, avec leur médecin, qui avaient décidé que c'était la société qui les avait rendus malades et que pour aller mieux il fallait la combattre. Les Tupamaros de Berlin-Ouest, ils avaient pris le nom d'un groupe uruguayen… Ces gens-là étaient tout un monde à eux seuls. Des journaux clandestins à la pelle, *883, Extrablatt, DPA* ; on imprimait les lettres de ce Hash Rebel emprisonné, Michael Bauman, à sa petite amie Hella. Je les traduisais pour Faith… »

Sa voix s'emballait ; les souvenirs à eux seuls semblaient le soulever. « On a été pris dans le tourbillon, expliqua-t-il. Des clubs, des tavernes comme le Zodiak, l'Abri inexplicable des voyageurs, l'Hôte gras, le Top Ten. On avait des rythmes de fous, on rentrait à l'aube, on dormait des journées entières. Et chaque fois qu'on se réveillait, le bon feeling était encore là : c'était ça, le plus important, cette impression d'avancer, que si l'on continuait à ce rythme on ferait plus que survivre, on toucherait du doigt cette chose que les Weathermen, les étudiants de Paris, les Hell's Angels, que tous ceux-là avaient ratée. Faith était au paradis. Il y avait des fêtes dans de vieux entrepôts bombardés… Moi, je regardais par le carreau brisé d'une fenêtre, je voyais la lune, des cheminées d'usine, des étoiles grises qui scintillaient, et je me disais : Je suis là, bon sang ! J'avais l'impression que l'instant d'après je pouvais partir tout droit au ciel. »

Phoebe écoutait attentivement, submergée par la sensation familière qu'elle-même disparaissait peu à peu de la scène comme par un effacement, un amoindrissement de sa densité physique. Elle était gagnée par l'envie désespérée de se raccrocher à quelque chose, mais il n'y avait que Wolf, et Wolf s'absorbait de plus en plus dans son récit. « Et la Fraction armée rouge ? demanda-t-elle.

– Oh, on sentait leur présence, dit-il. Ils étaient rentrés de Jordanie en août, à peine une semaine ou deux avant notre arrivée, et tout le monde… en avait conscience, tu comprends ? Surtout à Kreuzberg. Quand je me baladais, j'avais tout le temps l'impression de les voir. Plus tard, on a su que leur séjour en Jordanie avait été un désastre – je crois que Baader avait peur des armes ; il y avait eu aussi un accrochage à propos de l'une des Allemandes qui avait pris un bain de soleil nue sur un toit. Mais personne ne s'imaginait ça à l'époque, je te le garantis.

– Et tu les as vraiment trouvés ? demanda Phoebe.

– Non, dit Wolf. L'histoire, c'est qu'on ne les a jamais trouvés. Au bout d'un moment, ce sont eux qui nous ont trouvés. »

On était en août, et les jours raccourcissaient. « L'air du soir sentait déjà l'automne, se rappelait Wolf, un petit goût que tu devinais derrière la chaleur. Je me surprenais à penser à la fac, à la rentrée, à ce qui arriverait quand on ne me verrait pas aux cours : est-ce que je deviendrais hors la loi ? Est-ce que je ne pourrais plus retourner chez moi sans me faire mettre en taule ? Et soudain, la panique, je me disais : Putain, qu'est-ce que j'ai fait de ma vie ? Il y avait des jours où je me réveillais pour trouver Faith qui déprimait en regardant le plafond, sans parvenir à comprendre ce qui n'allait pas ; parfois même, sans le lui demander. »

Ils avaient joué mollement les touristes : le buste de Néfertiti, les couloirs miroitants du palais de Charlottenburg, le stade olympique de Hitler où ils traversaient l'herbe miteuse quand Faith se tourna soudain

vers lui : « C'est mal, ce qu'on est en train de faire. »
Wolf n'avait pas envie de parler, trop de sentiments
se bousculaient en lui. « Il ne peut pas tout le temps
se passer quelque chose, dit-il.

– Si, répliqua-t-elle, tout le temps. Ou bien tu es
dedans, ou bien tu restes en rade.

– Minute. Regarde où on est. »

Elle regarda, tout autour d'eux, la grande pelouse
fermée par les murs, les mâts qui disparaissaient dans
la brume.

Mal à l'aise, Wolf précisa : « Berlin, je veux dire.

– Rien n'a changé, dit-elle. Ce sont les mêmes qui
dirigent le monde, les mêmes qui se font piétiner. Rien
n'a changé, Wolf, après tout ce qui s'est passé, rien ! »
Elle s'affolait. « Dire qu'il me reste quinze cents
dollars.

– Mais tu vas les claquer.

– Je sais, dit-elle, songeuse. Mais je dois trouver une
grande idée. Il faut que ça soit géant.

– Si on foutait le feu ? » proposa-t-il. Il lui lança
son briquet, Faith l'alluma, la petite flamme palpitait
dans l'air bouillonnant. Faith tira un joint de son vieil
étui à cigarettes et l'alluma. Wolf jetait des regards
inquiets autour d'eux, s'attendant presque à voir des
SS foncer sur eux au pas de l'oie. Mais personne ne
vint. L'endroit était un musée.

Faith tira longuement sur le joint avant de le tendre
à Wolf. « Tu vois, si IBM construisait un stade, il
ressemblerait à ça. » Elle parlait d'une voix rauque,
gardant la fumée dans ses poumons. « Ce sont des
fascistes, tu sais ; tous des fascistes.

– Tu prêches un converti. »

Quand ils eurent fini le joint, le stade s'amollit sous
les yeux de Wolf, se rida comme de l'eau sous les

vibrations d'une musique. Il jeta le filtre d'une piche-
nette : « Adolf Hitler a construit cet endroit, et nous on
vient de se défoncer dedans. »

Faith lui prit la main ; Wolf l'embrassa sur les cheveux. « Quand tu te diras que rien n'a changé, pense
à ça. »

Ce soir-là, ils s'étaient rendus à une fête dans les
faubourgs de Berlin, à l'intérieur d'un énorme édifice qui, disait-on, avait servi de dépôt de bombes pendant la guerre. Une soirée démentielle, des acides à la
pelle, des allumés venus des quatre coins de la planète.
Faith et Wolf y firent la connaissance d'un certain Éric,
un type en manteau de cuir rose et aux airs de Charles
Manson : les yeux sombres et fous, des manières char-
mantes mais avec un côté fanatique. Wolf l'avait déjà
croisé à la Gedächtniskirche, cette église bombardée
du Ku'damm où traînaient tous les hippies. Comme
Éric était né de mère anglaise, Faith pouvait discuter
avec lui sans que Wolf ait besoin de traduire. La
conversation tomba sur la RAF ; Éric fit savoir qu'il
avait connu à la fac l'un des membres du groupe,
Gudrun Esslin, la petite amie de Baader.

« Il y a des gens qui entrent dans la bande ? demanda
Faith. Ou ce sont juste les membres d'origine ?

– Pas du tout, ils acceptent les CV. »

Elle avait l'air perplexe. « Il déconne », précisa
Wolf.

Les yeux de Faith s'étrécirent. Elle détestait qu'on
se moque d'elle. Et avec le plus grand sérieux, elle
annonça : « J'ai déjà descendu un lapin. »

Éric tourna vers elle de grands yeux et Faith éclata
de rire. Wolf rit à son tour.

Éric eut un sourire ironique : « Et à quand remonte cette... action ?

– J'avais dix ans, dit-elle en souriant toujours.

– Un enfant prodige, en somme. Mais tu n'as pas d'expérience plus récente ? » Il jouait au recruteur, faisant courir sur le papier un stylo imaginaire.

« Des bouteilles de Coca », dit Faith.

Il lui jeta un regard interrogateur.

« Pour cibles, expliqua-t-elle. Des pigeons d'argile, aussi.

– Et l'arme ? » La discussion était peu à peu devenue sérieuse.

« Un calibre trente-huit. Un revolver. »

Éric haussa les sourcils. Mais il se contenta de dire : « Ces Américains. Toujours le revolver. »

Wolf tenta bien d'attirer Faith loin d'Éric, mais il n'y eut pas moyen de la faire décoller. Il finit donc par avaler un acide et traîner dans le coin, ne se mêlant que par intermittence à la conversation. Il ne fallut pas longtemps avant que Faith se mette à parler de Gene : elle raconta comment IBM avait démoli son père, l'avait vidé de toutes ses forces mentales au point que son sang même avait fini par se révolter. Elle disait des choses que Wolf n'avait jamais entendues de sa bouche : ce que ç'avait été de regarder son père mourir et de se découvrir impuissante, qu'elle avait tout tenté pour le sauver, qu'il était mort quand même. Toute sa vie, disait-elle, elle avait voulu riposter, toute sa vie ; mais elle se sentait faiblir, seule, on n'y arrivait pas, seule, on ne faisait que donner des coups d'épée dans l'eau. Wolf n'arrivait pas à y croire : il l'écoutait ouvrir son cœur à un inconnu, le lui tendre comme un portefeuille qu'elle aurait trouvé dans la rue. Bien entendu, Éric jetait à Faith des regards hypnotisés, et d'un seul

296

coup Wolf vit ce qu'Éric devait voir : une petite Américaine révoltée, à des années-lumière de chez elle, une adolescente prête à courir tous les risques, à tout sacrifier. Wolf fut terrifié.

Il souleva les cheveux de Faith, lui parla dans l'oreille : « On se casse.

– Pas moi », dit-elle.

Alors, furieux, anéanti, Wolf s'en alla draguer une Italienne en pantalon jaune et le nombril à l'air, posa ses doigts sur le tissu jaune et regarda le pantalon bouger pendant qu'il dansait avec la fille. Le regard fulminant de Faith l'accompagnait bien dans la salle, mais elle était trop fière pour le rejoindre – sur ce point, il s'était trompé. À contrecœur, Wolf dut suivre la fille en jaune dans un escalier de métal grinçant, jusqu'à un toit si vaste qu'on aurait pu y faire décoller un avion. Ils s'allongèrent sous des étoiles que Wolf, dans son état, ne distinguait plus des tessons qui jonchaient le sol autour de leur matelas. Il ne pensait qu'à Faith, à la leçon qu'il voulait lui donner, mais il planait trop pour se rappeler quelle vérité il fallait lui inculquer.

Quand Wolf redescendit dans la salle, Faith et Éric étaient partis. Il ne fut pas surpris : mince, il l'avait bien cherché. Mais son accès de panique s'était dissipé avec les effets de la drogue. Elle reviendrait, se dit-il : ils avaient connu pire, et ils s'en étaient sortis.

Wolf se retourna et, pour la première fois depuis un moment, son regard croisa celui de Phoebe : elle sursauta. « Ça va ? » demanda-t-il.

Elle hocha la tête. Elle se sentait vide, l'esprit aussi dépourvu de contenu qu'une route en attente de voitures. Il y avait une paix étrange dans cette impression.

« Phoebe ?

– Je vais bien », répondit-elle, mais d'une voix désincarnée : elle avait cessé d'être quelqu'un. Wolf lui jetait un regard lointain qui convenait bien à son propre effacement, décida-t-elle. Il ne parlait plus pour elle, son récit avait fini par le gagner. Tous deux demeurèrent assis dans la pénombre.

Faith ne revint pas cette nuit-là, du moins ce qu'il en restait. Il s'y attendait. Elle ne revint pas le lendemain non plus. Wolf alla prendre l'air, tua le temps à la Gedächtniskirche, à la Park Tavern, arpenta la gare du Zoo à sa recherche. Il se laissa aller à une vague histoire avec une Russe étudiante aux Beaux-Arts, une rousse, il ne se rappelait rien d'autre. Des peintures pleines de motifs d'ADN.

Lorsqu'il revit Faith deux semaines plus tard, Wolf s'était presque installé dans le studio de l'étudiante. Deux fois par jour, il se pointait à la piaule du menuisier au cas où Faith serait passée. Elle avait laissé son sac à dos dans un placard, dissimulé sous une couverture mexicaine. Elle vint lui ouvrir un jour.

« Bon retour parmi nous ; lui dit Wolf. Et qu'est-ce qu'il est devenu, le Prince charmant ? » Faith lui jeta un regard interrogateur. « Tu sais bien, machin, là, avec ses yeux de flippé… Éric.

– Ah, Éric. Aucune idée.

– Alors tu vas peut-être me dire ce que tu foutais ?

– Ne le demande pas comme ça ! Et toi, tu peux me le dire, ce que tu foutais ? »

Elle avait changé d'habits, portait maintenant un chemisier tout simple avec de petits boutons rouges en losange ; et une coupe de cheveux rafraîchie, bien lisse, à croire qu'on lui avait démêlé ses nœuds au peigne humide. Aux yeux de Wolf, la jeunesse de ses traits avait quelque chose de miraculeux, toutes ces années d'excès ne semblaient pas avoir laissé d'empreinte sur elle. Tout cela n'était qu'un entraînement pour elle ; au bout du compte, elle resterait toujours adolescente. Wolf se sentait vieux de mille ans à côté d'elle. « Putain, lança-t-il, ça me fait plaisir que tu reviennes.

– Je ne reviens pas vraiment. »

Ils étaient seuls dans l'appartement. Faith vint vers lui et Wolf lui trouva une démarche bizarre ; il n'aurait su l'expliquer, mais il lui semblait que son centre de gravité s'était déporté. Il lui prit les mains : « J'ai l'impression que tu es là, quand même. »

Ils se couchèrent sur le lit du menuisier. Wolf avait une envie folle d'elle : de ce point de vue, ça ne changeait jamais. Il lui arrivait de désirer d'autres filles, mais jamais de façon aussi impérieuse et, à la vérité, Wolf y aurait renoncé bien volontiers s'il avait été sûr de pouvoir le faire sans reconnaître sa dépendance. Les bras minces de Faith se refermaient autour de lui, le ramenaient en un lieu profond et tranquille à l'intérieur de lui-même. Jamais il n'avait aimé à ce point.

Il enfouit les mains sous le chemisier et ses doigts rencontrèrent quelque chose de dur, qu'elle portait à même la peau dans le dos de son pantalon. Wolf tira sur l'objet, c'était un petit pistolet automatique. « Putain de merde. » L'arme avait gardé la chaleur de sa peau. On aurait dit un vingt-deux.

Faith l'observait sans rien dire : elle semblait près d'exploser. Wolf sourit en secouant la tête. Il regarda le flingue, puis il regarda Faith ; ils firent l'amour avec le pistolet entre eux, au beau milieu du lit, froid et lisse contre leurs jambes nues.

Par la suite, Faith fouilla les draps, en retira l'arme qu'elle éleva dans la lumière, de façon à projeter une ombre sur son visage. «Je vise bien, dit-elle. Mon papa m'a appris.»

Appuyé sur un coude, Wolf la regardait. «Tu ne me laisses pas écraser une mouche, remarqua-t-il. On a du mal à t'imaginer tirer sur des gens.»

Elle rit. «Légitime défense.

– On se fait descendre par légitime défense.

– Je ne m'en servirais jamais. Je leur ferais peur, c'est tout.»

Wolf se recoucha sur le lit, croisa les bras. Il sentait son haleine, la chaleur de ses membres ; il la tira contre lui. «Wolf, murmura-t-elle, je les ai trouvés.»

Quand la nuit fut tombée elle se leva, passa son jean et son chemisier avec des gestes soigneux, comme on enfile un costume de location. Elle fourra l'arme dans son pantalon, sur le devant cette fois. Wolf s'assit sur le lit, pieds nus contre le sol froid, s'efforçant de rassembler ses esprits. «Une minute. Tu décolles, là, c'est bien ça ?»

Elle s'accroupit devant lui, posa les mains sur ses genoux, leva les yeux sur lui. «Écoute-moi, dit-elle.

– J'écoute.

– Il faut que tu te débrouilles pour y entrer toi aussi. Wolf, il le faut. Cette fois-ci, c'est la bonne.

– On a déjà dit ça plus d'une fois.

– Non, s'énerva-t-elle. Crois-moi, les autres fois, ce n'était rien à côté. Wolf, c'est tout un mouvement.

– Alors emmène-moi.»

Elle se détourna. «Je ne peux pas. Ils sont trop puissants, je ne suis qu'un petit rouage. Je ne peux même pas leur parler, sauf à l'avocat : les autres ne parlent pas anglais.»

Wolf secouait la tête. « Mais bon Dieu, qu'est-ce que tu fais pour ces gens ? »

Des missions, lui expliqua-t-elle. De petites choses. Quand on devient clandestin, on ne peut même plus entrer dans un magasin sans risquer d'être reconnu. Alors Faith faisait leurs courses. « Ils ont besoin de plein de trucs », dit-elle en retirant son sac à dos du placard. Puis, baissant la voix : « Ils sont très forts, Wolf ; et ils préparent quelque chose d'énorme. »

Il se leva du lit et vint jusqu'à elle, encore nu, la saisit par les coudes. « Laisse tomber, bébé. »

Elle fronça le sourcil. Wolf aurait voulu s'éclaircir les idées, Faith semblait si sûre d'elle, son port, ses yeux, tout indiquait qu'elle savait ce qu'elle faisait, que cela avait du sens. Rien d'étonnant à ça, songea Wolf : est-ce que ce n'était pas la conclusion logique de leur voyage ? Elle avait raison, elle devait avoir raison, si seulement Wolf avait pu s'éclaircir les idées… Ce flingue dans son pantalon… Mais quand il imaginait Faith en train de se terrer dans un appartement, d'accomplir des missions pour des inconnus auxquels elle ne pouvait même pas parler, le sordide de la situation le désespérait. Ça ne valait pas mieux que toutes ces impasses qu'ils avaient essayé d'éviter. « Attends, lui dit-il. Il faudrait… qu'on en discute une seconde, d'accord ? »

Mais elle l'ignora, elle recomptait ses travellers. « Attends, insista-t-il quand elle jeta son sac sur ses épaules. Faith, attends. » Il se mit en travers de la porte, l'expression de Faith changea et Wolf prit conscience qu'il lui barrait le chemin. Elle voulut passer, il ne bougea pas.

« Écoute, si ce n'est pas ton truc, pas de problème ; bon, je me casse. » Et elle le dévisageait avec une telle froideur, une telle déception que Wolf se sentit soudain l'ennemi. Il vit rouge.

« Ça m'étonne que tu n'aies pas sorti ton flingue », lui dit-il.

Elle le regarda en silence.

« Qu'est-ce que tu attends ? Tu veux te barrer ? Sors ton flingue.

– Wolf, arrête ça. » Elle essaya sans conviction de pousser sur son bras, sa poitrine, mais les membres de Wolf étaient rigides comme la pierre, lui-même n'aurait pu les bouger. Faith ployait sous son gros sac à dos.

« Allez, sors-le. Tu sais ce que tu as à faire, fais-le. »

Son visage se crispa de colère. Elle posa la main sur la crosse. « Va te faire foutre, Wolf. » Elle sortit l'arme, la laissa pendre au bout de son bras. « Pourquoi ? implora-t-elle. Laisse-moi partir, s'il te plaît ! Ça me rend malade.

– Ça te rend malade ! » Il rit. « Tu parles d'une terroriste. »

Une veine palpitait contre ses tempes. Elle souleva le pistolet, regarda ses mains comme si elles ne lui appartenaient plus.

« N'oublie pas le cran. »

Elle ôta le cran. Les yeux fixés sur l'arme, elle la pointa vers la poitrine de Wolf.

« C'est charmant », dit-il d'une voix très douce, et à son tour il ne quitta pas le flingue des yeux, jusqu'à ce que la bouche du canon vienne appuyer contre sa peau et que Wolf devine, derrière ce baiser froid, la froide colère de Faith. Elle avait les traits tordus de concentration, comme si tenir l'arme à bout de bras avait demandé jusqu'à ses dernières forces. Wolf la regarda dans les yeux mais ne rencontra que des parois étranges, opaques, et se prit à penser, stupéfait, qu'elle irait jusqu'au bout.

Alors il chuchota : « Il te regarde, en ce moment ? »

Faith releva brusquement la tête. Elle avait dû se voir dans les yeux de Wolf, car un éclair de reconnaissance déchira son visage et elle laissa tomber l'arme, le coup partit, le pistolet bondit en arrière à plus d'un mètre avant de tournoyer comme une toupie. Ils le regardèrent dans un silence semé d'étincelles ; Faith se mit à pleurer. Wolf lui ôta son sac et ils se blottirent l'un contre l'autre en tremblant ; au milieu de la pièce, le pistolet les regardait sans bouger, comme honteux de son accès de colère.

« Ne t'en va pas », dit Wolf.

Faith secouait la tête en pleurant, elle ne voulait pas s'en aller. Elle traversa la pièce d'un pas timide, s'agenouilla devant l'arme et remit le cran de sûreté en place. Elle se releva aussitôt mais elle resta là, le pistolet à ses pieds. Wolf tremblait de froid, il aurait bien voulu être habillé. Des éclats de bois gisaient sur le parquet, au pied d'une moulure où la balle était venue se loger. Au bout d'un moment, Faith s'accroupit de nouveau devant l'arme et Wolf devina le combat qui se menait en elle ; deux partis s'affrontaient, la tiraient chacun de son côté. Restait à savoir lequel avait les racines les plus profondes, mais Wolf pressentait déjà ce que serait la réponse.

Un silence pesant fondit sur le living. « Pourquoi tu n'as pas appelé maman ? » demanda Phoebe.

Wolf secoua la tête. « Ça ne se faisait pas de courir prévenir les parents ; et puis, qu'est-ce qu'elle aurait pu faire, ta pauvre maman, mis à part se ronger les sangs ? » Il s'interrompit pour allumer une cigarette.

« Mais je ne sais pas, reprit-il. Peut-être que j'aurais dû. » Il se tourna vers Phoebe. « Tu crois que j'aurais dû ? »

Mais Phoebe n'était plus qu'une coque vide. « Aucune idée.

– Bref, je suis parti de Berlin le lendemain, poursuivit-il après un long silence. J'avais un copain à Munich, Timothy, qui avait habité dans ma famille la première année du lycée. J'ai punaisé son adresse chez le menuisier, je suis parti là-bas et j'ai attendu.

Le dernier jour de septembre, j'ouvre le journal et je tombe sur un énorme titre : la RAF avait braqué trois banques la veille au matin. Douze personnes impliquées, trois voitures, ils avaient raflé dans les deux cent trente mille marks. J'ai lu ça et je me suis dit : Mince. »

À sa grande confusion, Phoebe ne put réprimer un rire.

« Je sais », lui dit Wolf avec un sourire forcé.

Elle riait maintenant à gorge déployée. « Pourquoi est-ce que je ris comme ça ? dit-elle.

– Qu'est-ce que tu peux faire d'autre ? Des hold-up, merde.

– Combien ?

– Trois. Quatre à l'origine, il y en a un qui n'a pas marché. Bon Dieu », dit-il, et à son tour il s'abandonna à un rire sans joie. « Seulement, ça n'avait vraiment rien de drôle. »

Le rire de Phoebe la quitta tout d'un coup, la laissant fatiguée.

Wolf s'était mis à travailler en clandestin, comme magasinier dans une usine de chaussures des faubourgs. Il sous-louait désormais une chambre dans un appartement et donnait régulièrement de ses nouvelles à la famille de son copain, pour le cas peu probable où Faith serait venue le chercher jusque-là. Les jours passèrent, puis les semaines. Wolf épluchait le journal en se rendant au travail ; il suivit les détails d'une opération policière contre la Fraction armée rouge, plusieurs leaders furent arrêtés, mais on ne parlait nulle part d'une jeune Américaine. On était début octobre, 1971 approchait : l'overdose de Janis tomba le 4, Hendrix était mort à la mi-septembre, à Londres. Beaucoup commençaient à repartir chez eux, mais Wolf se sentait paralysé. « Ça ne tournait pas rond dans ma tête, expliqua-t-il. Tous les jours, un article sur la RAF, et moi qui savais que Faith en faisait partie… Parfois, je paniquais, je me disais que j'aurais dû en être moi aussi, que c'était l'erreur de ma vie. Elle était dans le monde, tu comprends ? Et moi, comme un con, je suivais l'histoire dans les journaux. »

Phoebe se tortilla sur son siège.

« Je n'arrivais pas à décoller, dit-il. Alors je suis resté et j'ai attendu. Et puis, sans crier gare, elle a reparu. »

Octobre touchait à sa fin, il commençait à faire froid et Faith n'avait aucun vêtement d'hiver. Quelque chose n'allait pas, Wolf la trouva changée – brisée, d'une certaine façon. Il l'enveloppa dans des pulls, alluma le four et les brûleurs à fond, au point de faire fumer les vitres. Faith tremblait comme une feuille. Il lui fallut toute une journée pour la décider à parler, mais il y parvint.

« Elle était impliquée dans les hold-up. On l'avait chargée de découper une clôture, derrière un immeuble voisin de la banque, c'était par là que devaient s'enfuir les braqueurs. Certains pensaient qu'elle n'aurait pas la force de couper le grillage, mais Faith leur affirma qu'elle l'avait déjà fait. Alors, ils lui ont passé une robe, lui ont donné un petit sac blanc avec un guide de Berlin à l'intérieur, un plan de métro, la petite touriste parfaite. »

Faith aurait voulu se teindre les cheveux comme d'autres filles de la bande, mais on décida plutôt de les lui couper. Ulrike Meinhof se méfiait des cheveux longs, elle pensait qu'ils vous faisaient repérer plus facilement ; elle-même se les était coupés des semaines auparavant. Faith n'eut d'autre choix que de s'incliner et on sacrifia ses grands cheveux, la dernière chose au monde qu'elle souhaitait. Petra Shelm, une ancienne coiffeuse de la bande, eut les honneurs des ciseaux ; elle étendit la propre chemise de Faith sous la chaise pour recueillir les mèches coupées. Faith en glissa une dans sa poche quand tout le monde tournait le dos, mais elle la jeta par la suite.

« Bref, ce qui s'est passé, poursuivit Wolf, c'est qu'en fait elle n'a pas eu la force de découper la clôture. Elle s'est escrimée dessus pendant près d'une heure, mais rien à faire, elle était tellement désespérée qu'elle a failli demander de l'aide à un passant. Elle s'y est mise avec les poignets, les pieds, elle a fini par déchirer l'ourlet de sa robe. Quand ils sont revenus la chercher une heure plus tard, ils ont retrouvé Faith dans tous ses états et la clôture intacte. Ils ont pété les plombs. Horst Mahler a sauté de la voiture et l'a fait sur-le-champ, devant tout le monde. Faith lui gardait les tenailles pendant qu'il écartait le grillage. »

Phoebe tenta d'imaginer la vaine lutte de sa sœur, son humiliation publique ; elle n'y parvint pas. Dans son esprit, Faith restait celle qui trouvait toujours une solution. « Alors, ça a été une catastrophe ? demanda-t-elle, l'angoisse au cœur.

– Non, pas tout de suite. Faith disait que toute l'histoire des braquages avait été une expérience fabuleuse. L'adrénaline te fait sauter au plafond : des jours après, tout était aussi lumineux que dans un trip à l'acide. Et le flingue également : le porter tout contre soi, c'était comme avoir un second cœur. Même de se savoir recherchée, ça lui plaisait : se sentir marquée, se balader incognito en se disant : Si cet épicier, si ce balayeur savaient qui je suis vraiment, ils flipperaient comme des dingues. Tout ce qu'ils faisaient se retrouvait aussitôt dans les journaux : comme avec la drogue, cette sensation d'être en dehors de soi, de se regarder à des kilomètres de distance, de savoir que des milliards de gens suivent le moindre de tes gestes… Enfin, tu imagines.

– Ça a l'air incroyable, dit Phoebe.

– Ça l'était. Du moins, c'est ce qu'elle m'a raconté. » Il se tut un moment. Phoebe sentit un regret passer dans la pièce, semblable à une mer en reflux.

« Évidemment, elle ne lisait pas l'allemand, mais Horst Manier lui traduisait les articles. Ils n'ont même jamais pris la peine de faire les comptes, les quotidiens du soir ne parlaient que de ça, on y recensait le butin au pfennig près. Ils ont envoyé Faith acheter les journaux. Elle tremblait si fort qu'elle a laissé tomber le paquet en revenant, il y en a un qui a atterri dans une mare. Mais tout le monde s'en fichait, ils étaient trop excités. »

Wolf se tut. En l'absence de sa voix, la grisaille semblait se refermer sur eux, songea Phoebe, comme si l'on avait soufflé un lumignon. Ils pouvaient toujours rire.

« Quoi qu'il en soit, le triomphe fut de courte durée, dit Wolf. Une semaine peut-être après les hold-up, les flics effectuaient une descente dans deux appartements ; il y a eu quatre membres de la RAF arrêtés, parmi lesquels Horst Manier. Après quoi la Fraction armée rouge a décidé qu'il était trop dangereux de rester à Berlin. Ils ont limité leurs opérations, se sont mis à déplacer leurs militants en Allemagne de l'Ouest. À ce moment-là, Faith était déjà plus ou moins hors du coup.

– Hors du coup ?

– Ils l'ont vidée, tu comprends. On l'a envoyée en mission dans une quelconque banlieue, loin de Berlin ; et quand elle est revenue à la nuit tombée, l'appartement était vide, tout le monde s'était cassé. Elle ne savait pas du tout où les retrouver.

– Mince.

– Oui, ça a été une vraie gifle. Faith est redescendue d'un coup sur terre, comme après un trip de deux mois. Elle a traîné un peu dans cette planque soi-disant sûre, elle a fini par s'effondrer sur un matelas ; c'était follement risqué, les flics pouvaient débarquer d'une minute à l'autre. Je pense qu'elle devait presque espérer une descente. »

Phoebe tâcha de se représenter sa sœur mise au rancart, abandonnée à ces pièces vides, mais rien ne lui vint à l'esprit, du moins aucune image de Faith. Elle ne voyait que l'appartement et les rebuts d'un départ hâtif : les portes entrebâillées, une bouteille de lait, des mégots au bord des fenêtres. Et pour seul bruit, l'écho des pas de sa sœur. Son cœur se serra : « Pauvre Faith.

– Elle n'arrêtait pas de se demander où était son erreur. Est-ce qu'elle avait montré trop d'audace, ou bien était-ce le contraire ? Est-ce que tout s'était bien passé jusqu'à la clôture, ou bien son sort était-il déjà réglé à ce moment-là ? Elle tournait et retournait ces pensées dans sa tête, elle ne pouvait pas s'arrêter. En attendant, il ne lui restait que trois cents dollars. »

Phoebe sentait sur sa peau l'air de la pièce : une impression douloureuse, comme si on l'avait écorchée vive. « Je me demande, dit-elle.

– Quoi ?

– Pourquoi ils l'ont laissée.

– Qu'est-ce qu'on en a à foutre ? C'étaient de pauvres connards ! »

Ils se foudroyèrent du regard. Une déception rageuse gagnait Phoebe ; elle s'en voulait, comme elle en voulait à Wolf, de rester assis dans cette pièce obscure, à ne rien faire. Mais elle en voulait aussi à Faith de n'avoir pas su répondre à certaines attentes.

Un jour, Faith avait accompagné Wolf à son usine de chaussures. Elle avait patienté dans la cafétéria pendant qu'il emballait et chargeait ses cartons. Après quoi ils étaient allés boire un verre dans un pub rustique – des boiseries, des cornes de cerf aux murs – que fréquentaient les ouvriers de l'usine. Wolf s'était dit que cela lui ferait du bien de flirter un peu avec ses copains du boulot : il ne se trompait pas, mais sans ses cheveux longs Faith n'arrêtait plus les regards comme par le passé. On la trouvait maigre et pâle, ce qu'elle avait toujours été, mais autrefois le flamboiement de sa chevelure sombre lui conférait une aura de drame qui ne s'oubliait pas : déglinguée, mais superbe. Désormais ce n'était plus qu'une autre de ces filles au bout du rouleau. Wolf ne s'en plaignait pas : la beauté de Faith en paraissait plus secrète, ne s'offrait plus aux regards avides du premier venu. Faith, elle, haïssait sa coupe au bol qui la faisait, disait-elle, ressembler à un gland tombé d'un chêne. Elle ne s'en trouvait que plus convaincue de son échec. Tout ce qu'il y avait d'intense dans le monde, y compris en elle, lui semblait avoir été soufflé par sa faute, comme une chandelle. Pourtant, ce soir-là, elle s'amusa au pub, elle riait encore dans le tram qui les ramenait chez Wolf et, tout en riant, se tourna vers lui et dit d'une voix bizarre : « Peut-être que tout va bien se passer », comme un vœu fou qu'elle aurait à peine osé formuler.

« Deux jours plus tard, on est allés au Hofgarten, dit Wolf. J'avais la bague dans ma poche, jade et turquoise, ses préférées. Je n'ai peut-être pas choisi le bon jour. Je n'étais pas plus tôt tombé à genoux qu'elle a compris, et elle m'a dit "Non" avant que j'aie pu ouvrir la bouche. "Non, Wolf, s'il te plaît, je deviens folle. Je me sens vidée." Moi, je disais : "Tu nous emmerdes, oublie ça, merde, regarde, nous sommes là, nous sommes dans l'instant présent, tac, une tête d'épingle, on peut faire tout ce qu'on veut, tout ce qu'on veut !" Mais elle ne m'entendait pas, il y avait un bruit plus fort dans sa tête. Elle s'est juste essuyé les yeux, elle m'a dit ; "S'il te plaît, mon cœur, relève-toi, je t'en prie", et quand je suis rentré du boulot ce soir-là, elle était partie. »

Au bout d'un moment, Phoebe rompit le silence : « Ça s'est fini comme ça ? »

Il se releva péniblement, alluma la pièce : les murs bondirent à leur rencontre. Il entra dans la cuisine d'un pas raide, jambes engourdies, Phoebe surprit un bruit de verre, les bouteilles mises aux ordures.

« Tu ne sais rien d'autre ? lui demanda-t-elle quand il se rassit près d'elle. C'est tout ? »

Wolf détourna les yeux. Phoebe se perdit dans la contemplation de la vitre obscure, s'efforçant d'accepter que l'histoire s'achevait ; mais bien entendu, ce n'était pas fini. Faith n'avait fait que se dérober une fois de plus, disparaître au moment où l'histoire paraissait toucher à sa fin. Et voilà qu'il arrivait enfin, ce rebondissement qu'elle avait espéré de toutes ses forces et redouté en même temps, tout en sachant qu'il viendrait : Faith avait disparu.

Ses yeux parcoururent la pièce illuminée, mais elle ne voyait plus les couleurs, elle regarda Wolf et le trouva terne lui aussi, encore un de ceux que sa sœur avait laissés derrière elle.

Il suggéra une promenade. Ils errèrent en silence le long des maisons peintes de la vieille ville. Il flottait dans l'air une odeur de pralines. Au-dessus de la grand-place, des automates grandeur nature s'assemblaient par saccades joyeuses autour de l'horloge pour sonner l'heure. Phoebe voyait tout cela comme à travers du tulle.

« Dis quelque chose », lui demanda Wolf tandis qu'ils quittaient la place pour retrouver le calme des rues sombres.

Mais Phoebe n'avait rien à dire. Ses pensées ne comptaient pour rien, pas plus que Wolf et Carla, pas plus que l'air de fête des rues munichoises, face au spectacle de la vie de sa sœur. Terrorisme, suicide : une voiture de sport, superbe, dévalant une montagne. Comment son père aurait-il pu ne pas regarder ?

« Elle est belle, cette église. Tu veux qu'on entre ? »

Il la précéda dans l'édifice. C'était une petite église en ovale, aux ornements bien plus chargés que tout ce que Phoebe avait vu en Europe : les volutes foisonnaient, dorées à la feuille d'or, comme un pot-de-vin versé à Dieu.

Ils s'assirent au fond, dans une lumière alourdie par l'or. « Ce que je t'ai dit là-bas, avança Wolf. Manifestement, ça t'a bouleversée.

– Je ne suis pas bouleversée.

– Phoebe, tu n'es plus là. On dirait que tu as plongé sous l'eau.

– Je réfléchis.

– À quoi ?

– Il faut que je parte de Munich. »

Il la regarda. « Pourquoi ? C'est moi ? Est-ce que j'ai… ?

– Il faut que je continue, dit-elle d'un ton mono-corde.

– Où ça ?

– Je te l'ai déjà dit. » Mais Wolf ne paraissait pas s'en souvenir. « En Italie. À Corniglia. Là où elle a sauté. »

Wolf sursauta comme s'il avait reçu un coup. « Tu vas m'écouter, Phoebe ? Tu vas rester avec moi une minute ? »

Son regard la brûlait et il se matérialisa soudain devant elle, rompant net le torrent de ses pensées. Elle détourna les yeux. Wolf expira lentement, puis s'étira, le dos arqué au-dessus du banc. Ses vertèbres craquèrent ainsi que des phalanges.

« Très bien, je t'accompagne. »

Elle fronça le sourcil.

« Je vais avec toi à Corniglia.

– Oh, non. Surtout pas.

– Fais comme si je n'étais pas là. Ça m'est égal si l'on ne parle pas. Mais je ne te laisserai pas aller là-bas toute seule, il n'en est pas question.

« – Non, Wolf, excuse-moi mais c'est non. » Elle secouait la tête en souriant, et c'était comme les autres fois, toutes ces autres fois où elle s'était enfuie de la voiture d'un garçon, enfuie d'une fête, enfuie d'un match de football lorsque soudain les cris, les pompons éclatants des filles s'étaient dissous dans son esprit et qu'elle en avait perçu la creuse vérité. Elle s'en allait, elle s'en allait encore et toujours : ce n'était dur que la première minute.

« Je ne te demande pas la permission », dit Wolf.

Il sondait son regard, ses yeux à lui allaient et venaient entre eux deux comme s'il avait cherché une route qui le mène dans la tête de Phoebe. Elle sentit sa chaleur, cette présence incarnée, le souffle, le regard attentif.

« Je ne veux pas que tu viennes », dit-elle, et elle se leva, s'éloigna du banc puis de l'église, mais sans courir, sans même marcher ou presque, elle ne faisait que s'abandonner au courant paisible de la solitude. Mais Wolf restait sur ses talons, et dans la rue il la prit soudain dans ses bras, comme il l'avait fait le premier jour, dans l'escalier. Elle se raidit, les bras plaqués sur ses flancs.

« Reviens, disait-il. S'il te plaît, Phoebe, reviens. » Et il y avait dans sa voix une peine qui parvint à Phoebe, d'abord de très loin, puis sembla monter tout droit de sa poitrine. Alors elle jeta ses bras autour de lui et les laissa là.

Ils se taisaient et une odeur de pain perdu arrivait de quelque part, huileuse. Le cœur de Wolf battait fort à l'oreille de Phoebe. Elle l'imagina en train de serrer Faith dans ses bras, le pistolet entre eux, et se sentit déchirée par l'impression douloureuse que sa sœur s'en était allée, les laissant tous deux livrés à eux-mêmes. Et peut-être était-ce bien qu'il l'accompagne, peut-être les choses en seraient-elles moins difficiles. Le menton de Wolf reposait au sommet de son crâne, il était si grand devant elle.

17

À mi-parcours, ils firent halte pour déjeuner dans un village des Alpes italiennes qui semblait une réminiscence de la route : un seul restaurant, une boutique aux volets clos, une minuscule église aux murs croulants. L'air froid et sec prenait Phoebe à la gorge, aux narines. Quand ils descendirent de voiture, un silence chuchotant les accueillit, comme si les nuages, qui semblaient tout proches, s'étaient affairés à polir le ciel d'étain.

Le restaurant sentait la fumée ; la patronne s'avança. La vivacité de ses mains et de ses traits démentait son âge : sa vieillesse en faisait figure d'accident, comme si les années n'avaient fondu sur elle que dans un moment d'inattention. Elle parlait allemand, ce qui étonna Phoebe. Wolf lui expliqua que la région n'appartenait à l'Italie que depuis la Première Guerre mondiale. Il y avait un pot trapu d'argile sur leur table, empli de vin rouge.

Le seul autre client du restaurant, un homme d'un certain âge, flottait dans un grand pantalon noir, remonté sur la poitrine par des bretelles d'un rouge surprenant ; les cent plis de son visage paraissaient receler des trésors de jovialité. Il leva à leur adresse un petit verre empli d'un liquide clair, de la grappa, dit Wolf. Tous deux burent à sa santé.

Leur voyage avait commencé ce matin-là après un répit d'une semaine, le temps que Wolf achève de traduire son manuel sur la scoliose. Au début, Wolf n'avait paru présent que par son corps, c'était à peine s'il desserra les dents comme ils s'éloignaient vers l'Autriche par les grasses collines du sud de Munich. L'air devenait plus vif, plus odorant ; de gros rochers mouchetés poussaient hors de terre un nez de bouledogue. Les plus hauts massifs se perdaient dans les nuages, comme les colonnes d'un palais suspendu. Phoebe n'avait jamais revu Carla ; Carla travaillait, lui disait toujours Wolf, mais d'une voix tendue qui lui faisait se demander si tout allait bien entre eux. Il avait passé toutes les nuits chez Carla, laissant à Phoebe son lit dont il avait changé les draps.

Ils évitèrent Innsbruck et s'engagèrent dans le Brenner, où un charmant Italien à moustache vérifia leurs passeports avant de les inviter, d'un geste, à entrer dans son pays. Ils ne tardèrent pas à déboucher sur une route plus petite. Leur allure se ralentissant, Wolf parut enfin se détendre.

« J'espère qu'il n'y a pas de problème, hasarda Phoebe. À ce que tu m'accompagnes.

— Mais non, bien sûr.

— Je veux dire, avec Carla.

— Non, ça s'est arrangé, dit-il après un temps. La situation n'est pas simple.

— À cause de Faith ? »

Il se tut encore une fois, et sa circonspection donna à Phoebe l'impression que sa fiancée n'était pas loin, qu'elle pouvait entendre. « Les choses qu'on laisse en plan ne sont jamais simples », reprit-il. Il lui jeta un regard où Phoebe vit soudain, d'une façon nouvelle pour elle, s'entrouvrir son existence. Alors, pas à pas, elle s'approcha de cette ouverture.

« Carla savait beaucoup de choses sur elle ?

– À peu près tout, répondit-il. Dès le début, j'ai tout mis à plat devant elle, pour ainsi dire. Mais je n'en ai jamais reparlé – nous n'en avons jamais reparlé. Même si, parfois, j'en ai eu envie. »

Phoebe attendit, de peur de l'interrompre. « Pourquoi ? demanda-t-elle.

– Je crois que je me sentais maladroit de remettre ça sur le tapis. Je me disais : Tu es amoureux, tu n'es pas censé y repenser. Même si c'était Carla qui me posait des questions sur Faith, je résistais, je me disais qu'il fallait tourner la page, que c'était une question de discipline. Je me rends compte maintenant que je faisais tout le contraire : je m'accrochais. »

Il secouait la tête comme si cette découverte ne laissait pas de l'étonner. Phoebe se sentit gagner par un élan d'affection pour lui : il s'était accroché.

Ils descendirent une faible pente ; c'était comme un soupir qu'on exhale. Quelque chose s'était enfin dénoué entre eux, et le paysage lui-même paraissait refléter cette transformation : les montagnes devenaient moins abruptes, la roche parut, jaunâtre, de cet aspect friable qu'ont les galettes sorties du four. Des virages en épingle à cheveux révélaient des panoramas d'une beauté confondante, que souvent Phoebe n'arrivait qu'à contempler d'un air hébété, sans avoir le temps de réagir. « Regarde, s'écriait-elle. Oh, mon Dieu ! Regarde ! » Quand arriva le déjeuner, elle était épuisée.

Un vent violent cinglait les murs du restaurant. Wolf fit tourner le vin dans son verre et but. « Tu penses parfois à ce que serait ta vie si Faith n'était pas morte ?

– Ma vie ?

– La question est bizarre, je sais. Mais c'est vrai que tu penses beaucoup à elle.

– J'y penserais de toute façon, déclara prudemment Phoebe. Je veux dire, elle resterait ma sœur.

– C'est drôle, tout de même, reprit Wolf, comme les choses – les personnes – prennent de la force une fois qu'elles ne sont plus là.

– Faith a toujours eu de la force.

– C'est vrai. C'est vrai, mais ce n'est pas la même chose d'être une gamine précoce et d'avoir vingt-six ans. Elle aurait dû faire des choix.

– Peut-être que vous seriez mariés, tous les deux », dit Phoebe, mais Wolf tressaillit et elle s'en voulut de cette remarque. À la vérité, elle avait du mal à imaginer Faith mener la vie de tout le monde ; cela lui ressemblait si peu.

« C'est étrange, dit Wolf.

– Quoi ?

– Comment, après la mort de quelqu'un, tu repenses à lui et tu te sens minuscule en comparaison.

– Parle pour toi. »

Wolf sursauta : « Quand je disais "tu", je parlais en général, je ne voulais pas dire toi. »

Au dessert, ils mangèrent de petites pommes de montagne pochées au vin rouge, couvertes d'une crème épaisse. La torpeur les gagna : Phoebe croisa les bras sur le bois noueux de la table et y enfouit sa tête. Wolf lui caressa les cheveux d'un geste machinal ; elle demeura immobile, espérant qu'il recommencerait, mais il s'était retourné, plaisantait avec la patronne. Un picotement délicieux envahissait Phoebe, montant le long de sa colonne vertébrale jusqu'à la peau de son crâne, la sensualité de l'enfance, ces heures hypnotiques passées à se brosser mutuellement les cheveux avec ses amies. Il y avait si longtemps qu'elle n'avait pas touché quelqu'un d'autre.

L'homme aux bretelles se levait de table à gestes prudents. Il remit son manteau, un chapeau auquel il porta la main en franchissant la porte. « Je me demande où il va ? dit Phoebe. On se croirait au bout du monde.

– Peut-être que c'est le patron de la petite boutique d'à côté, dit Wolf. Ça fait peut-être trente ans qu'il déjeune tous les jours chez elle.

– Peut-être qu'ils s'aiment en secret. »

Wolf lui jeta un regard surpris, puis il approuva de la tête et se mit à rire : « Si ça se trouve, il n'attendait qu'une chose, c'est qu'on foute le camp.

– Je ne crois pas, dit-elle. À mon avis, ils sont déjà contents d'être ensemble. »

Il lança un coup d'œil à la propriétaire, tâchant d'imaginer la chose. « C'est mignon », dit-il.

La femme prépara la note. Elle s'adressait à Wolf en riant, ses yeux malicieux couraient de l'un à l'autre. Mais il répondit quelque chose et l'expression de la femme se transforma. « Ah », conclut-elle simplement.

« Qu'est-ce que tu lui as raconté ? demanda Phoebe en sortant.

– Que tu étais de ma famille, pour ainsi dire. »

Dans les toilettes extérieures du restaurant, Phoebe s'examina en détail, toucha sa chair et décida qu'elle était guérie. Ces derniers jours, elle avait été en proie à une curieuse maladie où s'exacerbait, jusqu'à la souffrance, la sensibilité de chacune de ses cellules. Elle se sentait se répandre et déborder, les vitrines lui renvoyaient le reflet encombrant de ses pieds, de ses jambes, de sa peau sous les habits, de son visage et de ses cheveux. Parfois, le corps entier s'endolorissait d'un mal chronique et très subtil, comme une douleur de crâne quand, se peignant, elle avait tiré sa raie d'une façon inhabituelle et remettait ses cheveux en place. Phoebe n'arrivait pas à déterminer si c'était le corps lui-même qui provoquait la douleur ou le simple fait d'en avoir conscience. Elle s'efforçait d'oublier son existence charnelle ; mais, pour la première fois de sa vie, Phoebe découvrait que c'était impossible : chacun de ses membres semblait appeler l'attention à grands cris. On ne voyait que ses seins, lui semblait-il ; elle s'était mise à tirer sur ses chemises en présence de Wolf pour tenter de les dissimuler. Non que Wolf ait eu un seul regard pour sa poitrine ; paradoxalement, c'était le manège de Phoebe qui avait fini par attirer son attention. « Qu'est-ce qui se passe, tu as trop chaud ? » lui avait-il demandé, et malgré ses dénégations énergiques il avait baissé deux vitres.

Si fou que cela pût paraître, Phoebe avait la certitude que ces troubles trouvaient leur source dans son accrochage avec les prostituées parisiennes, lorsqu'elle s'était aperçue que ces femmes la prenaient pour l'une d'entre elles. Seule dans la chambre de Wolf, elle était assaillie par les souvenirs épars de cette rencontre, fenêtres brisées, cuisses bleuies par des coups. Elle posait une main à plat sur ses seins, une autre sur son bas-ventre, et il émanait de ces endroits une chaleur inhabituelle et malsaine, une fièvre, une infection des tissus ou du sang. Après trois nuits d'inquiétude elle avait résolu de se soigner elle-même, d'abord avec les cachets de pénicilline et le sirop pour la toux qu'elle avait emportés dans ses bagages, ensuite avec un médicament vendu sur ordonnance qu'elle avait trouvé dans l'armoire à pharmacie de Wolf, lequel se révéla un somnifère et l'envoya s'avachir sur le canapé pour tout un après-midi d'hébétude. Elle en était finalement venue aux pilules contraceptives : en rompant l'enveloppe de plastique, il lui était apparu que ce choix témoignait d'une certaine cohérence dont les autres étaient bien dépourvus. Elle en avait donc avalé une avec le solide espoir de mettre son corps au pas, bien qu'après coup elle se fût demandé avec inquiétude si ce n'était pas le contraire qui allait se produire, si le fait de commencer par la pilule ne constituait pas un pas de plus vers l'abdication.

Mais les pilules avaient marché : à la douleur dans ses membres s'était substituée une agréable quiétude. À ce jour, Phoebe en avait pris quatre. Elles étaient roses, enrobées d'une couche de sucre comme les bonbons.

Ils avaient repris la route et Phoebe luttait contre un rire nerveux qui menaçait sans cesse de la submerger. Cela avait débuté à Munich, en attendant de prendre la route avec Wolf. L'imminence de leur départ instillait dans la ville une délicatesse toute neuve : le roulement des cloches, les piles de saucisses blanches, l'odeur de brûlé des pralines, tout cela venait mourir contre elle en vagues mélancoliques et vibrantes comme le souvenir. Sa joie, supposait-elle, venait de se savoir en route vers le danger, vers le creuset bouillonnant des actions de Faith. Par moments, elle arrivait presque à le voir : c'était un tremblement à peine perceptible, l'ombre de flammes qui se seraient dressées aux marges de son champ de vision. Phoebe n'avait pas peur. Après tout ce qui s'était passé, il lui semblait n'avoir plus de peur en elle.

Dans son enfance, juste avant les vacances ou son anniversaire, Phoebe pouvait s'activer à la plus simple des tâches – couper une pêche, par exemple – et se trouver saisie par cette même attente délicieuse. Le monde frémissait autour d'elle, clignait un œil complice, la pêche s'ouvrait entre ses mains dans un grand sourire.

Wolf riait lui aussi, mais toujours après un silence, comme s'il s'était tenu au fond de l'eau et que la joie de Phoebe, trésor naufragé, ne fût descendue à lui que par pièces scintillantes.

L'air devenait humide et lourd de senteurs d'eucalyptus. Quelques cyprès surgissaient parmi les sapins. De grandes cicatrices de terre labourée s'ouvraient sur les coteaux, semblables aux marques d'une violence récente.

Pour la première fois depuis qu'elle était venue à Munich, Phoebe ne se sentait plus l'hôte de Wolf. À présent, ils vivaient à deux une aventure ; Wolf fut le premier à montrer du doigt les allées de vigne qui couraient comme une couture sur le flanc d'une colline. Il arrêta la Volkswagen et décapota. Pendant quelques minutes, ils restèrent debout devant la voiture, inspirant en silence les senteurs acidulées de la terre et des raisins mûrissants.

Quand ils roulèrent à nouveau, Phoebe devina chez Wolf le début d'une curiosité nouvelle à son égard, une envie de la voir autrement, de l'isoler de ce torrent d'histoire et de hasards qui l'avait précipitée dans sa vie à lui. Il lui parla de son père. « J'ai toujours regretté de ne pas l'avoir connu.

– Ça, tu l'aurais adoré, mon père.

– Tu l'as bien connu ? »

Elle se retourna vers lui, offensée : « C'était mon père !

– Tu étais petite à sa mort, c'est ce que je veux dire. Et puis d'ailleurs, des tas de gens vivent jusqu'à quatre-vingts ans sans parvenir à connaître leurs mômes. La majorité, selon certains.

– Eh bien, ce n'était pas le cas du mien. Ça, tu l'aurais adoré. » Phoebe s'aperçut qu'elle se répétait.

« Parfois, il me semblait l'avoir presque connu, dit Wolf. Tout ce qu'il a laissé, la maison, ses toiles, vous autres… Tout cela dessinait quelque chose et, parfois, je me disais que c'était sa silhouette. »

Phoebe lui aurait bien demandé ce qu'il avait vu, mais elle ne voulait pas donner l'impression d'avoir mal connu son père. « Qu'est-ce que tu pensais de ses peintures ? » demanda-t-elle plutôt.

Wolf réfléchit et elle tâcha de prendre un air détaché. « Je me demandais toujours pourquoi il ne t'a jamais peinte. Il y a quelques portraits de Barry, pas beaucoup, et des milliards de Faith. Je crois que je lui ai posé la question une fois, je lui ai demandé pourquoi votre père n'avait jamais fait ton portrait. Mais elle ne savait pas.

– Je posais mal, dit Phoebe. Barry aussi.

– Tu bougeais trop ?

– J'étais trop raide. Je gardais bien la pose, mais j'étais aussi raide qu'un piquet ; sur le dessin, j'avais l'air d'un pantin. » Elle rit, d'un rire espiègle et creux. Elle se rappelait l'appréhension profonde qui l'envahissait sous le regard noir de son père, le rayon puissant de sa concentration. « Ne bouge plus », disait-il, et Phoebe se figeait sur place, hésitant même à respirer de peur de rompre cette attention, de l'éparpiller comme des moineaux qu'on effraie. Mais cela ne servait à rien, elle n'arrivait pas à se détendre.

« C'était ma faute, avoua-t-elle. Je n'avais pas l'air naturel. »

Il hocha la tête, sans prendre parti. Mais c'était vrai : à l'hôpital, les rares fois que Faith, à bout de forces, était restée à la maison, ou qu'elle s'était endormie au chevet de son père, Phoebe avait tenté de poser à sa place, elle s'était juchée à son tour sur le dur tabouret, résolue, comme sa sœur, à demeurer parfaitement immobile tout en donnant l'impression qu'elle était sur le point de bouger. Mais cela ne suffisait pas. Le ventre noué, Phoebe voyait se glisser sur les traits de son père cette indifférence familière, ce détachement vitreux que la maladie ne lui permettait plus de cacher. Puis l'épuisement le prenait et il dodelinait de la tête, le crayon en main. "Papa", disait gentiment Phoebe de son tabouret, et ses yeux se rouvraient d'un coup, des excuses pâteuses se bousculaient sur ses lèvres, mais la somnolence finissait par l'emporter ou, plutôt, Phoebe se montrait impuissante à la contenir. Qu'il cède au sommeil une seconde fois et un affolement maladif s'insinuait en elle. "Papa, papa !" disait-elle plus fort, dans l'espoir de réveiller Faith, craignant que quelque chose n'arrive à leur père et que la faute en rejaillisse sur elle. Parce qu'elle ne suffisait pas : il n'était à l'abri qu'en la présence de Faith.

« Je posais mal, dit-elle. Faith, par contre, elle posait avec naturel. Elle avait du mouvement dans le visage. » Pourquoi continuait-elle ? Elle se sentait prête à pleurer. Wolf se contentait d'écouter, les yeux sur la route. « Tu crois que je n'ai pas connu mon père ? » lança-t-elle avec amertume.

Il lui jeta un regard tendu : « Je crois seulement qu'il aurait dû se montrer plus patient. »

Un silence douloureux tomba dans l'auto. Phoebe tâchait de reprendre contenance. « De toute façon, ce n'est pas ce que je te demandais. Je voulais ton avis sur la qualité.

– Des peintures ? » Il semblait surpris.

Elle hocha la tête. « D'un point de vue artistique. »

Le vent faisait danser la fumée de sa cigarette. « Je pense qu'il aurait dû varier ses sujets. »

La route plongeait abruptement. Laissant derrière eux massifs et contreforts, ils traversèrent bientôt une campagne plate et monotone. Phoebe sombra dans le sommeil tout en songeant à Corniglia, où Faith avait trouvé la mort. Des années plus tôt, Phoebe avait entouré le nom d'un trait de feutre sur l'atlas de la maison – un geste qu'elle avait regretté par la suite : cette exhibition avait quelque chose d'indigne ; mais, chose troublante, la ville ne figurait pas sur la carte Michelin d'Italie que Phoebe avait achetée à Munich. Corniglia, pensait-elle. Un drôle de nom, tout en spirale, qui semblait bien convenir à un endroit introuvable. Bien sûr, sa mère s'y était rendue juste après l'accident, mais Phoebe avait du mal à accepter la réalité de ce voyage. Elle avait couru cogner à la porte de Wolf, traînant à sa suite la grande carte dépliée et crépitante, jusqu'à son bureau où il siégeait parmi ses radios d'adolescents scoliotiques, qui ressemblaient à des queues de chat quand Phoebe les regardait dans la lumière. Ces colonnes vertébrales en zigzag, Wolf les reprenait au Rotring dans de minutieux schémas qui lui demandaient parfois des heures de travail. « Ne t'en fais pas ; lui dit-il d'un air absent. On trouvera.

– Mais comment ? Ce n'est même pas sur mon guide.

– On demandera, s'il le faut on ira dans un office de tourisme. De toute façon, je me disais qu'il faudrait faire une étape à Milan, sans quoi on arriverait de nuit.

– Mais si personne ne connaît ? »

Il avait ouvert de grands yeux. « Phoebe, c'est un endroit qui existe. On peut le trouver. »

Alors il avait ri en secouant la tête ; et Phoebe avait repris espoir. Le rire provoquait chez lui une impuissance momentanée, un court instant d'abandon dont elle avait plaisir à se savoir la cause.

Elle s'éveilla au crépuscule, la nuque endolorie, un vent tiède contre sa figure, sous un ciel exubérant de couleurs. Elle regarda Wolf, heureuse de le voir là, qui conduisait, et se sentit pleine d'un manque poignant qui roulait ses anneaux à travers son corps pour venir palpiter au creux de son ventre. Phoebe ne bougea pas. Elle avala péniblement sa salive et s'efforça de penser à Faith, mais sa sœur semblait soudain lointaine, comme si, au lieu de rouler à sa rencontre ainsi que Phoebe l'avait imaginé, ils étaient partis dans la direction opposée.

Wolf tourna la tête vers elle et sourit en la voyant réveillée. « Bon retour parmi nous. »

Milan venait à leur rencontre, la ville s'assemblait lentement, puis tout d'un coup, comme un Noël, elle fut là. Les lumières fumaient dans la chaleur, orange, baignant les rues d'un éclat de Grand-Guignol. Wolf se gara dans une rue tranquille et sortit leurs affaires de la voiture ; il insista pour tout porter, ne la laissant même pas se charger de son petit sac, si petit que Phoebe en était déprimée. Tout paraissait provisoire, leur présence ici n'était que pure contingence.

Ils se mirent en route sous des arbres aussi laids que des filles trop fardées. « Tu t'es trouvé un chauffeur qui non seulement porte les bagages, mais connaît aussi les hôtels bon marché, lui dit Wolf.

– Je t'engage à vie. » Aussitôt, elle rougit dans l'ombre : ça lui avait échappé, une bourde de petite fille.

Mais le rire de Wolf était chaleureux. « Il y a des sorts moins enviables », décréta-t-il.

L'hôtel se trouvait au dernier étage de ce qui avait dû être une grande maison de famille. Un ascenseur noir glissait à leur rencontre dans un cylindre de câbles ; ils s'y installèrent et, en montant, Phoebe regarda le grand escalier rouler ses spires autour d'eux comme un ruban. Au sommet, ils furent accueillis par une femme entre deux âges, les yeux globuleux, le maquillage austère, un souffle d'asthmatique dans un costume rouge. Oui, il leur restait de la place ; elle les précéda en soufflant dans un couloir.

Phoebe fut ravie par sa chambre : par le lavabo à l'ancienne, le dallage de pierre verte et lisse, le lit aux montants de cuivre. Wolf ouvrit l'un des battants de la porte-fenêtre : le vent chaud de la nuit poussa dans la pièce des feuilles d'arbre aux airs de papier, orangées par les réverbères. « Combien est-ce que ça coûte ? » demanda Phoebe.

Il eut un geste vague de la main, s'escrima sur l'autre battant. « Du calme, dit-il pour couper court à ses protestations. Ce n'est que pour une nuit. »

Il prit son passeport et partit régler les formalités. Phoebe se mit à son petit balcon et contempla la rue.

Elle ne tarda pas à entendre les bottes de Wolf dans la chambre voisine ; le lit grinça sous son poids.

Elle prenait conscience d'être en proie à un bonheur excessif, un bonheur rare et surprenant qui n'avait rien à voir avec les choses importantes et les périls qui les guettaient. Ils étaient loin alors, ces périls ; dans un moment d'inattention, Phoebe les avait perdus de vue et en était soulagée.

Elle se doucha au bout du couloir et se lava les cheveux. Retournant à sa chambre, elle examina son visage dans le miroir brumeux du lavabo. D'ordinaire, les glaces lui donnaient l'occasion de se pencher sans indulgence sur ses défauts, ses yeux de travers, la fadeur générale de ses traits. Phoebe se demandait parfois si Faith n'avait pas eu le visage un peu plus petit que le sien, si les mêmes matériaux n'avaient pas trouvé chez elle une tout autre résonance. Mais ce miroir ne lui renvoyait d'elle-même qu'une impression générale, comme si elle s'était regardée à distance.

Elle choisit avec soin ses habits, s'assit sur le lit et attendit que Wolf vienne frapper. Elle était nerveuse et résolut de boire beaucoup.

« Eh bien, dis donc », murmura-t-il quand ils sortirent, et ses doigts effleurèrent le dos de Phoebe. Entrant dans l'ascenseur, il lui sembla qu'il s'arrêtait pour inspirer son parfum, et de nouveau elle ressentit le manque, comme un objet trop lourd qui s'abîmerait dans des eaux profondes. La sensation n'était pas vraiment douloureuse, pourtant elle offrait quelque ressemblance avec la douleur. Ils descendirent en silence. Des dessins de lumière glissaient sur leurs visages.

Au-dehors, ils s'accordèrent pour marcher. C'était bon de sentir la nuit tiède sur ses épaules, le poids de ses longs cheveux encore humides, le frottement de la robe sur sa peau. Elle n'était plus troublée désormais par la conscience de son corps, elle en tirait du plaisir : peut-être s'éveillait-elle un peu tard à un plaisir que la plupart des filles de son âge connaissaient déjà. La chemise de Wolf était d'un un tissu doux au toucher, couleur rouille, de la soie sans doute, de grandes manches gigot. Une chemise de soirée, songea-t-elle, et il l'avait prise pour la porter avec elle.

« Bonne nouvelle, lui dit-il. J'ai trouvé à la réception une carte qui indique Corniglia. On est donc parés. »

Elle murmura qu'elle était ravie. Elle fut agacée de découvrir combien Corniglia lui importait peu, tout d'un coup.

Wolf partageait son envie soudaine de vin : ils avaient presque fini une bouteille lorsqu'on apporta les pâtes. Phoebe avait les joues en feu, elle était grise, insouciante, pleine d'un grand rire de casserole qu'elle ne se connaissait pas. Si, à l'évidence, cette gaieté inattendue déconcertait Wolf, celui-ci ne parut pas s'en offenser. Il était amusé, plutôt, comme s'il s'était demandé dans un sourire ce qu'elle lui préparait. Mais par-dessus tout, Phoebe percevait son intention de ne la blesser sous aucun prétexte ; cela semblait un avantage.

Elle lui posa des questions sur sa famille. Il expliqua qu'il était surtout proche de sa sœur, un reporter pour le *Baltimore Sun*, désormais en poste à Prague. Cela fit grande impression sur Phoebe : une femme reporter qui vivait seule dans un pays communiste. « Je dois lui rendre visite cet automne, dit Wolf. J'ai retenu les dates. » Ses parents venaient chaque année en Allemagne ; Wolf lui-même se rendait aux États-Unis tous les trois ans environ. Il s'intéressait beaucoup à ce qu'étaient devenus les gens avec lesquels il avait grandi. « C'est incroyable, affirma-t-il. Quand tu regardes en arrière tu te dis que tout était joué d'avance, que tu le savais depuis le début ; mais voilà, à l'époque, tu ne le savais pas, justement : tu ne l'aurais même pas imaginé. » Phoebe sourit. Elle n'avait connu qu'une expérience semblable, c'était d'avoir retrouvé Wolf après si longtemps. Mais elle n'aurait jamais dit que sa vie présente lui avait paru autrefois inévitable.

« Et toi ? lui demanda-t-il. Quel avenir tu te vois ?

– Aucun, avoua-t-elle. Je n'ai jamais rien réussi dans ma vie.

– C'est marrant. Je voyais les dix-huit ans comme l'âge des grandes illusions.

– C'était peut-être vrai quand tu avais dix-huit ans.

– Rien n'a changé, il me semble.

– Oh, si. Ça a changé du tout au tout.

– Bon, d'accord, concéda-t-il. Mais au fond, ça reste la même chose. Je veux dire, tu es allée au lycée, tu as eu des amis, des amours et cætera, tu es sortie, à des fêtes, à des concerts… Je me trompe ? »

Elle fit signe que non, ravie qu'il lui ait prêté des amours.

« En tout cas, nous, c'est ce qu'on faisait : on était des ados, quoi. »

Elle secoua la tête. « Ce n'était pas la même chose. Quand je suis arrivée au lycée, plus rien n'était réel. »

Il lui jeta un regard interrogateur.

« Je te jure, insista-t-elle. On aurait dit une grande supercherie.

– Une supercherie. » À l'évidence, il ne comprenait pas. « Et pourquoi donc ?

– Mais je n'en sais rien, moi, c'était comme ça. Je n'arrivais plus à y croire. »

Wolf secoua la tête. Phoebe jouait avec la cire brûlante de la chandelle, la laissant durcir sur ses doigts. « Il y a le réel et la supercherie, conclut-elle.

– Et en ce moment, qu'est-ce que c'est ? De la supercherie ? » Il avait posé la question avec un détachement un peu forcé : Phoebe comprit que sa réponse importait.

« Non, dit-elle. En ce moment, c'est réel. »

Il esquissa un sourire. « Tu me rassures. »

Elle s'attendait à lui en vouloir de ses questions insistantes, mais chaque vérité qu'il lui arrachait la soulageait d'un poids, comme s'il lui avait retiré des bras un colis lourd et fragile. À présent, ces colis appartenaient aussi à Wolf : il l'aidait à les porter.

« M'est avis qu'un de ces jours tu auras un tout autre regard sur le monde, dit Wolf.

– Comment ça ?

– Tu te diras qu'il est à toi. À toi. » Et il la regardait avec une affection si tangible qu'elle se demanda ce qui en elle avait bien pu la susciter.

« J'espère que tu as raison. »

Il eut un grand sourire. « J'ai raison. »

Veau, poulet, rubans de salade : on évacua les plats vides et le cadavre de la seconde bouteille comme des victimes de guerre. L'excès de vin avait érodé la réserve habituelle de Wolf, cette bonhomie affectée qui rappelait à Phoebe les jeunes profs de son lycée. Elle se surprit à croiser son regard et à s'y attarder, incapable de détourner les yeux, de nouveau étourdie par ce même désir. Elle trébucha sur sa phrase et se tut, trop étonnée pour poursuivre. Jamais, lors de tous ses coups de cœur, elle ne s'était sentie attirée à ce point vers quelqu'un. À vrai dire, au moment où elle s'étendait enfin avec l'élu sur le sable, sur un banc, dans sa voiture, quelque chose en elle se rétractait souvent, semblait fuir ces lèvres douces et ce cœur battant. Son esprit s'arrachait à l'étreinte, revenait à tire-d'aile vers Faith et Wolf dans la chambre de sa mère, la porte blanche fermée et, là-bas, l'autre bout du couloir, insondable. « Allez, viens », disait Faith, elle prenait la main de Wolf, et avec les yeux de l'esprit Phoebe s'efforçait de les suivre, finissant toujours par comprendre que, quoi qu'il arrive avec ce garçon, cela ne la rapprocherait pas plus de cette porte, cela ne changerait pas d'un iota son existence. Alors il ne lui restait qu'à s'enfuir, comme elle s'était enfuie des bras de ce Kyle, parce qu'avant même de se redresser elle n'était plus là. Ainsi, lorsqu'on s'entend appeler par son nom, et plus fort, et encore plus fort, faut-il bien finir par tourner la tête.

Mais c'était Wolf.

Et son assurance enveloppait maintenant Phoebe d'une sensation de pouvoir confondante, la lumière se déversait de ses yeux, son sourire devenait bras agiles tendus vers Wolf pour l'amener à elle. D'autres le faisaient bien, pourquoi pas elle, pourquoi pas ? Elle se baissait pour remettre en place sa sandale et voilà que le haut de sa robe s'ouvrait à peine, le fluide épais de sa chevelure ruissela sur ses épaules, s'épandit comme de l'huile entre ses genoux, et Wolf regardait, elle sentit sur elle son regard. Le manque même était une chose qu'elle pouvait dominer, le manque l'aiguisait, sublimait le moindre de ses élans jusqu'à ce point brûlant qui avait surgi entre son ventre et ses seins, comme une étoile, songeait-elle, un champ magnétique dont la puissance finirait par attirer Wolf à elle ou bien la ferait imploser. Mais qu'avait-elle à perdre ? Rien ! Rien, se disait Phoebe avec l'envie de rire, car à la différence de Wolf elle n'avait rien à perdre. Elle avait dix-huit ans.

Elle mangea son dessert, des poires, un glaçage au sucre. Wolf rit et en commanda un autre. Il avait les lèvres et les dents tachées par le vin. Le restaurant était presque vide.

« Bon, dit-il en mâchonnant une dernière cigarette. Sauvons-nous pendant que nous pouvons encore marcher. »

La nuit sentait les arbres en fleur et l'huile de vidange. Phoebe but l'air tiède à goulées avides pour tenter de faire cesser le tournis. Elle manqua tomber du trottoir, mais Wolf était derrière elle. « Par ici, voilà, parfait », et il rit, entoura d'un bras les épaules de Phoebe. Pleine de gratitude, elle s'appuya contre lui. Elle se sentait déjà mieux, comme si de combler le fossé qui les séparait avait dénoué quelque chose en elle, comme si des liens, tendus à rompre par centaines, venaient de se relâcher pour la première fois depuis des heures. Le silence les enveloppa. Wolf se dirigeait d'un pas vif vers l'hôtel et Phoebe aspirait la chaleur de sa peau. C'est dingue, songea-t-elle, je deviens complètement dingue. Son sang avait grossi, il se caillait dans ses veines.

En arrivant à l'hôtel, Wolf ôta son bras. Il lui faisait face dans l'ascenseur, tendant la nuque pour examiner les câbles au-dessus de leurs têtes. Phoebe regardait ses côtes ; elle se sentait féroce, assoiffée, déjà un peu malade.

Il prit leurs clefs à la réception et la précéda vers les chambres. Le couloir était mal éclairé. Wolf ouvrit la porte de Phoebe, lui tendit sa clef, embrassa le sommet de sa tête. « *Schlaf gut* », dit-il, mais comme il voulait s'éloigner elle tendit les bras vers lui en aveugle, incapable de renoncer au soulagement d'avoir comblé l'abîme ; et voilà que ses jambes à lui appuyaient contre les siennes, voilà qu'elle sentait son ventre, tant de points de contact que leur rencontre en semblait miraculeuse, irrévocable, les clefs lui échappèrent des mains et s'effondrèrent par terre. Wolf restait immobile, bras le long du corps, mais Phoebe, folâtre et ivre, se pendait à lui, soulevée par leur chaleur mutuelle, poitrine et côtes, le roulis de sa gorge quand il déglutit.

« Waouh, eh bien, dis donc, Phoebe », dit-il en riant à demi ; il cherchait à se dégager, mais Phoebe surprit le tressaillement de sa voix et elle s'agrippa à lui, tournant la tête de façon que ses lèvres rencontrent la peau brûlante de son cou. Wolf l'attrapa soudain par la taille et la tira contre lui, la souleva sur la pointe des pieds, le poing serré sur ses clefs, son cœur battant contre le sien comme quelque chose qui vient de s'ouvrir.

Cela ne dura qu'un instant ; presque aussitôt, il la saisit par les bras et la repoussa, les mains tremblantes. « Bon Dieu, chuchota-t-il, mais qu'est-ce qu'on fabrique ? » Il la dévisageait dans la pénombre avec l'étonnement d'un homme à qui l'on vient de porter un coup d'une vigueur insoupçonnée. Puis sa prise se relâcha, comme s'il avait soudain senti Phoebe sous ses doigts. Un baiser, songeait-elle ; un seul baiser aurait suffi. L'énormité de la chose la pétrifiait.

Il la lâcha enfin. « Ça ne peut pas se faire, Phoebe, écoute-moi, dit-il. Est-ce que tu m'écoutes ? » Sa voix résonnait dans le couloir, mi-furieuse, mi-incrédule. « C'est complètement impossible. »

Ils se quittèrent sans un mot de plus. Dans sa chambre obscure, Phoebe arracha d'un coup sa robe et la lumière jaunâtre de la rue se répandit sur sa peau moite. Une petite bête affamée lovait ses anneaux tout au fond de son ventre ; Phoebe en percevait le souffle, le battement de cœur.

Elle fit voler la couverture, s'étendit sous le seul drap. Derrière le mur grinçaient des ressorts : Phoebe s'aperçut alors que son lit et celui de Wolf s'appuyaient à ce même mur fragile. Ils se touchaient presque. Elle entendait maintenant de petits mouvements de l'autre côté du mur : elle l'imagina couché dans son lit, imagina ce qu'il devait faire ou ce qu'il n'allait pas tarder à faire. Elle poussa de la tête contre les oreillers jusqu'à sentir sa nuque près de rompre, tous ses nerfs tendus vers ce mur, une maladie, une exquise et terrible maladie ; et sa chair, cette plaie ouverte qu'elle pouvait à peine effleurer et où il lui fallait pourtant porter la main, encore et encore, parce qu'il n'y avait pas d'autre guérison.

Des heures plus tard, elle émergea d'un sommeil épais et, à tâtons, se rendit au lavabo. Des flaques de lumière jaune gisaient sur le dallage. La ville bruissait à la fenêtre. Phoebe but plusieurs verres d'eau et avala une autre pilule enrobée de sucre avant de retourner au lit.

18

Phoebe s'éveilla avec l'impression d'avoir passé des heures à tourner sur une broche. Penchée au-dessus du lavabo, elle vomit, ferma les yeux tandis qu'elle faisait couler l'eau. Elle ouvrit en grand la porte-fenêtre pour aérer la pièce, se brossa les dents énergiquement. Quand elle se recoucha, un sommeil plus clément la reprit.

Plus tard, elle entendit les pas de Wolf derrière le mur et tâcha de se rappeler les événements de la veille : elle s'était agrippée à Wolf, lui semblait-il, et il l'avait repoussée. Le souvenir la rendait malade de honte. La chambre glissait sans cesse : Phoebe ferma les yeux pour l'arrêter. Ils jouaient à ce jeu dans son enfance : on tournait sur soi très vite, puis on s'arrêtait pour savourer l'explosion de l'étourdissement.

Il faudrait qu'elle se sauve.

Phoebe se retourna sur le ventre. Mais, incroyable, cette palpitation de bête affamée montait encore tout autour d'elle, le cœur de Phoebe, tel un signal, résonnait sous le plancher, s'amalgamait à son malaise telle une moitié complémentaire. Il fallait qu'elle se sauve.

Wolf finit par frapper à sa porte. Depuis son lit, Phoebe le lorgna sur le seuil. Elle était parvenue à s'habiller, Dieu sait comment. Wolf n'avait pas l'air en forme, peau d'argile, la bouche couronnée d'écume. Il lui tendait sa clef. Elle eut le vague souvenir de l'avoir laissée tomber la nuit précédente.

Ils prirent leur petit déjeuner dans la Galleria, près de la cathédrale ; debout côte à côte au comptoir, ils commandèrent chacun un cappuccino où ils trempèrent des brioches pour apaiser leurs maux de ventre, tandis que des Italiens, confondants d'élégance dans leurs costumes, menaient des conversations fabuleuses à la vitesse des commissaires-priseurs. On était dimanche. Les cloches roulaient leurs échos à travers jardins et rues comme de grands rires ; la ville avait l'air vide. Les cloches, le soleil éclatant rappelaient à Phoebe les funérailles de son père, un beau jour d'été à Mirasol, l'océan bleu marine qui frémissait contre la plage. Les cloches sonnaient, sonnaient – c'était la même église où son père était allé enfant, à deux rues seulement de la mer, si bien qu'on sentait des grains de sable crisser sous ses chaussures. Quelque chose d'une fête, d'une célébration dans ce déchaînement de cloches sous le ciel bleu ; devant l'église, les boîtes de bière écrasées étaient lumineuses, on pouvait à peine ouvrir les yeux. Grandma poussait Phoebe vers l'entrée, un chien s'était dressé à ses cris en remuant la queue, Phoebe s'était accroupie pour le flatter. « Oh non, laisse-le », lui avait dit Grandma, de grands yeux mouillés de tristesse. Elle avait perdu son fils. La mère de Phoebe s'était opposée à la veillée : « C'est déjà terrible qu'ils l'aient vu mourir, ils ne le verront pas mort. » Grandma lui caressait la tête pour qu'elle se lève, mais que l'église avait l'air sombre, les accords de l'orgue filtraient par les portes comme de la boue. Faith avait continué tout droit vers l'église, mais Barry s'était agenouillé à côté de Phoebe et il avait caressé l'animal, un pauvre petit bâtard, une queue toute maigre qui frétillait devant ce soudain trésor d'attention : penché sur le chien, Barry enfouissait sa figure dans le pelage mité.

En août, expliqua Wolf, tous les Italiens étaient à la plage. On les verrait à Corniglia, dit-il en souriant, mais derrière ce sourire Phoebe le sentit qui la surveillait de près, tâchait d'évaluer les dégâts.

Il n'y en avait pas : il n'y avait que l'envie constante et inquiète de s'approcher de lui ; elle était là et ne s'en irait jamais.

Ils avaient laissé leurs bagages dans la Volkswagen, sur la place de la cathédrale. Wolf voulut y retourner, il y avait plein de voleurs à Milan, affirma-t-il. La pierre pendait comme la mousse sur la façade de la cathédrale. Phoebe se sentait les yeux secs, à vif, écorchés par la lumière malgré ses lunettes de soleil. Wolf déverrouilla sa portière et l'ouvrit pour elle. Elle leva les yeux sur lui, plissant les paupières derrière ses verres. « Je ne peux pas t'accompagner. »

Ses yeux s'étrécirent. « Ce n'est pas toi qui m'accompagnes, c'est le contraire.

– Non. »

Wolf s'étira, les clefs de la voiture jetèrent un éclair entre ses doigts, sa chemise sortit un peu de son jean. « Et merde, dit-il au ciel.

– Je ne peux pas. » L'argument lui parut d'une simplicité rassurante. Elle s'en lavait les mains.

Wolf s'appuya contre la portière ouverte. « Écoute, dit-il, la gorge sèche, on est des êtres humains, d'accord ? On a pris une murge, on s'est emmêlé les pinceaux deux minutes, c'est la plus vieille histoire du monde. Allez, Phoebe. On ne va pas en faire une maladie. » Il parlait avec un détachement proche de l'indifférence, mais son regard la suppliait. « D'accord ? Alors s'il te plaît, est-ce qu'on peut se mettre en route ? »

Phoebe arrêta son regard sur le tee-shirt de Wolf, les omoplates tendues sous l'étoffe lisse. Le soleil baignait ses cheveux, elle avait la tête brûlante. La veille, il avait eu raison, pensa-t-elle : ça ne pouvait pas se faire.

« Salut », dit-elle.

Elle se pencha dans la voiture, attrapa son sac à dos. En le hissant sur son épaule, elle faillit trébucher sous le poids. Tout cela ne semblait pas réel ; Wolf devait le sentir lui aussi, car il ne fit rien pour la retenir, il la regarda s'éloigner tandis qu'un flot de pigeons picoraient ses bottes.

Phoebe traversa la place de la cathédrale en guettant des échos de poursuite. Il n'y en eut pas. Parvenue de l'autre côté, elle enfila l'autre bretelle de son sac à dos. Mais elle n'entendait toujours rien. Et voilà, songea-t-elle. Wolf était soulagé, ou bien il refusait tout simplement de courir après elle. Peu importait. Phoebe traversa la rue, résolue à ne pas regarder en arrière. Les cloches sonnaient à nouveau dans des éblouissements de soleil. Un nouvelle étape, se disait Phoebe, qui durerait tant qu'il lui resterait de l'argent en poche. Bien sûr, on était dimanche, et elle n'avait pas une lire sur elle.

Elle s'arrêta devant un carrefour, hésitant à traverser ou à tourner. Mais elle ne s'était pas décidée que la Volkswagen surgit au coin de la rue et lui barra le passage, tous freins bloqués, les pneus hurlant contre le trottoir. Wolf jaillit de la voiture, hors de lui. Phoebe recula d'un pas ; écrasée par son énorme sac à dos, elle se faisait l'effet d'une tortue.

«Bon Dieu de merde! hurlait Wolf. Bon Dieu de merde!» Il donna un coup de pied dans un pneu, l'enjoliveur tinta. Puis il tournoya sur lui-même, shoota dans la portière qui se bossela sous sa botte comme une surface molle. Phoebe le considérait avec un calme surnaturel. Wolf finit par se planter face à la voiture, les bras croisés, le souffle lourd. Phoebe supposa qu'il n'avait pas fini d'exprimer sa rage, mais au lieu de s'en prendre au véhicule il se retourna vers elle et lui parla avec une gentillesse qui semblait lui coûter d'immenses efforts.

«Phoebe, je t'en prie. Monte dans la voiture, s'il te plaît. C'est ma faute, ce qui s'est passé hier… S'il te plaît, monte. On ne va pas à Corniglia, on va juste rouler un peu. Monte. Partons d'ici. Je t'en prie. »

Il s'approcha d'elle, la prit par les épaules, la regarda dans les yeux. Cela réussit, la lutte la déserta aussitôt. Elle se sentait lasse, étourdie, elle avait hâte de se décharger du gigantesque sac à dos. Le soleil emplissait sa tête d'une idée fixe, se pencher, embrasser Wolf, et une horrible sensation la parcourut, lame brûlante qui la coupait proprement en deux. Les pupilles de Wolf se dilataient, se contractaient en points furieux, mais ce n'était plus la colère, ce n'était plus la seule colère. Il avait envie d'elle. «D'accord», dit-elle, et elle s'assit dans l'auto.

Ils quittèrent Milan à tombeau ouvert; Phoebe s'abandonna à la vitesse. Le soleil était haut. De temps en temps, Wolf lui jetait un coup d'œil, comme pour s'assurer qu'elle n'avait pas disparu. «Verrouille ta portière», lui dit-il.

Elle éclata de rire, un son brillant, étranger. «Qu'est-ce que tu crois, que je vais sauter sur l'autoroute?»

Il eut un sourire sinistre. « Je ne sais pas. C'est ton intention ? »

Elle appuya sa tête contre la vitre et ferma les yeux. Elle avait trop de salive en bouche. Elle baissa sa vitre et cracha plusieurs fois.

« Qu'est-ce qu'il y a, tu es malade ? » s'alarma-t-il.

Elle rit encore une fois, de ce rire bizarre et métallique. « Oui », dit-elle.

Une heure passa à toute vitesse. Wolf conduisait sa voiture comme une ambulance, il poussait la Volkswagen jusqu'au point où l'auto se mettait à vibrer : Phoebe s'imagina en victime évacuée. Ils ne parlaient presque pas. Quelque chose s'était décidé, à la conversation se substituait une entente tacite et écœurante.

Wolf quitta l'autoroute pour une nationale. À l'évidence, ils n'allaient pas vers la mer : l'auto serpentait dans un paysage de coteaux roussâtres que baignait une lumière de fin d'après-midi aussi épaisse que le sang ; des oliviers défilaient dans des éclairs d'argent, de temps à autre une bourgade découpait ses tours carrées au sommet d'une colline. Des échos de cloches vagabondaient jusqu'à eux, quel beau bruit, songeait Phoebe, un carillon, le chœur des anges. Elle aussi s'était mise à vagabonder ; ses pas la ramenaient à cet instant où elle était enfin entrée dans l'église qui renfermait le cercueil de son père, pour prendre place sur le banc au côté de Faith. Malgré tous ses efforts, Phoebe n'arrivait pas à sentir le poids du deuil, les oiseaux la distrayaient, trop insouciants, trop folâtres, des ébrouements d'ailes montaient de l'autre côté des vitraux et l'attiraient hors de l'ombre, loin des intonations sévères du prêtre, personne ne remarquait donc rien ? Faith ne quittait pas des yeux le prêtre, comme si son regard n'avait été qu'un fil dans un réseau fragile dont dépendait le monde et qui n'aurait pas supporté le plus petit accroc. Phoebe s'était penchée pour regarder Barry, assis de l'autre côté de sa sœur. Barry aussi fixait le prêtre, mais au bout d'un moment Phoebe l'avait vu jeter à la dérobée un coup d'œil vers les vitraux, puis, à contrecœur, un autre, comme s'il ne pouvait échapper au chatoiement de ces couleurs liquides et à ces battements d'ailes qui s'entendaient derrière.

Wolf s'engagea dans une route en lacet qui montait sur une colline. Parvenu au sommet, il se gara devant les murailles d'un village fortifié. La journée touchait à sa fin. Phoebe se demandait s'il avait prévu de s'arrêter là, ou s'il était simplement fatigué de conduire ; elle ne lui posa pas la question. À l'exception des détails pratiques, toute conversation avait cessé entre eux, leurs rapports se délestaient comme un cargo instable. Phoebe descendit de voiture et contempla les collines éparpillées en contrebas, couvertes d'une herbe blanche et miroitante qui leur donnait l'air de dunes. Çà et là surgissait une ferme jaunâtre, aux volets verts, flanquée d'une vigne. On n'entendait que le vent.

Ils laissèrent leurs bagages dans la voiture ; au-delà de la grand-porte, une rue pavée montait vers le centre. Phoebe entendit des enfants jouer mais elle ne les vit pas, Ils marchaient tous deux en somnambule, ils n'étaient même pas près l'un de l'autre. La rue était bordée de boutiques de vin, les bouteilles colorées s'étageaient dans les vitrines ; une vieille vendait des bouquets enveloppés de papier blanc. Mis à part les cris des enfants invisibles, on n'entendait que le vent.

Ils atteignirent une place en pente, rectangulaire, pavée d'étroites briques jaunes qui s'agençaient à bâtons rompus. Ils y trouvèrent les enfants – huit ou neuf garçons qui s'acharnaient tant après un ballon de foot que chacun de ses rebonds semblait un effort désespéré pour leur échapper. La place était circonscrite de maisons, où s'intercalaient des tours anciennes et trois restaurants ; aux terrasses, les tables et les chaises, vides, incongrues, faisaient figure de poules échappées. C'était une heure paisible, entre les repas.

Phoebe suivit Wolf dans un restaurant où il entra en négociations avec un homme derrière le comptoir. Il lui tendit leurs passeports ; en échange, l'homme lui remit une clef attachée à un morceau de bois par une lanière de cuir. Le barman donna des indications, plia la main pour indiquer un tournant. Quand ses yeux rencontrèrent ceux de Phoebe, elle détourna la tête de honte.

Ce ne fut qu'en retraversant la place que Phoebe remarqua les oiseaux, de petits passereaux noirs, les ailes courbées vers l'arrière en pointes de flèche : ils tournoyaient follement au-dessus de leurs têtes, par centaines, plongeaient vers le sol avec de petits cris semblables à des couinements de souris, mais plus inquiets, plus plaintifs. C'était comme une scène biblique, songea Phoebe, le présage de tremblements de terre, de murailles de feu, de sécheresse jusqu'à la dernière génération.

Ils pénétrèrent dans une petite rue. Phoebe ne voyait plus les enfants mais s'accrochait encore aux bruits de la partie, au claquement métallique du ballon sur la brique. Des fleurs penchaient la tête au-dessus des bacs suspendus. Wolf s'arrêta devant une porte de bois qui portait le numéro quatre et s'affaira à faire jouer la clef. Il semblait s'absorber tout entier dans ces questions de détail, comme s'il avait chassé de son esprit toute allusion à leurs conséquences. Phoebe éprouvait une sorte de vertige. Wolf lui tenait la porte : à contrecœur, elle entra. La maison était obscure ; elle sentait la poussière, et aussi quelque chose de doux, de cendreux, évoquant des fleurs fanées. Wolf trouva l'interrupteur, et un vestibule anachronique, aux airs médiévaux, surgit devant leurs yeux, grilles de fer forgé, chaises aussi vastes que des trônes ; de lourds rideaux aveuglaient toute trace de soleil. Au bout du couloir s'ouvrait une pièce où des meubles houssés se dressaient en piles vacillantes. Phoebe tournait des yeux effrayés vers Wolf. Elle le voyait soudain comme un homme bien plus mûr qu'elle, un adulte qui l'aurait attirée là par subterfuge. Mais Phoebe ne pouvait s'en prendre qu'à elle-même, tout était sa faute : il aurait suffi d'un mot, quand il en était temps, pour tout arrêter.

« C'est un hôtel ? demanda-t-elle, car le silence lui pesait.

– Plus ou moins. » Il avait une voix étrange, forcée. « Bien souvent, on ne trouve pas d'hôtels à proprement parler dans ce genre de petites villes ; alors on va dans un bar, ils ont des chambres à louer. »

L'escalier était couvert d'un épais tapis bordeaux. Phoebe déglutit, regarda Wolf dans les yeux, fut surprise et soulagée d'y lire qu'une même angoisse l'étreignait. Malgré toute sa maturité, Wolf n'avait pas prévu cette situation. Il s'aventurait dans des eaux inconnues. Il s'approcha d'elle timidement, posa les mains sur chacune des hanches de Phoebe. Ils s'embrassèrent au pied des marches, des baisers profonds, aussi forts que des courants, qui vinrent se répercuter en elle et la lavèrent de toute pensée. Il avait une bouche fraîche, presque sucrée, une bouche d'enfant. Il la tira tout

« Ça semblait inévitable, dit-il comme s'il avait pensé à voix haute. Je crois qu'il n'y avait pas d'échappatoire ; en tout cas, je n'en ai pas trouvé.

– C'est vrai. Moi non plus, je n'en ai pas trouvé.

– Tu n'en as pas cherché. » Il souriait.

« Mais si ! s'indigna Phoebe. J'ai voulu partir.

– C'est vrai », reconnut-il. Il redevint grave. Après un moment, il ajouta : « J'ai eu si peur qu'il t'arrive quelque chose. »

La remarque touchait juste. Ça, il lui était arrivé quelque chose.

« Écoute, dit-il en se redressant sur ses coudes. On peut très bien se lever tout de suite et s'en aller, toutes nos affaires sont dans la bagnole. Disons qu'il aura fallu passer par là, puisqu'on ne voyait pas comment l'éviter.

– D'accord. » Elle hochait la tête comme quelqu'un qui prend des ordres. « Ça me va. »

Immobiles, ils se regardaient. Se lever, partir ? Wolf la dévorait des yeux, guettant sa réaction, et brusquement cela resurgit en elle, un frémissement monta à travers la douleur, à travers elle et autour d'elle, jusqu'à ce que la douleur ne soit plus que ce fil auquel s'aiguisait le manque. Elle s'approcha de Wolf et Wolf l'embrassa, timidement d'abord, puis soudain à toutes forces, prenant la tête de Phoebe entre ses mains. À nouveau il était dur, peut-être l'avait-il été tout le temps qu'ils parlaient ; et cette idée, que Wolf ait pu la désirer mais qu'il se soit retenu, qu'il l'ait laissée franchir le pas, cette idée la renversait. Avec peur, avec curiosité, elle descendit vers le bas du lit pour le caresser. Elle ne savait rien du corps des hommes. L'effet de sa caresse fut stupéfiant, il lui sembla que la respiration de Wolf s'arrêtait tout d'un coup. Il s'allongea sur le dos, ferma les yeux. Malgré lui, sa main vint se refermer sur celle de Phoebe et, dans une convulsion d'homme halluciné, la guida. Des sons arrivaient de très loin jusqu'à ses lèvres, il lui semblait qu'elle caressait son âme même. Bientôt, Wolf arrêta la main de Phoebe, lui permettant de rester là, mais non de bouger. De longues minutes passèrent. Ils étaient suspendus dans le silence de cet équilibre précaire, la main de Wolf sur la sienne, son cœur battant si fort qu'elle parvenait à l'entendre. Phoebe le sentait vaciller au bord d'un plaisir déchirant, avec la peur de s'y abandonner. Alors, elle se mit à mouvoir sa main et, de nouveau, Wolf l'arrêta. Mais après un temps elle recommença, gentiment, résistant à sa pression. « Arrête, murmura-t-il, les yeux toujours clos, et une fois encore, d'une voix rauque, arrête ! »

19

Phoebe s'efforçait en vain de tenir le compte des jours. Son temps se mesurait désormais en trajets entre manque et plénitude, à des allures qui pouvaient aller d'une vitesse inhumaine aux lenteurs les plus désespérantes. La paix qui en résultait n'était toujours que de courte durée. Tôt ou tard, le voyage se voyait recommencé, et souvent tant de fois en l'espace d'une seule journée que la journée elle-même ne voulait plus rien dire. Au-delà de quatre, Phoebe perdait le compte.

Le temps se contractait ; elle se sentait vieillir de façon exponentielle, plus vieille maintenant qu'elle ne l'était la semaine précédente, voire la veille, voire le matin même, avant que le soleil n'ait jeté son arc en travers du lit.

Ils ne quittaient que rarement la chambre. Quand la faim les poussait dehors, ils se précipitaient dans l'un des trois restaurants de la ville et dévoraient, les yeux soudés à la nappe, les pieds enfouis entre les jambes de l'autre. Ils mangeaient des champignons gros comme des biftecks, des gnocchis fondants avec une sauce *al pesto* ; ils faisaient descendre l'agneau, le veau, l'ossobuco avec des bouteilles de chianti. Phoebe s'était mise à aimer le pain toscan, à peine levé, sans sel, qui accompagnait si bien ce fromage sec et acide qu'on leur servait souvent. Lorsqu'ils avaient mangé leur content, ils retournaient tout droit dans la chambre et se déshabillaient.

Souvent, ils ne prenaient pas la peine de manger. Phoebe perdait du poids, côtes et bassin saillaient de sous sa peau. Tout son corps était dolent, jambes, dos, ventre, sa chair à vif. Mais loin d'entraver son désir de Wolf, le piment subtil de la douleur semblait en accroître l'acuité fiévreuse. Jamais Phoebe ne s'était autant sentie habiter son corps ; pourtant, jamais son détachement n'avait été plus grand. Elle vivait en spectatrice, surveillait son être physique avec un émerveillement perplexe, comme elle aurait regardé un fauve malade qui eût demandé des soins.

Des phrases qu'elle avait lues ou entendues lui revenaient en mémoire : « Quand il m'a touchée, je me suis sentie fondre », « On ne pouvait plus arrêter de se caresser », « Consumée de passion », clichés qui soulevaient encore son mépris, mais plus son scepticisme. Dans les profondeurs du sommeil, ses mains se tendaient vers Wolf ; le matin, tous deux s'éveillaient sous les caresses de l'autre, après quoi ils retombaient dans un sommeil de plomb sans avoir échangé une parole. Leur appétit grandit avec les jours, au point qu'il ne semblait s'écouler parfois que quelques minutes entre l'instant où ils s'étaient effondrés sur le lit, à bout de forces, et celui où Phoebe se tournait à nouveau vers Wolf – un peu honteuse, jusqu'à ce qu'il la tire vers lui avec une égale avidité.

Au début, elle avait été timide. Elle ne savait rien, absolument rien du sexe ; elle avait toujours supposé que cela demandait des aptitudes, comme le golf ou le tennis. Mais c'était son inexpérience même qui semblait exciter Wolf, le fait qu'elle éprouve ces sensations

350

pour la première fois, avec lui. Le plus dur, découvrit-elle, était de s'interdire de penser, de ne pas avoir honte ; de ce point de vue, cette soudaine compression temporelle lui facilitait les choses. Bientôt Phoebe ne s'inquiéta plus de coucher nue devant Wolf, ne se rétracta plus sitôt qu'un bruit gênant, un cri trop fort lui avaient échappé. Elle se sentait par instants en proie à une sorte de folie où s'anéantissaient les derniers vestiges de son empire de soi : elle en redemandait, demandait tout, demandait à mourir. En se dissipant, ces enchantements la laissaient atterrée. Ce n'était pas moi, se disait-elle.

Leur vie érotique les dévorait au point que tout le reste paraissait s'y inscrire. Pensée, conversation trouvaient leur source dans l'univers physique ; il fallait bien qu'elles y ramènent. Phoebe supposait que Wolf avait rompu avec Carla, mais il ne le lui dit jamais et elle ne le demanda pas. La violence de leur désir éclipsait tout le reste. Faith elle-même brillait d'un éclat diminué au regard de cette intensité nouvelle : Phoebe s'apercevait soudain qu'elle n'y avait pas pensé depuis des heures, parfois même pendant toute une journée. La nuit, allongée dans le silence de grotte de la campagne vide, Phoebe songeait qu'au-delà de ces murs il n'y avait rien de réel, rien qui pût seulement approcher de ce qu'elle trouvait dans cette pièce.

Leurs moments d'union les plus purs étaient ceux du repos. Retombant à bout de forces, ils se regardaient l'un l'autre sans bouger, enveloppés dans un même épuisement, et rien alors ne semblait pouvoir les séparer : chacun pouvait s'aventurer librement dans le monde de l'autre, comme des poissons qui se glissent par les fenêtres de citadelles englouties. Mais avec le désir reparaissait la distance, le désir les harcelait sans cesse, les décidant enfin à recommencer le pénible voyage vers la communion.

Ils gardaient leur fenêtre ouverte et la chambre s'emplissait de soleil, d'air frais, des bruits du dehors. Il y avait pourtant des moments où le besoin de sortir se faisait sentir, « histoire de retrouver la verticale », disait Wolf. Une tour en ruine se dressait à l'orée de la ville ; de ses hauteurs moussues, on embrassait la mer tumultueuse des collines. En le voyant tout habillé, dans le monde extérieur, Phoebe s'étonnait souvent du peu de traces que leurs ébats laissaient sur Wolf. Il y avait des instants où leur chair semblait prête à se détacher de leurs membres, et pourtant ils étaient là tous deux, intacts : un peu flapis, les lèvres meurtries, mais vierges de toute marque indélébile. Si chacun s'en était allé de son côté, il n'y aurait eu aucune preuve. Cette idée troublait Phoebe.

Au cours de ces intermèdes extérieurs, ils prenaient soin de ne pas se toucher ; dans l'état où ils étaient, le désir pouvait naître de la plus petite chose. Un baiser scellait leur destin. Il arriva plus d'une fois qu'ayant quitté leur tanière ils rebroussent chemin au bout de quelques minutes, n'y tenant plus. Ces faux départs rendaient toujours Phoebe un peu mélancolique ; elle se sentait exilée d'un monde dont les échos joyeux lui arrivaient par la fenêtre.

« C'est très anormal, ce qu'on vit ? » lui demanda-t-elle le troisième jour. Elle gisait parmi des draps qu'ils avaient soigneusement bordés quinze minutes plus tôt. Dehors, il s'était mis à pleuvoir. Ils étaient encore en grande partie vêtus. L'estomac de Phoebe ruminait à vide.

« Disons que c'est un extrême », répondit Wolf d'une voix endormie. Des poils soyeux couvraient ses jambes. Que le bois dur des os pût être enfermé dans un écrin d'une telle douceur, cela ravissait Phoebe. Quand elle lui caressa le genou, Wolf tressaillit.

« Si on mangeait ? proposa-t-elle en se redressant pour s'asseoir.

– On ne vivrait pas vieux à ce rythme, c'est certain. » Il se tourna sur le flanc pour la contempler.

« Je suppose qu'on aurait des tas de gosses. »

Il rit. « Ce qui mettrait un terme à la chose. »

Ce jour-là, ils avaient fait deux fois l'amour avant que Wolf ne songe à lui parler de contraception. « Et si je t'avais dit que non ? » l'avait-elle provoqué par la suite ; et lui s'était trouvé tout bête devant son oubli.

« J'en aurais pris mon parti, j'imagine. »

Phoebe se rallongea. Le restaurant semblait si loin ; il faudrait une éternité avant qu'on ne dépose les plats devant eux. La pluie éclaboussait les briques en contrebas, des odeurs fraîches montaient par la fenêtre.

« Ce n'est pas anormal, dit Wolf. Ça n'arrive jamais, c'est tout. »

Sa main se posa sur le ventre vide de Phoebe. Elle vint tout contre lui ; ils pourraient bien patienter jusqu'au lendemain pour manger. Chaque matin, Wolf descendait dans l'un des restaurants d'où il rapportait des cappuccini et des brioches encore tièdes. Ils les mangeaient au lit. On était bien ici, songeait Phoebe ; elle attendrait. L'odeur de la pluie était un repas à elle seule.

Le lendemain matin, le quatrième jour, ils s'éveillèrent résolus à monter sur la tour. Ils s'y présentèrent bien avant midi. D'ordinaire, on y trouvait des touristes, mais par cette journée nuageuse, encore mouillée de pluie, ils ne virent personne. Phoebe et Wolf s'assirent côte à côte sur une corniche garnie de mousse humide et regardèrent en bas. En l'absence du soleil, les collines paraissaient brunes, presque brûlées. L'abondance des cyprès réjouit Phoebe ; elle songea à Van Gogh. Elle entreprit de raconter à Wolf la première émotion sexuelle dont elle gardait le souvenir : dans leur situation de transfuges, n'importe quel sujet excluant Carla ou Faith leur semblait aller de soi. Elle avait huit ou neuf ans, expliqua-t-elle ; c'était au cours d'une fête d'anniversaire, on avait organisé dans l'après-midi une sortie au square et Phoebe avait grimpé à un poteau. La sensation ne paraissait pas venir de ses bras. Elle était restée pendue au poteau dans une sorte d'extase qui avait duré plusieurs minutes. Phoebe avait incité les autres filles à essayer et, chacune à son tour, elles s'y étaient mises : le succès avait été tel qu'elles avaient exigé de la mère qui les recevait qu'elle les emmène au square tôt le lendemain, avant que leurs parents ne viennent les rechercher. Stupéfaite, la mère avait accepté. Mais ce jour-là, le temps était brumeux, le poteau froid au toucher, et il ne s'était rien passé : le charme ne fonctionnait plus.

Wolf l'écoutait avec une grande curiosité. « Et cette sensation, c'était comme un orgasme ?

– Je n'arrive pas à me rappeler. Ça durait aussi longtemps qu'on pouvait s'accrocher.

– Tu avais de bons bras. »

Elle rit. « Oh, je fatiguais. Mais ensuite, j'y suis retournée, ils ont fini par se muscler.

– Et la dernière fois, c'était quand ?

– Il y a longtemps. À un certain stade, ça aurait fait bizarre. Je veux dire, à seize ans, tes pieds touchent le sol.

– À seize ans, tu passes dans le supérieur, à l'école du vrai poteau. » Wolf se mit à rire.

Phoebe balançait les jambes. Il lui prit la main, la porta à ses lèvres. « C'est nous les premiers de la classe », dit-il.

Parce qu'il n'y avait personne, ils s'autorisèrent un baiser. Ils avaient du mal à s'embrasser en public, comme si les témoins avaient pu tout comprendre. « On rentre », suggéra Wolf.

Ils se levèrent. Les collines brunes ondoyaient devant eux. « Pourquoi pas ici ? » proposa Phoebe.

Wolf rit sans la prendre au sérieux. Mais l'idée la séduisait. Elle portait sa jupe longue, ce qui leur faciliterait les choses.

« Laisse tomber. Quelqu'un peut arriver n'importe quand.

– Il y a peut-être une cachette.

– On nous mettrait en prison. Ce sont tous des catholiques.

– Moi aussi, je suis catholique.

– Ah bon, répliqua-t-il en riant. Me voilà rassuré. »

Phoebe fit la sourde oreille. Une volée de marches presque effondrées descendait de l'autre côté du mur ; en bas, derrière un triangle d'herbe pelée, la colline se dérobait soudain et, là où le mur tournait, Phoebe découvrit l'encoignure qu'elle cherchait. On ne pouvait la voir que du sommet, ou bien des collines en contrebas, à condition d'utiliser des jumelles.

Wolf la suivit dans l'escalier. « On devrait déjà être rentrés », disait-il.

Elle le prit par la main, le mena dans l'encoignure. À leurs pieds, sous le foisonnement du lierre, il y avait des bouteilles de vin, une paire de chaussettes bleues. Ils s'embrassèrent et Phoebe sentit la responsabilité s'enfuir de Wolf comme une substance physique. Il s'adossa au mur tandis qu'elle baissait sa braguette – il aimait plaisanter sur son priapisme –, à présent il hoquetait au contact de sa main fraîche. L'acte se révélait plus compliqué qu'elle ne l'aurait pensé ; Wolf étant plus grand qu'elle, il devait plier les genoux, mais maintenant qu'ils avaient commencé, Wolf ne paraissait pas s'en soucier. La jupe de Phoebe les cachait presque en entier, seul le devant était relevé. Wolf rejeta la tête en arrière, l'écrasa sur le mur ; ensuite il demeura ainsi, les yeux clos, la gorge à nu, tâchant de recouvrer son souffle. Il finit par entourer les épaules de Phoebe de ses bras sans forces et s'appuya contre elle. « Je suis fini », dit-il.

Et c'était vrai. Un homme fini, perdu – en elle. Au lit, Wolf rassemblait les longs cheveux de Phoebe dans ses mains, les portait à son visage en épiant ses regards. Comment se justifier d'avoir mis sa vie sens dessus dessous pour ces quelques jours avec elle ? « C'est comme ça », voilà tout ce qu'il arrivait à dire, mais elle y entendait moins une raison qu'un constat, l'affirmation qu'il eût été vain, égoïste de se chercher des excuses. Wolf se laissait parfois aller à un défaitisme ironique, une mélancolie maussade qui se nourrissait, semblait-il, de l'idée que tout était perdu. Les premiers temps, ces accès de mauvaise humeur avaient terrifié Phoebe ; mais ils n'avaient pour effet que de le jeter plus fort encore entre ses bras, comme s'il avait voulu se prouver que tout ceci – que Phoebe – méritait le sacrifice consenti.

Il s'agitait dans son sommeil, poussait souvent des cris de peur, mais il suffisait qu'elle l'enlace pour le délivrer de ses tourments par d'autres, bien plus exquis ; après quoi, sans la lâcher, il cédait à un sommeil plus lourd, une main serrée sur son doigt comme un enfant, et Phoebe veillait le plus longtemps possible sur son amant endormi, drapée dans l'assurance qu'elle seule avait le pouvoir de le sauver.

Il faudrait bien un jour regagner le monde, supposait-elle, mais dès qu'elle y songeait, qu'elle tâchait de les imaginer menant tous deux une vie normale, aucune image ne lui venait à l'esprit. Phoebe se raisonnait, invoquait la nouveauté de leur aventure ; des années paraissaient s'être écoulées, mais ce n'étaient que des jours. Il leur fallait du temps ; ils arriveraient aux étapes suivantes tout aussi facilement qu'ils avaient franchi celle-ci. De toute façon, elle ne parvenait pas à se projeter dans un futur qui lui avait toujours paru irréel.

Au bout de quelques jours, ils décidèrent un court voyage, une excursion d'une journée dans le monde extérieur pour se le remettre en mémoire. « Réintégration, disait Wolf, réhabilitation. » Il suggéra Lucques, une ville qu'il n'avait jamais visitée mais dont on lui avait dit grand bien.

Cela faisait drôle de revenir à la voiture. Une semaine et un jour avaient passé depuis leur arrivée, dit Wolf. Phoebe n'aurait jamais cru cela possible. La lumière du matin pétrifia leurs yeux. Des oliviers jetaient des éclairs d'argent. Phoebe se faisait l'effet d'une invalide au sortir d'une longue convalescence. Elle retrouvait un monde inchangé, inaltéré par la parenthèse qu'ils avaient vécue ; cette élasticité des choses l'impressionnait.

Wolf paraissait heureux de piloter sa voiture par les routes en lacet. Phoebe se demanda si l'auto lui avait manqué. La dernière fois qu'ils avaient roulé ensemble, c'était avant, songeait-elle à présent, quand il semblait qu'ils se connaissaient à peine. Phoebe sentait qu'elle aurait dû se conduire autrement, d'une façon qui reflète tout ce qui avait changé entre eux, mais elle ignorait laquelle. On ne prend pas les mains de quelqu'un quand il passe les vitesses.

« Tu ne crois pas que c'était le destin ? dit-elle. Comment je t'ai trouvé ?

— J'ai eu de la chance, reconnut-il.

— Non, pas de la chance. Tu sais, comme si c'était écrit d'avance. »

Elle raconta comment elle était arrivée en Europe en sachant qu'il lui fallait trouver quelque chose, comment elle avait échoué, s'était accrochée à toutes les éventualités, jusqu'à enfin tomber sur lui.

« Je vois ce que tu veux dire. Mais tu ne crois pas qu'après coup tout paraît inévitable ?

— C'est comme ça qu'on sait qu'il y a un destin. »

Il se tut. Elle sentit qu'il la laissait penser à sa guise. « Tu n'y crois pas, dit-elle, déçue.

— Je ne suis pas sûr. Autrefois, j'y ai cru. C'était ce que j'aimais bien dans la défonce, cette impression que tout se tenait, une cloche qui sonne, l'angle de la lumière, une chanson qui passe à la radio et toi qui regardes autour de toi et qui te dis : Tout est là. »

Elle approuva de la tête.

« Peut-être que tout a fini par se brouiller et que les couleurs se sont perdues, poursuivit-il ; à force de mélanger toutes les religions, un peu de bouddhisme, et l'Égypte, et les Apaches et, pourquoi pas, les chrétiens aussi, allons-y : les chrétiens, mon pote, ça c'est de la bonne. Alors, la spiritualité…

– Ça suffit. »

Il sursauta. « Je me moquais de moi-même, Phoebe, pas de toi.

– À l'époque, la spiritualité avait un sens. Point final. »

Il lui jeta un coup d'œil. « Tu penses vraiment ce que tu dis ? Comme si Dieu avait été plus proche, c'est ça ?

– Tu es expert en la matière ? Depuis quand ?

– Expert, mon œil. Voilà ce que c'est que la nostalgie : tu n'arrêtes pas de trouver des sens cachés que tu n'aurais même pas imaginés à l'époque.

– Mais vous les avez vus, ces sens cachés : la cloche, la lumière, tout ça… Tu viens de me le dire.

– On croyait les voir, nuance.

– Mais si tu les as vus à l'époque, et si aujourd'hui, quand tu y repenses, tu les vois toujours, pourquoi dire qu'ils n'étaient pas là ?

– Hou là. » Soudain, il souriait ; il y eut un long silence. « Ce qu'il y a de bizarre dans cette période, reprit-il d'une voix hésitante, c'est que même en plein dedans on en était déjà nostalgiques. Ça devait être lié au fait qu'on n'arrêtait pas de se regarder, avec la drogue, toutes ces expériences extracorporelles, mais aussi la télé, les journaux. Nous étions l'Histoire. Chacun de nos actes avait cet air immense, cette puissance incroyable des événements que tu lis après coup dans les livres.

– Je me demande si un jour nous dirons la même chose de nous ; de maintenant, je veux dire.

– Ce maintenant-là me va bien », répondit Wolf.

L'instant semblait suspendu dans un équilibre précaire. « Tu diras peut-être que c'était le destin ; si je t'ai trouvé, hasarda-t-elle.

– C'est possible. »

Au loin, Lucques avait surgi de terre, citadelle géante entourée de murs formidables. Wolf et Phoebe laissèrent la Volkswagen au pied des remparts et, la main dans la main, entrèrent en ville.

Des pelouses luxuriantes couraient en haut des murs, tel un fossé débordant d'émeraudes. Le regard embrassait les collines environnantes. Je suis avec mon amant, se disait Phoebe, et l'envie la prenait de se montrer, comme si la présence de témoins avait pu sceller un lien ultime entre eux.

Les rues étroites étaient bordées d'hôtels particuliers. Pendant des siècles, expliqua Wolf, les riches bourgeois de Florence avaient établi leur résidence secondaire à Lucques. D'anciennes villas parsemaient la campagne ; on en avait converti quelques-unes en musées. Phoebe aperçut des Rolex dans les vitrines.

Ils s'étaient arrêtés devant une magnifique église, San Michele in Foro, la façade tout ornée de sculptures d'animaux. Ils entrèrent. Wolf s'écarta de Phoebe ; il s'aventura dans les allées voûtées. Elle le regarda de loin, se perdant en comparaisons avantageuses entre Wolf et les autres visiteurs. Elle aimait particulièrement sa démarche, athlétique mais racée, tout le contraire de ce trot de singe des sportifs au lycée. Wolf marchait toujours ainsi, nu ou habillé. Mon amant, songeait Phoebe, mais le mot ne convenait pas ; elle l'avait trop entendu au lycée, dans la bouche de celles qui voulaient se vanter de coucher avec leur copain. Alors, quel nom donner à ce qui les unissait ? Elle le vit courber le dos pour contempler, au-dessus de lui, un relief de Madone à l'Enfant ; l'espace d'un instant, Wolf devint un inconnu, un homme sur lequel elle n'avait aucun droit. Elle se réfugia à l'entrée où elle guetta anxieusement son retour.

Ils retrouvèrent la rue. Wolf se taisait. Phoebe le sentait s'éloigner d'elle en esprit, se demandait comment le regagner. Dans l'intimité de la chambre, elle se serait blottie contre lui, elle serait allée se doucher, boire un verre d'eau et, en revenant, l'aurait trouvé qui l'attendait. Mais sans ce recours physique, elle se sentait démunie. Elle se lança dans un furieux soliloque intérieur tandis qu'ils allaient au hasard des rues : une relation n'avait-elle pas toujours ses hauts et ses bas ? Est-ce qu'ils n'étaient pas venus là précisément pour dénouer leur tension permanente, exister dans le monde comme un couple ordinaire ? Mais le monde les noyait dans sa confusion, se précipitait à leur rencontre dans une rumeur de radio déréglée, envahissait leur espace commun. Phoebe ne savait plus que dire ni comment se conduire avec Wolf : trop de sujets leur étaient interdits.

Ils s'arrêtèrent pour déjeuner dans un restaurant aux airs de cloître ; une fontaine murmurait dans la cour. Un serveur ôta avec cérémonie les arêtes de leur poisson grillé. Autour d'eux, ce n'étaient que de vieux clients, des femmes lourdes de bijoux. Wolf et Phoebe échangèrent des sourires moqueurs, mais le silence les tirait par la manche, de quoi parlaient-ils d'habitude ? Peut-être y avait-il toujours eu ces silences, mais Phoebe, tout à son bonheur, ne les avait pas remarqués ? La conscience de tout ce que Wolf avait abdiqué pour elle semblait maintenant retomber sur les épaules de Phoebe. Elle se découvrait l'obligation paralysante de donner du prix à chaque instant qu'ils passaient ensemble. Wolf croisa les bras. Il avait les traits tendus et se renversa sur sa chaise avec une langueur qu'elle devina forcée.

« À quoi penses-tu ? » lui demanda-t-elle, incapable de supporter plus longtemps le silence.

Elle avait parlé trop fort. Wolf tressaillit, mais elle poursuivit sans lui laisser le temps de répondre : « Tu penses à Carla, non ? Alors dis-le ! »

Wolf voulut parler, se ravisa. Le chagrin qu'elle lut sur son visage affola Phoebe, les mots débordèrent sa pensée : « Tu veux l'appeler ? Vas-y, appelle-la tout de suite, qu'est-ce que tu veux que ça me fasse ?

– Si je l'appelais, ce serait pour moi, pas pour elle », dit-il à mi-voix. Phoebe vit qu'elle le mettait en colère.

Une vieille impression resurgissait : Carla semblait soudain se matérialiser à leur table comme si elle s'était assise entre eux pour fumer sa cigarette. Phoebe fut prise d'une envie désespérée de se calmer, de comprendre. « Tu te sens coupable ? demanda-t-elle. C'est ça ? »

Il se lissa les cheveux d'une main tremblante : « Je suis un peu perdu, d'accord ? Je suis un peu perdu et ça m'aiderait bien que tu te calmes une minute. » Lui-même paraissait loin d'être calme. « De toute façon, ça n'aurait aucun sens de se sentir coupable. Ce qui est fait est fait, voilà ce qui compte.

– Tu répètes toujours ça. »

Wolf la dévisagea : « Bon Dieu, Phoebe, lâche-moi un peu. »

Il détourna les yeux ; Phoebe l'imagina qui souhaitait son départ ; l'idée lui vint alors de faire une de ces scènes comme en font les femmes au cinéma, de hurler une insulte, de lui renverser la table sur les genoux ; mais elle ne le fit pas, elle pensait à Carla, à Carla toute seule dans l'appartement vide de Munich, Carla à qui il ne restait rien d'autre qu'un joli diamant, et son indignation se mua en pitié. « Eh bien moi, je me sens coupable, dit-elle.

– C'est ridicule. »

Quand Wolf la regardait, qu'il la regardait vraiment, quelque chose semblait se décrocher derrière ses yeux comme un voile, presque par accident ; Phoebe voyait tomber le voile en ce moment et elle se détendit. Tant qu'elle apercevrait cette ouverture, il n'y aurait rien à craindre.

« Ne te sens pas coupable, Phoebe. S'il te plaît.

– D'accord.

– Oublie tout ça, d'accord ?

– Et toi, tu oublieras ?

– J'oublierai, dit Wolf. J'essaierai. »

Ils étaient à nouveau eux-mêmes. Le soulagement fut extraordinaire. Elle se risqua enfin à se lever de table pour se rendre aux toilettes. À son retour, Wolf la saisit par la taille, colla l'oreille à son ventre comme pour y écouter la mer. Un relâchement de nœud qu'on tranche s'opéra en Phoebe ; le sang afflua à ses joues.

Dehors, c'était l'heure de la sieste, on avait clos les volets. Phoebe ne pensait qu'à s'étendre avec Wolf ; le repas, le vin, leur dispute même avivaient son désir : le manque s'aiguisait à chaque minute, la houspillait, la distrayait de tout excepté des pas de Wolf à son côté. Combien de temps encore avant d'atteindre leur chambre ? Des heures, pensait-elle, des heures entières, elle en aurait pleuré. Elle se mit à se torturer de souvenirs, elle les revoyait ensemble, hier, ce matin. Une lucidité dérangée fondit sur elle : rien d'autre ne comptait, c'était cela qu'il fallait retrouver. Au diable Carla, au diable tout le reste.

Ils s'arrêtèrent devant un cul-de-sac. Wolf ferma les yeux et l'embrassa comme s'il avait voulu lui arracher un trait fiché en elle, profondément, bien au-delà de sa bouche ou de sa gorge, mais fiché dans ses poumons, son cœur, son ventre. Au-dessus d'elle, Phoebe apercevait de hautes maisons, des volets verts qu'on avait tirés. Ils tremblaient l'un et l'autre, même leurs bouches frémissaient. Phoebe aurait voulu porter une jupe comme l'autre jour. C'était une torture, comme une envie d'uriner qu'on est forcé de retenir ; un jour, elle avait perdu ainsi ses skis, elle les avait laissés dans la neige et à son retour des toilettes, ils avaient disparu. Alors elle avait menti, racontant qu'on avait forcé son casier pendant qu'elle déjeunait, honteuse de son impuissance. À présent son bassin se collait contre celui de Wolf. Quand elle l'embrassa dans le cou, il sursauta comme à une obscénité. « On prend une chambre », dit-il.

Ils étaient passés devant un hôtel avant le déjeuner. Ils couraient dans cette direction maintenant, sans sourire, semblables à deux cambrioleurs qui doivent atteindre une fenêtre avant que l'alarme ne se déclenche.

Wolf s'occupa des formalités et ils gravirent quatre à quatre l'escalier de marbre. C'était un hôtel chic. Wolf s'escrima avec la clef, la porte finit par s'ouvrir. Phoebe aperçut un brouillard de velours et d'or tandis qu'ils couraient vers le lit, mais on avait déroulé les stores. Dès qu'ils se trouvèrent nus, elle prit Wolf dans sa bouche, un geste dont jusqu'ici elle n'avait pas eu le courage, elle craignait l'étouffement, des lésions à la gorge, mais à présent la peur même semblait l'aiguillonner, elle voulait quelque chose de plus, lente, elle l'aspirait, allait profond, comme on tire sur un joint. Wolf était couché près d'elle, immobile, à chaque inspiration il attendait longtemps avant d'en prendre une autre, jusqu'à ce que, brusquement, il se convulse en criant si fort qu'elle fut certaine de l'avoir blessé ; alors elle se retira, la bouche pleine d'un goût puissant, non, ce n'était pas mauvais, plutôt fort, trop fort ; vite, elle avala pour s'en débarrasser. Mais le goût restait dans sa bouche et, sans comprendre pourquoi, Phoebe se mit à pleurer, elle s'étendit à côté de Wolf en sanglotant. Il gisait tel un cadavre. Lorsque enfin elle le regarda, Phoebe s'aperçut que des larmes s'échappaient de ses yeux, coulant à un débit égal comme si quelque chose en lui s'était rompu et mis à fuir. Sa poitrine tremblait quand il respirait, mais il fermait toujours les paupières et ne disait rien. Ils restèrent ainsi quelque temps ; quelque chose de désespéré semblait flotter dans l'air. Mais même alors, même au cœur de ce désespoir, Phoebe en demandait encore, elle se dédoublait, une moitié d'elle se désespérait mais l'autre, avide et obscène, se réjouit de voir Wolf s'exciter à nouveau, plonger la tête entre ses cuisses, sensations mortelles, intolérables, la jouissance fut immédiate, c'était comme se faire assommer par un coup sur la tête. Et ensuite, tandis qu'elle gisait sur le lit, désarticulée, ces mots : « Le mal jusqu'à la mort », ces mots lui revinrent en mémoire d'on ne savait où ; elle dérivait loin de tout, même de Wolf. Dieu merci, il restait ces instants de répit, même s'ils ne duraient jamais assez. L'élancement ne tarda pas à resurgir, semblable à une rage de dents, sourdement tout d'abord, mais gagnant toujours en puissance, jusqu'à ce qu'ils se précipitent enfin l'un sur l'autre et que Wolf s'introduise en elle d'une poussée brutale : tous deux tressaillirent devant leur nudité de plaie à vif.

Ensuite, ils demeurèrent jetés pêle-mêle. Le couvre-lit sentait l'écorce d'orange. Phoebe se demanda s'il y avait un pot-pourri quelque part.

« Ça va mal », dit Wolf d'une voix sans force. Phoebe hocha la tête. Il lui semblait qu'ils avaient été les victimes d'un autre, d'un tiers déchaîné et insatiable.

« Je me sens dingue, je te jure », reprit-il d'une voix morne.

Phoebe regarda la chambre ; elle était pleine d'ombres.

« Je t'aime, dit Wolf. Je t'aime, Phoebe. » Jamais encore il ne l'avait dit, alors qu'elle le lui avait répété à maintes reprises. Wolf la regardait d'un œil un peu fou, mais en même temps paraissait attentif à autre chose, un bruit dans le couloir. Phoebe tendit l'oreille, mais ne surprit que l'écho lointain de cette palpitation en elle qui, déjà, s'apprêtait à reparaître, les pas du diable au coin de la rue, et à présent cela l'effrayait, tout son corps était meurtri, et elle n'en voulait plus, et elle en redemandait : il y aurait toujours un vide en elle.

« Je t'aime, lui dit-il entre deux baisers. Je t'aime, Phoebe. » Ils s'étreignaient avec désolation, s'excusant presque, comme des inconnus se réconfortent au cœur d'une crise.

Le sommeil les prit. Quand ils s'éveillèrent, il faisait noir depuis longtemps. La journée enfuie laissait à Phoebe l'angoisse d'avoir manqué quelque chose d'important. Ils se concertèrent pour savoir s'il valait mieux repartir aussitôt ou attendre le lendemain. La perspective d'un long retour dans la nuit n'avait rien d'encourageant, mais l'idée de dormir là sans même une brosse à dents ou des vêtements de rechange ne l'était guère plus. Un sentiment d'échec rôdait dans la chambre, aussi tenace qu'une odeur : Phoebe aurait voulu le confiner dans l'espace de cette journée, l'empêcher de s'étendre au lendemain.

Ils décidèrent de partir, de rentrer dans ce qui était devenu leur chez-eux.

Des carreaux marocains couvraient la salle de bains. De grandes serviettes, douces au toucher, pendaient à des barres. « Elle coûte combien, cette chambre ? demanda Phoebe.

– C'est toute la beauté des cartes de crédit : je n'en ai aucune idée.

– On a payé pour la nuit, non ? Même si l'on s'en va ? »

Il eut un sourire hagard. « Je trouve qu'on en a eu pour notre argent. »

Dans la douche, ils se savonnèrent tendrement l'un l'autre et, malgré leurs velléités de résistance, furent bientôt accroupis sur le carrelage dans des bouillonnements d'eau chaude. Jamais Phoebe n'avait vu Wolf si pâle. Elle se demanda s'il pouvait être dangereux de perdre autant de sperme, mais ce n'était pas le moment de poser la question.

Une serviette autour de la taille, Wolf examinait sa barbe dans le miroir du lavabo. Il se rasait deux fois par jour pour ne pas irriter Phoebe et, à force, une inflammation avait surgi sur son cou. Phoebe l'observait ; elle fut glacée par le regard qu'il se jetait, ce mélange de regret et d'obstination d'un homme qui pense avoir gâché sa vie. Mais quand ses yeux croisèrent ceux de Phoebe, elle y retrouva cette même tendresse, cette même ouverture involontaire qui semblait balayer tout le reste. « Laisse-moi te sécher », dit-il, et il le fit tout en douceur, lui tamponnant les épaules et les seins comme on essuie le visage d'un enfant fiévreux.

Ils revinrent dans la chambre et allumèrent. La pièce était superbe ; Phoebe fut prise du remords de n'avoir pas su en profiter. Leurs habits s'éparpillaient au sol, mais la propreté du lit l'étonna.

Wolf vérifiait qu'ils n'avaient rien oublié. « Très bien, dit-il. Nous voilà parés. »

La nuit était fraîche et claire. Il n'y avait pas de lune : seuls les pinceaux des phares éclairaient la route désolée. Phoebe contempla le ciel ; la voûte étoilée avait quelque chose d'un malheureux accident, comme si l'on y avait renversé, par mégarde, une substance précieuse.

« Bon, voilà ce que je pense, dit Wolf quand ils eurent laissé Lucques derrière eux. On devrait quitter l'Italie. »

La suggestion la prit au dépourvu. « Pourquoi ?

– Parce qu'on vit dans des limbes, ici. Tu vois comme ça nous réussit.

– Mais Corniglia ? »

Wolf tourna la tête. Ils n'en avaient pas parlé depuis des jours. « Tu veux toujours aller à Corniglia ? »

Phoebe hésita. « Non.

– La question devient donc : qu'est-ce qu'on fabrique ici ? »

Ils zigzaguaient entre des collines obscures, unis par un lien ténu, précaire. Ils avaient atteint le centre de quelque chose.

« Alors, où irait-on ?

– N'importe où. En Grèce, en Yougoslavie ; au Mozambique, pourquoi pas. On peut aller où on veut…

– Sauf à Munich. »

Il se tut.

« Et ton travail ?

– J'ai deux, trois choses en cours. Mais je… je ne sais pas, je peux me débrouiller. »

Phoebe l'écoutait avec un désespoir croissant. Pas un mot de tout cela ne semblait plausible. Wolf parlait en fugitif ; ce n'était pas une vie qu'il imaginait, mais une cavale. C'était ridicule. Il devait le sentir lui aussi. « Mince, je ne sais pas, dit-il. Je ne sais pas quoi faire. »

Phoebe regarda par la vitre. La campagne défilait. Tant et tant de paysages, se dit-elle, quel gâchis. Le monde n'était qu'une construction hâtive, hétéroclite : ici, une colline, là, une étoile ; jusqu'à cette voiture, avec eux deux à l'intérieur, lancée comme un boulet sous un ciel inutile.

Mais peu à peu, il arriva quelque chose. Tandis qu'ils conduisaient, les étoiles granuleuses parurent glisser, se réarranger sous les yeux de Phoebe, et sa sœur, à laquelle elle avait à peine pensé ces derniers jours, lui parut soudain très proche. Faith revenait, tout simplement. Elle se recomposait, s'assemblait autour de Phoebe ainsi qu'une brume, un changement de température, jusqu'à ce que Phoebe sente sa présence dans tout ce qui l'entourait. Sa sœur se dressait entre eux deux, baissait les yeux sur eux à travers le tourbillon d'étoiles, comme si cette voiture, ces collines qui s'enfuyaient à petits bonds, l'Italie tout entière avalent été enfermées dans un presse-papiers de cristal que Faith tenait dans sa paume. Elle était revenue. En fait, elle avait toujours été là. Bien sûr. Elle s'était cachée comme elle aimait tant le faire autrefois, quand elle donnait à Phoebe un avant-goût de son absence. Elle avait rôdé autour d'eux et entre eux, les avait poussés

369

dans les bras l'un de l'autre – quelle folie d'avoir voulu la laisser derrière eux ! Et quel soulagement de retrouver sa sœur, de sentir le monde resurgir autour d'elle sous son aspect d'avant, sa forme familière.

« À quoi penses-tu ? demanda Wolf.

– Je pense qu'on devrait aller à Corniglia. »

Il y eut un long silence. Phoebe se demanda si Wolf avait perçu le retour de sa sœur. Soudain, elle n'eut plus de doute : Wolf savait, Wolf avait su pendant tout ce temps que Faith ne les avait pas quittés, mais il s'était tu. « Tu dois avoir raison », dit-il d'un air résigné.

Ils roulèrent en silence. La voiture s'enfonçait dans la nuit et Phoebe se sentit projetée en avant dans le temps, jusqu'à contempler depuis un futur hypothétique ces quelques jours passés avec Wolf, cet instant de silence dans la voiture. Le moment où j'étais avec Wolf, pensait-elle, les premiers jours avec Wolf, et elle s'imaginait même à présent comment le souvenir l'envahirait, comment sa gorge se nouerait en revoyant leurs élans de tendresse sauvage, elle qui s'inquiétait du destin, de savoir si leur aventure aurait un lendemain. La vision tomba sur Phoebe avec la force d'une révélation : elle serait quelque part et reviendrait sur ces événements, elle aurait vécu sa vie. Jusqu'à ce moment, elle ne l'avait jamais vraiment cru.

Ils atteignirent la ville et se garèrent devant les murailles. La main dans la main, ils gravirent la même avenue en pente qu'ils avaient prise le premier jour. La ville paraissait abandonnée à quelques chats qui se frottaient furtivement aux maisons. Tout en marchant, Phoebe eut la sensation de glisser à nouveau vers ce présent que contenait chacun de leurs pas ; mais désormais, ce présent se teintait d'une certaine nostalgie. Peut-être en avait-il toujours été ainsi ?

Wolf ouvrit la porte, puis il souleva Phoebe dans ses bras et l'emporta en haut des marches. Un poids s'était ôté de leurs poitrines et ils riaient maintenant, ils se déshabillèrent l'un l'autre avant de se laisser tomber sur le lit refait. Phoebe contempla le visage de Wolf : il lui semblait pouvoir lire chacune de ses pensées. Et pourtant il avait su que Faith était là, il l'avait su pendant tout ce temps et n'en avait rien dit.

20

Il se trouva qu'on ne pouvait pas atteindre Corniglia en voiture : la bande côtière était si abrupte que toutes les routes repartaient vers les terres. Il fallait parfois des heures pour se rendre d'une station balnéaire à l'autre, leur expliqua-t-on à Pise. Wolf laissa donc la Volkswagen dans une ruelle près de la gare. Après tout ce que Wolf avait dit sur les voleurs, Phoebe se tracassait pour l'auto, mais Wolf parut indifférent à son sort.

Les jours qui suivirent leur parenthèse toscane, Phoebe avait senti la peur d'aller à Corniglia s'insinuer en Wolf. Lorsqu'elle s'éveillait en pleine nuit, elle s'apercevait qu'il regardait le plafond : « Qu'est-ce qu'il y a ? disait-elle. Qu'est-ce qu'il y a ? » Mais Wolf se contentait de secouer la tête. Il lui faisait l'amour avec une férocité dont elle s'effrayait presque. Peut-être, en les entraînant toujours plus loin dans l'intensité du moment, espérait-il les propulser au-delà, vers la liberté.

Phoebe elle aussi songeait beaucoup à Corniglia, mais comme à une promesse exaltante. Il lui semblait qu'une révélation les attendait là-bas : ils en seraient tous deux témoins, leur union s'en trouverait scellée de façon définitive. Mais son impatience ne la décidait pourtant pas à agir. Les jours s'étaient écoulés, jusqu'à ce que Wolf lui déclare un matin : « Écoute, allons-y. Partons aujourd'hui. Il faut en finir. »

À Pise, ils prirent un train régional pour Gênes. L'insaisissable Corniglia ne figurait pas parmi les nombreux arrêts côtiers : ils devaient descendre dans une ville plus au nord, Vernazza, où ils passeraient la nuit. La journée touchait à sa fin : il avait fallu tout ce temps pour boucler leurs valises, rouler jusqu'à Pise et préparer la suite de leur voyage. Le train était bondé de Florentins qui partaient à la mer. Wolf et Phoebe restèrent debout. Des bandes d'écoliers gazouillaient ; des adolescents s'accoudaient par centaines aux fenêtres, la cigarette aux lèvres, laissant fuser des salves d'italien. Phoebe les regardait, étonnée par ces bravades naïves, cette arrogance insouciante qu'elle ne pouvait imaginer en elle. Elle les enviait. Mais à sa jalousie se mêlait un curieux désir de protéger ces enfants, de préserver leur innocence.

Ils finirent par trouver deux places qui se faisaient face. Le tumulte du wagon rendait les conversations difficiles. Le train paressait à travers la campagne ; le soleil se couchait. Dans leur compartiment, deux vieilles dames sortaient de leurs sacs de plage des bonbons qu'elles engloutissaient l'un après l'autre avec un plaisir coupable. Phoebe sentit la mer avant que le train n'atteigne la côte ; elle fut soudain prise d'une envie douloureuse de la voir, de voir seulement l'eau s'étendre jusqu'à l'horizon. Elle avait grandi devant l'océan : elle s'étonnait à présent de découvrir à quel point, ces dernières semaines, sa présence lui avait manqué.

Quand la Méditerranée parut enfin, Phoebe réprima un cri. Un voile de soie fragile courait le long de la côte, bleu et strié de rose au couchant. Phoebe ne distinguait pas de plage mais en devinait une, des baigneurs d'après-midi qui s'attardaient sur le sable frais. Les souvenirs de Mirasol la submergèrent : les jeux sur la plage, à deux rues seulement de chez Grandpa et Grandma O'Connor, tandis que les jours d'été se dissolvaient en nuits torrides et bleuâtres. La nuit venue, le sable brillait comme la lune. Barry, Faith et elle n'arrivaient pas à s'en aller, il fallait que leur père vienne les chercher. Il les hélait depuis les planches : « Dites donc, crapules, la nuit tombe », puis descendait les rejoindre, « juste une minute », disait-il, apaisé par cet étrange intervalle où le monde semblait encore gorgé de la chaleur du jour. Il s'allongeait sur le sable, croisait les bras sur sa poitrine ; alors ils recouvraient de sable humide ses pieds, ses jambes, criaient en tassant les fissures quand il essayait de remuer. Souvent ils en étaient arrivés à son cou lorsque leur mère sortait enfin pour les appeler dans la nuit : « Gene ? Les enfants ? Chéri, je croyais que tu les ramenais. »

Phoebe se redressa sur son siège. Pendant des jours, lui semblait-il, elle ne s'était plus rien rappelé ; elle éprouvait à présent un besoin presque physique de s'abandonner à ce courant qui la reportait vers son passé. Le parc d'attractions de Mirasol restait ouvert tout l'été, à l'intention des enfants de la Marine. Après le dîner, leur père les y emmenait tous les trois ; il leur achetait des sorbets au sirop qui faisaient mal à la poitrine si on les buvait trop vite. Sur la grande roue, Phoebe tournait les yeux vers les fourmillements de la mer obscure, et toute la conscience du monde montait en elle, bien après l'heure du coucher, dans l'éclat surnaturel des ampoules colorées du parc. Un homme qui travaillait là – ils le retrouvaient chaque année – portait au visage une marque de variole où l'on aurait pu loger une bille. Phoebe n'arrivait pas à en détacher ses yeux, fascinée par la cicatrice, la tragédie secrète qu'elle semblait raconter. Elle se demandait aussi ce qu'il devenait hors saison, avec son paquet de cigarettes coincé dans la manche de son tee-shirt, sa bouche tordue en un demi-sourire. Où habitait-il ? Que faisait-il en dehors d'actionner le levier qui lançait le manège ?

« Tu es loin », lui dit Wolf par-dessus le vacarme du train. Il saisit le pied de Phoebe, le serra entre ses genoux. Les mangeuses de bonbons fermèrent les yeux sur ce geste complice.

Les mains de Wolf étaient tièdes à sa cheville, mais l'esprit de Phoebe vagabondait toujours. « Wolf ? demanda-t-elle. Qu'est-ce qu'ils sont devenus, ces terroristes que Faith a connus en Allemagne ? »

Il parut déconcerté. Aucun d'eux n'avait prononcé le nom de Faith depuis deux semaines. « Ils sont morts. Les plus importants, en tout cas.

– Et cette femme ?

– Ulrike Meinhof ? Elle s'est pendue en prison il y a deux ans. » Wolf parlait lentement, les yeux mi-clos. « Les autres : Baader, sa petite amie Gudrun Esslin, et encore un, Raspe, ils se sont tous suicidés en prison. L'année dernière, en octobre, je crois… Ouais, en octobre. Beaucoup de gens pensent qu'on les a assassinés.

– Alors, la RAF est dissoute ?

– À vrai dire, non ; elle reste très active. Pourquoi, tu penses à t'engager ? »

Elle sourit. « Tout juste.

– L'automne dernier, ils ont kidnappé un grand patron, Hanns Martin Schleyer. Ils ont dû descendre trois gardes et un chauffeur pour l'enlever, ils l'ont détenu pendant deux mois, puis ils lui ont tranché la gorge.

– Mon Dieu.

– Ils ne sont pas terroristes pour rien. »

L'idée qu'un pareil carnage pût avoir un lien avec sa sœur écœurait Phoebe. Faith en aurait été malade.

« Cette nouvelle génération : ce sont des monstres, non ?

– Des monstres, je ne sais pas. Disons qu'ils vont plus loin.

– Si Faith avait été là, elle les aurait arrêtés. »

Wolf se mit à rire. « Toute la police allemande a tenté de les arrêter.

– Mais Faith, insista Phoebe. Enfin, Faith ! Quand Barry jetait des escargots du haut du toit, elle recollait les coquilles à l'Araldite, et elle les sauvait, je te jure. Tu ne me crois pas ? » Elle le regardait dans les yeux.

« Si, dit-il à mi-voix. Elle m'a raconté l'histoire elle-même. » Après un moment, il ajouta : « Ulrike Meinhof est devenue une sorte d'idole en Allemagne, une martyre. Ce sont surtout les gosses qui la vénèrent, mais il y a aussi des adultes, des libéraux. Ils la voient comme une innocente, une idéaliste qui a mal tourné.

– C'est peut-être vrai.

– Peut-être. Mais c'est dur à dire ; elle était en prison depuis 72, elle n'a pas eu le temps de faire beaucoup de dégâts.

– J'imagine que, si elle avait tué quinze personnes, les gens se chercheraient leur martyre ailleurs. »

Pour la première fois de la journée, Wolf eut un vrai sourire. « De l'ironie ? Dans la bouche de Phoebe O'Connor ?

– Tu vois ce que tu me fais faire ? »

Les stations balnéaires se succédaient : Viareggio, Lido di Camaiore, Marina di Pietrasanta, Marina di Massa. Phoebe voyait rarement les plages ; mais il lui suffisait d'apercevoir les palmiers, la façade d'un vieil hôtel aux couleurs pastel. L'âcreté de l'iode jetait une dissonance dans la senteur des pins. Le cou tendu, Phoebe saisit des visions fugitives d'une mer constellée de barques : elles montaient et descendaient comme des boutons sur la veste d'un homme endormi. L'exaltation familière avait reparu, ce sentiment que l'extraordinaire ne tarderait plus. Wolf avait beau l'accompagner, Phoebe se vit soudain en voyageuse solitaire : Phoebe, la fille inquiète. Quittant son siège, elle se blottit sur les genoux de Wolf, au mépris du quotidien allemand qu'il avait acheté à Pise. Surpris et ravi, il la serra dans ses bras ; les dames, gênées, détournèrent la tête.

Des montagnes surgissaient dans le paysage. Ils traversèrent bientôt des tunnels où le train raclait à grand bruit comme s'il s'était creusé un passage dans la pierre elle-même. Un vent moite soufflait alors dans le compartiment. Phoebe supportait mal ces interludes ; elle avait hâte que la mer reparaisse. Leurs regards soudés oscillaient dans la pénombre, mais ils avaient beau se sourire, une tension demeurait entre eux. Wolf finit par sortir dans le couloir pour allumer une cigarette.

Il y eut un long arrêt à La Spezia. La nuit était enfin tombée, le ciel était d'un bleu phosphorescent. Des filles en robe d'été sautèrent du train dans les bras d'hommes plus âgés, chaussures blanches, écharpes de soie nouées sur les plis burinés du cou. Phoebe crut d'abord que c'étaient leurs pères venus les accueillir, puis elle comprit son erreur. Les filles lissaient leurs robes, entouraient d'un bras mince le coude des hommes. Phoebe les observait, fascinée par cette vision interdite et pourtant attirante.

À La Spezia succéda une étendue de côte plus sauvage. Le train se dépeuplait. Wolf rapporta dans le compartiment des odeurs de tabac. « On y est presque », dit-il en se rasseyant. Il prit les mains de Phoebe dans les siennes : il avait les doigts glacés. Il lui jeta un regard appuyé, sembla sur le point de dire quelque chose, se ravisa.

« Je me demande si c'est beau, Corniglia », déclara Phoebe. Wolf lâcha ses mains.

Ils sautèrent du wagon à Vernazza, où le train s'arrêtait à peine avant de s'enfouir à nouveau dans le flanc de la montagne. La ville logeait dans une crevasse entre deux saillies rocheuses : la pierre pâle des maisons grimpait à tâtons vers le haut des falaises. Phoebe patienta devant un bar avec leurs bagages tandis que Wolf demandait des chambres. Il régnait dans la ville une étrange atmosphère de fête, un mélange de rires tonitruants et d'éclats de musique, des lumières orangées de carnaval. Wolf reparut, une clef à la main. Ils gravirent un chemin pavé qui serpentait en pente raide au flanc de la falaise, si étroit que deux personnes pouvaient à peine y marcher de front.

Ils trouvèrent la porte ouverte. Dans l'entrée, un homme poursuivait une petite fille aux cheveux bouclés. Du sable s'échappait des jambes de la gamine, tombait sur les dalles sombres qu'elle foulait à pas humides. La maison résonnait de conversations en italien.

Leur chambre, de dimensions réduites, sentait l'ammoniaque. Phoebe surprit des éclaboussements, des cris de souris, on donnait un bain à la petite. Wolf ouvrit les volets et l'air humide de la mer s'engouffra dans la pièce. La fenêtre ouvrait sur un entrelacement de cordes à linge piquées çà et là de pinces mouillées. « Drôle d'endroit », dit Phoebe.

Avec un petit sourire, Wolf s'assit sur le lit. « Je suis d'accord. On décolle ? »

Phoebe s'assit près de lui et l'enlaça, mais à sa stupeur elle ne sentir rien, pas la plus petite morsure de désir. Il lui semblait qu'on lui décrivait une scène à laquelle elle n'aurait prêté qu'une attention polie. Wolf se retira vite. Il s'allongea sur le lit, croisa les bras. Phoebe s'étendit à son côté, curieusement détachée de son corps, comme si les bouleversements de ces dernières semaines n'avaient été que d'ultimes spasmes dont elle s'affranchissait enfin. Son esprit, en revanche, ne connaissait plus d'entraves : il menaçait de faire céder les étroites parois de sa tête. Phoebe ferma les yeux et le laissa partir.

« Phoebe ? » dit Wolf. Elle ouvrit les yeux. « Reste avec moi.

– Je suis là.

– Non. »

Elle se tourna vers lui. Elle lut sur ses traits une inquiétude, une ombre derrière ses yeux. « Phoebe ?

– Quoi ?

– Parle-moi. Dis-moi ce qui se passe.

– Je ne sais pas.

– Dis-moi à quoi tu penses.

– À aller là-bas. »

Wolf s'assit sur le lit. « Ne fais pas ça, tu me paniques.

– Faire quoi ?

– Parler avec cette voix de zombie.

– Excuse-moi.

– Tu continues !

– Excuse-moi.

– Arrête de t'excuser !

– Qu'est-ce que je peux dire d'autre ?

– D'accord, se résigna Wolf. N'en parlons plus. »

Il se leva, rassembla des habits de rechange avec des gestes furieux et sortit se doucher. Dès qu'il fut parti, Phoebe referma les yeux et s'abandonna au courant, au murmure doux et insistant de ses pensées.

Mirasol : le dernier séjour du vivant de leur père, ce devait être à la fin de l'été, avant son ultime séjour à l'hôpital. Désormais il n'avait plus la force de les accompagner sur les manèges, il avait dû renoncer aux grandes baignades matinales qui faisaient sa joie. La maladie imposait à leur père cette oisiveté qu'il avait méprisée quand il se portait bien : il se levait tard, s'étendait tout habillé sur la plage, même sous un soleil de plomb. Mais il parlait rarement de son mal. « Je passe mon tour », disait-il quand Faith les entraînait vers les montagnes russes, ou bien il demandait à Phoebe : « Apporte donc un jus d'orange à ton vieux flemmard de père, tu veux ? » Jour après jour, ils se berçaient de l'illusion qu'il était un peu patraque ; Phoebe se rappelait ces dernières vacances sous un lustre inaccoutumé, revoyait ses parents se promener sur la plage main dans la main, faire la sieste ensemble en milieu de journée, son père emmener Barry à l'aquarium, au musée de la Marine – et Barry, fou de bonheur au point que Phoebe trouvait cela triste. Ils étaient devenus des enfants modèles ; ils rentraient de la plage bien avant la nuit pour qu'on n'ait pas à venir les chercher, montaient se coucher sans protester. Mais au sein de cette harmonie, une inquiétude frémissait comme un câble ; leur bonheur avait quelque chose d'étudié, d'artificiel.

Et une chose étrange arrivait à Faith. Phoebe l'accompagnait tous les jours à la messe. Pendant le sermon du prêtre, Faith fermait les yeux, tous ses muscles se crispaient l'un après l'autre, d'abord les pieds, puis les jambes, le torse, le cou, jusqu'à son visage qui se convulsait en une grimace affreuse. Faith pouvait soutenir cet effort durant d'interminables moments, les paupières papillotantes, le souffle entrecoupé de hoquets, chaque fibre de son corps de treize ans qui saillait en frémissant. Pour Phoebe, chacune de ces minutes était une torture ; elle les endurait dans la terreur que le prêtre ne remarque le manège de sa sœur et n'interrompe son sermon, ou bien que Faith ne tombe du banc, l'écume à la bouche, ou même qu'elle ne meure – qui pouvait dire ? Par chance, la paroisse était petite : elles disposaient souvent d'un banc à elles seules. Ce n'était qu'à l'Eucharistie que Faith se détendait tout d'un coup. Un sourire las et paisible gagnait son visage.

La plupart du temps, Faith s'endormait au retour de l'église ; ses yeux se fermaient dans la voiture, sur un canapé, sur le sable. Ces sommeils qui s'étaient emparés de son père, Faith les mangeait tout crus ; mais les messes semblaient la vider de ses forces, elle s'affaiblissait. Un soir, sur le Scrambler, elle prit à son habitude la place extérieure. Quand Phoebe et Barry furent précipités contre elle, Faith perdit l'usage de ses membres ; par deux fois, elle alla donner de la tête contre la barre de métal. Le manège s'arrêta, Barry descendit du wagon mais Faith demeura assise, sonnée, la tête entre les mains. « Je le dis à papa ? demanda Phoebe.

– Non ! répondit Faith en se redressant. Non. » À la sortie de l'attraction, Faith souriait de nouveau, d'un sourire de folle qui se superposait à son visage épuisé, comme si, en échouant même un seul instant à fasciner son père, elle l'eût abandonné à sa maladie.

Dans leur lit ce soir-là, tandis que Faith massait sa bosse, Phoebe lui demanda : « Faith, c'est quoi, ce truc que tu fais tout le temps à l'église ?

– Je prie très fort », répondit-elle.

Wolf revint de sa douche les cheveux mouillés. Phoebe le trouva plus calme. Ils avaient maintenant l'un pour l'autre les égards que se témoignent des inconnus dans un train. À son tour, Phoebe alla se doucher. Elle se frotta de toutes ses forces ; elle éprouvait une envie de propreté absolue. Elle peigna ses cheveux en arrière : cette figure sans charme de petite fille, dans le miroir, lui plaisait. Elle mit sa robe blanche. La chambre paraissait minuscule quand ils s'y tenaient tous deux.

Ils sortirent. Wolf prit la main de Phoebe, moins par tendresse, songea-t-elle, que par désir de la retenir. De grands éclats de pierre formaient une digue à l'extrémité du port : ils se hissèrent sur l'un d'eux. Le port, minuscule, faisait figure de terrain de jeu pour les bateaux de pêche multicolores. La mer était sombre, immense, bandée d'argent par le clair de lune. Des couples dînaient sur la place voisine ; des rires, des bruits de vaisselle traînaient dans l'air avant de disparaître.

« C'est dans quelle direction ? » demanda Phoebe.

Wolf montra, sur sa gauche, des falaises massives qui se découpaient au loin, à peine plus sombres que le ciel. « Corniglia doit se trouver à trois kilomètres par là.

– On peut vraiment s'y rendre à pied ?

– Il paraît. Je crois qu'il y a aussi un train.

– J'aimerais mieux y aller à pied.

– Tout ce que tu voudras.

– Si seulement on pouvait partir immédiatement.

– On ne verrait pas grand-chose. Enfin, pour ce qu'il y a à voir.

– Ce que tu peux être sinistre. C'est déprimant. »

Wolf tourna la tête vers elle. « C'est drôle que tu me dises ça, parce que j'ai un peu de mal à comprendre ton enthousiasme.

– Je ne suis pas enthousiaste.

– Si, justement ! Tu te conduis comme s'il allait nous tomber dessus un putain de miracle. » Il parlait d'une voix exaspérée, mais sur ses traits Phoebe lut aussi de l'inquiétude. Elle comprit brusquement qu'il avait peur.

« On a l'impression que pour toi, tout ça n'est qu'un jeu, que ta sœur t'attend là-haut. Je trouve ça délirant, expliqua-t-il aux étoiles. Je trouve ça complètement délirant.

– Tu n'aurais peut-être pas dû venir.

– Tu plaisantes ? Quand tu te conduis comme ça, je me dis que j'ai drôlement bien fait. »

Phoebe ne répondit rien. Wolf ôta ses lunettes, se frotta les yeux jusqu'à ce qu'ils aient l'air souillés. « Ce n'est qu'un endroit, dit-il. On y monte, on en redescend.

– Alors, qu'est-ce qui te fait peur ? »

Il y eut un silence. « Ce qui me fait peur, reprit Wolf, c'est ce qui arrivera quand le fantôme que tu poursuis depuis si longtemps va s'évanouir en fumée.

– Non, dit-elle. Tu as peur d'aller là-haut. »

Mais elle ne faisait que l'effrayer davantage. Wolf croisa les bras, regarda la mer. « Pourquoi, Wolf ? demanda-t-elle à mi-voix. Pourquoi ?

– Je ne sais pas. »

Phoebe l'entoura de ses bras : Wolf, son seul allié. Il appuyait sa tête entre ses épaules et son cou. « Moi, ce que je voudrais comprendre, c'est pourquoi tu n'as pas peur », dit-il.

Ils résolurent de dîner, plus par cérémonie que par faim réelle. Ils s'assirent à une table dominant la mer, picorèrent sans appétit des bols fumants de calamar en sauce. Des couples les entouraient, jeunes et vieux, se penchaient l'un vers l'autre par-dessus les verres de vin, se passaient et se repassaient des bébés gesticulants. Phoebe vit un homme pincer la joue d'une femme avec laquelle il partageait une cigarette ; la femme riait, le sang à la figure, une fleur blanche logée derrière l'oreille. Nous sommes comme eux, pensa-t-elle en s'emparant de la main de Wolf, mais le geste avait quelque chose d'une imposture. À tenir la main glacée de Wolf, Phoebe se rappela soudain la scène qu'elle avait surprise à travers la porte de la cuisine : Carla qui cherchait le bras de Wolf, lui qui se penchait par-dessus son épaule, inspirait le parfum de sa fiancée tout en parcourant le journal. Alors, dans un éclair de lucidité dépassionnée, Phoebe vit que Wolf ne lui appartiendrait jamais comme il avait appartenu à Carla, que l'avenir radieux qu'elle avait rêvé pour eux deux n'arriverait jamais.

Stupéfaite, elle le dévisagea à la lueur des chandelles ; elle aurait voulu parler à haute voix. Mais Wolf tournait les yeux dans la direction qu'ils prendraient le lendemain. Peut-être le savait-il déjà, se dit Phoebe, peut-être l'avait-il su depuis le début. Peut-être était-ce là ce qui lui faisait si peur. Cela n'avait pas d'importance. Seul comptait le pourquoi. Pourquoi, se demanda Phoebe, pourquoi tout ce qu'elle avait pu convoiter dans sa vie appartenait-il toujours à une autre ?

De retour dans la chambre, Wolf s'endormit presque aussitôt, sans prendre la peine d'ôter sa chemise. Mais Phoebe n'avait pas plus tôt fermé les yeux qu'elle se sentit à nouveau emportée par le courant de la mémoire.

La dernière nuit du dernier séjour de leur père à Mirasol. Pour la première fois des vacances, Faith et Barry étaient restés sur la plage jusqu'à la tombée de la nuit. Allongés dans le sable, ils voyaient surgir les premières étoiles.

Lorsque leur père apparut au-dessus de leur tête, ils bondirent sur leurs pieds, mais lui les tranquillisa d'un geste vague. « Laissez tomber, dit-il en réponse à leurs excuses. De toute façon, j'avais envie de sortir. » Il semblait plus las que d'ordinaire, sa tête ballait comme quand il avait bu. « J'irais bien nager, dit-il. Qu'est-ce que tu en penses, Faith ? »

Il y eut un silence stupéfait. « Je ne sais pas, répondit-elle. Je pense que non, papa. »

Ils étaient debout tous ensemble sur le sable frais. Leur père portait son caleçon de bain et, au-dessus, un vieux tee-shirt. « Je ne peux pas m'en aller sans m'être baigné une seule fois.

– On ira demain, suggéra-t-elle. Avant de partir.

– Naan. Demain, je n'aurai pas la force. »

Faith jeta un coup d'œil à Barry. Leur père leva la tête. « Ce que c'est beau, dehors. Bon sang, regardez-moi ce ciel. J'ai envie de nager sous un ciel comme celui-là. » Et, à la grande joie de Phoebe, il était à nouveau ce père qu'elle avait connu, plein de vigueur et d'impatience. Il fit glisser son tee-shirt par-dessus sa tête, le jeta dans le sable. S'il avait perdu du poids, restait cette silhouette athlétique qui le distinguait des autres pères bedonnants. Les poils noirs de sa poitrine dessinaient comme un cœur. C'était plus qu'un père, c'était un homme, les jambes solides, une moustache, un ventre plat et dur qu'ils s'amusaient à bourrer de coups de poing de toutes leurs forces, tant il semblait impossible de lui faire mal. Mais si leur père avait paru imposant autrefois, ce n'était plus qu'un corps maigre et rugueux, distillé jusqu'à son essence même.

« Allez, viens. » Il tendait la main à Faith. « S'il te plaît, chérie, dit-il d'une voix tendue. Viens avec moi. »

Chose étrange, s'ils se groupaient tous autour de lui, leur père ne s'adressait qu'à Faith. Phoebe eut l'impression fugitive de ne pas être vraiment là, d'assister à une conversation intime entre son père et sa sœur.

Il fut secoué soudain par un accès de toux violent, pénible à entendre. « Viens, répétait-il. Fais-le pour moi. »

Faith se mit à pleurer.

Leur père sourit, une ombre de malice passa sur ses traits. « Qu'est-ce qu'il y a, tu as peur ? » Il la cajolait gentiment. Faith s'essuya les yeux sans répondre. « Ce n'est pas grave, dit-il. Moi aussi, j'ai peur. »

Il prit la tête de Faith entre ses mains et l'embrassa. Phoebe se demanda s'il avait senti la bosse brûlante sous les cheveux de sa sœur. Puis il tira Faith contre lui ; il serrait sa tête contre sa poitrine nue comme un coffret précieux qu'on aurait tenté de lui arracher. Phoebe sentit Barry se pétrifier à côté d'elle. Faith sanglotait maintenant, les yeux fermés. Leur père respirait, souffle fragile, sa poitrine se soulevait à peine. Il finit par lâcher Faith et s'éloigna vers l'eau du pas vacillant d'un vieil homme ; et la vision de ce père mince et blanc montant à l'assaut de la mer noire avait quelque chose de terrible.

« Faith, vas-y, chuchota Barry de toutes ses forces. Vas-y ! »

Faith tressaillit comme si on l'avait réveillée en sursaut. Sans un mot, elle rejoignit leur père ; lui s'était arrêté au bord de l'eau où il paraissait l'attendre, sachant qu'elle viendrait. Ils s'avancèrent de front dans la mer. Des vaguelettes arrivaient, secousses infimes contre lesquelles leur père devait bander ses forces. Faith lui prit la main. Phoebe tâchait de les distinguer dans la lumière mourante et, en elle, quelque chose menaçait de rompre. Lorsque leur père eut de l'eau jusqu'à la poitrine, elle déclara : « Bear, j'y vais aussi. »

Barry ne répondit rien. Elle courut jusqu'à la mer. L'eau était tiède, des vagues de soie léchaient ses pieds. Faith et son père flottaient l'un à côté de l'autre ; Phoebe ne vit que leur tête. Elle s'avança plus loin, attentive à l'eau sombre qui montait contre ses jambes ; mais quand elle leva les yeux, elle découvrit qu'ils s'étaient mis à nager le long de la plage. Dans la pénombre, ils ne l'avaient sûrement pas vue. Phoebe voulut appeler, se ravisa, écouta les clapotis lointains de leur brasse. Elle se serait bien jetée à l'eau pour les rattraper, mais la mer semblait immense et noire. Phoebe se sentait si petite, comment affronter toute cette eau ? S'il lui arrivait quelque chose, songeait-elle, ils ne pourraient jamais la sauver.

À contrecœur, elle finit par revenir sur ses pas. Son frère s'était accroupi sur la serviette. Phoebe s'assit à côté de lui, et tous deux regardèrent les deux têtes minuscules fendre peu à peu l'eau noire. Puis il fit trop sombre pour les distinguer encore. Barry eut un hoquet, et alors seulement Phoebe s'aperçut qu'il pleurait. « Bear », dit-elle. Elle entrevit ses joues qui brillaient et allait demander ce qui se passait quand, à son tour, elle se mit à pleurer, à gros sanglots hoquetants qu'elle ne parvenait ni à comprendre ni à contenir. Elle et Barry restaient seuls, abandonnés à cette plage : il ne semblait y avoir aucun espoir pour eux.

« On rentre », décréta Barry. Phoebe hocha la tête. Elle se tourna vers la mer. Elle aurait voulu les avertir de leur départ, mais il faisait noir et ses yeux, brouillés par les larmes, ne lui montraient plus rien.

« Phoebe, ils s'en balancent, dit Barry. Tu ne comprends pas ? Viens, on s'en va. »

Ils se levèrent. Barry laissa sa serviette dans le sable et prit la main de Phoebe. En marchant, celle-ci commença à trembler comme si les larmes lui avaient donné froid. Ils regagnèrent les planches, la rue bordée de petites maisons carrées, chacune d'une couleur différente. Quand ils arrivèrent à la maison des grands-parents, ils avaient cessé de pleurer ; l'épisode de la plage paraissait étrange et lointain. À l'intérieur, leur mère mettait la table pour le dîner ; ses cheveux tombaient d'une barrette. « Tout va bien ? demanda-t-elle.

– Tout va très bien », dit Barry.

Phoebe guetta son père et sa sœur à une fenêtre de l'étage. Elle n'attendit pas longtemps. Ils revinrent à pas lents dans l'éclat décoloré des réverbères ; leurs cheveux mouillés luisaient. Ils avançaient comme des spectres, des personnages de rêve, et ils semblaient partager un mystérieux secret. Il devait y avoir un rapport avec leur baignade, supposa Phoebe : si elle les

avait suivis, elle aurait connu elle aussi cette initiation.
Elle avait six ans. Soudain, Phoebe en voulut à Barry
de l'avoir arrachée à cette plage, elle en voulut à tout le
monde de la garder contre son gré dans cette maison
fade et claire. J'aurais dû y aller, pensa-t-elle.

21

Un panneau gravé montrait le chemin de Corniglia.

Wolf et Phoebe s’engagèrent sur un étroit sentier
qui surplombait la mer. Phoebe passa la première.
Il régnait désormais entre eux une entente résignée
d’ouvriers au travail. Chacun des mots qu’ils avaient
prononcés la veille semblait ridicule aujourd’hui.

Après un tournant, le sentier revenait vers l’intérieur pour contourner une calanque découpée à flanc
de montagne et flanquée, de part et d’autre, de promontoires rocheux. On avait étagé la pente pour les
cultures : un grand escalier de paysage montait depuis
la mer, chaque degré sinueux se couvrait de vignes
qui poussaient le long de fils argentés. Phoebe allait à
pas prudents, craignant de trébucher et de tomber dans
les vignes.

Quand les brumes matinales se dissipèrent, la chaleur devint torride. Ils firent le tour de la calanque et
poursuivirent vers la mer en longeant le second promontoire. Le cœur de Phoebe se mit à battre : derrière
le tournant, ce serait Corniglia. Mais le tournant ne
déboucha que sur une autre crique, plus vaste, au bout
de laquelle s’avançait un nouveau promontoire. « Bon
Dieu », dit Phoebe, le souffle court.

Sous un lustre de sueur, les traits de Wolf étaient livides. « Tu vas bien ? lui demanda-t-elle.

– C'est l'altitude. » Il eut un rire éteint. Phoebe n'avait pas compris. « On est au niveau de la mer », expliqua-t-il.

Ils entreprirent de contourner la deuxième crique. Les rubans de vigne exhalaient une odeur de rouille. Phoebe aurait voulu forcer l'allure, mais le sentier n'était pas large, il fallait surveiller ses pas. En approchant de la nouvelle avancée de roche, le sang battit à ses tempes. Ça y est, songea-t-elle, et l'expectative lui coupa presque le souffle. Mais elle fut à nouveau déçue : autre crique, autre détour vers la terre.

« Doux Jésus », dit Wolf. Il s'adossa à la falaise, les mains sur les genoux. Phoebe expira avec délices. Son soulagement de n'avoir pas encore trouvé le village la surprit.

Elle posa la main sur le front de Wolf : il était frais et humide. « Tu es peut-être malade. »

Il ferma les yeux. « Ça fait du bien. Ta main. »

Il faisait plus clair à présent, et la couleur de la mer tirait vers le turquoise. Le ciel était aussi plat qu'un couvercle. Phoebe laissa sa main sur le front de Wolf ; l'espace d'un instant, il sembla qu'ils pourraient rester ainsi pour toujours, debout dans le vent.

Ils finirent par se remettre en chemin. Le vent grossit, à rafales tièdes que parcouraient des courants glacés. L'air vif et iodé piquait les yeux de Phoebe. Ils contournèrent la crique, dépassèrent la saillie – et trouvèrent enfin le village.

Corniglia s'étendait sur une autre calanque, couchée en travers de la falaise comme un chat sur une balustrade, pattes et queue pendantes, prêt à glisser à tout moment. Le village jetait au loin des couleurs pâles et lumineuses, des roses opalescents, des blancs, un éclair de tuiles orange.

Phoebe regardait. La lumière l'aveuglait. Elle songea au sel, à San Francisco, couleurs pâlies, desséchées. L'idée qu'elle pouvait se tromper la tourmenta soudain : « Tu crois que c'est ça ? demanda-t-elle à Wolf.

– Oui, je le crois. »

Son visage s'éclaira malgré elle d'un grand sourire. « C'est exactement comme je pensais. »

Délaissant la mer, ils contournèrent la baie. Wolf marchait en tête, d'un pas mécanique, les yeux rivés au village. Le vent qui battait aux tympans de Phoebe venait se mêler au rythme de leurs pas : J'y suis presque J'y suis presque J'y suis presque. Ils dépassèrent des poulets poussiéreux à l'enclos, une chevrette sale de terre qui tirait sur sa chaîne. Un chat blanc, fourrure de lait roulant sur ses vertèbres, descendait la pente sans se presser. Une horloge sonnait midi. Le chemin s'élargit peu à peu en une rue pavée qui montait vers Corniglia.

De hautes maisons ombrageaient les rues en pente où régnait une fraîcheur de cave. Corniglia était pleine de monde mais, à la différence de Vernazza, on avait plus l'impression de résidants que de touristes. Les vendeuses prenaient l'air devant de minuscules boutiques de fruits et légumes : à leur étal, les courgettes rayées dessinaient des jupes aux tomates éclatantes. Les boulangers disposaient des miches dorées à leurs fenêtres. Au-dessus des rues, c'était une débauche de linge qui battait au vent, draps, chemises, slips de femme tendus entre les fenêtres opposées et tachetés de lumière. Les étoffes ondoyaient et claquaient comme autant de bannières dressées pour les accueillir.

Sitôt qu'une rue montait, ils la prenaient ; ils gravirent le village comme une pyramide, débouchèrent enfin sur une place bordée d'arbres. Au fond se dressait une église. La montagne s'élevait à gauche ; à droite, il n'y avait que le ciel. Sur les degrés de l'église se massait le groupe habituel des femmes en noir. L'écho des cloches flottait encore.

Phoebe s'arrêta, se demandant où aller ensuite. Elle n'avait pas vu de falaise. Wolf avait le visage gris. On lisait sur ses traits une étrange hébétude, comme si son esprit avait cessé de s'attacher au présent et vagabondait ailleurs. Derrière Wolf, Phoebe aperçut soudain une chapelle juchée sur une hauteur. L'édifice semblait courber le dos, comme après des années de lutte contre le vent. Phoebe le montra du doigt, mais Wolf ne parut pas réagir ; elle passa devant lui sans l'attendre.

La chapelle devait être à l'abandon, car on avait aveuglé les fenêtres ; le bâtiment faisait face à la mer. Le petit jardin était en partie enclos par un grillage incrusté de sel dont les mailles retenaient des papiers de bonbon. Devant le jardin, une fontaine abîmée poussait de travers un filet d'eau. Phoebe se pencha et but, surprise que le dispositif fonctionne encore. L'eau était tiède. Wolf la rejoignit et lui prit la main.

Un mur de ciment séparait de la mer la chapelle et le jardin. Ce n'était guère plus qu'un rebord qui arrivait à la taille de Phoebe. Celle-ci se pencha au-dessus du muret : au-delà surgissait une touffe d'herbe sèche envahie de mégots, puis plus rien. Loin en contrebas, c'était l'océan, une effervescence d'écume autour de rochers qui paraissaient se dissoudre dans les vagues.

Ils contemplèrent l'à-pic. Phoebe eut peur de s'être trompée d'endroit ; elle jetait des coups d'œil à droite et à gauche. Le vent ébouriffait ses cheveux. Elle ne trouva rien d'autre. « Je crois que c'est ça », dit-elle enfin.

Wolf hocha la tête. Il avait les yeux cernés.

Phoebe posa la main sur le muret. L'enduit défraîchi s'écaillait sous ses doigts ; comme pour les maisons de Corniglia, il était d'un rose très pâle. Faith avait dû monter sur ce mur, songeait Phoebe. Ses pieds, son corps entier avaient appuyé là où la main de Phoebe se posait maintenant, ou bien tout près. Phoebe se retourna vers l'église, imaginant les empreintes de sa sœur qui s'entrecroisaient dans l'espace confiné du jardin. Il paraissait possible, même probable, qu'il en soit resté quelque chose ; qu'un fragment de cette présence dorme encore parmi la poussière, les galets, le verre pilé. Une petite chose. Phoebe se pencha par-dessus le mur pour examiner les mégots, mais Wolf la saisit par les épaules, la tira en arrière : « Pas si près.

– Je… Lâche-moi ! » dit-elle, agacée par ses mains. Il finit par la laisser aller, mais à contrecœur, et il demeura près d'elle. Phoebe ne s'occupa plus de lui ; elle tâchait de se concentrer. Voici l'endroit, se disait-elle. C'est ici que ça s'est passé. Et soudain, elle fut récompensée par une vague de clarté qui parut monter du sol.

C'était là. Ses oreilles se mirent à bourdonner.

C'est là.

Et un si gigantesque événement ne pouvait pas s'effacer comme cela : les fossiles, songeait Phoebe, les plaques tectoniques, tout laissait une empreinte, fût-elle colossale ou minuscule, manifeste ou enfouie au fond de la terre. Elle regarda autour d'elle, le cœur battant, car il lui semblait comprendre à présent le vrai but de sa quête : il s'agissait de découvrir cette trace, de poser sa main sur une relique de la mort de Faith. Comme si ce geste avait pu réparer l'accroc du temps par lequel Phoebe se tenait à l'endroit même d'où sa sœur avait sauté, sans pourtant pouvoir l'arrêter.

Elle se pencha par-dessus le mur. Wolf la prit à nouveau par les épaules, mais cette fois elle ne protesta pas. Elle regardait la mer en contrebas, songeait au nombre incalculable de flux et de reflux qui avaient lessivé ces rochers, à tous ces gosses venus s'asseoir sur ce muret pour fumer, jeter leurs mégots, s'embrasser à pleine bouche – on sentait l'endroit propice. Quelque chose la choqua dans cette succession d'événements ayant peu à peu recouvert les quelques traces qu'aurait pu laisser sa sœur. Cela n'allait pas ; plus encore, c'était inconcevable. Le véritable endroit ne pouvait qu'être resté vierge. Quelque chose clochait, songea-t-elle, et la clarté qu'elle avait approchée quelques instants plus tôt lui échappa. Phoebe consulta le ciel et le trouva vide, déserté comme ces silences qui suivent les grands bruits.

« Je ne crois pas que ça s'est passé là, dit-elle.

– Non ? »

Elle secoua la tête. Un poids montait en elle, une colère : toutes ces années à attendre, et que trouvait-elle au bout du compte ? Ceci ? Après tous ces efforts ? « Non, dit-elle, je me suis trompée.

– Tu étais sûre de toi il y a une minute.

– Ça ne colle pas. » L'enduit fissuré, la poussière. Il fallait qu'elle se sauve.

« Le village n'est pas grand.

– Un autre, peut-être ? Enfin, qu'est-ce qui nous dit que c'est le bon ? On en a vu des tas dans le train.

– Phoebe, c'est là qu'on l'a retrouvée.

– Mais moi, je ne l'ai jamais vu de mes yeux, ce rapport. Tu l'as vu, toi ? Tu sais ce qu'il y avait dedans ? Parce que moi, on ne me l'a jamais montré. »

Wolf inspira profondément. « Tu ne peux pas tout remettre en cause d'un seul coup.

– Crois-moi, insista-t-elle en tâchant de se calmer. Si c'était là, je le saurais.

– Et comment ? Tu n'étais qu'une petite fille, à des milliers de kilomètres de là. Phoebe, bon sang ! Redescends sur terre. » Il la suppliait. Il cherchait à s'enfuir, pensa-t-elle, voilà tout.

« Je le saurais, s'obstina-t-elle. Quelque chose me le dirait. »

Wolf parut sur le point de parler ; puis il croisa les bras. « D'accord. »

Phoebe regardait tout autour d'elle. Le poids diminuait peu à peu. Ce n'était pas le bon endroit : c'était n'importe où et nulle part. Au sud de Corniglia, elle aperçut une autre falaise, plus haute, qui s'avançait plus loin dans la mer. « Ce pourrait être celle-là, dit-elle. Je parie que c'est celle-là. »

Wolf se plaça entre elle et le mur. Il s'y adossa, prit les mains de Phoebe dans les siennes ; il la regardait droit dans les yeux. « Tu peux passer le restant de tes jours à crapahuter sur cette côte. Après, tu diras que ce n'était peut-être pas en Italie, mais en Espagne. Seulement, il faut que ça cesse. Il faut que ça s'arrête quelque part.

– Ça va s'arrêter », promit-elle.

Mais l'expression de Wolf se précisait. Il voulait dire quelque chose, quelque chose poussait derrière ses yeux, demandant à sortir. « Écoute-moi, dit-il. C'est le bon village, c'est le bon endroit. Je te le promets ; je te le jure. Phoebe, tu m'écoutes ? C'est là que ça s'est passé, je t'en donne ma parole. »

Wolf lui serrait les mains de toutes ses forces ; son visage était si proche du sien que, l'espace d'un instant, il lui cacha l'océan et la falaise. Phoebe voulut protester mais elle s'interrompit, arrêtée dans son élan par l'expression de Wolf. Un voile était tombé, découvrant une connaissance terrible qu'elle avait déjà entrevue en lui sans pourtant la contempler en face. Il avait les lèvres blanches. Phoebe étouffa un cri et recula d'un pas.

« Tu étais là », dit-elle à mi-voix.

À ces mots, la certitude fondit sur elle de tout son poids, compacte, aussi inflexible que la terre, et Phoebe se sentit ensevelie sous elle. Elle courut à la chapelle, s'escrima sur la porte, mais on l'avait fermée à clef. Elle se retourna : Wolf lui jetait à nouveau ce regard lointain, comme si son esprit avait baissé les bras devant une pression trop forte.

Phoebe le rejoignit. Elle le regarda dans les yeux : elle apercevait maintenant les séquelles, semblables à des tessons dans l'eau, manifestes à partir du moment où on sait ce qu'on cherche. Il tourna soudain la tête, se pencha par-dessus le muret pour vomir dans le vide. Phoebe s'enfuit ; elle se laissa tomber près de l'église, les yeux rivés aux convulsions qui secouaient le dos de Wolf. Quand il eut fini, il se redressa lentement, s'essuya sur son bras. Phoebe claquait des dents. Wolf marcha jusqu'à la fontaine, but longuement, aspergea sa figure, ses cheveux qu'il ébouriffa, encore une fois sa figure.

Alors seulement, il vint s'asseoir à côté d'elle. De l'eau dégouttait de ses cheveux, il sentait le vent de la mer. Tous deux se taisaient. La poussière dansait devant leur visage. Adossée à l'église, Phoebe n'apercevait pas l'océan, seulement le ciel.

« Hier soir, j'ai commencé à me dire que tu savais, dit Wolf d'une voix haletante. Ou que tu te doutais de quelque chose. »

Phoebe le dévisagea. L'événement bâillait devant eux, énorme ; elle ne voyait pas le moyen de s'en approcher. « Parle, s'il te plaît, lui dit-elle. S'il te plaît. »

Il s'était replié sur lui-même, les bras entre les genoux, le front appuyé sur ses poignets. Il paraissait incapable de soutenir sa tête. « Je l'ai vue. Je l'ai vue, et j'ai laissé faire. Tu imagines ? » Il leva sur elle des yeux angoissés et en même temps incrédules, comme si quelque chose en lui s'obstinait encore à remettre en cause ce qu'il disait. « Je l'ai vue. Je l'ai *regardée*.

– Mais, attends, dit-elle, désorientée. Est-ce qu'elle… Enfin, ce que tu m'as raconté avant, c'était vrai ou non ?

– Ce que…

– Tu sais bien, la Fraction armée rouge ; les hold-up…

– Ouais. Tout ça, c'était vrai. »

Phoebe fut soulagée. Elle avait besoin de vérités. « Et elle est venue à Munich, comme tu m'as dit ?

– Oui. »

Elle attendit qu'il poursuive. « Et puis, elle est partie ? » demanda-t-elle timidement.

Wolf leva la tête. « À Berlin, il s'est passé quelque chose dont je ne t'ai pas parlé. » Les mots venaient lentement. « Une sale histoire. »

Phoebe médita la nouvelle. « Quelqu'un a été blessé », avança-t-elle. Une suggestion effrayante la traversa. « Quelqu'un est mort ? »

Il la regarda sans rien dire.

« Qui ? Quelqu'un des hold-up ?

– Non, après ; la RAF l'avait déjà larguée. Il y avait d'autres groupes, elle a rejoint l'un d'eux. Le Mouvement du 2-Juin.

– Et…

– Ils ont posé une bombe. Au tribunal. C'est Faith qui l'a introduite dans un panier à pique-nique, je crois. Elle l'a mise dans une poubelle au sous-sol. La bombe a sauté dans la nuit. Ils croyaient qu'il n'y aurait personne, mais un type faisait le ménage.

– Et il est mort ?

– Oui. Blessures au crâne. »

Phoebe secoua la tête. Elle se sentait horrifiée : ce n'était pas la mort elle-même, qui restait pour elle une pure abstraction, mais un peu de l'horreur que sa sœur avait dû éprouver rejaillissait sur elle. « Faith a dû devenir folle.

– Tu n'as pas idée, dit Wolf. Les journaux racontaient tout de la vie du type, trente-deux ans, quatre gosses, il bossait la nuit pour prendre des cours à l'université. Une histoire pareille, ils en sautaient au plafond : un ouvrier se fait massacrer par ces jeunes, vous savez, ces anarchistes qui prétendent se battre pour lui.

– Mais Faith ? Poser une… Impossible. Wolf, c'est impossible.

– Je pense qu'à ce stade elle ne pouvait plus voir le risque. Tout ce qu'elle savait, c'était que ces gens de la RAF l'avaient larguée, que peut-être, si elle avait montré plus de cran… Dans son état d'esprit, elle était prête à tout. Elle avait déjà franchi le pas en rejoignant le groupe, elle avait tout misé sur l'idée que c'était juste. Je crois que dans sa tête il n'y avait pas de retour en arrière. »

Phoebe sentit une ombre de soulagement. Elle retrouvait ses marques, car elle pouvait associer ces décisions radicales à la sœur qu'elle avait connue. Wolf semblait avoir lui aussi recouvré son assurance. À présent, il parlait vite.

« Tu crois qu'elle se serait sauvée de Berlin dès l'annonce de sa mort ? Elle est restée au moins une semaine. Elle s'est rendue aux obsèques du type ; elle a appris tout ce qu'elle pouvait sur lui, le nom de ses enfants, la marque de sa voiture. Elle a même pris un train de banlieue pour aller voir où il habitait. Elle a trouvé sa maison. Elle a passé tout un après-midi debout sur le trottoir d'en face à regarder les voisins qui apportaient à manger à la veuve, les gosses qui revenaient de l'école. C'est incroyable qu'on ne l'ait pas coffrée, ou au moins interrogée ; les flics se sont peut-être dit que quelqu'un de si ouvertement curieux, une étrangère par-dessus le marché, ne pouvait être qu'une touriste. »

Faith était arrivée à Munich dans un état qui oscillait entre l'incompréhension et la panique. « J'ai tué un homme », disait-elle, et elle se figeait, contemplait ses mains ou le mur tandis que le fait la traversait une fois de plus. Elle avait des crises de tremblements involontaires au point de ne plus pouvoir marcher ou même s'asseoir : elle était obligée de se rouler en boule et de fermer les yeux jusqu'à ce que les frissons cessent. « J'ai tué un homme, répétait-elle en claquant des dents. Aidez-moi, mon Dieu, je vous en supplie. »

Wolf la serrait contre lui, cherchait en vain à croiser son regard. « Holà, qui parle de tuer ? Personne n'a tué personne. Ce n'était qu'un accident, d'accord ? »

400

Mais elle ne paraissait pas l'entendre. Elle gardait les yeux fermés. « J'en suis malade, disait-elle, malade à crever. »

Maigre comme un clou, la peau bleuâtre, elle demeurait assise des journées entières à remâcher son geste ; espérait-elle trouver une réponse à force d'y réfléchir ? Mais la réponse était toujours la même : « J'ai tué un homme. Je lui ai tiré une balle en pleine tête.

– Arrête, la suppliait Wolf. Écoute, si tu n'avais pas été là-bas, le type serait mort quand même. Je te le promets, Faith, il serait mort quand même.

– Mais j'ai été là-bas ! C'est moi qui ai posé la bombe ; j'aurais pu l'enterrer, ou bien la jeter dans le fleuve : il ne serait pas mort.

– Si tu avais su qu'il y avait un homme en danger, disait-il gentiment, tu l'aurais sauvé.

– Mais c'était ce que je croyais faire. » Et elle éclatait en sanglots. « C'était ça que je croyais, moi, que j'allais sauver ce type. C'était toute l'idée. »

Wolf la suppliait de revenir avec lui à San Francisco. Il lui fallait de l'aide, un accompagnement, une thérapie, enfin, il ne savait pas ce dont elle avait besoin, mais ce n'était pas de rester seule chez lui pendant qu'il bossait à l'usine. Il mourait d'envie d'appeler sa mère pour lui raconter toute l'histoire, mais Faith lui avait fait jurer de n'en parler à personne. « Un seul mot et tu ne me revois plus jamais. » Elle ne plaisantait pas. La plus grande peur de Wolf était qu'elle fiche le camp : tant qu'elle restait avec lui, se disait-il, elle ne risquait rien, il saurait prendre soin d'elle. Mais si elle s'enfuyait, qui sait ce qui arriverait ? Il n'appela pas. Quant à l'aide d'un spécialiste, Faith accueillit la suggestion avec mépris : « M'aider à quoi ? » Le meurtre était un péché mortel. Seul Dieu, pouvait l'aider.

« Alors, peut-être que Dieu t'aidera ! cria Wolf, à court d'arguments terrestres. Il te pardonnera peut-être.

– Il me punira d'abord, dit Faith. Et j'espère que c'est pour bientôt. »

Elle attendit. Jour après jour, elle guettait sur sa chaise le début de sa punition. Elle ne comprenait pas pourquoi cela prenait tant de temps ; puis elle décida que l'attente devait faire partie du châtiment. Mais l'inaction lui pesait : Faith avait toujours aimé prendre les devants. À présent que ses actions l'avaient trahie, elle avait peur de bouger.

« Elle ne sortait presque jamais, dit Wolf. Elle n'avait pas plus tôt franchi la porte qu'elle pensait avoir laissé le four allumé, la fenêtre ouverte, il allait y avoir une catastrophe. Elle se sentait maudite ; elle était un danger pour tous ceux qui l'approchaient. On montait dans le bus, et tout d'un coup elle ne retrouvait pas sa monnaie : elle se tournait vers moi au bord des larmes, elle vidait ses poches pendant que tout le monde attendait et, bien sûr, sa monnaie était là, bien en évidence... » Il secoua la tête. « Elle n'arrêtait pas de ressasser de vieux souvenirs : elle avait poussé un gosse à l'eau en le blessant à l'œil, elle était rentrée dans ta mère sur son tricycle – son tricycle, bon Dieu –, elle lui avait écorché la jambe et filé le bas. Toute sa vie se réduisait à ça : elle avait fait souffrir des innocents. »

La nuit, elle se réveillait en sursaut, se raidissait de peur. « Il faut que je fasse quelque chose, je ne sais pas quoi mais il le faut », disait-elle en regardant le plafond. Wolf se penchait sur elle, posait la main sur sa poitrine pour tenter d'apaiser les furieux battements de son cœur. « Il faut que je fasse quelque chose », répétait-elle.

Mais non, lui dit-il, au contraire. La seule chose à faire, c'était d'apprendre à vivre avec le souvenir de son acte. « Écoute, ça arrive, les choses affreuses ; mais les gens font avec, Faith, c'est ça la vie.

– Il laisse quatre gosses. Le plus petit n'a que trois ans.

– Mais c'est de ça que je parle ! s'écria-t-il, sautant sur l'occasion. Toi aussi, tu as fait avec : toi aussi, tu as perdu ton père et, regarde, tu t'en es tirée. »

Il sut aussitôt qu'il aurait mieux fait de se taire. « C'est vrai, dit-elle amèrement. Et tu vois comme ça m'a réussi. »

Le récit de Wolf s'entrecoupait de longs silences, mais Phoebe se contentait d'attendre. Il n'y avait plus d'urgence à présent. Elle savait : elle tenait la dernière pièce du puzzle. Elle redoutait presque ce qui arriverait à la fin de l'histoire, ce qu'elle ferait quand Wolf aurait pour de bon cessé de parler.

Faith s'était calmée avec le temps, tout comme Wolf l'avait prévu. Même l'angoisse et le désespoir se surmontent, et peu à peu Faith se remit à sortir, à voir du monde. Il semblait parfois qu'elle n'avait pas changé, mais Wolf voyait une différence : elle était devenue insouciante. Cet espoir, cette pureté presque évangélique qui alimentaient jusqu'à ses rêves les plus fous avaient disparu. Elle alla faire du parachute avec des permissionnaires américains qui passaient à Munich. Elle n'avait jamais sauté de sa vie, mais l'expérience la laissa froide. « Son goût pour le danger revenait petit à petit, expliqua Wolf. Mais elle ne l'accueillait plus comme un chemin vers autre part ; ce qui lui plaisait, c'était la pure sensation, la distraction qu'elle y trouvait. Ça me flanquait une trouille pas possible. »

Un jour qu'il était au travail, Faith fit la connaissance d'une bande de jeunes qui descendaient vers le sud dans un van. Quand Wolf rentra ce soir-là, elle évoqua la possibilité de se joindre à eux. Pas de problème, dit Wolf, il venait lui aussi, mais Faith parut réticente : « Ils ne te plairaient pas.

— Toi, ils te plaisent ?

— Pas vraiment.

— Alors, pourquoi y aller ? »

Faith regarda ses mains. « Tu devrais peut-être repartir, dit-elle d'une voix tremblante. Pour San Francisco.

— Où est le rapport, bordel ?

— Il faudrait qu'on s'en aille chacun de son côté.

— Pourquoi ?

— Parce que je vois bien que je te démolis. Je suis en train de te démolir, il faut que tu te sauves. »

Wolf l'enlaça ; elle sanglotait. « Bébé, dit-il, il faut que ça s'arrête. Il faut accepter que ça s'arrête. »

Faith parlait dans sa chemise. « Quoi ? » demandat-il. Il s'écarta pour entendre. Les yeux fermés, elle tremblait. « Qu'est-ce que tu dis, mon cœur ?

— J'ai tué un homme », murmura-t-elle.

Wolf lâcha son boulot à l'usine et grimpa dans le van avec le reste de la bande. « Ils n'avaient aucun intérêt, se souvint-il, mais leur côté désespéré compensait les choses : ça mettait de l'animation. Je me suis parfois demandé si je n'étais pas le seul survivant du groupe. »

Le but avoué du voyage était un concert de Jethro Tull à Rome, mais il s'agissait surtout de tuer le temps à cent à l'heure, projetés les uns contre les autres sur la moquette du van, le va-et-vient des auto-stoppeurs, un bocal à confiture plein de LSD liquide qui clapotait sur les genoux de quelqu'un. Comme ils avaient perdu le compte-gouttes, on trempait les doigts dans le bocal et on léchait directement la drogue. En dehors de Faith, il n'y avait qu'une fille, une Italienne de seize ans, accro au speed et en panne d'argent. Lorsqu'ils arrivèrent à Rome, elle en était réduite à mendier les cotons des autres après leurs fixes. Une fois, dans son excitation d'en recevoir un, elle le fit tomber sur un tapis de poils blancs où elle passa vingt minutes à le chercher. À quatre pattes, elle enfouissait ses doigts tremblants dans les poils crasseux du tapis ; Wolf, le cœur serré, finit par lui payer un sachet. Pendant deux jours, elle le regarda de ses beaux yeux de noyée. « Je t'en prie, chéri, répétait-elle. C'est la dernière fois, mais je t'en prie. »

« Faith essayait toujours de me faire dégager, expliqua Wolf. Je crois qu'elle avait honte d'être avec eux, honte d'être tombée aussi bas. Mais moi, j'étais sûr que si je m'en allais elle oublierait que c'était aussi bas et qu'elle se laisserait aller. »

À Rome, Wolf prit le volant, ce qui apaisa ses peurs d'accident, et permit de réduire le nombre d'auto-stoppeurs qu'ils faisaient monter. Wolf tâchait de garder Faith près de lui, à l'avant, sans quoi il pouvait à peine conduire, ses yeux étaient hypnotisés par le rétroviseur, par ce qu'elle faisait là derrière. Souvent, elle dormait, la tête sur les genoux de Wolf. Elle vivait des sommeils terrifiés, secoués de spasmes, mais au moins elle était là, au moins il pouvait poser la main sur sa tête ou lui masser les épaules, lui murmurer à l'oreille que sa chance avait tourné, que tout allait s'arranger maintenant, est-ce qu'elle ne le sentait pas ? – dans l'espoir que Faith l'entendrait à un niveau inconscient, et qu'elle le croirait.

Mais quand ils atteignirent la côte italienne, une transformation remarquable s'opéra. Faith aperçut la mer et se redressa sur son siège, fascinée par l'eau. Elle ne s'intéressait plus à rien depuis des semaines, sinon à l'horreur de son crime. « C'était renversant, expliqua Wolf. Soudain, elle avait tous les sens en alerte, comme si elle venait de se rappeler quelque chose qui jetait un tout autre jour sur sa situation. J'ai attendu que ça passe, mais ça ne passait pas, elle avait l'air d'une hypnotisée et, tandis qu'on longeait la côte, toute son angoisse, sa fatigue… Tout ça s'est effacé d'un seul coup.

« On est resté coincés dans les terres un bon bout de temps, à cause des montagnes. J'ai failli devenir dingue. Je me disais : Ne t'excite pas, tu sais bien qu'elle va recommencer à paniquer ; mais Faith gardait son calme. Après tous ces foutus tunnels, on est arrivés à Manarola, juste au sud de Corniglia. J'ai dit : "Terminus, les amis, on campe ici." On a passé la nuit sur la plage, une plage magnifique couverte de rochers blancs, avec de grands morceaux de coquillage : on se serait cru sur la lune. Faith et mol, on s'est assis sur un écueil ; la mer montait tout autour de nous. Faith était calme, plus calme que je ne l'avais jamais vue – même au mieux de sa forme ce n'était pas le calme qui la caractérisait. Mais on aurait dit qu'elle avait atteint un autre niveau de conscience, du moins c'était ce que je voulais penser. Ça faisait si longtemps que j'attendais des signes d'amélioration. »

Ils étaient assis là, avec la mer qui montait autour d'eux, quand Wolf avait compris, pour la première fois, le genre de vie qu'il espérait pour eux deux. Peut-être n'atteindraient-ils pas le ciel comme Wolf l'avait cru ; ce qui avait du sens, peut-être était-ce de faire comme ses parents, payer le loyer, lire le journal, bon sang, c'était peut-être ça, le vrai défi. Vivre, jour après jour. Vivre, point final. Cela lui fit l'effet d'une révélation.

Ils firent place nette sur un banc de sable en retirant les pierres et les coquillages ; puis ils déroulèrent le sac de couchage bleu de Wolf sur un tapis de plage qui scintillait autant que dans un sablier. Chaque fois que Wolf s'éveillait, il trouvait Faith qui regardait paisiblement les étoiles. Quel soulagement ce devait être pour elle, songeait-il, d'en avoir fini avec la panique.

Le lendemain matin, Wolf et Faith montèrent à Corniglia le sac au dos. Les autres traînaient loin derrière, mais eux se sentaient d'une merveilleuse légèreté, ils étaient des bulles qui s'élevaient dans l'eau.

Ils se promenèrent dans le village. Faith acheta un repas somptueux pour le déjeuner, des figues, de la mortadelle, de grosses boîtes de thon. Elle avait encaissé le dernier de ses traveller's à Rome, mais ne s'en souciait pas. « Pourquoi pas ? » lui dit-elle en souriant comme autrefois, comme au temps des plumes d'oreiller. Ils posèrent les provisions à l'ombre de la chapelle ; puis ils s'assirent sur le muret et attendirent les autres.

Wolf lui prit la main. « Tu vas mieux, dit-il, non ?

– Oui.

– Comment c'est arrivé ?

– Ça m'est tombé dessus, dit-elle. Alors, j'ai compris. »

Wolf aurait voulu demander ce qu'elle avait compris, mais il craignait de rompre le charme. Ils contemplèrent le paysage.

« La beauté est proche de Dieu, dit Faith. C'est pour ça que les choses belles sont si dangereuses.

– Parce que Dieu est dangereux ? »

Il y eut un silence. « Oui.

– J'ai toujours eu des doutes sur le bonhomme. » Wolf mourait d'envie de l'entendre rire.

« Tout au bout, il y a Dieu, affirma Faith. Ensuite, il n'y a rien d'autre. » Elle tourna vers Wolf des yeux émerveillés. « Qu'est-ce que nous avons cherché pendant tout ce temps ?

– Dieu seul le sait. »

Enfin il était là, le rire. « Oh, que oui, dit Faith. Il le sait. »

À ce moment, leurs compagnons arrivèrent un à un, et Wolf fut saisi d'une peur jalouse à l'idée de toutes ces belles victuailles qui seraient bientôt englouties. Faith et lui descendirent du mur et tout le monde s'assit pour manger.

« Ici ? demanda Phoebe. Là où nous sommes ? » Cela ne semblait pas possible.

« Juste à côté de cette chapelle.

– Et ça… ça avait l'air de quoi ?

– Je ne sais pas. Dans mon souvenir, il était plus grand… plus haut, pour ainsi dire… le mur. »

Wolf mangea tant qu'il put, puis il s'adossa à la chapelle et piqua un somme. Un frémissement l'éveilla. Ouvrant les yeux, il découvrit Faith debout sur le sommet du mur ; elle lui tournait le dos. Il sauta sur ses pieds. « Descends de là tout de suite, bordel ! »

Faith tressaillit, se retourna vers lui. Le vent soufflait si fort qu'il était étonnant qu'elle ne soit pas déjà tombée. « Arrête », dit-elle calmement.

Au lieu de la forcer à descendre comme il l'avait prévu, Wolf tendit le bras et lui prit la main ; elle était tiède.

« Je réfléchis, ajouta Faith. Laisse-moi réfléchir.

– Tu n'as qu'à réfléchir en bas.

– Je ne peux pas », dit-elle, un calme absolu dans la voix, au point que Wolf se mit à penser : Mince, est-ce que c'est moi qui me conduis de façon bizarre ?

Il lui tenait toujours la main, et la poigne de Faith le réchauffait. « Lâche-moi, demanda-t-elle.

– Je ne peux pas.

– Si, tu peux. Fais-moi confiance, cette fois. Tout ira bien. »

Wolf se retenait à cette main, à cette force, il ne voulait rien d'autre. Faith se dressait au-dessus de lui dans son jean déchiré qui flottait au vent, son chemisier de dentelle ; et l'on eût dit une créature mythologique, la figure de proue d'un navire. Il se sentit laissé loin derrière : le monde était leur théâtre, mais le monde l'avait épuisé. Faith regardait vers l'horizon, puis elle se tourna vers Wolf. « Maintenant, dit-elle. Pour une minute. Lâche. »

Wolf lâcha sa main et recula. Le reste de la bande, assis contre la chapelle, regardait Faith avec des yeux hallucinés. Tout cela n'avait pas l'air réel. Wolf éprouvait un mélange de terreur et de fascination, se voyait aux prises avec une chose qui le dépassait. Il s'adossa à la chapelle. Faith était debout sur le mur. Quel cran elle avait. Un jour viendrait où il se rappellerait tout cela en riant, songeait Wolf, je serai mort de rire en me rappelant la putain de trouille qu'elle m'a filée, et il se sentait tendre vers ce jour, vers ce lieu paisible qui l'attendait plus loin. Faith abrita ses yeux d'une main. L'envie de se glisser derrière elle ne quittait pas Wolf ; le vent soufflait assez fort, elle ne l'entendrait sans doute pas venir, quand elle s'en rendrait compte il serait déjà sur elle et la forcerait à descendre. Wolf songeait à cela mais, chaque fois, il en rejetait l'idée parce qu'elle lui semblait basse, indigne devant cette vision si pure, presque noble, de Faith dressée seule sur ce mur, face à la mer, au ciel immense, et il se surprit à penser : Si je la laisse faire, c'en sera fini de toute cette folie.

« Elle s'est retournée vers moi, dit-il. Quand j'ai vu son visage, j'ai tout de suite compris, j'ai bondi… » Mais avant qu'il arrive, Faith, les bras grands ouverts, avait plongé vers la mer.

Wolf déglutit avec un bruit de nausée. Phoebe se demanda s'il était à nouveau malade. Elle se sentait malade elle-même.

« Plongé. Comme dans un saut de l'ange. Sans un mot, sans un cri. On est restés là pétrifiés, avec le sentiment que l'inconcevable venait de se produire, et tout d'un coup je me suis dit : Bon Dieu, c'est de la connerie, c'est une blague, elle est cachée derrière le mur, il y a un rebord que je n'ai pas vu, et j'ai couru la chercher, mais quand j'ai regardé en bas j'ai vu sa silhouette sur les rochers et j'ai crié… »

Il se tut. « Et qu'est-ce que tu as fait ? » demanda Phoebe. Les mots ne semblaient pas venir de sa bouche, mais de sa poitrine.

« Eh bien, le reste de la bande s'est séparé. Ça leur a pris près de dix minutes : ils ont dérivé au loin, pour ainsi dire. Et pendant ce temps, moi, je… »

Il se tut encore. Ses yeux brillaient, mais il ne pleurait pas. Exhumer cette histoire qu'il avait si longtemps gardée pour lui paraissait lui prendre toute son énergie. « J'ai déboulé dans le village en criant comme un fou, j'ai expliqué que j'avais vu une fille sauter de la falaise. Je m'étais fait couper les cheveux pour l'usine, je n'avais pas trop l'air d'un détraqué. Des types se sont mis à descendre là où la pente était moins raide. Ils savaient ce qu'ils faisaient ; j'ai eu l'impression que ce n'était pas la première fois que quelqu'un finissait sur ces rochers. Moi, je les ai suivis en bas, et tout ce temps je me disais : Si ça se trouve, elle est encore en vie, s'il vous plaît mon Dieu, faites qu'elle vive ; mais lorsque les premiers sont arrivés, à leur façon de se pencher sur elle, j'ai compris. Je me suis quand même précipité là-bas, en nageant à moitié, et en les rejoignant j'ai compris pour de bon.

— Comment ? chuchota Phoebe.

— Son cou. » Il arrivait à peine à parler. « Le cou était bizarre. J'ai posé ma main sur sa poitrine… » Il pleura, un bruit d'arrachement qu'il ne maîtrisait pas. « Je ne me rappelle plus. Je ne peux pas en parler. »

Pendant ce temps, la nouvelle avait mis le village sens dessus dessous. Les gens affluaient au pied de la colline, certains en larmes, mais la plupart semblaient au spectacle. Wolf avait de l'eau jusqu'à la poitrine, il était frigorifié ; alors seulement l'idée lui vint que ce qui s'était passé là-haut était sa faute, qu'il aurait pu l'empêcher. Il pensa à Gail, à Barry, à Phoebe, se vit forcé d'expliquer ce qui s'était passé, mais non, son esprit refusait l'idée, c'était impossible, il pouvait tout encaisser mais pas cette confrontation, il ne supporterait pas de le dire. Dans un ultime effort, il avait couru à la chapelle pour s'assurer que les affaires de Faith étaient bien là où on pouvait les trouver, sac à dos, passeport, parfait, contre le mur. Puis il s'était sauvé par le chemin qu'ils avaient emprunté à l'aller, s'était planté sur le quai de la gare de Manarola, soufflant d'épuisement, à se répéter : Mais qu'est-ce que je fous, bon Dieu de merde ? Rien ne semblait réel. Faith morte, lui qui s'enfuyait – où ça ? Sa tête était sur le point d'exploser. Il crut qu'il allait perdre la raison, se mettre à courir, quand il entendit un train déboucher du tunnel ; à cet instant, Faith sembla venir à lui, lumineuse, sans rapport avec le corps désarticulé que Wolf avait vu sur les rochers. Faith souriait et lui disait : Mais vas-y, Wolf, tu es cinglé ? Prends-le, ce train ! Tu ne comprends pas ? Ça y est, on est enfin libres, tous les deux. Monte dans ce train, bébé, qu'est-ce que tu attends donc ? Elle l'exhortait d'une voix toujours plus pressante à mesure que le train approchait, et quand le convoi s'arrêta sur le quai Wolf y grimpa avec une étrange exaltation, presque de l'enthousiasme, comme si Faith et lui venaient d'échapper une fois de plus à la catastrophe, il s'en était encore fallu d'un cheveu.

Mais l'impression ne dura pas. Lorsqu'il arriva à Munich, Wolf était un zombie : Faith morte, morte par sa faute ; tout se réduisait en poussière devant l'énormité de ces faits. Il était certain que quelqu'un en ville se souviendrait de lui, qu'on viendrait le chercher avec des menottes. Mais personne ne vint. Mince, peut-être qu'on se souciait de lui comme d'une guigne.

Chaque fois que Wolf parlait à la mère de Faith, il pensait : Je vais le lui dire, je ne tiendrai pas une seconde de plus sans le lui dire, mais la peur prenait toujours le dessus. Il avait promis à Faith de ne parler à personne de la bombe et du mort ; c'était sa dernière volonté, lui semblait-il à présent, et Wolf ne se décidait pas à la violer. Mais sans raconter cela, comment expliquer tout le reste ? Alors il ne pouvait que répéter : « Je suis désolé, Gail, je suis désolé, bon Dieu, ce que je peux m'en vouloir », jusqu'à ce qu'elle le coupe gentiment ; « Cesse de te tourmenter. Qu'est-ce que tu y pouvais ? »

De façon perverse, Wolf y trouvait du réconfort.

Wolf retomba dans le silence. « Je ne comprends pas comment tu as fait pour vivre, dit Phoebe. Après ça. »

Il eut un rire éteint. « À l'essai, dit-il. J'ai vécu à l'essai. »

Pendant des années, expliqua-t-il, il avait vu sa vie comme une expérience scientifique : étant donné le rôle qu'il avait joué, combien de temps faudrait-il avant que tout cela lui retombe dessus ? Il s'imaginait revenir sur les jours présents depuis sa cellule, devant les pelouses de l'hôpital psychiatrique où il finirait certainement. Mais plutôt que de l'abattre, ces idées nourrissaient sa détermination. Merde, s'il fallait plonger, du moins plongerait-il en ayant lutté. Faith participait à cette impression ; Wolf la voyait lui dire : Allez, montre-moi que tu en as dans le ventre ; la dernière chose que je souhaite, c'est de te démolir. Pourtant, par la suite, il s'était demandé si de telles idées ne reflétaient pas surtout sa complaisance ; et peu à peu, tandis que la vie se recomposait autour de lui, Wolf avait renoncé à ces pensées – non qu'il ait résolu quoi que ce fût, simplement il ne pensait plus guère. Mais, en rencontrant Phoebe ce matin-là dans l'escalier, une voix lui avait soufflé : Tu savais que ça te retomberait dessus un jour. Ce jour-là est venu. Et il s'était senti soulagé.

413

« Du moment où j'ai ouvert la bouche, je me suis juré au moins mille fois de ne pas te raconter ce qui s'était passé là-haut. Mais peut-être que j'ai toujours su qu'on en arriverait là. »

Phoebe contempla le mur. Elle cherchait une question qui l'incite à poursuivre, mais elle avait la tête vide.

Elle ferma les paupières, appuya sa tête contre la chapelle. Elle était en proie à une émotion intolérable, semblable au désespoir, mais plus déchirante encore, plus profonde. Le vent lui soufflait de la poussière au visage. Elle se sentait mourir, cette souffrance était celle de son âme qu'on arrachait de son corps. Effrayée, elle rouvrit les paupières. Le vent lui jetait de la poussière aux yeux, mais cette douleur-là ne comptait pas, elle était si petite. C'était presque un soulagement.

Faith avait disparu. Elle s'était enfuie. Son absence paraissait si neuve que Phoebe eut le sentiment qu'elle venait de voir sa sœur plonger du haut de cette falaise.

Un goût de métal l'envahit, ce goût particulier qui suit un coup violent sur la tête. Un vide étourdissant palpitait autour d'elle.

Une minute, songea-t-elle. Une minute.

Elle luttait pour se déprendre, mais ses pensées s'effaçaient devant l'immensité irrémédiable du geste de sa sœur. C'était un tourbillon irrésistible qui entraînait Phoebe, l'avalait tout entière. Elle ne pouvait plus respirer.

Une minute, se dit-elle. J'ai toujours su ce qui s'était passé.

Mais tout ce temps, la réalité de ce geste brutal, irrévocable, ne l'avait jamais vraiment touchée ; elle était restée drapée de gaze, nimbée de lumière, éclair aveuglant qui laissait dans son sillage une traînée diffuse.

Phoebe ouvrit les yeux. Le ciel clair et vide bourdonnait ; l'air même semblait lourd de panique, un frémissement de blancheur.

« Allez, viens », avait dit Faith, la main tendue vers Wolf. Phoebe aurait voulu les suivre, mais la porte était close. « Tu le sens ? » – la lumière des bougies sur les murs de la cuisine – « Tu le sens ? » et, du haut de ses sept ans, Phoebe le sentait. Elle comprenait.

« Allez, viens », avait dit Faith. Quelque chose derrière cette porte. Faith ouvrait toutes les portes, mais Phoebe avait peur.

Un éclair. Puis une longue lueur.

Faith ouvrait toutes les portes.

Un geste, un seul. Tout se distillait.

Faith se dépensait. Se donnait à corps perdu. Et le temps s'arrêtait.

Elle nous a tuées, songea Phoebe. Elle nous a tuées toutes les deux.

Phoebe avait besoin de bouger. Elle se leva.

La mer s'ouvrait devant elle, immense et calme. Domptée jusqu'au calme, se dit Phoebe, la mer et tout le reste. Elle marcha vers elle.

« Arrête ! » cria Wolf.

Phoebe sursauta violemment. Elle se retourna et vit Wolf debout, prêt à bondir sur elle. Elle ouvrit la bouche mais ne put parler : sa propre stupéfaction la rendait muette. Wolf croyait pour de bon qu'elle allait sauter. Phoebe tâcha d'imaginer la scène de toutes ses forces – elle se tenait sur ce mur, elle faisait ce choix –, mais son esprit s'en détournait avec dégoût.

Elle jeta à Wolf un regard incrédule. « Je ne ferais jamais ça. Jamais. Je ne pourrais pas. » Tout en parlant, Phoebe se mit à voir l'acte lui-même sous un autre jour, et soudain ce choix la consterna.

Serrée entre sa mère et Barry, sur les falaises près du Golden Gate Bridge, elle avait livré au vent les cendres de Faith ; et elle s'était sentie petite, si petite – ils n'étaient rien qu'eux trois, pas même une vraie famille : le choix de sa sœur.

« Et nous ? demanda-t-elle. Qu'est-ce qu'elle a dit sur nous ?

– Je ne me rappelle pas.

– Elle disait bien quelque chose ?

– Je ne sais pas. » Il avait l'air mal à l'aise.

« Mais, je veux dire, qu'est-ce qu'elle pensait ? »

Il y eut un long silence. « Je ne crois pas qu'elle y a pensé », dit Wolf.

Phoebe secoua la tête. Ses oreilles bourdonnaient. « D'accord, le type qui est mort avait des enfants. Mais nous ? »

Elle regardait Wolf, Wolf ne savait rien. Une rage folle la submergea. « Comment a-t-elle pu ? cria-t-elle, Comment a-t-elle pu monter sur ce mur et nous faire ça à nous ? » Chaque mot l'enflammait un peu plus, sa fureur cherchait un exutoire. « Elle avait perdu la tête ? Monter là-dessus et... Bon Dieu de merde ! » Elle donna un coup de pied à la chapelle, se fit mal, des flocons d'enduit tombèrent au sol. Elle se mit à bourrer la paroi de coups de poing, les écorcha sur la surface rugueuse jusqu'à ce que fuse en elle une douleur brûlante, délicieuse. « Bon Dieu de merde ! Qu'elle aille se faire foutre ! »

Wolf l'enlaçait par-derrière, refermait les mains sur ses poings sanglants. Il la serra dans l'étau de ses bras. « Arrête. Tu te fais mal. »

Phoebe s'abandonna à lui de tout son poids. « Je la déteste. Je la hais plus que tout.

– D'accord », dit-il à mi-voix.

Au bout d'un moment, elle se retourna vers lui. Wolf la dévisageait comme pour prendre la mesure de son calme. « Phoebe, il faut que je te dise. Faith n'a jamais voulu vous faire de mal, ni à toi ni à personne. Dans sa tête, c'était un sacrifice. Elle cherchait à redresser la balance. » Il s'interrompit, le souffle fort. « Le fait qu'elle ait causé plus de peine encore n'est qu'une ironie terrible. Sa plus grande peur réalisée. »

Il la lâcha. Phoebe s'écarta de lui et se blottit contre l'église. La pierre chaude appuyait sur son dos. Elle ferma les yeux.

Tu le sens ?

Faith ouvrait toutes les portes.

S'avançait toujours. Quel qu'en soit le prix.

Allez, viens, disait-elle. Allez, viens. Une bosse sur la tête, et puis après ? Le nez qui saigne ? Tant mieux.

Et ils l'avaient aimée pour cela.

Adorée.

Tous.

Ils regardaient Faith. L'encourageaient en silence lorsqu'elle grimpait, poussait, montait au grand plongeoir, avides de ce charme qui fondait sur le monde quand elle risquait sa vie.

Des inconnus enjambaient les rochers, prenaient la tête trempée de sa sœur dans leurs mains d'inconnus. Ce n'était pas ce que Phoebe avait imaginé. Des policiers fouillaient ses affaires. Une vie entière, encore tiède, mise à l'étal des procédures. Ce n'était pas ce que Phoebe avait imaginé. Bien au contraire.

Et alors elle fut ravagée par une vision de sa sœur telle qu'elle ne l'avait jamais vue : comme une fille semblable à elle, tendue de toutes ses forces vers quelque chose qu'elle ne voyait pas mais dont elle devinait la présence, quelque chose qui semblait se dérober sans cesse. Tendue avec violence, abandonnée à cette violence, mais pour seulement découvrir, lorsque la vie normale avait repris son cours, qu'elle avait posé un acte avec lequel elle ne pouvait pas vivre.

« J'aurais dû savoir, dit Wolf. Tu comprends, j'aurais dû deviner. »

Phoebe ouvrit les yeux. Wolf se tenait face à la mer. « Je suis parti, ajouta-t-il en secouant la tête. Je suis parti comme ça. »

Dans sa voix, Phoebe entendit le poids indicible de ce qu'il avait vu, de ce qu'il se reprochait.

« Quand je t'ai vue dans l'escalier ce jour-là, j'ai pensé : Dieu merci, enfin je peux quelque chose pour Phoebe. Tu avais besoin d'aide et moi, je me suis dit : Je peux l'aider, elle mérite qu'on l'aide et je peux l'aider. Presque comme un frère. Mais il s'est passé quelque chose. C'était comme un courant de fond, et quand je l'ai senti il était déjà trop tard, je ne pouvais plus m'arrêter. »

Phoebe le rejoignit et l'enlaça pour le faire taire. Elle ne supportait pas de le forcer à s'expliquer. Mais Wolf continuait.

« Il aurait suffi que je reste près du mur ; même pas que je prenne sa main, juste que je reste. Pourquoi être parti ? Je me le suis demandé un million de fois. »

Phoebe le serrait dans ses bras. Elle aurait voulu le consoler et l'absoudre, mais bien sûr, elle n'en avait pas le pouvoir.

« Il aurait suffi. Et puis, je suis parti…

– S'il te plaît, non, dit-elle en le serrant contre elle. Je t'en prie.

– Je suis parti quand elle…

– Non.

– Et après, je n'ai même pas eu le courage de rester. Je me suis sauvé.

– Mais tu es revenu. Je t'ai trouvé. » Et ce fut seulement en prononçant ces mots qu'elle fut touchée par leur vérité simple, le poids de sa dette envers Wolf, sa gratitude. « Tu m'as aidée, dit-elle. Il n'y avait personne d'autre. » Elle parlait autant pour elle-même que pour Wolf. C'était vrai : il l'avait aidée quand elle avait besoin d'aide. « Tu m'as aidée.

– Non », dit Wolf. Mais il s'agrippait à elle comme au dernier fil le rattachant à la terre.

Elle pensa à lui qui s'était penché sur Faith dans le van, pour lui parler à l'oreille, et elle chuchota à son tour : « Je t'ai trouvé. Tu m'as sauvé la vie.

– J'aurais pu faire un million de choses. Un million de choses. » Il avait la voix lasse.

« Je t'ai trouvé », dit-elle.

Wolf ne répondit rien.

Au bout d'un moment, ils se séparèrent et s'accoudèrent au mur côte à côte. Ils regardèrent en contrebas. Il semblait à Phoebe que beaucoup de temps avait passé depuis leur arrivée. Plus qu'une journée. Plus qu'une année.

La lumière avait changé, et la mer avec elle : à présent elle se fripait telle une pelure, en plis d'argent intenses et lumineux.

Ils restaient debout, comme en attente. Mais que pouvait-il encore arriver ? Tout était arrivé des années plus tôt.

Wolf paraissait plus calme, se dit Phoebe. Ou peut-être son esprit avait-il recommencé de vagabonder. Le sien lui échappait, Phoebe n'arrivait pas à le retenir. Son esprit s'abandonnait au courant.

L'eau roulait sur les rochers, les lessivait. C'était pourtant l'endroit, l'endroit même où Faith avait sauté. Il n'en restait rien, pas une trace.

« On rentre », dit-elle.

Tandis qu'ils marchaient, le soleil se coucha, brûlant le ciel. Phoebe eut l'impression qu'ils étaient les derniers à quitter le lieu d'un accident.

Mais il fallait bien finir par s'en aller. Que pouvait-on faire d'autre ? On s'en allait, on recommençait à vivre.

Phoebe se demanda si Faith avait pu le savoir au moment où elle s'était jetée.

Le temps ne s'arrêtait jamais, il se contentait de faire semblant.

Quatrième partie

22

Phoebe revint à San Francisco la première semaine de septembre. L'après-midi touchait à sa fin lorsque son avion atterrit. Le visage collé au plastique du hublot, elle regarda le paysage surgir d'un brouillard blanchi à la chaux : des maisons, des routes, des bras d'eau turquoise.

Elle avait appelé chez elle depuis l'aéroport de Heathrow, pour la première fois depuis son départ en juin. Sa mère avait paru aux anges. Mais quand Phoebe débarqua dans l'aéroport inondé de lumière, elle crut d'abord qu'il n'y avait personne pour l'accueillir. Elle poursuivit son chemin d'un pas hésitant, et soudain les bras de sa mère étaient autour d'elle : elle avait changé de coiffure, sa coupe était plus floue, plus naturelle, de petits anneaux d'or pendaient à ses oreilles. Phoebe ne l'avait pas reconnue.

Bras dessus, bras dessous, elles se rendirent à la remise des bagages, puis à la Fiat où elles portèrent à elles deux l'encombrant sac à dos, poussiéreux, incongru dans ce nouvel environnement. « Je n'arrive pas à croire que tu as crapahuté avec ce truc sur le dos, dit sa mère. Je m'étonne de ne pas te retrouver bossue.

« – Mais je l'ai été ! répondit-elle hors d'haleine. Je m'y suis complètement habituée. »

Sur le chemin du retour, elle contempla, d'un œil craintif, les maisons aux couleurs pastel, la familière colline brune marquée comme le flanc d'une vache d'un « SAN FRANCISCO SUD – VILLE D'INDUSTRIE ». Cette immense cité de métal et de verre n'avait rien à voir avec les villes d'Europe.

Lorsqu'elles arrivèrent à San Francisco même, la conversation languissait. Phoebe avait le sentiment d'avoir perdu le pouvoir de lire en sa mère. Cette nouvelle coiffure, le pull noir à manches courtes, ces bras graciles sur le volant, tout cela l'égarait. Pour la première fois depuis des semaines, le souvenir de leur dispute resurgit en Phoebe : les choses terribles qu'elle avait dites, la brutalité de son départ.

« Alors, tu as pris du bon temps, dit sa mère.

– Pas vraiment. On ne peut pas parler de bon temps. »

Sa mère haussa les sourcils. Elle n'ajouta rien.

« C'était dur, dit Phoebe.

– Dans quel sens ?

– Ça faisait peur. »

Un air attendri passa sur les traits de sa mère. Elle attendit qu'il disparaisse avant de se tourner vers Phoebe. « Moi aussi, j'ai eu peur.

– Je t'ai envoyé des cartes, protesta-t-elle. Je t'ai dit que j'allais bien ! » Elle s'aperçut soudain que les cartes lui avaient sans doute été d'un réconfort bien maigre.

Elles effectuèrent en silence le reste du trajet.

Phoebe s'était imaginé les premières semaines de son retour comme une sorte de montage : courir à ses cours à Berkeley, revenir en ville le soir pour de longs dîners bavards avec sa mère, Barry et Jack – Jack dont elle aurait fini par gagner le respect grâce à son exploit solitaire.

Une lettre de Berkeley l'attendait chez elle. Elle était arrivée peu de temps après son départ, en réponse à sa demande de report. Puisque la faculté n'autorisait pas ces pratiques, expliquait la lettre, sa requête était considérée comme un désistement. Si elle souhaitait se représenter pour l'année suivante, 1979, qu'elle n'oublie pas la date butoir de novembre.

Phoebe accueillit d'abord la nouvelle avec incrédulité, puis elle s'affola. Elle passa un coup de fil fiévreux au bureau des admissions, mais la seule concession qu'elle parvint à arracher à l'employé fut un dépôt de candidature pour une admission en janvier au lieu du mois de septembre suivant. Elle saurait à la fin d'octobre si elle était admise.

Le deuxième soir qui suivit son retour, Phoebe retrouva sa mère, Jack et Barry dans un restaurant qui venait d'ouvrir à North Beach, Basta Pasta. Jack et sa mère arrivèrent du travail la main dans la main ; quant à Barry, il se présenta plus tard, venant tout droit de l'aéroport après un voyage d'affaires à Tokyo.

Dès l'instant où Jack l'accueillit, avec désinvolture, exhalant encore la fumée de sa cigarette, Phoebe comprit à quel point elle s'était trompée sur son appréciation. Il flottait dans ses yeux bleus une indulgence sceptique qui ne laissait guère de doutes sur son opinion : Phoebe n'était pour lui qu'une emmerdeuse de première, mais il était tenu de la ménager.

Jack n'était jamais allé au Japon ; dès l'arrivée de Barry, il se montra avide de renseignements. « Barry

O'Connor, dites-nous tout : quel sera le prochain gadget à la mode des Japonais ?

— Je l'ai justement sur moi », répondit Barry. Il sortit de son attaché-case un lecteur de cassettes miniature Sony, muni de deux petits écouteurs : l'idée, expliquat-il, venait du P.-D.G. qui rêvait d'écouter de l'opéra quand il faisait du ski.

Jack enfila le casque et tripota les boutons. « La qualité est incroyable », hurla-t-il si fort que Phoebe sursauta.

« Qu'est-ce que tu as mangé là-bas ? demanda sa mère.

— Du poisson cru.

— Dieu du ciel. Quel goût ça a ?

— Un goût de cru. » Barry sourit de toutes ses dents.

« C'est fou, on dirait que vous ne vous êtes pas vus depuis des mois », dit Phoebe, avec un peu plus de mauvaise humeur qu'elle ne l'aurait voulu.

Sa mère se tourna vers elle. « C'est parce que nous avons l'habitude de ne pas nous perdre de vue. »

Un silence tendu tomba. Jack ôta l'écouteur et le posa sans un mot sur la table. Phoebe le vit regarder sa mère et lut dans ses yeux une tendresse qui l'abasourdit.

« Tu l'as un peu cherché, Pheeb », observa Barry, mais personne ne rit.

Phoebe passa le reste du repas sans presque desserrer les dents. Elle s'était demandé dans l'avion ce qu'elle révélerait de son voyage, mais les questions de tout le monde étaient si pragmatiques. Et l'idée la traversa soudain, avec une force éblouissante, qu'elle savait ce qui était arrivé à Faith. Elle savait. Elle aurait pu le dire tout de suite : « J'ai découvert ce qui est arrivé à Faith » et regarder leurs visages animés se figer de surprise. Mais Phoebe ne dit rien.

En sortant, Barry lui proposa de la reconduire. Ils roulèrent d'abord jusqu'à Coit Tower. La brume n'avait pas découragé les touristes : certains s'amusaient à glisser des pièces dans les lunettes payantes, comme si elles avaient eu le pouvoir de percer la blancheur environnante. Barry se gara ; ils restèrent assis dans la Porsche.

« Écoute, je vois bien que les choses sont tendues avec maman.

— Tendues, répéta Phoebe en esquissant un rire.

— Je crois qu'elle a eu trop peur pendant ton absence pour se mettre vraiment en colère. Du coup, c'est maintenant que tu y as droit. »

Phoebe regardait par la vitre. « Je crois que Jack me déteste.

— Laisse-lui un peu de temps. »

Phoebe jeta un coup d'œil à son frère, étonnée qu'il ne paraisse prendre aucun plaisir à son exclusion. Elle éprouva le besoin soudain de se confier, de lui dire ce qu'elle savait sur Faith, mais elle ne tarda pas à se raviser. Pour quoi faire ? songea-t-elle. Barry n'avait aucune envie d'entendre parler de sa sœur.

« En tout cas, dit-il, je suis content que tu sois revenue, si ça peut t'intéresser.

— Je ne vois pas pourquoi, Bear. »

Il eut l'air surpris : « Tu es ma sœur, quand même. »

Ils contemplèrent en silence le pare-brise ruisselant. De temps à autre un amas de lumières perçait le brouillard, comme des braises sous une fumée blanche. « Tu as eu peur, toi aussi ? demanda Phoebe. Quand j'étais là-bas ?

– Ouais. Surtout quand on ne t'a pas vue à la projection du Che Guevara, je me suis dit : Merde, elle pourrait être morte…

– Oh, mince ! s'écria Phoebe. Le film de maman. »

Barry lui jeta un coup d'œil. « C'était il y a des mois, dit-il. Mais tu sais, j'avais en même temps l'impression que tu allais bien. Je crois que c'est ça qui a dominé, au bout du compte.

– Ah bon, fit-elle, déçue.

– Ne va pas croire que je n'ai pas été soulagé…

– Mais tu as raison. Tu as raison. Je ne suis pas du genre à disparaître. » Sans comprendre pourquoi, elle se mit à rire.

« Tu es du genre coriace, dit-il simplement, et sa franchise donnait au cliché une étonnante vérité. On est de la même espèce, toi et moi : des survivants. »

Ce soir-là, Phoebe coucha dans le lit de sa sœur ; le carillon tintinnabulait à la fenêtre. Soudain, elle se sentit écartelée par un chagrin terrible. Des années durant, elle avait entendu dans ce carillon un écho de sa sœur ; il lui rappelait que Faith était là, quelque part, à l'attendre. À présent la musique était vide. Pour la première fois depuis des années, Phoebe réintégra son ancienne chambre. Ses peluches la regardèrent dormir en silence, les yeux brillants.

Phoebe se rappelait un film qu'elle avait vu des années plus tôt, qui s'appelait *Latitude Zéro*. Un navire atteint la latitude zéro, et son capitaine se trouve transporté sur une terre fabuleuse sous la mer où les rues sont pavées de diamants. Il s'empare d'une poignée de gemmes et les fourre dans sa blague à tabac pour les emporter avec lui et prouver ses dires, mais lorsqu'à son retour il ouvre la blague il n'y découvre que du tabac. Personne ne le croit.

La première semaine de son retour, Phoebe bénéficia d'une certaine nouveauté malgré ses contrariétés ; mais, à mesure que la deuxième semaine s'écoulait, une dépression engourdissante fondit sur elle. Rien n'avait changé, la ville était la même et, dans la ville, la vie de Phoebe. L'épisode de son voyage – une vie entière à lui tout seul – se réduisait à une hallucination fugitive.

Elle resta chez elle ; elle se promenait dans les pièces ou demeurait couchée sur son lit à regarder par la fenêtre, sans se soucier du temps qui passait. Elle dormait tant qu'elle pouvait et, quand elle ne dormait pas, rêvait tout éveillée de son voyage. Phoebe se voyait, dans un nimbe doré, prendre des trains, s'éveiller à côté de Wolf quand un soleil neuf inondait le lit. Avait-elle vraiment été là-bas, avait-elle fait ces choses ? Tout avait l'aspect forcé d'un rêve de dépaysement. Le souvenir coloriait jusqu'à ses pires moments d'une nostalgie puissante. Mais Phoebe ne trouvait aucun réconfort à ces évocations. Elle ne pouvait s'attribuer le mérite de tels exploits : ils semblaient revenir à une tout autre personne, une autre Phoebe qu'elle admirait, jalousait, à qui elle se comparait.

Wolf et elle avaient pris le train à Vernazza pour Gênes, puis la France. « Mais la Volkswagen ? » avait répété Phoebe tandis qu'ils prenaient ces dispositions. « On ne devrait pas récupérer la voiture ?

– Je le ferai plus tard, s'était contenté de répondre Wolf. De toute façon, cette bagnole ne tenait plus debout. » Au cours du voyage, seulement deux jours de chastes échanges dans des wagons-couchettes bondés,

Phoebe comprit que Wolf n'avait sans doute pas envie de voyager en voiture avec elle. Ç'aurait été comme avant, quand tout pouvait encore arriver entre eux.

Ils avaient fini par traverser la Manche et gagner Londres. Phoebe trouva la ville froide et pluvieuse, bien loin de ces airs de fête qui l'avaient ravie à son arrivée. Dans une humeur morose, ils se rendirent au bureau de la Laker Airways pour régler les détails de son retour le lendemain. Puis ils allèrent fuir la pluie dans la National Gallery. Ils déambulèrent consciencieusement entre portraits et paysages, après quoi Wolf téléphona à des amis qu'ils allèrent retrouver dans un pub de Hampstead Heath.

La nuit tombait, l'air était plein d'une odeur âcre de bois fumant. Un ciel d'un orange virulent perçait à travers les derniers lambeaux de nuages. Phoebe but une demi-pinte de cidre. La tête lui tournait un peu : elle rentrait chez elle. De l'autre côté de la table, Wolf riait devant une Guinness couronnée de mousse crémeuse. Comme il avait changé, songea Phoebe : les cheveux plus longs, la peau hâlée, une barbe de deux jours. Mais la transformation allait plus loin : ses traits s'étaient affranchis d'une tension que Phoebe avait fini par croire irrémédiable. Pour la première fois, il paraissait libre. Et cette liberté, il la devait à Phoebe, et non à Faith, à Carla ou à qui que ce soit d'autre. Elle l'avait soulagé d'un terrible poids ; ils étaient deux désormais à le partager. Pourtant, à contempler le visage paisible de Wolf, Phoebe n'aurait jamais pensé qu'il l'éprouvait encore.

Wolf leva les yeux comme s'il l'avait entendu penser ; dans le vacarme enfumé du pub, à travers les odeurs de moquette mouillée, Phoebe le sentit qui reconnaissait sa dette, lui témoignait sa gratitude.

Elle se leva de table et sortit, sachant qu'il la suivrait. Des buveurs criaient en rangs serrés dans la vapeur des tables. Il flottait des odeurs de bière et de pluie. Phoebe contempla le Heath par-dessus une haie : l'herbe grasse des pelouses fumait sous un soleil reparu à son coucher.

Wolf la rejoignit ; il l'enlaça par-derrière, écarta ses cheveux, enfouit son visage dans son cou en respirant son parfum. Phoebe se retourna et ils se serrèrent l'un contre l'autre ; mais quand elle chercha ses lèvres, Wolf recula d'un pas. Et aussitôt, Phoebe sut que c'était fini, que cette étreinte marquait la fin de quelque chose. Le désir avait quitté les traits de Wolf et ses yeux, quand elle les sondait, demeuraient opaques. Sa poitrine se noua.

« Moi aussi, je rentre chez moi », dit Wolf.

Plus tard, devant le bed and breakfast où ils avaient pris des chambres à part, ils se souhaitèrent bonne nuit. Leur méfiance mutuelle atterra Phoebe. « J'ai l'impression qu'il ne reste rien, dit-elle ; que tout s'en est allé. »

Il la prit dans ses bras. « Au contraire : ce sera toujours là. C'est nous qui nous en allons. »

Alors Phoebe s'était couchée sur son lit mou et étroit ; derrière la vitre, elle avait senti la présence du Heath, sombre et aussi tranquille qu'un lac ; Corniglia lui avait paru bien loin, comme s'il avait suffi de deux jours de train pour les emporter à des années de distance, et parachever leur évasion.

La troisième semaine, elle l'appela et parut le prendre de court.

« Phoebe. Tu es à la fac ?

– Non. » Elle lui fit le récit morose de ses démêlés avec Berkeley. Cela faisait drôle de l'avoir au téléphone ; elle ne l'avait jamais appelé qu'une fois, à son retour, un bref coup de fil pour lui confirmer qu'elle était bien arrivée.

« Comment ça va ? lui demanda-t-elle timidement.

– Je m'accroche. On dirait qu'il me reste quelques clients.

– Tu as…

– Au moins… » Ils rirent, exaspérés par les intervalles de la communication. « Les Lake passent encore six mois à Bruxelles, hurla Wolf comme si le volume avait pu arranger les choses, ça nous laisse un répit.

– Et avec Carla ? » Elle espérait le pire.

« Ça s'arrange.

– Vous vous mariez toujours ? »

Il hésita ; sa réserve d'autrefois reparaissait. « Pas sûr.

– Mais possible ?

– Disons que j'ai confiance, et restons-en là. »

Phoebe eut un accès soudain de désespoir. « Et la voiture ? demanda-t-elle. Tu l'as récupérée ? »

Il rit : « Un de mes amis est passé à Pise ; il m'a dit qu'on l'avait complètement désossée. Du coup, j'achète une Fiat.

– Nous aussi, on a une Fiat, remarqua-t-elle inutilement.

– Porte-toi bien, dit Wolf. On se rappelle. » Ce qui voulait dire, songea-t-elle, j'aimerais mieux qu'on ne se rappelle pas.

« D'accord, répondit-elle. Toi aussi. »

Elle avait maigri en Europe ; malgré le malaise qu'elle éprouvait dans la chambre de Faith, Phoebe contenait mal son envie de s'affronter aux vieux habits de sa sœur. Elle finit par succomber.

Quand elle les enfila, les vêtements exhalèrent une odeur de poivre et de cannelle. Il se trouva qu'ils lui allaient, et attention : certains étaient même trop grands. Extatique, Phoebe fit des bonds autour de la chambre dans un pantalon de velours taille basse, un gilet en macramé, la veste aux boutons en étoile. Elle mit King Crimson à fond, fit brûler trop d'encens et, hors d'haleine, posa devant le miroir coiffée d'un chapeau mou aigretté d'une longue plume de paon. Soudain elle s'effondra sur le lit, épuisée, la tête vide, et reposa ses yeux sur le batik du plafond tandis que, derrière la fenêtre, le carillon de Faith jetait ses éclats tristes. Elle s'endormit.

Il faisait presque nuit quand elle s'éveilla. Elle se leva du lit de Faith avec un sentiment d'hébétude, abrutie de sommeil. Elle se rendit au sous-sol où elle dénicha cinq cartons à provisions qu'elle remonta à l'étage. Elle y entassa les habits de sa sœur qu'elle plia soigneusement, ajouta les chapeaux de Faith, sa bague à poison, ses bracelets indiens, son scarabée de terre cuite avec sa lanière de cuir. Elle dut retourner chercher d'autres cartons. Quand tout fut emballé, elle scella les cartons au scotch d'emballage. Elle les empila en une seule colonne au milieu de la chambre et les laissa là.

Phoebe rendait toujours des visites occasionnelles au Haight ; elle allait humer les bols d'encens en poudre dans sa boutique d'occultisme préférée, s'allonger dans l'herbe sur Hippie Hill. Mais ces distractions ne lui procuraient plus qu'un plaisir flottant et lointain. Elle se sentait comme le fantôme de ce fantôme qu'elle avait été, exilée même de ce petit royaume des ombres où elle s'était autrefois sentie chez elle. Et il n'y avait rien pour le remplacer.

Tout aurait dû changer, songeait Phoebe, maintenant qu'elle savait ce qui était arrivé à sa sœur. Mais la différence avait oublié de s'inscrire dans le monde. Peut-être le problème venait-il de ce que, à l'exception de Wolf, nul ne savait ce qu'elle avait appris sur Faith. Raconte-lui ! s'exhortait Phoebe tout en aidant sa mère à déballer brocolis et yaourts dans le calme de leur cuisine. Vas-y, dis-le. Mais quelque chose l'arrêtait toujours : la peur de trahir Wolf, la peur de causer encore à sa mère une peine irréparable.

La quatrième semaine, la mère de Phoebe rentra de son travail en annonçant, avec un étrange mélange d'inquiétude et d'insouciance, que depuis plusieurs semaines leur agence négociait avec un acheteur pour la maison. On avait signé l'acte aujourd'hui.

Phoebe s'était mise à lire le journal avec avidité. Carter, Amin Dada, le maire de San Francisco, George Moscone – elle s'attachait aux mots et aux actes comme si elle avait pu un jour être appelée à en répondre. Jean-Paul Ier mort après trente-quatre jours de pontificat ; la hausse record de l'or ; Isaac Bashevis Singer prix Nobel ; Sid Vicious accusé du meurtre de Nancy ; Sadate et Begin, la paix signée sur la poudrière du Moyen-Orient : c'était le monde. Et même s'il semblait bien loin de ce réseau minuscule de rues et de collines où Phoebe menait sa vie, elle faisait ce qu'elle pouvait pour l'atteindre, pour coller son visage au monde. Plus elle en apprenait sur le monde, moins pénible était son absence.

Un soir, Barry vint chercher Phoebe de bonne heure et l'emmena à Los Gatos pour la nuit. Il avait fait préparer une chambre d'hôte, des marguerites près du lit dans un vase de céramique bleue. Ils allèrent dîner dans un restaurant indien qui jetait une note incongrue dans un énorme centre commercial. Ils burent trop de vin rouge, mal à l'aise, inquiets à l'idée que la visite puisse se passer mal.

Le lendemain, encore grise, Phoebe accompagna son frère à son bureau. L'accueil chaleureux des collègues de Barry l'étonna, pour ne rien dire de leur jeunesse. Avec leur Levi's et leurs cheveux longs, ils lui rappelaient les cracks de son lycée, explosés par trop de nuits blanches.

L'immeuble où Barry avait installé ses bureaux paraissait le contraire exact de celui de son père à IBM : c'était un édifice bas et étendu, tout en verre, inondé de lumière, accueillant par dizaines ces ordinateurs luisants et inaccessibles que Barry et ses collègues manipulaient avec l'aisance familière dont on ferait preuve à tourner un robinet. Il y avait un piano à queue, deux énormes réfrigérateurs bourrés de jus de fruits exotiques. Phoebe s'était attendue à voir son frère fanfaronner à sa façon enfantine ; elle s'y était même préparée. Mais Barry semblait mener son entreprise avec le plus grand naturel ; après tout, réfléchit-elle ensuite, la boîte lui appartenait, tout le monde était son employé, que lui restait-il à prouver ?

Phoebe renouvela souvent cette visite à son frère ; elle prenait le train non loin de la gare routière. Barry lui apprit à conduire dans les grands espaces de la Silicon Valley. Assis à côté d'elle, il s'efforçait de paraître nonchalant pendant que Phoebe coinçait les vitesses de sa Porsche, frôlait les Caddie dans les parkings des supermarchés. Quand elle fut plus à l'aise, Barry l'entraîna dans le lacis des petites routes qui serpentaient sur les collines. Il lui apprit à rétrograder dans les descentes. « S'il faut que tu apprennes à conduire, autant que ce soit marrant », disait-il.

Phoebe se proposa pour aider sa mère à chercher des appartements, avec le vague espoir que cette démarche les rapprocherait : tâche effrayante que d'arpenter ces pièces désertées en s'efforçant d'y voir leur vie. La colère de sa mère s'était effilochée jusqu'à une cordialité forcée que Phoebe trouvait plus oppressante encore. Il lui incombait, sentait-elle, de rompre ce sortilège, mais elle n'avait pas la moindre idée de ce que sa mère attendait.

Sur Russian Hill, elles visitèrent un appartement de deux chambres, hauts plafonds, planchers de miel. Les chambres étaient distantes l'une de l'autre, ce qui constituait un avantage (bien qu'il ne fût pas mentionné) maintenant que Jack passait souvent la nuit. Phoebe arpentait les grandes pièces vides tandis que le crépuscule s'introduisait par les fenêtres sans rideaux ; elle se sentit malgré elle prise d'une certaine excitation. Sa mère semblait elle aussi inspirée par l'endroit : « Une salle à manger ! s'extasia-t-elle bien que la sienne fût plus grande. On va enfin pouvoir recevoir. »

Elles causèrent tapis, bureaux et rideaux, se mirent d'accord sur lequel des canapés elles garderaient. Leurs voix résonnaient dans les pièces vides : elles les entendirent brusquement, et une timidité momentanée les gagna.

« Maman », dit Phoebe.

Sa mère leva les yeux.

Maintenant, se répétait Phoebe, maintenant ! Il y eut un long silence, pendant lequel elle s'interrogea sur ce qu'elle voulait dire au juste à sa mère. Car quelque chose d'autre demandait à surgir, criait pour se faire entendre. « Je m'excuse d'avoir disparu, dit-elle. Et d'avoir manqué ton film. » C'était presque un murmure.

Sa mère traversa la pièce et prit Phoebe dans ses bras. Son parfum citronné semblait venir de très loin. « Tu m'as manqué », dit-elle.

Dans la rue, elles prirent le temps de détailler l'immeuble. C'était un édifice de style vieille Californie, une façade saumon ornée de décorations semblables au glaçage d'un gâteau, un entrelacement de fer forgé noir devant le verre épais des portes. Qu'avait-elle donc tellement voulu révéler sur la mort de sa sœur ? Phoebe s'apercevait à présent qu'elle ne l'avait jamais désigné clairement, y compris pour elle-même. La présence de Wolf à la mort de Faith ? Les terroristes ? Le mort ? Mais non, ce n'était rien de tout cela. La vérité était que sa sœur s'était tuée. Et tout le monde le savait déjà.

Comme elles revenaient à la voiture, sa mère lui prit la main.

Elles louèrent l'appartement. L'emménagement fut prévu pour le 15 octobre.

Le vent s'engouffrait par les fenêtres ouvertes, arrachait des nuages de poussière aux planchers désormais vides. Les déménageurs, biceps frémissants, emportaient les meubles sur le perron de brique jusqu'à un grand camion où l'on lisait « Bekins ».

Barry avait pris son après-midi pour donner un coup de main. Il avait été convenu que Phoebe et lui feraient le tri dans les tableaux de leur père ; ils en mettraient deux ou trois de côté et l'on se débarrasserait du reste. Ils descendirent en silence l'escalier du sous-sol. Dans la remise, un puzzle de toiles s'entassait pêle-mêle contre chaque mur. Barry déplia plusieurs grands cartons de chez Bekins et ils se mirent au travail : Phoebe lui tendait les tableaux qu'il empilait avec précaution à l'intérieur du carton. Les toiles plus anciennes étaient recouvertes par les autres. À mesure qu'ils travaillaient, Faith perdait des années : l'adolescente triste au chevet de son père redevint une petite fille au grand sourire.

Phoebe souleva un tableau et s'arrêta, le tournant vers la faible lumière de la porte. C'était un portrait de sa sœur à huit ou neuf ans, debout devant cette même falaise où, moins de dix ans plus tard, ils devaient disperser ses cendres. Elle souriait dans une petite robe blanche, une fleur rouge serrée dans son poing tendu. « Bear », dit Phoebe.

Il la rejoignit. Tous deux contemplèrent le tableau. On n'y voyait tout d'abord que ce bonheur tumultueux qui ressemblait tant à Faith ; mais plus Phoebe regardait la toile, plus le sourire fiévreux de sa sœur lui semblait recouvrir une secrète angoisse : cette fleur tendue lui fit l'effet d'un rituel de conjuration. Phoebe détourna les yeux, déchirée par l'impression, puis elle se demanda si elle n'avait pas imaginé tout cela. Quand elle regarda de nouveau le tableau, elle n'aperçut qu'une petite fille heureuse.

Barry parut sur le point de parler et se ravisa. « On le garde », conclut-il enfin.

Les tableaux furent emballés, rangés avec soin dans quatre grands cartons et une partie d'un cinquième. « Je crois qu'on devrait en prendre deux de plus, dit Barry, mais il avait l'air impatient, lassé de l'entreprise. Tu n'as qu'à choisir, Pheeb. »

Phoebe regarda les cartons, et l'envie la gagna de revenir sur les toiles une à une, de s'absorber dans la tâche. Mais non. Ce n'était que le souvenir d'une souffrance.

« Celui-là suffira peut-être », dit-elle.

Ils traînèrent les cartons dans le garage et ressortirent. Le jardin, envahi par les herbes, embaumait. De petites marguerites constellaient la pelouse. Barry s'étira, les bras tendus vers le ciel, puis il sourit, se laissa glisser par terre, s'allongea sur le dos. Phoebe se coucha tête-bêche à côté de lui. La terre était tiède et molle. Alors la mélancolie la quitta, il lui sembla qu'un oiseau noir et huileux s'envolait de sa poitrine. Phoebe respira les odeurs de l'herbe, regarda le lent passage des nuages.

« Tu entends les oiseaux ? » demanda Barry, d'une voix lointaine, un peu rauque parce qu'il était couché. Ce bavardage ? Tu l'entends, Pheeb ? Je ne sais pas pourquoi, mais c'est un bruit que j'adore. »

Un samedi, Phoebe était assise dans Washington Square et lisait *No Exit* quand quelqu'un lui cacha le soleil. « Phoebe ? » dit un homme.

Elle leva les yeux. Elle reconnaissait le type sans parvenir à mettre un nom sur son visage. Il portait une petite fille dans ses bras.

« Tu te rappelles ? C'est toi qui m'as formé.

– Oh, ça y est. Mince, dit-elle en secouant la tête. Tu es…

– Patrick. Et voici ma fille, Teresa.

– Salut », dit Phoebe. Elle se leva pour mieux voir l'enfant, qui avait des boucles rousses et les yeux verts de son père. « Ce qu'elle est jolie. Tu as une fille, je ne peux pas y croire.

– Moi non plus », s'exclama-t-il en riant. Il flottait dans un jean maculé de traînées blanches, du plâtre semblait-il. Après un moment, il ajouta : « Tu as disparu.

– Je suis allée en Europe.

– D'un seul coup, comme ça.

– À peu près, oui.

– Art a cru qu'on t'avait assassinée. Il disait tout le temps : "Je la connais, cette fille, elle n'arrive jamais en retard !" Je crois qu'il a fini par parler à ta mère.

– Le pauvre. Il faudrait que je m'excuse.

– Je suis sûr qu'il t'a pardonné. »

Teresa gigotait. Patrick la déposa dans l'herbe et elle se mit à trotter vers Phoebe, fit claquer ses petites mains sur le banc. « Tu travailles toujours là-bas ? demanda Phoebe.

– À vrai dire, non. J'étais en panne de fonds ce mois-là, mais les choses se sont améliorées et j'ai démissionné. Je consacre plus de temps à mademoiselle. » Il reprit la petite fille dans ses bras. « Je suis sculpteur. J'ai un studio à deux pas, dans Green Street, au 385. Passe donc un de ces quatre, je te ferai un café. Ou bien tu t'en occuperas ; tu es experte en la matière, non ?

– D'accord, dit Phoebe en riant, je passerai peut-être. »

Quand Patrick s'éloigna, sa fille tourna la tête vers Phoebe comme une chouette, la fixant de ses yeux immobiles. Phoebe agita la main. Les cloches de Saint-Pierre-et-Saint-Paul sonnaient l'heure.

Quelque chose avait disparu. Mais c'était aussi le début d'autre chose. Phoebe le devinait plus qu'elle ne le comprenait : un pouls nerveux s'éparpillait sous la ville. Une nouvelle décennie fondait sur eux. Au bureau de Barry régnait une attente fiévreuse qui gagnait parfois Phoebe, lui donnant la farouche certitude que le monde était en train de se transformer. Tous semblaient le ressentir : le pouvoir clair et indiscutable de la machine ; l'annonce d'incroyables richesses. Cela les emplissait d'espoir. Phoebe s'étonnait que le monde ait pu jamais revenir à cette confiance innocente, et surtout si vite ; elle-même n'y échappait pourtant pas.

Les femmes se coupaient les cheveux. Ce n'était plus le brushing en casque des années précédentes : les coupes, plus radicales, mettaient en relief les angles et la puissance de la tête. Devant sa glace, Phoebe rassemblait ses mèches, les tirait en arrière pour dégager son visage. L'idée de se couper les cheveux la séduisait ; elle lui évoquait cette légèreté qu'on éprouve à sortir de derrière une paire de lourds rideaux.

Novembre touchait à sa fin. À la nuit tombante, Phoebe roula jusqu'à Coit Tower. Les touristes étaient partis, on trouvait facilement de la place au parking. Phoebe gara la Fiat de sa mère et sortit.

Avec le crépuscule, une charge électrique semblait flotter dans l'air. Il n'y avait pas de brume. Phoebe fit le tour du belvédère, s'arrêtant pour profiter de chaque point de vue. Elle contemplait la vue somptueuse, le ciel d'un bleu de néon, tout en s'interrogeant sur l'évolution de sa vie. Car elle allait mieux. Pour commencer, on l'avait acceptée à Berkeley en janvier ; mais quelque chose en elle s'était aussi dénoué : le cours paresseux et aléatoire de son existence avait cessé de la tourmenter. Elle mourait encore d'envie de le transcender, de franchir l'invisible frontière qui la coupait de cet autre monde, le vrai monde. Mais on ne pouvait connaître cette révélation chaque jour. Personne n'aurait pu le supporter.

Phoebe songeait encore à Faith, bien sûr, mais se souvenir de sa sœur était devenu une expérience plus paisible. Faith était morte. Il s'étendait entre elles un abîme infranchissable, et Phoebe avait désormais l'impression que c'était sa sœur qui avait tout perdu. Comme elle devait s'ennuyer, elle qui avait tant aimé se trouver au centre de l'action.

Et pourtant. Pourtant.

Ce qui revenait à Phoebe maintenant, tandis que ses yeux couraient sur la ville et la baie, c'était un jour où toute sa famille, même ses parents, avait joué à cache-cache dans le Golden Gate Park. C'était par un après-midi ensoleillé, les feuilles luisantes frémissaient sous le vent marin. Faith se cacha la première. On se sépara pour la chercher ; Phoebe fouillait parmi les pommes de pin et les feuilles d'eucalyptus avec un bâton, titubait dans les taillis. Elle n'espérait pas retrouver Faith : Phoebe n'avait pas plus de quatre ans, elle était trop petite pour gagner, voire pour participer.

Mais, à sa grande surprise, elle écarta des branchages et Faith se tenait là, assise dans une minuscule clairière, le visage éclairé d'un grand sourire. « Tu m'as trouvée, chuchota-t-elle. Tu as gagné ! » Au lieu d'appeler tout le monde pour signaler la fin du tour, Faith avait pris Phoebe par la main, la guidant vers le tapis de mousse où elle était assise. Et elles attendirent toutes deux, cachées. Phoebe se blottit sur les genoux de sa sœur, entre son haleine, son cœur battant, ses longs cheveux chauds. Elle sentait le soleil et l'ombre entrelacer leurs clairs-obscurs sur son visage, respirait la terre trempée de pluie, les feuilles d'eucalyptus, et un bonheur presque insoutenable l'envahit. Elle avait gagné.

Phoebe se tortilla pour regarder Faith, mais les yeux de sa sœur demeuraient rivés à un mouvement au-delà des branches, où le reste de la famille les cherchait. Un air de flûte lui parvenait, assourdi et sinueux, et quelque chose s'était levé en Phoebe, la conviction joyeuse qu'à tout instant, où qu'elle se trouve, il y aurait des branchages pour s'écarter, pour l'introduire en cette cachette radieuse. Et Faith serait là, attendant que Phoebe vienne se blottir sur ses genoux.

Remerciements

Je souhaiterais remercier les personnes suivantes pour les conseils, les encouragements et le soutien qu'elles m'ont accordés : Davis Herskovits, Monica Adler, Bill Kimpton, Nan Talese, Jesse Cohen, Diane Marcus, Tom Jenks, Carol Edgarian, Webster Stone, Virginia Barber, Jennifer Rudolph Walsh, Ruth Danon, David Rosenstock, Kim Snyder, Don Lee, Julie Mars, Ken Goldberg et David Lansing.

Je tiens aussi à exprimer ma gratitude aux organismes suivants, pour leur soutien : National Endowment for the Arts, New York Foundation for the Arts, Corporation of Yaddo.

Je me dois par-dessus tout de remercier Mary Beth Hughes, dont la confiance, la sagesse et la perspicacité ont été essentielles à ce livre.

RÉALISATION : IGS-CP À L'ISLE-D'ESPAGNAC
IMPRESSION : CPI BRODARD ET TAUPIN À LA FLÈCHE
DÉPÔT LÉGAL : JUIN 2014. N° 111628 (3004640)
IMPRIMÉ EN FRANCE